신현덕 제6소설집

성년후견

신현덕 지음 ▮

신세림출판사

성년후견

신현덕 제 6 소설집

나의 제5소설집인 「정신감정」을 펴낸 후에 잠시 나의 작품 활동을 중단하기로 했다. 그동안 소설집을 계속해서 펴냈으며 자전적인 수필집까지 펴내느라 너무나 힘이 들었기 때문에, 작품 활동을 당분간 중단하고 잠시 아무 것도 하지 않고 편히 쉴 생각이었다. 그러나 우리 사회의 되어 가는 모습이 너무나 한심스럽게 느껴져서 그냥 보고만 있을 수는 없었다. 그러다가 나도 모르는 사이에 또 다시 사회비평소설을 쓰기 시작했으며, 계속해서 부지런히 쓰다 보니 13편의 소설이 완성되었기에 나의 제6소설집인 「성년후견」을 또 펴내기로 했다.

그런데 이제부터는 소설집을 펴내는데 있어서 이전처럼 1년에 2권 또는 3권씩이나 펴내는 과욕을 부리지 말고, 1년에 한 권의 소설집을 펴내는 것으로 만족하고 싶다. 자주 소설집을 펴내려면 계속해서 책상머리에 앉아서 컴퓨터를 두들겨야 하는데, 그러다 보니 운동부족으로 배가 나오고 살이 찌기 시작했다. 발목부상을 당한 후라 의사의 말이 부러진 뼈가 잘 붙었다고는 하지만, 지팡이를 짚고도 부상당하기 이전처럼 잘 걸을 수도 없으며 살이 쪄서 숨까지 가쁘다. 아마도 나이 때문에 그런 것이 아닌가 싶다.

이번 소설집에서는 현직 대통령이 저지른 실정이 국민을 분노하게 만들었던 대사건이었기 때문에, 내가 쓴 나의 여러 소설 중에 그녀에 대한 이야기가 다른 각도에서 자주 언급될 수밖에 없었다는 점에 관하여 독자들의 양해를 구하고 싶다. 나도 우리 대부분의 국민들처럼 '믿었던 도끼에 발등 찍힌다'는 말처럼 대통령에 대한 실망이 분노로 변해버린 결과의 당연한 귀결이라고 할 수 있을 것이다.

사회비평소설을 쓰다 보니 왜 우리나라에는 그렇게 많은 문제점들이 있는가 하는 사실을 새삼스럽게 발견하게 되어 놀라움뿐만 아니라 서글픈 느낌마저 들게 되는 것은 나 하나만의 심정일까? 우리 사회에서 이러한 문제들이 사라지기는커녕 더 많은 새로운 문제들이 계속해서 일어나고 있으니 나의 사회비평소설을 쓰는 일은 내가 살아 있는 한 결코 중단되지 않을 것이다. 앞으로도 계속해서 실속 있으며, 유익한 사회비평소설을 쓸 것을 다짐하면서 독자들의 성원을 기대하는 바이다.

2017년 1월 5일

안산 우거(寓居)에서 **신 현 덕**

당신은
더이상
혼자가
아니에요

┃ 차 례 ┃

성년후견

1. 공포정치

독재자들은 왜 공포정치를 하여 국민을 불안하게 만들고 있는 것일까? 공포정치를 하지 않으면 정권을 유지할 수 없으며 국민을 장악할 수 없기 때문에 그런 것일까? 북한의 3대째 독재자가 된 김정은은 집권초기의 자신의 불안한 위치를 바로 세우기 위하여 고모부를 살해하고 다수의 측근인사들을 제거하여 자기 주변에 자신의 말에 절대복종하는 사람들만 남아있게 했다. 그들도 언제 독재자에 의하여 제거될지 알 수 없는 불안하며 불확실한처지에 놓여 있다고 한다.

유명한 구소련의 독재자였던 스탈린은 그에 관한 전기에 실린 사진 속에 함께 찍었던 수십 명의 혁명동지들을 한 명씩 제거하여 자신을 제외한 모든 동지들을 결국에는 한 사람도 남기지 않았다고 했다. 독재자들이 공포정치를 하는 이유는 자기 자신 이외에는 아무도 믿을 수 없다는 불안감 때문에 그러는 것이라고 한다. 그렇다면, 그렇게 불안한 권좌에는 무엇 때문에 앉아 있는 것일까? 권력을 잡기도 어려운 일인데 힘들게 장악한 권력을 내어주다니 말이나 되는 이야기인가. 공포정치를 포함하여 무슨 방법을 사용하더라도 죽기 전에는 결코 현재 자신이 차지하고 있는 권좌에서 물러나지는 않을 것이라는 생각을 굳히고 있을 것이다.

이러한 사고방식은 독재자가 아니더라도 위정자라면 누구나 한번쯤은 꿈꾸어볼 수 있는 문제라고 할 수 있을 것이다. 자유민주주의를 표방하는 한국의 대통령은 4년 또는 5년의 임기제로 선출된다. 임기가 끝나면 대통령의 연임제를 인정하지 않기 때문에 퇴임하도록 되어있다. 그런데 초대 이승만대통령은 연임을 하여 정권을 10여 년이나 연장하려는 시도를 하다가 4·19 학생혁명으로 결국에는 학생들에 의하여 권좌에서 불명예로 쫓겨나고 말았다. 박정희대통령도 18년간을 대통령직에 머물다가 신임했던 부하에게 암살되었다.

한국에서는 대통령이 자신의 정권연장을 시도하건 말건 간에 국민의 생활에는 직접적인 영향력을 미치지 못하고 있는 것이다. 국민의 생활이 과거에 비하면 상대적으로 잘 살 수 있게 되었으며 자신의 능력에 따라서는 사회적인 지위향상의 기회를 얼마든지 발견할 수 있다고 본다. 우리 사회에서도 최근에 와서 빈부격차가 더 벌어지고 있으며 대학을 졸업해도 취업의 기회가 극도로 좁아지고 있다. 이러한 우리 사회의 현상은 결코 바람직한 것은 아니지만 그래도 노력을 하거나 자신의 역량에 따라서는 기회를 잡을 수 있는 가능성은 얼마든지 있다. 자유민주주의를 지향하고 있는 우리 사회의 잠재력이라 할 수 있다.

김재곤은 10년 전에 한국으로 입국한 탈북민이다. 김정일 시대에도 살기가 어렵고 장래에 대한 전망이 없어서 탈북을 결심했다. 최근에 탈북하는 사람들의 말을 들어보면 김정은 시대인 현재에는 그 때와는 비교가 되지 않을 정도로 주민들이 도탄에 빠져있다는 것이다. 김정은은 무모하게 핵무기와 미사일 개발에 막대한 돈을 쓸어넣고 있을 뿐 주민의 생활상에 대해서는 전혀 관심이 없다는 것이다. 공포정치는 나날이 그 도가 심해지고 있으며 모든 주민은 감시의 대상이며 그들의 일상생활은 기아선상에서 허덕이고 있다는 것이다.

요덕수용소와 같은 정치범수용소에는 그동안 양산된 새로운 정치범들 때문에 수용능력을 훨씬 능가하고 있다. 비슷한 수용능력을 갖는 수용소를 다른 곳에 짓지 않으면 안 될 처지에 놓여있다는 것이다. 공포정치를 하지 않고 핵무기나 미사일 개발에 막대한 돈을 퍼들이지 말고 그 돈으로 민생을 돌보는데 썼더라면 최근에 볼 수 있는 바와 같은 대규모의 탈북사태는 결코 일어나지 않았을 것이다. 이렇게 가다가는 북한 주민의 반 이상이 탈북을 시도할지도 모르는 일이다. 이러한 탈북민들이 반 김정은 세력을 형성하게 된다면 그것은 북한으로서는 아주 심각한 문제로 될 것이다.

김재곤은 대한민국에서 10년간을 살면서 느낀 것은 이 나라에도 여러 가지 사회적인 문제점들이 있기는 하다. 하지만 자신의 능력이나 노력 여하에 따라서는 아직도 기회를 잡을 수 있는 나라라는 것을 절실하게 실감하게 되었다. 그가 10년 전에 뒤도 돌아보지 않고 떠나왔던 북한이었다. 10년간을 객지인 한국에서 살다보니 고향이 그리워지고 북한도 한국과 같은 자유민주주의 사회로 변화시킬 수는 없을 것이냐 하는 문제를 심각하게 생각해보기 시작했다. 이것은 혼자서 해낼 수 있는 일이 아니다. 탈북민으로서 자신과 같은 생각을 하고 있는 사람들이 함께 모여서 의견을 교환하고 공동행동을 취할 수 있는 조직을 만들어야 하겠다는 생각을 했다. 탈북민들과 의견교환을 하여 자신의 의견에 동조하는 20여 명의 사람들과 함께 '실지회복협의회'라는 조직을 발족시키기로 했다. 이 협의회의 첫 번째 모임에서 간사직을 맡게 된 김점곤이 모임의 목적에 대하여 설명을 했다.

"'실지회복협의회'의 첫 번째 모임에 참석해 주신 여러분을 진심으로 환영합니다. 협의회의 회원은 탈북민으로 구성되며 우리가 목표로 하는 것은 떠나온 우리의 고향을 우리 손으로 되찾으려는데 있습니다. 그렇게 하자면 북한의 독재자와 그 추종세력들을 축출하여 자유민주주의 체제를 북한에도 수립하려는 원대한 계획까지 우리의 목표 속에 포함시켜야 할 것입니다. 그러한 원대한 목표달성은 당장에 실현할 수 있는 문제는 아닐 것입니다. 그러나 우리의 의견을 서로 교환해서 그러한 원대한 목표실현을 위해서는 무엇을 해야 할 것이냐에 대한 구체적인 의견을 교환하는 문제부터 시작하는 것이 좋다고 생각됩니다."

"간사님의 제안에 전적으로 찬성합니다. 제 이름은 김중호이며 나이는 25세입니다. 북한에서는 더 이상 살 수가 없어서 최근에 탈북을 시도해서 성공을 했습니다. 최근의 북한사태는 실로 심각합니다. 국민의 대다수가 하루 살기에도 어려울 정도로 도탄에 빠져있습니다. 우리가 그들을 못본 채 할 수는 없는 일입니다. 어떻게 그들을 도탄에서 건져낼 수 있을지에 관한 문제를 체계적으로 연구할 필요가 있습니다. 그러한 목적을 위해서는 북한 주민들의 생활실상에 관한 자료를 수집하는 문제부터 착수해야 할 것입니다."

"김선생의 제안에 전적으로 동의합니다. 그 자료수집의 책임을 최근에 탈북하신 김선생께 일임하겠습니다."

이렇게 시작된 협의회의 활동은 북한주민의 생활실상에 관한 최근의 자료수집부터 착수하기로 했다. 김중호는 젊을 뿐만 아니라 자료수집 능력도 수준급이라 그가 활동을 개시한지 얼마 지나지를 않아서 북한자료를 상당히 수집하는데 성공할 수 있었다. 그러한 자료들에 의하면 북한 주민의 생활은 나날이 곤궁해져가고 있으며 김정은과 같은 젊은 독재자와 그의 측근들은 마치 주민이라는 것이 북한에는 존재하지 않는 것처럼 생각하고 또한 그렇게 행동하고 있는 것 같았다. 독재자가 핵무기와 미사일을 개발한다는 구실로 무력시위를 감행하는 이유도 주민을 잘 살게 해주기 위해서 행하는 행동이 아니다. 그러한 행동은 자신의 지배욕을 만족시키려는 소아병적인 수준에 머물러 있는 미숙한 행동이라고 볼 수 있다는 것이다. 그러한 인간이기 때문에 유엔의 계속된 경고에도 불구하고 이를 무시한 채 핵무기의 실험과 미사일 발사를 중단하지 않고 있는 것이 아니겠는가? 언제든지 핵무기 사용과 미사일 발사를 통하여 미국을 굴복시키고 한국을 자신의 지배하에 넣을 수 있다는 망상에 사로잡혀 있는 것 같다.

이러한 겁 없는 젊은 독재가가 우리에게는 가장 두려운 존재인 것이다. 젊은 독재이기 때문에 자신의 국가에서 제 마음대로 만사를 휘두를 수 있듯이 국제문제에 있어서도 월등한 무력을 내세워서 자기 마음대로 요리할 수 있다고 착각을 하고 있는 것이 아니겠는가? 그에게는 유엔의 경고도 우습게 보이고 미국이나 일본도 겁이 나지 않는 모양이다. 한국은 자신이 원하면 언제든지 구미에 맞는 요리를 해먹을 수 있는 먹이 정도로 여기고 있는 것 같다. 러시아의 말은 잘 듣지 않는 것 같지만 중국에 대해서는 조심하면서 눈치를 보고 있는 것 같다. 그런데 북한에 압력을 가할 수 있는 유일한 국가인 중국은 북한에게 지나치게 압력을 가하는 일은 오히려 적대관계에 있는 미국이나 일본에게 이익이 될 수 있다는 관점에서 적극적으로 북한문제에 개입하는 것은 가급적 삼가고 있는 것 같다. 따라서 한국의 외교목표는 어떻게 하면 중국을 움직여서 북한에 대한 정치적, 군사적, 경제적인 압력을 가할 수 있도록 만들어서 북한보다 모든 면에서 우위를 점할 수 있느냐 하는데 있다고 할 수 있을 것이다.

북한의 주민이 가난하게 살고 있는데 독재자는 그들에게 전혀 관심이 없다. 그들을 현재와 같은 극도의 가난에서 구출하기 위해서는 그들을 탈북시키는 방법밖에 없다는 결론에 협의회의 방침이 도달하게 되었던 것이다. 만일 북한주민의 반 이상을 탈북시키는 데 성공할 수 있다면 북한정권은 주민들의 폭동에 의하여 자멸해 버릴 수밖에 없을 것이다. 그렇다면 어떻게 성공적으로 북한주민들을 탈북시킬 수 있느냐 하는 것이다. 이것은 간단한 문제가 아니다. 한국의 동의도 얻어야하고 탈북민이 기업총수로 있는 기업체의 적극적인 자금지원도 받아야 하는 등 선결해야 할 문제가 한 둘이 아니다.

실지회복협의회는 전국경제인연합회(전경련)의 지원을 받기 위하여 접촉을 시도했지만 전경련의 회원사들은 탈북민을 위한 지원에 별로 관심이 없는 것인지 협조적으로 나오기를 꺼리고 있다는 사실을 발견하게 되었다. 전경련의 회원사의 재벌총수 중에는 실향민으로 많은 돈을 번 사람도 분명히 있었겠지만 '개구리 올챙이적 기억을 하지 못한다'는 말이 있듯이 실향민으로 대한민국에 와서 고생하던 때를 이미 잊어버린 것 같았다. 상식적으로 생각할 때에는 그러한 사람들이야말로 탈북민들의 고충을 좀 더 잘 알 것 같은데 실제에 있어서는 그렇지가 못한 것 같았다. 실향민의 재벌총수뿐만 아니라 우리나라의 기업총수라는 사람들은 돈벌이에만 열을 올릴 뿐 벌어들인 돈을 우리 사회를 위하여 유용하게 쓰는 방법에 대해서는 알지도 못하고, 또한 알려고도 하지 않는 것 같았다.

우리나라의 재벌기업들은 그 대부분이 급조된 것으로 전통이라는 것이 사실상 없는 것 같다. 그러다 보니 기업의 사회적 책임이라는 것에 대해서는 전혀 알지도 못하고 알려고도 하지 않는 것 같다. 우리나라의 재벌기업 중에 우리 사회를 위하여 상당한 액수의 돈을 기부했다는 말을 한 번도 들어본 적이 없었으니 하는 말이다. 재벌기업의 총수나 대기업의 회장들이 탈북자의 문제를 자신들과는 전혀 관련이 없는 문제라는 생각에서 탈북자들을 위하여 돈을 내놓을 생각이 전혀 없다는 것을 알게 된 협의회측은 모금활동을 위하여 다른 방도를 강구해보기로 했다.

그 방법이란 중소기업총연합회를 통한 중소기업들의 지원을 요청해보는 일이었다. 중소기업의 사장들은 재벌기업의 총수나 대기업의 회장들보다는 탈북자문제에 대하여 호의적인 반응을 보여주었다. 그중에도 실향민으로 중소기업을 경영하여 돈을 번

사장들의 경우에는 탈북민에 대한 문제를 자신의 문제처럼 관심을 갖고 적극 도와주기로 했다. 그들은 탈북자들보다 앞서서 대한민국에 와서 고생을 하면서 마침내 중소기업의 경영으로 돈을 벌었기 때문에 탈북자들의 처지를 누구보다 잘 이해하고 있었다. 탈북자들을 도울 수 있는 기회가 주어진다면 그들을 위하여 얼마든지 출연을 할 준비가 되어 있는 사람들이다.

탈북자들을 지원해 주기 위한 자금을 중소기업의 사장들과 독지가들의 지원으로 상당액의 자금을 확보한 협의회는 통일부와 접촉을 하여 가급적 많은 탈북자들을 받아들이는 문제에 대하여 정부의 지원을 받기로 했다. 탈북민들이 한국에 와서 정착하기 전에 그들이 잠시 머물면서 새로운 환경에 적응할 수 있도록 해줄 수 있는 임시 정착촌을 설치하여 탈북민들이 대한민국에서 살아갈 수 있는 구체적인 방법들을 강구해주기로 했다. 이러한 목적을 위해서는 보건사회부나 기타 관련기관의 도움을 필요로 하기 때문에 그러한 업무와 관련하여 협의회가 탈북민들을 적극 도와주기로 했다.

협의회의 최종목표는 탈북민의 숫자를 계속 증가시켜서 결국에는 북한사회를 공동화 시키는데 전력을 다하기로 했다. 주민의 존재를 무시하고 있는 현재의 독재정권 하에서는 북한의 주민들이 독재정권이 싫어서 전부 북한을 떠나게 된다면 북한정권은 결국에는 자멸할 수밖에 없게 될 것이 아니겠는가? 독재정권만 있고 주민이 없는 국가를 어떻게 국가라고 말을 할 수 있겠는가? 주민들이 폭동도 일으키지 않고 묵묵히 살고 있으니까 주민들이 독재정권에 절대 복종하고 있다고 착각을 하고 있는 것 같다. 주민들도 북한 사회에서는 도저히 살 수 없다고 느껴질 때에는 이야기가 달라지는 것이 아니겠는가?

우리 정부는 북한에 대하여 지금까지 유화정책을 써왔기 때문에 북한과의 관계에서 전혀 개선이 되지 않고 있는 것이 아닌가한다. 북한도 언제인가는 대한민국과 같은 자유민주주의의 체제로 바뀔 수 있다는 희망을 갖고 북한과의 접촉을 시도하고 원조를 해주었다. 북한은 우리가 원하는 대로 변하지도 않았으며 또한 변할 생각도 전혀 없다고 보아야 할 것이다. 우리가 북한에 원조해준 막대한 자금은 단 한 푼도 북한주민들의 생활개선을 위하여 쓰여지지 않았다. 그 대신에 핵무기와 미사일개발에 전부 들어가서 우리의 안보를 위협하고 있는 지경에 이르고 있는 것이 아니겠는가?

북한사회에 대한 공동화의 추진이 구체적인 정책목표로 수립될 수 있을지는 알 수 없다. 그러나 북한을 붕괴시킬 수 있는 가장 확실한 수단이 될 수 있는 것만은 틀림없는 사실이라고 해야 할 것이다. 이것은 일종의 북한을 고사시키는 작전이며 만일 그러한 공동화작전이 성공할 수만 있다면 가장 좋은 해결방법이 될 것이다. 그런데 탈북민에 대한 한국의 정책은 극히 미온적이며 소극적인 것 같다. 탈북민들은 목숨을 걸고 한국에서 살기 위하여 입국을 한 것이다. 그런데 정부의 태도는 어쩔 수 없이 그들을 받아들일 수밖에 없다는 모호한 입장을 견지하고 있는 것 같다. 그들을 대한민국에 받아들이기는 했지만 탈북민들의 정착을 위하여 적극적인 도움을 주고 있는 것 같지가 않다. 그러다 보니 탈북민들의 일부는 한국에 정착을 하지 못하고 제3국가로 가거나 가기를 원하고 있다고 한다. 이것이 사실이라면 세계의 10대 경제대국으로 자처하고 있는 한국의 체면에 관련된 문제라고 아니할 수 없다.

탈북민들의 한국 내 정착을 위하여 정부에서 탈북자 정착촌을 운영하고 있다. 그러한 정착촌들이 탈북민들의 성공적인 정착을 위하여 많은 도움을 주고 있는지에 대해서는 자신있게 말을 할 수가 없다고 한다. 탈북민들의 성공적인 정착을 위해서는 이스라엘식의 기브스형태의 자급자족할 수 있는 공동생활단지를 다수 조성하여 탈북민들이 안심하고 한국에 정착할 수 있도록 도와주어야 할 것이다. 실지회복협의회가 바로 이 문제에 착안하여 자급자족할 수 있는 공동생활단지의 활성화에 적극적으로 나서기로 했다. 이러한 공동생활단지는 강제수용소가 아니다. 공동생활단지에의 입주 여부는 탈북민의 자유의사에 의하여 정할 수 있으며, 만일 더 나은 조건의 거주지가 나타나게 되면 언제든지 공동생활단지를 탈퇴할 수 있는 자유가 인정되고 있다. 공동생활단지는 단지 내에 농경지와 생산 공장도 있어서 단지 내에서만 생활을 하더라도 아무런 불편 없이 일상생활을 영위할 수 있도록 되어 있다.

단지 내에서는 모든 일이 자급자족에 의하여 뒷받침되고 있다. 거주하는데 필요한 생활비는 농부나 생산직 근로자 또는 사무직이나 기타 업무에 종사하면서 벌어들인 월급으로 충분히 충당할 수 있도록 배려하고 있다. 공동생활단지 내에는 독신자 숙소와 결혼한 사람을 위한 가족숙소가 마련되어 있어서 자신의 형편에 따라서 숙소를 달리할 수 있다. 공동생활단지 내에는 자녀들의 교육을 위한 각급 학교도 마련되어 있어서 자녀교육 때문에 신경을 쓸 필요가 없다. 은행이나 우체국과 같은 사회기반시설이나 주민센터, 세무서, 할인점과 같은 마트도 있어서 일상생활을 영위하는데 전혀 지장이 없도록 되어 있다. 공동생활단지는 말하자면 일종의 소규모 자급자족도시와 같은 기능을 갖고 있는 조직체이다. 탈북민들은 이러한 공동생활단지에서의 생활을 통하여 한국에 정착하기 위한 초기단계에서 많은 도움을 받게 되어 결과적으로 성공적인 정착을 할 수 있게 되는 것이다.

강동규는 5년 전에 중국을 통하여 단신으로 탈북하여 한국에 입국한 후 처음에는 탈북민정착촌에 거주하다가 공동생활단지가 조성된 후에는 그곳으로 자리를 옮기게 되었다. 5년 전인 25세 때 북한에서 기계공으로 일을 하다가 신분이 노동자나 농민계급 출신이 아니기 때문에 장래의 전망이 없는 북한에서는 더 이상 살 수가 없어서 탈북을 결심했던 것이다. 탈북민정착촌에 살 때에는 기계 관련 문제에 대한 자문을 가끔 해주는 이외에는 특별히 할 일도 마땅하지가 않아서 그럭저럭 지내고 있었다. 정부에서 새로이 탈북민들이 자급자족을 할 수 있는 공동생활단지를 조성한다는 말을 전해 들었다. 그곳에 입주할 수 있으면 기계공인 그가 할 수 있는 일이 있을 것이라는 기대를 갖고 기다렸다. 첫 번째 공동생활단지가 조성되자마자 자원해서 그 단지에 이주를 하고 기계설비 책임자로 자리를 잡을 수 있었다. 공동생활단지가 처음 조성되었을 때에는 모든 시설이 완비되어 있지 않은 상태에 있었기 때문에 그가 기계공으로서 할 일이 산적되어 있었다. 기계설비책임자가 된 강동규는 북한에서는 꿈도 꿀 수 없는 직책을 갖게 된 것이다. 한국에 와서 처음으로 사람답게 살 수 있는 기회를 갖게 되어 생전 처음으로 사람답게 살고 있다는 느낌을 만끽 할 수 있었다. 그는 단지 내에서 반려자를 만날 수 있게 되어 결혼까지 하게 되었다. 결혼을 하고 보니 부부간에 남매도 낳게 되어 나이 30세가 지나서 비로소 가정을 갖게 되었다. 그가 만일 탈북을 하지 않고 지금까지 그대로 북한에 머물러 있었다면 과연 어떻게 되었을까? 아마도 출신성분 때문에 진급을 하지 못한 채 최하위직에 그대로 머물러 있었을 것이다.

북한에서는 출신성분 때문에 신분의 수직상승이라는 것은 기대할 수 없다고 해야 할 것이다. 강동규와 같은 경우에는 출신성분 때문에 북한에서는 계속 살아보았자 자신이 하고 싶은 일도 마음대로 할 수 없다. 아무리 노력을 해보아도 그가 가야 할 길이 이미 정해져 있다. 이러한 운명은 자신의 노력만으로는 극복할 수 있는 방법이 없기 때문에 그에게는 실로 절망스러운 일이라고 할 수 있을 것이다. 그가 출생으로 이미 정해져버린 자신의 운명을 개척하기 위해서는 목숨을 거는 한이 있더라도 북한을 떠나서 다른 나라로 가버리는 방법밖에 없는 것이다. 그는 자유민주주의를 표방하고 있는 한국으로 가기 위하여 탈북을 감행했으며 그가 대한민국을 선택한 것은 참으로 잘 한 일이었다고 말할 수 있을 것이다.

그는 실지회복협의회의 활동에 적극 참여하기로 했다. 그는 협의회의 활동을 통하여 아직도 북한에 그대로 남아 있는 자신이 겪었던 것과 같은 처지에 있는 북한주민들을 다수 탈북시켜서 대한민국으로 데려오는 일에 발 벗고 나서기로 했다. 그가 이러한 결심을 하게 된 것은 북한에는 출신성분으로 인한 계급이 엄격하게 확립되어 있기 때문에 출신성분이 나쁜 사람은 북한에 계속 살아보았자 장래에 대한 전망이 하나도 없다는 것이다. 그러므로 그러한 처지에 놓여있는 북한주민들을 가급적 많이 탈북시키는 것이 그들에게는 크게 도움이 될 수 있는 일이며 북한정권을 위해서도 도움이 될 수 있기 때문에다. 북한에 있어서 출생성분이 나쁜 계급은 잠재적인 불만세력이 될 수 있을 뿐만 아니라 반정부활동의 주동세력이 될 수 있는 가능성이 충분히 있다. 그들은 요주의인물이며 공포정치를 하고 있는 북한에서는 그들을 언제든지 불순한 정치세력으로 몰아서 정치범수용소에 보낼 수 있는 것이다. 미리 알아서 탈북을 감행하여 북한을 떠나가고 있으니 북한정권으로서는 오히려 그들에게 감사표시를 해야 할 판이다.

북한의 일반주민들은 공포정치에 의한 숙청의 대상은 되지 않지만 말 한마디라도 잘못 했다가는 언제든지 정치적인 불순분자로 몰려서 정치범수용소에 보내질 수도 있는 것이다. 이러한 현상은 한국에서는 상상도 할 수 없는 일이라고 해야 할 것이다. 한때는 한국에서도 군정의 시녀였던 중앙정보부가 엉뚱한 사람을 소위 빨갱이나 간첩으로 몰아서 중앙정보부로 끌고 가서 불필요한 고통을 주었다. 그것은 어디까지나 군사 쿠데타라는 비합법적인 방법으로 정권을 쟁취한 군인들이 민정으로 이양한 후에도 정권의 정통성 문제 때문에 국민을 의심하고 두려워하기까지 했던 데서 연유한 일시적인 현상이었다고 할 수 있다.

그런데 북한에서는 정권의 실세가 마치 왕조처럼 아버지가 아들에게, 아들이 손자에게 물려주는 3대 세습을 하고 있기 때문에 김씨왕조 이외의 다른 사람은 정권을 잡을 수 있는 대체세력이 될 수 없는 것이다. 따라서 북한에서는 평화적인 정권교체라는 것은 있을 수도 또는 생각할 수도 없는 일이었다. 김일성이나 김정일의 시대에는 김정은과 같은 막가파식의 공포정치라는 것이 일찍이 존재했었다는 기록을 발견할 수 없는 것 같다. 김정은은 왜 공포정치를 하여 잠재적인 정적들을 무수히 제거하는 한이 있더라도 그러한 미숙한 방법을 버리지 못하고 있는 것일까? 그 이유는 아마도 자신의 할아버지나 아버지의 경우와는 달리 자신의 노력에 의하여 정권을 잡은 것이 아니다. 우연한 기회에 세습에 의하여 정권을 인수받은 것이기에 자신의 현재 위치에 대하여 극도의 불안감을 느끼고 있기 때문에 그런 것이 아니겠는가?

독재자들은 일종의 정신질환자들이라는 설까지 있다. 그 대표적인 예로 제2차 세계대전을 일으키고 600만 명의 유대인을 학살한 히틀러야말로 정신질환자가 아니고 무엇이겠는가? 미치지 않고서야 그 많은 유대인들을 학살하고도 양심의 가책을 조금도 받지 않고 그대로 살아남을 수가 있었다는 말인가? 결국은 제2차 세계대전에 패전하여 자살로 그의 생애를 비참하게 마치기는 했다. 그런 방법으로 그의 천인공노할 죗값을 받기는 했다. 이미 보았던 바와 같이 독재자 스탈린은 그가 함께 찍었던 수십 명의 혁명동지들을 한명의 예외도 없이 전부 살해하여 제거해버렸다니 오죽 신변의 위협을 느꼈으면 그러한 방법을 택하여 정적을 제거하였을까? 그런데 이러한 독재자들에 비할 때 북한의 젊은 독재자는 악독함에 있어서도 그들을 훨씬 능가하고도 남음이 있다고 할 수 있을 것이다. 그도 정신질환을 앓고 있는 것은 아닐까? 정신감정이라도 해보아야 하는 일이 아닐까?

김정은과 같은 온전치 못한 독재자를 지도자로 두고 있는 북한의 주민은 참으로 불행한 사람들이라고 할 수 있을 것이다. 왜냐하면, 이미 본바와 같이 비참한 주민의 생활상에 대해서는 전혀 관심이 없다. 국민의 생활향상에 기여할 수 있는 막대한 돈을 핵무기와 미사일개발에 퍼붓고 있으니 그의 존재야말로 사실상 주민에게는 있으나 마나한 존재라고 할 수 있을 것이다. 지도자가 주민을 위하여 존재하지 않는 국가에서는 사실상 지도자라는 것이 존재하지 않는다고 말을 해도 과언이 아닐 것이다. 자신의 신변안정을 보장받기 위한 수단으로 공포정치를 자행하고 있다. 주민이야 굶어죽건 말건 자신의 대외적인 정치력을 과시하기 위하여 무기개발에 막대한 돈을 처들이고 있는 그를 과연 정신이 온전한 사람이라고 말을 할 수 있을 것인가?

북한 주민들의 젊은 독재자에 대한 일반적인 생각은 과연 어떤 것일까? 주민들의 생각이 한 번도 표면적으로 표출된 바가 없었기 때문에 그들의 일반적인 생각이 무엇인지에 대한 것은 아무것도 알려진 것이 없다. 우리가 주민들의 목소리는 전혀 들을 수가 없다. 이상한 억양을 가진 여자 아나운서나 남자 아나운서들의 적의에 찬 방송에서 미국을 원수로 보고 한국을 적대국가로 매도하는 호전적이며 시비를 거는 듯한 방송을 들으면서 아마도 북한의 일반주민들도 마찬가지 생각을 갖고 있지 않을까 하는 것을 추측해 볼 수 있을 뿐이다. 북한의 집권층들은 무슨 행사라도 있는 경우에는 군복이나 제복을 차려입고 젊은 독재자의 주변에 몰려있는 모습이 인격을 가진 사람들이라기보다는 독재자를 즐겁게 해주기 위하여 절대복종을 하고 있는 꼭두각시들처럼 보일 뿐이다.

외부세계와 완전히 단절된 채로 살고 있는 북한주민들은 북한사회가 예전이나 지금이나 하나도 변한 것이 없을 정도로 가난하게 살고 있다. 노동력을 얻기 위하여 젊은이들을 시도 때도 없이 동원하고 있으니 그들의 생활상은 하나도 나아진 것이 없다고 보아야 할 것이다. 젊었을 때 6 · 25 전쟁으로 서울을 3개월 간 점령했던 북한의 공포정치는 다시 한 번 되돌아볼 생각도 하기 싫은 악몽과 같은 것이었다고 기억하고 있다. 우리의 경우는 그러한 공포정치에서 3개월 만에 벗어날 수 있었지만 평생을 그러한 공포정치와 불안 속에서 살아가야 하는 북한주민의 경우에는 그들의 생활이 참으로 비참할 것이라는 생각이 든다. 아마도 북한에서 지금까지 그대로 살고 있는 일반주민들의 경우에는 산다는 것이 의례 그런 것이려니 하고 살고 있으면서 북한 이외의 다른 세계가 있다는 사실조차 알지 못한 채 힘겹게 살고 있는 것은 아닐까?

어렸을 때 일제하에 살고 있으면서 제2차 세계대전말기의 극도로 가난했던 시기를 거치면서 산다는 것이 그렇게 사는 방법밖에 없으려니 여기면서 우리와는 다른 세계가 있다는 것을 전혀 알지 못하면서 살아왔었다. 일본인들이 제2차 세계대전 때 적대관계에 있는 미국인과 영국인을 악선전하기 위하여 그들을 원숭이들이라고 말을 했다. 어릴 때이라 판단능력이 없었기 때문에 그 말을 고지식하게 그대로 믿고 종전 후에 우리나라에 진주한 트럭을 타고 가는 미군병사들을 따라가면서 그들이 과연 일본인들이 말하고 있듯이 원숭이인지를 확인하려 했던 적이 있었다. 그런데 그들 중에는 노란 머리와 푸른 눈동자를 가진 병사도 있었고 검은 피부를 가진 병사들도 있기는 했지만 우리와 같은 사람임에는 틀림이 없다는 사실을 확인할 수 있었다. 이와 마찬가지로 북한에서 살고 있는 일반주민들은 아나운서들이 외쳐대는 말에 세뇌가 되어서 미국을 원수로 그리고 한국을 형제국가가 아니라 적대국가로 철석같이 믿고 있을 것이다.

북한은 한국이나 미국을 철저하게 증오하는 정책을 견지함으로써 주민들을 일정한 방향으로 끌고 가려는 시도를 하고 있다. 그러한 정책이 일시적으로 주민들의 눈과 귀를 막을 수 있을지는 알 수 없지만 북한정권의 붕괴조짐이 최근에 좀 더 심각하게 나타나고 있는 것 같다. 왜냐하면, 최근에 급격하게 증가하고 있는 달북민들의 숫자가 그러한 사실을 증명해 주는 징표가 되고 있기 때문이다. 탈북민들은 한국의 실상을 어떻게 알고 목숨을 걸고 탈북을 감행하여 한국에 입국을 하게 되었을까? 6 · 25 전쟁 때 적치하의 철저한 감시 하에서도 라디오 방송을 통하여 한국전쟁의 전황을 알게 되었던 것처럼, 한국에 갈 수만 있다면 인간다운 생활을 보장받을 수 있다는 확실한 소신을 갖고 아마도 목숨까지 걸면서 한국으로 가기 위하여 탈북을 감행했을 것이다.

한국에 관한 정보는 대북방송을 전담하는 극동방송이나 기타의 방송매체를 통하여 청취했을 것이다. 엄격한 감시 하에서도 사람들의 입을 통하여 주민들 간에 퍼져나갔을 것이다. 그렇게 퍼져나간 정보는 북한의 주민들 간에 언제인가는 한국에 가고 싶다는 희망을 낳게 했다. 더 나아가서 단순한 희망에만 그치지를 않고 과감하게 탈북을 결행하는데 성공을 하게 되었던 것이다.

만일 우리가 북한에 살고 있는 주민이라면 어떠한 행동을 구체적으로 취했을까? 아마도 일단 탈북을 감행하여 한국으로 가겠다는 생각을 구체적으로 실천할 수 있는 방안을 강구했을 것이다. 탈북과 같은 중대문제의 결정은 결코 혼자의 힘만으로는 결행할 수 없는 성질의 일이라고 할 수 있을 것이다. 탈북문제와 같은 것은 공개적인 토론을 거쳐서 의견을 수렴할 수 있는 문제가 아닌 것이다. 이것은 어디까지나 비밀리에 추진되어야 할 중대한 문제라고 할 수 있을 것이다. 정확한 것은 알 수 없지만 북한 젊은이들의 대부분이 탈북을 꿈꾸거나 계획하고 있을 것이다. 북한주민들의 경우 외부세계와는 완전히 단절되어 있기 때문에 북한의 경제적으로 비참한 생활상과는 달리 외부세계가 얼마나 잘 살고 있느냐 하는데 대하여 전혀 아는 바가 없을 것이다. 중국의 경우도 외국에 경제를 개방하고 적극적으로 외부세계와 경제적으로 교류하게 되면서 경제적으로 급속이 약진했다. 경제성장의 성공으로 미국 다음으로 강력한 경제대국을 지향하고 있다. 북한의 경우 경제적으로 완전 개방하는 길만이 북한이 국제사회에서 국가로서 살아남을 수 있는 유일한 길이라는 것을 북한의 위정자가 확실하게 깨달을 필요가 있을 것이다. 북한이 사는 길은 현재와 같이 막대한 돈을 들여서 분수에 넘치는 무기개발을 하는 데 열을 올릴 것이 아니라, 중국처럼 경제적인 교류를 위하여 북한을 외부세계에 과감하게 개방해야 하는 것이라고 할 수 있을 것이다.

북한의 젊은 독재자가 이러한 엄연한 진리를 너무 늦기 전에 깨닫게 되어 무모한 무기개발을 포기하고 중국식의 경제개발을 모델로 하여 경제개발에 착수하는 일이야말로 가장 바람직한 일이라고 할 수 있을 것이다. 미국이나 한국에 대하여 불필요한 대립각을 세울 필요도 없을 것이다. 무기개발로 자초했던 긴장관계를 깨끗이 포기하고 국가정책의 기본목표를 주민생활의 안정에 두고 모든 역량을 집중한다면 북한도 몇 년 안에 경제적으로 풍요한 국가가 되어 주민들의 생활도 개선될 수 있을 것이다. 이전과는 달리 탈북을 감행하는 주민들의 숫자도 급격히 감소할 수 있게 될 것이다.

이것은 단순한 공상에 그치는 일이 아니라 북한이 살기 위해서는 반드시 지향해야 할 목표인 것이다. 북한이 현재와 같은 무모한 방법을 계속 추진하게 된다면 내부적인 요인으로 와해되어버리거나 외부적인 세력에 의하여 붕괴되어버릴 수밖에 없을 것이다. 북한의 현재 문제는 젊은 독재자가 충분한 사전준비 없이 권좌에 앉았기 때문에 생길 수밖에 없는 비극이라 할 수 있을 것이다. 공포정치를 자행하고 있는 독재자인 그의 측근에는 바른 말을 해주는 사람은 단 한명도 없는 것 같다. 왜냐하면 섣불리 잘못 말했다가는 쥐도 새도 모르게 숙청되어버릴 터인데 누가 감히 그에게 직언을 할 수 있겠는가? 막대한 돈을 들여서 무기개발에 박차를 가하고 있는 것 자체가 판단착오의 대표적인 표징이라 할 수 있을 것이다.

그러함에도 불구하고 아마도 젊은 독재자는 변하지 않을 것이다. 그가 성공적인 통치자로서 역사에 이름을 남길 수 있으려면 변해야 할 것이다. 그런데 문제는 그가 스스로 생각을 해서 변할 가능성은 0퍼센트에 불과할 것이다. 측근인사 중에 그에게 조언해줄 수 있는 인사가 나타나기를 기다리는 것은 거의 불가능한 일이라고 해야 할 것이다. 그렇다면 누구가 그를 변하게 만들 수 있을 것인가? 호랑이 목에 방울을 다는 것과 같은 어려운 일이라고 할 수 있을 것이다. 그가 변하지를 않는다면 탈북민의 숫자는 계속해서 증가할 것이며, 내부요인에 의하여 북한 사회가 와해되거나 외부세력에 의하여 붕괴될 가능성이 점차 커질 것이다.

한국의 일반국민들은 탈북자문제에 대하여 잘 알지도 못할 뿐만 아니라 알려고도 하지 않는 것 같다. 70년이 넘는 세월동안에 북한 주민들과 한국의 국민들은 전혀 접촉이 없었기 때문에 상대방의 입장을 제대로 이해하지 못하는 것 같다. 우선 언어 자체가 다르기 때문에 만일 양자 간에 정식으로 교류를 하더라도 의사소통에 문제가 있을 것 같다. 도전적인 북한아나운서들의 방송을 듣고 있으면 한글이 아니라 외국어방송을 듣고 있는 듯한 착각을 일으킬 정도이니 하는 말이다. 그동안 언어에 있어서도 차별화가 이루어진 것 같다. 북한과 한국이 같은 동포이며 형제지간이기 때문에 다른 국가가 개입하지 않은 우리끼리 하자는 말을 북한은 즐겨 사용하고 있다. 과연 우리는 같은 동포이며 형제지간이라고 말을 할 수가 있을 것인가?

우리가 같은 동포이며 형제지간이라는 것은 70여 년 전에 남북으로 분단되기 전에는 사실이었다. 이제는 더 이상 같은 동포이며 형제지간이라는 말을 할 수 없는 지경에 이르고 있다고 해야 할 것이다. 70여 년간 서로 총부리를 겨누고 있는 원수지간으로서 한 쪽이 죽지 않으면 도저히 살아남을 수 없는 심각한 처지에 놓여 있다는 냉철한 현실을 인정하지 않으면 아니 될 지경에 이르고 있는 셈이다. 이것은 북한이나 한국 모두에게 비극적인 현실이라는 점을 인정해야 할 것이다. 북한의 독재자는 이러한 현실에 직면하여 북한이 한국보다는 우월한 지위를 확보하기 위하여 혈안이 되어 있는 것이라고 해야 할 것이다.

탈북자들은 한국에 와서 인간적인 대접을 받고 제대로 살고 있는 것인가? 그들이 정착하는데 정부나 관련 민간단체들이 아낌없는 지원을 해주고 있는 것인가? 이 문제에 대해서는 일반국민들이 알고 있는 것이 아무 것도 없다고 해도 과언이 아닐 것이다. 일반국민들이 그들을 만날 수 있는 기회라는 것이 사실상 없기 때문에 그들이 한국에 입국한 후로 어떠한 생활을 하고 있는지 모르겠다는 것이 정답이라고 할 수 있을 것이다. 최근에 와서 한국의 대학졸업자들도 자신이 원하는 직장을 구할 수 없는 처지에 놓여 있다. 탈북자라고 하여 그들에게 돌아갈 수 있는 마땅한 직장이 얼마나 많을 수 있느냐 하는 것은 의문의 여지가 많은 문제라 할 수 있을 것이다.

탈북자들을 위한 정책이 정부정책의 우선순위를 점할 수 없다는 것은 분명한 일이라 할 수 있을 것이다. 만일 탈북자에 대한 정책이 미온적이며 소극적이라면 탈북자들에게 실망을 안겨주게 될 것이다. 한국이 살기 좋은 나라라는 생각으로 목숨을 걸고 탈북을 감행하여 한국에 입국하는데 성공을 한 탈북자들에게 실망을 안겨주게 될 것이다. 그것이야말로 세계의 10대 경제대국을 자처하고 있는 한국의 체면에도 치명타를 미칠 수 있는 수치스러운 일이라고 할 수 있을 것이다. 기왕에 탈북민들을 받아들인 것이라면 정부기관이나 관련 민간단체들이 그들이 한국에 성공적으로 정착할 수 있도록 모든 지원을 아끼지 않아야 할 것이다. 이것이야말로 목숨을 걸고 탈북하여 한국을 찾아온 우리에게는 손님이라 할 수 있는 탈북민에 대한 최소한의 예의를 차리는 행동이라 할 수 있을 것이다.

남북관계는 조속한 해결을 보지 못하고 당분간 소강상태로 갈 수밖에 없는 문제라고 해야 할 것이다. 남북한의 어느 한쪽이라도 과감히 양보를 하지 않는 한 양자는 영원한 평행선과 같은 관계를 유지하게 되어 양자 간의 교류라는 것은 당분간 전혀 기대할 수 없게 될 것이다. 이것은 남북한 모두에게 피할 수 없는 비극적인 현상이라고 하지 않을 수 없을 것이다. 역사에는 가정이라는 것이 없다고 했지만 만일 제2차 세계대전말기에 소련의 참전이 실제로 참전했던 날자보다 훨씬 앞섰더라면, 한반도가 아니라 일본이 현재의 한반도처럼 양분되었을 것이라는 주장이 있다. 그말 대로 한반도가 아니라 일본이 분할되었다면 역사는 어떤 방향으로 흘러갔을 것인가? 일본은 전쟁에 대한 책임을 져야 하는 국가이며 한반도는 일본의 식민통치에 희생되었던 당사자이다. 어떻게 일본이 아니라 한반도가 분단의 비극을 경험할 수밖에 없었던 것일까?

역사는 가정이 아니라 현실성이 있는 사건이기 때문에 한반도의 분할이 없었던 일로 되돌릴 수는 없는 일이라 하겠다. 한반도가 제2차 세계대전 후에 남북으로 분할된 것은 부인할 수 없는 엄연한 역사적인 현실이다. 분단문제를 해결해야 할 과제를 우리에게 부여해주고 있는 셈이다. 우리는 이러한 엄연한 역사적인 현실에서 벗어날 수 없는 운명을 타고난 것이다. 어렵다고 해서 쉽게 피할 수도 없는 일이다. 한반도를 하나로 통일하는 문제는 불가능한 일이라고 하더라도 양자 간에 반목을 하지 않고 공존할 수 있는 방법을 양자가 협력하여 모색하는 것이 오히려 현재로서는 한반도문제에 관한 가장 바람직한 해결책이 될 수 있을 것이다. 왜냐하면 양쪽 중에 그 어느 쪽도 상대방에 양보를 할 생각이 없기 때문에 그렇다는 것이다.

그렇게 된다면 북한으로서도 양자 간의 주도권을 잡기 위한 무모한 무력시위를 할 필요도 없을 것이다. 한국이 북한을 억지로 협상테이블에 불러내기 위한 외교적인 협상을 어렵게 할 필요도 사실상 없어질 수밖에 없을 것이다. 전혀 질적으로 다른 양자 간에 공통분모를 찾아내기 위한 부질없는 노력을 시도하는데 애를 쓰는 대신에 '너는 너대로 나는 나대로 살면서 서로 간섭하지 않기'를 실천할 수만 있다면, 지금까지 이어온 남북 간의 지겨운 적대관계는 더 이상 억지로 유지하지 않아도 될 수 있는 일이 아니겠는가?

비록 이러한 방법은 남북한의 문제를 해결하기 위한 최선의 올바른 방법은 아닐지라도 현재로서는 남북관계를 현상유지의 차원에서 원만하게 유지할 수 있는 가장 바람직한 차선책이 될 수 있다는 것은 명백한 일이라고 할 수 있을 것이다. 그러다 보면 상대방이 무슨 행동을 하던 간에 서로 무시하고 살 수 있는 것이 아니겠는가? 이러한 목적을 달성하기 위하여 상호간에 서로 침략을 하지 않겠다는 불가침협정이라도 채결할 필요가 있는 것이 아닐까?

남북한의 문제는 자신이 점유하고 있는 한반도의 나머지 부분이 언제인가는 자신의 영토로 편입해야 할 부분이라고 착각을 하고 있는 데서 비롯되는 문제라고 할 수 있을 것이다. 통일이라는 말이 바로 이러한 소위 실지회복을 전제로 하고 있는데 문제가 있는 것이라 할 수 있을 것이다. 양쪽이 모두 이러한 실지회복이라는 논리를 가급적 빨리 포기할 수 있다면 남북 간의 주도권 경쟁이나 대결은 더 이상 필요없게 되는 것이다. 지금까지 70여 년을 따로 따로 살아왔는데 이제 와서 뒤늦게 양쪽이 합친다 하여 무슨 실제적인 도움이 될 수 있다는 말인가? 이제부터는 지금까지 양쪽이 추구했던 대결의 구도에서 공존의 구도로 전환할 때가 된 것 같다. 양쪽이 그러한 냉철한 현실을 가급적 빠른 시일 내에 받아들이는 것만이 한반도의 영구적인 평화의 달성을 위하여 바람직한 일이 아니겠는가?

2. 관록

　관록이라는 말은 어떤 분야에 있어서 경력을 많이 쌓았기 때문에 남들이 그에게 쉽게 범접하기 어려운 일종의 권위를 나타내는 의미로 쓰여지는 말이라고 할 수 있을 것이다. '사람은 직업에 따라서 외모가 달라질 수 있다'는 말처럼 연륜이 쌓여감에 따라서 외모도 변하면서 권위를 더하게 되는 것 같다. 사람이 나이를 먹게 되면 백발로 변하는데 그러한 외모가 관록을 보여주는 징표가 될 수 있을 것이다. 관록을 갖고 있는 사람의 말은 쉽게 무시할 수 없는 것이라고 할 수 있다. 그의 언행에는 무시할 수 없는 남다른 권위가 있기 때문에 그런 것이라 하겠다.

　관록을 갖고 있는 사람의 실례로서 한 작가의 작품을 통해서 살펴보기로 하겠다. 김도창은 교수출신의 소설가로서 나이 80에 등단을 하여 2~3년 안에 다섯 권의 소설집을 펴낸 맹렬작가이다. 그가 교수로 정년퇴임을 했다는 것과 나이 80에 소설가로 등단을 했다는 사실 자체가 이미 그의 관록을 나타내고 있는 무시할 수 없는 권위의 이정표가 되고 있는 것이다. 그는 다작을 하는 편인데, 그가 쓰는 소설의 내용은 다분히 사회비평적인 성격을 띠고 있다는데에 특색이 있다고 하겠다. 그는 40대의 젊은 나이에 한 영자신문에 고정칼럼을 갖고 매주 한 편의 사회비평 논설을 영문으로 써주기를 약 2년간 하면서 90여 편의 그러한 논설을 써주었다.

그 후에 교수생활을 하느라고 더 이상 영어논설을 써줄 기회가 없었다. 나이 80에 소설가로 등단을 한 후에는 사회비평을 내용으로 담은 단편소설을 쓰면서 우리 사회에 만연하고 있는 크고 작은 각종 부조리를 우리 사회에 고발하는 역할을 자임하고 있다는 자부심을 갖고 있다. 사회비평 논설을 쓸 때에는 지면이 A4 용지 한 장 반으로 제한되어 있었기 때문에 쓰고 싶은 것은 많았지만 원하는 것을 제한된 지면 속에 전부 넣을 수 없다는 제약이 있었기 때문에 하고 싶은 말을 다 할 수 없었다. 한글로 쓰는 것이 아니라 영문으로 써야 하는 언어상의 제약도 있었다.

그런데 단편소설의 경우에는 A4 용지 10매까지 사용할 수 있기 때문에 소설 속에서 사회비평을 충분히 할 수 있었다. 여러 가지 사회문제에 대한 김작가의 소신을 마음껏 펴낼 수 있었던 것이다. 그의 사회비평소설은 사회적으로도 큰 반향을 일으켜서 한국문단에 유명작가의 한 사람으로 이름을 올리게 되었다. 그러다 보니 김작가의 관록은 더 한층 쌓여가게 되었다. 한 시사잡지사의 기자가 김작가와 인터뷰한 내용을 살펴보자.

"안녕하십니까? 시사잡지사에서 나왔습니다. 김작가님께서 어떻게 사회비평소설을 쓰게 되셨는지 말씀해 주시겠습니까?"

"내가 사회비평소설을 쓰게 된 것은 결코 우연한 일이 아니었습니다. 내가 사회비평소설을 쓰기 시작하기 훨씬 전인 40대의 젊은 나이에 한 영자신문에 고정칼럼을 갖고 한 2년간 매주 한 편의 사회비평 논설을 영문으로 쓴 적이 있었습니다. 모두 90여 편의 그러한 논설을 쓴 적이 있었습니다.”

“그런 일이 있으셨군요. 작가님께서 사회비평소설을 쓰시게 된 것은 결코 우연한 일이 아니었군요.”

“그 때에는 논설을 영어로 쓰는 언어상의 제약도 있었고 A4 용지 한 장 반 이내에 논설을 쓰는 지면상의 제약 때문에 내가 하고 싶은 말을 충분히 다 할 수 없었습니다.”

“그러시다면 단편소설을 쓰시는 경우에는 어떻게 다릅니까?”

“단편소설로 쓰는 경우에는 지면을 A4 용지 열 장까지도 사용할 수 있기 때문에 어떤 문제에 대한 사회비평을 충분히 할 수 있다는 장점이 있습니다. 그 뿐만 아니라 논설은 일정한 틀에 맞추어야 하는 제약이 있지만, 소설의 경우에는 일정한 형식에 구애받지 않고 작가의 의지에 따라서 자유스럽게 이야기를 전개할 수 있기 때문에 하고 싶은 말을 얼마든지 쏟아낼 수 있는 장점이 있다고 할 수 있습니다.”

“작가님의 작품이 단시일 내에 많은 사람들에게 알려지게 되었는데 작가님의 감회는 어떠십니까?”

“작가로서는 자신의 작품을 읽어 주는 사람들이 많이 있다는 것은 영광스러운 일이라 할 수 있을 것입니다. 앞으로도 계속 정진하겠습니다.”

“인터뷰에 응해주셔서 감사합니다. 건강하십시오.”

우리는 김작가의 작품들을 통하여 그의 탁월한 사회비평의 관록을 엿볼 수 있을 것 같다.

사람들의 심리 속에는 아는 사람이 잘 되면 축하를 해주거나 격려를 해주려는 대신에 그가 잘 나가는 것을 질투하거나 깎아내리려는 경향이 좀 더 농후한 것 같다. 그러다 보니 아는 사람이 불행한 일을 당하게 되면 그를 위로해 주고 격려해 주는 대신에 속으로 은근히 기뻐하는 사람까지도 있게 되는 것이다. 우리가 살아가면서 남이 잘 되는 것을 보고 칭찬이나 격려를 해줄 수는 없는 것인가? 잘 되는 사람들의 경우는 운이 좋아서 그렇게 되었던 것이라고 보기보다는 그의 부단한 노력이 가져다 준 결과물이라고 할 수 있을 것이다. 자신은 그가 했던 것처럼 특별한 노력을 하지도 않은 채 남이 잘 되는 것을 질투나 하고 그를 깎아내리려고만 해서는 어떻게 문화인이라고 말을 할 수 있겠는가? 그를 칭찬해주고 격려해주는 것이야말로 교양인으로서의 참모습이 아니겠는가? 우리나라 사람들은 남이 잘 되는 것을 축하해 줄 만한 마음의 여유가 없는 것 같다.

우리가 죽은 사람을 산에 묻는 것을 지켜보는 이유는 망자를 제대로 무덤에 묻고 있는 지 여부를 감시하기 위해서 일 것이다. 매장한지 3일후에 무덤에 다시 찾아가서 제대로 묻었으며 무덤의 상태가 어떠한지 여부를 확인해 보는 삼우제의 관습도 그러한 의미에서 그 중요성을 인정할 수 있을 것이다. 그런데 자손들이 죽은 부모의 매장을 소홀히 하여 매장지에서 관은 관대로, 그리고 시체는 시체대로 팔아치워졌다면 어떻게 할 것인가? 죽은 사람을 정중하게 매장하지를 않고 관을 버리다시피 장지에 맡기고 많은 돈을 주고 대신 매장해 줄 것을 부탁하고 왔다면 어떤 결과가 발생할 것인가? 최근에 시신과 관이 전문 사기단에 팔려서 관채로 사라져버리는 경우가 있다는 소문이 있다. 고인의 매장을 소홀히 하고 있다는 것을 알고 돈은 돈대로 받고 관은 관대로 빼돌리는 경우가 발생할 수 있다는 것이다. 우리가 죽은 사람을 산에 묻는 풍습은 죽은 사람은 산 사람과는 엄밀하게 구분되는 전혀 다른 영역에 살고 있는 대상이라는 생각 때문에 그런 것이 아닌가 한다. 이에 비하면, 유럽을 비롯한 서양 사람들의 생각으로는 사람이 죽는다 하더라도 그들은 우리의 기억 속에 영원히 남을 수 있는 존재이기 때문에 성당이나 교회의 뒤뜰이나 지하에 묻게 되어 있다.

인간의 수명이 길어져서 50~60대에 은퇴를 하고도 40~50년을 더 살아남게 되는 100세시대에 살고 있는 우리에게는 '제2의 인생'이라는 말보다는 '제3의 인생'이라는 말이 좀 더 마음에 드는 이유는 과연 무엇일까? 그 이유는 아마도 '제2의 인생'이라는 말은 그저 우리의 여생인 사망시까지의 남은 인생을 살고 있다는 의미밖에 없는 것이다. 그러나 '제3의 인생'이라는 말을 하는 경우에는 40~50년이 될 수 있는 긴 세월동안에 그저 어영부영하면서 계획성 없이 살아가는 대신에 죽기 전까지 어떠한 뚜렷한 인생목표를 설정하고 그 목표의 달성을 위하여 전력투구를 할 필요가 있다는 것이다. 그러한 목표달성을 위하여 우리의 마지막 인생을 불태우는 일이야말로 실로 의의 있는 일이라 할 수 있을 것이다. 인터넷으로 검색을 해보면 '제3의 인생'이라는 제목을 가진 책들이 이미 수십 권 발행된 사실을 확인할 수 있다. 그들은 제3의 인생을 어떠한 의미로 해석하고 있는지는 알 수 없지만, 김작가의 경우에는 단지 여생을 산다는 데만 그치지 않고 인생의 말년에 무엇인가 의의가 있는 일을 해야 하는 시기라는 말로 쓰고 싶다. 오래 산다는 것도 좋지만 병들어 거동도 제대로 하지 못하고 먹지도 못하면서 100세를 넘어 산다고 하여 그것이 어찌 축복된 일이라 할 수 있을 것인가? 김작가는 아직도 건강한 삶을 살면서 죽는 순간까지 소설을 쓰면서 제3의 인생을 살아갈 수 있다는 것이 얼마나 뜻 깊은 일인가를 재삼 음미하면서 열심히 살고 있는 중이다.

모 교단 교주의 무모한 욕심 때문에 수학여행을 가던 250명의 고등학생과 50여 명의 기타 민간인을 포함하는 300여 명의 희생자를 낸 세월호 참사를 보면서, 그 사건의 뒷수습을 하지 않은 채 자신만의 목숨을 살리려고 도주하다가 결국에는 객사한 교주의 행동과는 전혀 다른 행동을 한 가상적인 교주의 경우를 생각해 보았다. 이 소설에 등장하는 교주는 신학교를 나오지 않고도 재주 좋게 한 영향력 있는 교단의 교주가 되었다. 비상한 경영능력을 발휘하여 기업체와 같은 운영으로 10만 명에 이르는 교인을 모아들인 천재적인 능력을 갖고 있는 사람이었다. 그러나 교인들을 비인간적으로 다루어서 결국에는 300여 명의 신자들이 집단자살을 하는 사태를 불러오게 되었다. 이러한 불상사가 발생하게 되자 이 교주도 처음에는 도피를 했다가, 도피생활 중에 자신이 지금까지 저질렀던 일을 반성하고 자수하여 자신이 범한 죄에 대한 심판을 받고 개과천선하기로 결심을 하고 경찰서를 찾아가서 자수를 했다. 사람들이 처음에는 그에 대한 비난에 열을 올렸다. 재판부는 300명이 집단자살을 한 것이 그의 책임으로 돌릴 수 있는 사안이 아니라는 판단 하에 그에 대한 무죄선고를 했다. 그러한 선고와 함께 재판부는 그의 교단 운영방침의 변경을 권고했다. 교주는 재판부의 권고가 없었더라도 교단운영의 방법을 획기적으로 변화시킬 각오를 갖고 있었다. 사람이기 때문에 세상을 살다보면 과오를 범할 수 있다. 그러한 과오를 그냥 묻어두고 아무 일도 하지 않을 뿐만 아니라 그냥 묵살해 버리려고 하는 사람이 있는가 하면, 자신이 범한 과오를 통렬히 반성하고 그에 대한 정신적이며 물질적인 보상을 적극적으로 하려는 사람이 있다 할 것이다. 여기에서 든 두 사람의 교주 중에 자신이 범한 잘못에 대하여 책임을 지기는커녕 사직당국의 감시의 눈을 피하여 도주하다가 불쌍하게도 객사를 한 교주의 경우는 전자의 예라 할 수 있다. 우리의 주인공인 교주의 경우는 교단운영의 방법을 지금까지 해왔던 것과는 전혀 다른 획기적인 방법으로 변화시켜서 교인들의 복지향상을 최우선적으로 하여 교단개혁을 적극적으로 추진하게 된 후자의 대표적인 실례라 할 수 있을 것이다.

왜 사람들은 자살이라는 최후의 길을 택하는 것일까? 친구들에게 왕따를 당했다 하여, 성적이 떨어졌다 하여, 또는 부모에게 꾸중을 들었다 하여 청소년들이 고층 아파트에서 투신자살을 하는 일이 자주 발생하고 있다. 어떻게 우리들의 자라나는 청소년들이 자신의 목숨을 그렇게 가볍게 여겨서 자산이라는 최후의 수단을 택하고 있는 것일까? 인터넷에는 자살사이트까지 있어서 서로 모르는 사람끼리 자살하겠다는 공동관심사에만 의견의 일치를 보아서, 함께 모여서 집단 자살을 하는 경우도 있다. 일본과 다른 외국의 사이비 종교 단체에서는 신도들을 세뇌시켜서 수백 명이 동시에 집단자살을 하여 세상을 놀라게 한 일도 있었다. 아마도 이러한 사이비 종교단체에서는 사이비교주의 감언이설에 속아서 신도들이 사후의 행복을 찾아서 자살이라는 지름길을 택했던 것이 아닐까? 우리나라에서는 최근에 와서 자살을 미화하는 듯한 경향을 무리 없이 받아들이는 추세를 보여주고 있다. 왜 사람들이 자살이라는 최후의 수단을 거침없이 택하고 있느냐 하는 원인분석에 대한 설명을 찾아보기 힘들다. 자살한 사례들을 장황하게 설명해 줌으로써, 특히 청소년들에게 자살이 별것 아니라고 가볍게 말하는 듯한 경향에 부채질을 하고 있는 것은 우려를 자아낼 만한 일이라고 할 수 있을 것이다. 우리는 태어난 순간부터 죽음을 향하여 한 발짝씩 다가가고 있는 것이다. 누구도 죽기 전에는 '죽음으로의 여행'을 멈출 방법이 없는 것이다. 자살을 택하는 심리상태는 자살을 함으로써 이러한 여정에서 벗어날 수 있다고 착각을 하게 되는 것이 아닐까? 인간은 결국 죽을 수밖에 없는 운명에 처해 있다는 것을 올바로 알고 있다면 자살을 인생마감의 최후수단으로 택하는 대신에 살 수 있는 데까지는 최선을 다하여 살아가야 하는 것이 아닐까?

한 언론인 출신의 국무총리 후보자의 국회 청문회에서 보여준 거짓말 경쟁은 실로 가관이었다고 할 수 있을 것이다. 언론인 출신의 그를 언론계에서 옹호해 주기는커녕 오히려 정치인들보다 앞장서서 없는 일까지 지어내서 결국에는 그를 낙마시키고 말았으니 참으로 한심한 일이었다 아니 할 수 없을 것이다. 우리나라 사람들은 사람 하나 병신을 만드는데 있어서 이골이 나 있는 것 같다. 풍자적인 시에도 나무에 오르고 싶지 않은 사람을 나무에 오르라고 충동질을 해서 오르게 한 다음에 그를 떨어뜨리기 위하여 나무를 흔들어 댄다는 말이 있을 정도이니 하는 말이다. 왜 사람들은 거짓말을 해서라도 마음에 들지 않는 사람을 모함까지 하여 불이익을 주려고 하는 것일까? '사촌이 땅을 사면 배가 아프다'는 말이 있듯이 남이 잘 되는 것을 칭찬해 주고 격려를 해주는 대신에 잘 되는 것을 배 아파하고 시기하는 못된 버릇이 있기 때문에 그런 것이 아닐까? 그렇다면 왜 사람들은 밥 먹듯이 거짓말을 하며 또한 거짓말의 전시장처럼 되어버린 막장 드라마들을 즐겨 보는 것일까? 그 이유는 아마도 우리의 생활이 이전보다는 풍족해졌지만, 정신적인 면에서는 우리의 생활이 이전보다 훨씬 더 삭막해졌기 때문에 그렇게 된 것이 아닐까 한다. 성공한 사람들은 거짓말을 할 줄 모르는 사람들이라고 해도 무방할 것이다. 거짓말 할 필요가 없는데 거짓말을 할 사람이 어디에 있겠는가. 정직한 사람은 거짓말을 할 필요가 없는 것이다. 뒤가 구린 사람들이 거짓말을 밥 먹듯 하고 있다고 볼 수 있다. 이 세상을 살아오면서 거짓말을 단 한 번도 하지 않은 사람은 아마도 존재하지 않을 것이다. 사람은 신이 아니기 때문에 크고 작은 실수를 하거나 잘못을 저지를 수 있는 것이다. 그런 경우에 자신의 실수나 잘못을 솔직하게 밝혀서 용서를 구하면 깨끗이 해결될 문제이다. 그것을 숨기거나 거짓말을 하여 순간을 일시적으로 모면하려 해도 다른 경우가 닥치게 되면 이전에 그랬던 것처럼 숨기거나 거짓말을 하게 되어, 그러한 거짓말은 그 사람의 일생을 통하여 악순환을 되풀이 하게 될 것이다.

'내가 누구인지 알아?'와 같은 남을 위압하려는 고압적인 언사는 능력 있는 실력자의 경우에는 결코 사용하지 않는 언사라 할 수 있을 것이다. 그러한 사람들의 경우에는 자기 자신을 남에게 과시를 하지 않더라도 누구나 그를 알아주고 인정해주기 때문에 구태여 자기과시를 하지 않아도 되기 때문이다. 자신의 지위나 배경을 남에게 과시하려는 인간들은 어정쩡한 지위를 갖고 있는 인간들로서 자기과시를 하지 않으면 사람들이 자기를 알아주지 않기 때문에 그렇게 하는 것 같다. 세월호 유족들이 농성을 하고 있는 광화문 농성장에 모 국회의원이 나타나서 택시기사에게 자기가 누구인지 아느냐고 과시를 하고 택시기사에게 폭행까지 하여 말썽이 났던 적이 있었다. 그때부터 '내가 누구인지 알아?'라는 말은 사람들에게 전염병처럼 번져나간 유행어가 되어버렸다. 그런데 자신이 누구인지를 밝히는 것은 반드시 과시용으로만 사용되는 표현방법에 불과한 것일까? 우리가 일상생활을 해가는 과정에서 자신이 누구인지를 밝혀야만 할 경우가 발생할 수 있을 것이다. 자신이 누구인지를 밝히지 않으면 다른 사람과의 교류가 전혀 원만하게 이루어지지 않는 경우가 바로 그러한 경우라 할 수 있을 것이다. 김작가가 미국에서 만났던 한 일본교수의 경우 테니스를 치고 있던 김작가에게 접근하면서 하는 말이 실로 놀라웠다. 미국인들의 경우에는 초면에 결코 물어보지 않는 나이가 몇 살이냐? 직업이 무엇이냐? 얼마를 버느냐는 등 미국인들의 경우에는 친해지는 경우에도 좀처럼 하지 않는 질문을 서슴없이 김작가에게 마구 퍼 붙는 것이 아니겠는가? 왜 그런 것인가? 그의 해명은 간명했다. 김작가와 친구가 되려면 나이, 직업, 수입 등이 비슷해야만 친해질 수 있다는 것이다. 다시 말하면 김작가가 어떤 사람인지를 잘 알아야만 친해질 수 있다는 것인데 충분히 수긍할만한 일이었다. 우리들은 많은 사람들과 접촉하면서 진실한 그들을 만나지 못하고 다만 피상적으로 서로 대하고 있는 경우가 대부분인 것 같다. 그러다 보니 우리의 인간관계에는 진실성이 결여될 수밖에 없게 되는 것이 아니겠는가? 그런 의미에서 볼 때 '내가 누구인지 알아?'라는 말은 부정적으로만 볼 것이 아니라 긍정적으로 볼 수도 있다는 것이다. 이미 살펴 본 바와 같이 내가 누구인지를 밝히는 것은 다른 사람과의 관계를 좀 더 부드럽게 만드는데 도움이 될 수 있는 것이다.

　살인을 청부업으로 삼고 살고 있다는 말은 들었지만 그러한 사람들이 인터넷을 통하여 성업 중이라는 사실은 처음 알게 되었다. 세상이 살기에 얼마나 각박해졌으면 다른 사람의 부탁을 받고 살인을 해주는 것이 영업목표로 되어 있다는 말이냐! 아무리 생각을 해 보아도 도저히 이해가 가지 않는 비정상적인 사회현상이라 아니할 수 없을 것이다. 아무리 세상의 인심이 험악해졌다 하더라도 어떻게 자기가 혐오하는 사람을 살해해 달라고 살인청부업자에게 부탁을 할 수 있으며, 그 부탁을 받고 돈벌이가 된다고 청부살인을 감히 해줄 수 있다는 말인가? 우리는 화가 나면 별 뜻 없이 저놈이 죽어버렸으면 좋겠다는 말을 할 수는 있다. 누군가 나를 대신해서 저놈을 죽어주었으면 좋겠다는 생각을 할 수도 있다. 그러나 이것은 어디까지나 마음속의 생각일 뿐이다. 그런데 그러한 생각을 마음속에만 품지 않고 살인청부업자를 찾아서 돈을 주고 부탁을 한다면, 그때부터는 양쪽이 모두 살인이라는 범죄행위에 가담하게 되는 것이다. 이러한 청부살인이 가능할 수 있는 것은 이 세상에 살의를 갖고 있는 사람들이 존재하며, 그가 원하는 사람을 대신 살해해 주는 청부업자가 존재하기 때문이다. 살의를 갖고 살인을 하는 것과 우발적인 살인은 살인이라는 점에서는 차이가 없지만, 우발적인 살인보다는 살의를 갖고 행하는 살인의 죄질이 훨씬 더 크다고 하겠다. 자신의 감정을 억제하는 일은 평상시에는 누구나 할 수 있는 일이다. 그러나 감정이 격해졌을 때는 이야기가 달라진다. 감정이 극도로 격해졌을 때에 평상시와 마찬가지로 감정을 조절할 수 있는 것은 평상시의 지속적인 극기와 훈련에 의해서만 가능해 질 수 있는 일이라 할 것이다.주인공은 살인청부업체인 한 기업을 운영 중에 있는데 수입이 제법 짭짤한 셈이다. 이러한 사업을 시작하기 전에는 과연 사업이 될까 하는 염려도 해보았다. 그런데 막상 사업을 시작하고 보니 청부살인을 의뢰하는 사람들이 얼마나 많은지, 의뢰인의 요구를 모두 받아들일 수 없어서 동업자들에게 일거리를 나누어 줄 정도로 성업 중이다. 어쩌다 우리 사회가 청부살인을 의뢰하는 사람으로 넘쳐나게 되었는지 한심한 생각마저 들게 되었다. 청부살인은 분명히 범죄행위이기 때문에 누가 저지른 일인지 모르게 할 필요가 있다.

몸에 난 상처는 시간이 지나면 치유될 수 있지만, 마음의 상처는 세월이 지나도 완전히 치유되지 않는 경우가 많다. 사람들은 왜 상처를 주고받는 것일까? 자기가 남보다 우월하다는 생각이 있어서 은연중에 다른 사람을 무시하거나 폄하하여 남에게 상처를 주고 있는 것이다. 수련이 많이 되어 있어서 어떤 경우에도 충분히 자기 자신을 관리할 수 있는 사람의 수는 별로 많지 않을 것이다. 이러한 특별한 사람의 경우를 제외하고는 보통사람의 경우에는 이성보다는 감정의 지배를 받게 되는 경우가 다반사이다. 친한 사이일수록 예의를 지키라는 말이 있지만, 아내와 50년 이상을 살다보니 아내에게 시도 때도 없이 막말을 하여 아내에게 상처를 주고 있다. 다른 사람과는 별로 접촉하는 일이 없어서 김작가는 자신도 모르게 그들에게 상처를 주는 일은 더 이상 없게 되었다. 그러나 아내는 김작가의 모욕적인 말을 듣고도 상처를 받는 대신에 김작가의 말을 듣지 못했다는 듯이 그냥 무시해버리고 더 이상 마음에 담아두려 하지를 않는다. 김작가가 젊은 시절에 그렇게 아내를 함부로 대했다면 아내가 김작가에게 울고불고 대들면서 당장 이혼을 하자고 덤벼들었을 것이다. 이제는 싸울 기력도 없어졌는지 그런 심한 모욕적인 말을 들어도 상처를 받는 대신에 정신 나간 사람이 하는 실없는 말 정도로 전혀 신경을 쓰지 않는 것 같다. 아마도 연륜의 경과에 따라서 아내의 이해심도 성숙해진 것이 아닐까? 사람들은 서로 돕고 살지 않으면 안 되는 존재이다. 독불장군처럼 혼자서 살 수 없는 것이 우리 사회의 참모습이다. 제아무리 잘난 인간이라 하더라도 동료들과 비교할 때 도토리 키 재기에 불과한 셈이다. 이러한 사실도 모른 채 자신이 잘 났으면 얼마나 잘 났다고 거들먹대느냔 말이다. 일생을 아무 고통도 받지 않고 살아갈 수 있는 사람도 없을 것이며, 한 번도 다른 사람 때문에 마음에 상처를 입지 않고 살아갈 수 있는 사람도 없을 것이다. 인생은 고해라는 말이 있는데 과연 그런 것인가. 우리가 세상을 살아가다 보면 불가항력적인 경우도 있지만, 그보다는 우리가 주변에서 발생하는 문제들에 대하여 어떻게 대처하느냐에 따라서 똑같은 문제도 전혀 다른 방향으로 흘러가는 것 같다.

'약속은 지켜야 한다'는 법언은 로마법의 가장 중요한 법리이기도 하다. 법은 이러한 약속을 기초로 하여 성립되는 것이다. 그러므로 이러한 약속이 지켜지지 않는다면 법은 그 의미를 상실하게 될 것이다. 이 문제와 관련하여 세월호 참사를 다시 거론하지 않을 수 없다. 이 참사와 관련된 문제를 파헤치면 파헤칠수록 부조리가 만연되지 않은 분야가 거의 없는 것을 보고 가히 총체적인 부조리라는 사실을 부인할 수 없기에 서글픈 심정이다. 우리 국민의 법의식이 철저하여 어떠한 변칙적인 부조리의 발생 여지도 철저하게 사전에 차단할 수 있었다면 그러한 참사는 우리나라에 자리를 잡을 여지가 전혀 없었을 것이다. 질서와 규칙을 지켜야 한다는 것은 어릴 때부터 훈련이 되어 있지 않으면 어른이 된 후에 새삼스럽게 그러한 문제를 논의한다는 것 자체가 무의미한 일이 될 것이다. 왜 외국인들은 질서와 규칙을 잘 지키고 있는데, 우리 국민은 그러한 것들을 잘 지키려 하지 않는 것일까. 그 해답은 그들은 어렸을 때부터 질서와 규칙을 지키는 것이 생활의 일부가 되어 있어서 습관화되어 있는데 반하여, 우리 국민은 질서와 규칙을 지키지 않는 사람이 오히려 남들의 선망의 대상이 되어 있을 지경이다. 국가와 사회의 지도급 인사들이 그러한 제약을 헌신짝 버리듯 하는 태도를 보고 있는 일반 국민들이 구태여 질서와 규칙을 지키려 하겠는가? 법 준수의 문제는 우리 국민의 의식의 수준문제라 할 수 있을 것이다. 법 준수의 확고한 의지가 없는 사람은 공무원이 되어서는 안 될 것이다. 만일 그러한 사람이 공무원이 된다면 각종 부조리의 주인공이 될 수 있는 가능성이 누구보다 크다고 할 수 있을 것이다. 공무원에게 요구되는 사항은 좋은 머리가 아니라 정직함과 양심이라 할 수 있지 않을까, 정직함과 양심이 있는 사람만이 깨끗한 공직사회를 만드는데 크게 기여하게 될 것이다.

음모론은 사실이 아닌 것을 마치 사실인 것처럼 주장하는 것으로 음모론으로 사람 하나 병신 만드는 것은 얼마든지 있는 일이다. 사실이 아닌 것을 마치 사실인 것처럼 조작해서 사회에서 매장시켜버리는 것은 식은 죽 먹기와 같은 일일 것이다. 우리는 공직후보자로 나왔다가 음모론에 말려들어서 망신을 당하고 물러났던 사례를 얼마든지 발견할 수 있을 것이다. 최근에 국무총리 후보로 지명되었던 한 인사의 경우, 신문기자출신임에도 불구하고 신문기자들이 그를 모함하여 결국 국회청문회에도 가보지 못하고 여론재판에 밀려서 낙마하고만 사건이 있었다. 이 사건이야말로 대표적인 정치적 음모론이 아니고 무엇이겠는가. 일단 여론재판에 몰리게 되면 언론사들이 여론의 위력을 활용하여 없는 사실도 마치 있는 것처럼 만들어서 대상자를 자신의 입맛에 맞도록 요리하고 있으니, 이러한 음모론이야말로 놀라운 위력을 발휘하고 있는 셈이다. 이러한 음모론에 일단 걸려들게 되면 본인에게는 변명의 기회도 없어지게 되는 황당한 상태에 처하게 된다. 음모론에 말려든 당사자가 취해야 할 유일한 방법은 자진해서 문제가 된 자리에서 물러나는 수밖에 없을 것이다. 이러한 여론조작에는 최근에 그 위력이 입증된 SNS와 같은 미디어매체가 한 몫을 하고 있는 것 같다. 잘못된 내용이지만 일단 SNS와 같은 매체에 오르게 되면 그 파급효과가 크기 때문에, 잘못된 내용을 시정해주기는커녕 오히려 잘못 전달된 내용이 엉뚱한 방향으로 증폭되어 수습할 수 없는 지경에 이르게 되고 마는 것이다. 남의 주목을 받지 않고 조용히 살려면 어떻게 하는 것이 현명한 방법이 될 수 있겠는가. 이름 없는 보통사람으로 사는 것이 가장 바람직한 일이기는 하지만, 그러한 축복은 누구에게나 주어지는 것은 아닐 것이다. 내가 아무리 조용하게 살고 싶어 하는 경우에도 남들이 나를 가만히 두지 않기 때문에 어쩔 수 없이 남들과 어울리게 되고, 그러다 보면 자신도 모르는 사이에 구설수에 오를 수도 있는 것이 인생살이가 아니겠는가.

관료사회에 종사하고 있는 사람들은 자기 자신이 남들보다 똑똑하다고 생각하고 있을 것이다. 낙하산을 타고 들어온 것이 아니라 어려운 경쟁시험을 치고 들어온 정예라는 의식이 남보다 강한 집단인 것이다. 그러하기 때문에 관료사회의 비리가 세상에 알려지는 것을 누구보다도 싫어하는 집단이라고 해야 할 것이다. 그러한 정예의식이 강한 집단임에도 불구하고 일단 관료사회에 합류하고 난 후에는 그들이 자랑으로 생각했던 정예의식은 어디로 사라지고 관료사회의 폐습에 물들게 되어버리는 자신을 발견하고 놀라움을 금할 수 없게 된다. 법이 정한 바에 의하여 판결을 내려야 하는 판사가 뇌물을 받고 판결을 그르친다면 중대한 법 위반이 되는 것이다. 이것은 단순한 검사와 판사 간의 힘겨루기가 아니라 법을 올바르게 집행하려는 검사와 법을 위반하고 있는 판사 간의 문제로서 검사에 의한 판사에 대한 압력으로 보이는 사법파동이라고 부르기에는 어폐가 있는 문제인 것이다. 판사라

하더라도 법을 위반한 사실이 입증되면 기소도 될 수 있고 처벌도 받을 수 있는 문제인 것이다. 이러한 의미에서 볼 때 수뢰판사들에 대한 주인공인 검사의 행동은 정당한 법집행으로 충분히 정당화될 수 있을 것이다. 그런데 묘한 일은 그렇게 잘 나가던 주인공 검사가 수뢰죄로 몰려서 옷을 벗게 되었다는 사실이었다. 수뢰정치인, 수뢰관료, 수뢰판사까지 기소하여 장안의 지가를 올리던 유능한 특수부장검사가 어떻게 자기가 그동안 혼신의 힘을 다해서 우리 사회에서 뇌물수수행위를 근절하기 위하여 노력해 왔던 결과로 특수부장검사로 승진까지 했던 바로 그 당사자가 수뢰죄로 옷을 벗게 되었다는 말인가. '욕하며 배운다'는 말이 있듯이 자기가 가장 혐오하는 일을 계속 접하다 보면 자기도 모르는 사이에 물들게 되어 그 일을 범하게 된다는 것이다. 세상 사람들은 왜 착각을 하게 되는 것일까. 많은 사람들이 자신이 남보다 잘 났다는 착각 속에 살아가고 있는 것이다. 자신이 미인이라고 착각하면서 일생을 살아갈 수 있는 여인이야말로 참으로 행복한 사람일 것이다. 자신이 남보다 똑똑하다고 착각하는 사람도 행복하기는 마찬가지일 것이다.

주인공은 가난한 집에서 태어났지만, 기회를 잘 잡을 줄 알며 결혼도 잘 했기 때문에 가난 때문에 학령기에 제대로 교육을 받지 못한 것을 뒤늦게 초등학교부터 시작한 학업을 검정고시를 거쳐서 대학에는 물론 대학원까지 마치게 된 입지전적인 인물이었다. 뒤늦게 성공한 그는 남들 앞에서 허세를 부릴 필요가 없었지만 은근히 자신을 과시하고 싶은 심리가 생기는 것은 무슨 이유에서일까? 공연히 남들이 자신을 무시하는 것 같아서 지나치게 방어적으로 되는 것은 무슨 이유에서인가. 정상적인 교육을 받지 못했다는 것이 한이 되어서 그런 것이 아니었을까. 검정고시를 거쳐서 올라온 것이기 때문에 정규교육을 받은 다른 사람들과는 달리 주인공은 동창이라는 것이 없다. 무슨 고등학교를 나왔느니, 무슨 대학을 나왔느니 은근히 출신학교를 자랑하거나, 심지어 외국의 모 대학출신이라는 점을 과시하는 사람들을 볼 때 은근히 기가 죽어서 자신도 모르는 사이에 허세를 부리려는 심리상태가 작용하는 것을 느낄 수 있었다. 학력을 갖고 남들처럼 과시할 수는 없으니 다른 것을 갖고 남에게 과시하고 싶은데 주인공은 자신에게는 무엇이 있는가를 곰곰이 생각해보기 시작했다. 부인이 대학교수이며 박사라는 것은 분명히 과시할만한 요소임에는 분명하지만, 어쩐지 부인을 자랑거리로 내세우는 것이 여자의 그늘 속에서 사는 엄처시하의 남자처럼 초라하게 비쳐져서 그러한 사실을 내세우기보다는 오히려 숨기고 싶은 일로 여기고 있다. 자신이 3선 의원이라는 것도 충분히 내세울 수 있는 일이며, 성공한 사업가라는 점도 충분히 내 세울 수 있는 일임에는 틀림없을 것이다. 이렇게 충분히 내 세울만한 것이 많은 주인공이 무엇 때문에 열등감을 갖게 되는 것인지 그 배경을 이해하는데 문제가 있는 것 같다.

기계가 인간이 하는 모든 일을 대체하게 되는 시대가 온다면 어떠한 문제들이 발생할 것인가? 그러한 시대에 사는 인간들은 무슨 일을 하면서 살아야 할 것인지 자못 궁금해진다. 로봇공학의 발달로 인하여 인간은 중노동의 압박에서 벗어나게 되고 지금까지 인간이 담당했던 섬세한 일까지 로봇이 담당해서 훌륭히 해낼 수 있는 시대가 되었다. 인간의 장기수술이나 뇌수술과 같은 고도의 기술을 요하는 수술도 의사를 대신하여 로봇이 실수 없이 해내는 단계에까지 로봇기술이 발달하게 되었다. 로봇을 개인비서로 쓰게 되면 인간비서보다 훨씬 더 능률적으로 업무처리를 하게 된다. 인간의 경우처럼 휴식이 필요하지 않은 로봇은 급한 업무를 처리할 필요가 있는 경우에는 24시간을 쉬지 않고 계속해서 일을 해도 인간처럼 지치는 일 없이 필요한 업무처리를 해낼 수 있다는 점에서 인간은 감히 로봇을 따라갈 수 없는 것이다. 인간과 로봇의 의사소통도 로봇이 인간의 언어를 알아듣고 구사할 수 있기 때문에 아무런 지장도 없는 것이다. 로봇은 인간이 명령하는 대로 업무수행을 충실히 하고 있는 기계에 불과하기 때문에 인간의 경우처럼 불만이 있다고 해서 파업을 하거나 상급자에게 반항하는 일은 절대로 없는 것이다. 로봇의 채용으로 인하여 많은 직장에서는 인간이 지금까지 행하던 업무를 로봇들이 대체하게 됨에 따라 인간들이 대량해고 되는 사태를 가져오게 되었다. 로봇공학의 더 한층의 발달로 로봇이라는 기계가 인간을 마음대로 조정하는 사태가 생기게 된다면 그것이야말로 큰일이라 아니할 수 없을 것이다. 인공두뇌를 가진 로봇공학의 발달이 고도의 기술개발을 가져와 로봇이 인간을 지배하는 시대가 도래한다면 어떠한 사회적인 변화가 발생할 수 있을 것인가? 이러한 사태가 실제로 발생한다면 그 결과는 엄청난 영향을 인간에게 주게 될 것이다.

사람들의 성격은 어릴 때부터 형성되는 것이며 장래에 어떤 인간이 될 것인가 하는 대충적인 전망도 어렸을 때부터 형성되는 것이라 할 수 있을 것이다. 성격이 활달하고 약삭빠른 형은 자라서 정치인이나 사업가가 되기를 희망했다. 성격이 온순하고 공부를 잘하던 동생은 대학교수나 작가가 되기를 희망했다. 직업의 선택이라는 것이 사람의 성격과 관련이 있다는 것은 잘 알려진 사실이다. 형은 동작도 민첩했지만 친구를 사귐에 있어서도 자신에게 무엇인가 도움을 줄 수 있는 친구를 선별해서 사귀는 습관을 갖고 있었다. 이러한 성향은 어른이 된 후에도 그대로 형의 성격의 일부를 형성하게 되어 좋게 말하면 이러한 성격 때문에 빨리 성공을 하게 된 면도 있었다. 그러나 이러한 약삭빠른 성격 때문에 사람들이 형을 못 믿을 사람 취급하여 손해를 보게 되는 경우도 있었다.

이와는 반대로 동생은 학교공부도 형보다 잘 했고 생각도 깊은 사람이라는 평이 나서 동생과 사귀려는 친구들이 꾸준히 늘어나고 있었다. 중요한 문제가 발생했을 때 형처럼 경거망동을 하지 않고 신중하게 행동을 해서 친구들의 신망을 얻고 있었다.

이러한 어렸을 때부터 나타난 동생의 인격자적인 성격은 사람들의 신임을 얻게 되어 그에게 중책을 맡기려는데 있어서 주저할 필요가 없을 정도였다. 이처럼 동생은 어려서부터 믿음직한 아이로 자라났던 것이다. 한 번만 사는 인생을 열심히 제대로 살아도 눈 깜짝할 사이에 순간적으로 지나가버리고 마는 것이다. 형처럼 정치를 한다고 일생을 설쳐대다가 결국에는 한 정당에 자리를 잡고 뿌리를 내리지 못한 채 철새처럼 이리저리 왔다 갔다하는 외로운 신세가 되어버리고 말았다.

형의 경우와는 달리 동생은 어려서부터 열심히 공부를 하고 책을 많이 읽었던 것이 밑거름이 되어 그가 대학교수가 되고 작가로 성공을 하는데 많은 도움이 되었던 것이다. 그는 형처럼 세상을 살아가는데 요령을 부리거나 염치없이 새치기를 하는 대신에 자신의 노력에 의하여 모든 것을 성취했기 때문에 동생이 차지하고 있는 교수직이나 작가로서 쌓아올린 명성을 아무도 빼앗아 갈 수 없는 것이다. 동생은 형처럼 현실정치에 직접 참여한 것은 아니었지만, 정치사회학자의 입장에서 연구논문을 쓰고 정치 관련 저술활동을 통하여 형보다는 어떤 면에 있어서 현실정치에 좀 더 깊이 관여하고 있었다. 그는 또한 정치소설의 청작활동을 통하여 많은 사람에게 영향을 주고 있었다. 둘 중에 누구의 일생이 좀 더 바람직하며 의의 있는 것이었을까?

뇌물은 주는 사람과 받는 사람이 있어야 성립되는 것이다. 준 사람만 있고 받은 사람이 없으면 뇌물이 될 수는 없을 것이다. 뇌물은 비밀리에 주고받는 행위이다. 뇌물을 당좌수표나 통장으로 받는 배짱 좋은 사람도 더러 있지만 그것은 뇌물을 받는 정도가 아니다. 뇌물은 특정한 이권과 관련이 있다. 이권을 주고받는 반대급부가 있어야 한다는 뜻이다. 그런데 경우에 따라서는 이권이 개입되지 않는 뇌물도 있다. 문제가 생길 때 도와줄 수 있는 사람을 확보하기 위하여 상시에 그에게 뇌물을 주는 경우도 있다. 왜냐하면, 평상시에 그에게 뇌물을 주어 친밀한 관계를 유지하다 보면, 문제가 생길 때 도움을 받을 수 있을 것이다. 그렇지 않고 평상시에 그러한 사람들과 친밀한 유대관계를 맺지 않고 있다가 일이 터졌을 때에 그를 찾아간다면, 문제도 쉽게 해결되지 않을 뿐만 아니라 문제해결을 위한 뇌물의 액수가 엄청나게 커질 수 있다. 뇌물은 자리와 관련이 있다. 이권이 개입된 자리에 앉아 있으면 본인이 제아무리 청렴하려 해도 뇌물을 주려는 유혹에서 결코 안전할 수 없을 것이다. 뇌물이 없는 사회가 될 수 있다면 얼마나 좋으련만, 그러한 사회의 실현은 다만 이상에 불과한 것이지 우리가 사는 현실은 그렇지가 않다. 초등학교 교사의 촌지가 문제로 되는 것도 비록 작은 뇌물이지만, 학교라는 신성한 사회에서는 결코 용납되어서는 안 된다는 것이기 때문이다. 그러한 의미에서 초등학교에서는 그러한 감사표시는 용납되지 않는다고 한다. 외국에 다녀온 기념으로 드리는 작은 기념품도 초등학교 교사는 받기를 거절하고 있다. 학생이 주는 그러한 작은 기념품이 뇌물이라 할 수 있을 것인가? 사제 간에 학생이 담임선생에게 주는 작은 선물도 뇌물이라고 받지를 않는다면, 그 사회는 얼마나 삭막한 사회인가? 그렇다고 해서 초등학교에서 촌지를 허락하라는 말은 아니다. 초등학교의 촌지 같은 문제는 상식선에서 하면 되는 것이 아닐까? 뇌물수수의 경우 뇌물공여자나 뇌물수령자가 모두 처벌의 대상이 되는 것이다. 이런 사실을 잘 알고 있는 뇌물공여자가 뇌물을 주었다고 밝히는 경우란 극히 예외적인 경우가 아니고서는 있을 수 없는 일이며, 그러한 예외적인 경우에도 뇌물수령자의 이름을 밝힐 때는 누구나 납득할 수 있는 정당한 사유가 있어야 할 것이다.

멀쩡한 사람을 정신병자로 만들어서 정신병원에 강제 수용하는 경우가 있다. 일단 정신병자라는 판정이 나서 정신병원에 강제 수용을 당하게 되면, 쉽게 풀려날 수도 없으며 정신병원은 마치 감옥과 같은 곳이라 탈출하는 것도 용이하지 않은 곳이다. 치료목적을 위한 강제수용은 환자를 인격적으로 대우해 주고 있지만, 치료목적이 아닌 다른 이유로 강제 수용된 경우에는 인간이하의 대우를 받을 수 있으며, 이것은 피수용자의 인권과 직접적인 관련이 있으며, 피수용자의 인권이 본인의 의사와는 관계없이 정신병원에 의하여 침해당할 수도 있는 것이다. 그런데 정신병도 우리가 앓고 있는 질병의 하나로서 의사의 치료에 따라서는 얼마든지 정상적으로 회복될 수 있는 질환인 것이다. 정신병은 불치의 병도 아니며 환자를 사회에서 격리시킬 필요도 없는 질병이다. 다만, 치료목적을 위하여 필요한 경우에는 환자를 정신병원에 입원을 시켜서 집중치료를 할 필요가 있는 것이다. 그런데 이런 경우에도 우리가 일반적으로 생각하듯이 정신병원에 일단 입원을 하게 되면 병이 낫게 되는 경우에도 평생을 정신병원에서 썩어야 하는 것이 아니라, 일반병원처럼 병이 제대로 치료되어 더 이상 입원할 필요가 없게 되면 당연히 퇴원을 할 수 있는 것이다. 그러나 문제는 이러한 정신병원의 입퇴원이 자유스럽게 이루어지지 않는 경우에 문제가 발생할 수 있는 것이다.

주인공은 젊은 나이에 대기업의 회장직을 수행했던 유능한 기업인이었다. 그런데 엉뚱하게도 아우들이 제소한 재산권소송에 말려들어서 자신 명의의 재산을 전부 몰수당하고 법원에서 금치산선고까지 받아서 정신병원에 강제수용을 당한 처지가 되었다. 정신병원에서는 그를 환자로 보고 적절한 치료를 해주는 것이 아니라, 마치 감옥에 갇힌 범죄인 다루듯 하는 데는 참으로 기가 찰 노릇이었다. 한 때는 대기업의 회장까지 지냈던 자신에게 그런 대우를 해주고 있으니 하는 말이다. 주인공이 체험한 정신병원에서의 강제 수용생활은 필설로 다 표현할 수 없을 정도로 비참한 것이었다. 그는 자포자기 하고 있는 대신에 환자들의 절대적인 지지를 배경으로 병원 측과 환자들의 처우개선을 위한 교섭을 시작했다. 처음에는 그의 제안을 무시하던 병원 측도 결국에는 그의 제안을 받아들여서 환자들의 식사개선, 보다 많은 자유시간의 허용 등의 개선책을 강구하게 되었다. 그러던 중에 그가 정신병원에 온 것이 경쟁기업의 음모에 의한 것이었다는 것이 검찰의 사건 재조사에 의하여 밝혀져서, 그가 다시 회장직을 되찾고 부도위기에 있던 회사를 정상궤도에 올려놓을 수 있었다.

회장직에 복귀한 주인공은 정신병원의 환자에 대한 처우개선에 적극 관여하여 정신감정을 남용하여 정상인을 정신병자로 양산하는 행위나 범죄인을 정신병자로 둔갑시켜서 형을 면하게 하는 행위 등을 재조사하는 기능을 가진 국립정신감정원의 설립위원이 되어 정신감정의 남용을 미연에 방지함으로써, 그가 경험했던 것처럼 억울하게 정신병자가 되어 정신병원에 강제 수용되는 사례가 가급적 발생하지 않게 하고, 만일 그러한 사태가 발생한 경우에는 정신 재감정을 통하여 구제될 수 있는 길을 열어놓는데 큰 기여를 하게 되었다.

정신감정은 필요한 사람에게는 해주어야 하지만 결코 남발되어서는 아니 되는 것이다. 국립정신감정원의 설립 이전에는 정신감정의 남용으로 정신병자를 양산하여 자신이 경영하는 정신병원에 정신병자가 아닌 정신병자들을 수용하여 돈벌이의 수단으로 이용했던 파렴치한도 있었다. 이렇게 타의에 의하여 엉뚱하게 정신병자가 된 사람 중에는 두뇌회전이 빠르고 조직력이 뛰어난 사람도 있어서 강제 수용된 정신병자가 아닌 정신병자들을 규합하여 파렴치한이 운영하던 정신병원을 인수한 사례도 있었다. 그러나 국립정신감정원이 설립된 이후로는 그러한 파렴치한 행위로 돈벌이는 할 수 없게 되었다. 왜냐하면, 그러한 행위는 인권침해의 대표적인 사례가 되기 때문이다. 국립정신감정원의 활동이 강화되면서 정신감정의 남발은 현저히 줄어들었으며, 정신감정을 특수한 목적을 위하여 이용하려는 관행도 대폭 줄어들었으며, 우리 사회가 보다 밝은 사회로 지향하는데 많은 도움이 되었다고 할 수 있을 것이다.

3. 국제관계

국제관계를 연구하는 국제관계학이라는 학문이 있다. 국제관계학의 주요 연구대상은 국제정치, 국제조직 및 국제법이라 할 수 있다. 50여 년 전에 국제관계를 장악하고 있는 국가는 미국이나 구 소련과 같은 초강대국가뿐이라고 주장한 국제정치학자도 있었다. 최근에는 중국도 그러한 초강대국의 하나가 된 셈이다. 국제관계에 있어서는 이러한 초강대국가들을 제외한 대부분의 군소국가들은 초강대국가들이 원하는 대로 따라야 하는 것이지, 군소국가들의 국제관계에 미치는 영향력은 전무하다고 해도 과언이 아니라는 것이다. 과연 국제관계란 그런 것일까?

국내관계에 있어서는 일국의 정치, 경제, 사회문제 등에 절대적인 영향력을 미칠 수 있는 집단이 있기 때문에 일반 국민은 그들이 원하는 대로 따라가면 별 문제가 생기지 않는다. 그런데 국제관계에 있어서는 초강대국가들의 주도권에 도전을 하는 군소국가들은 국가의 생존 자체가 위협을 받게 될 수 있는 것이다. 미국과 구 소련이 국제관계에 있어서 첨예하게 대립하고 있었던 냉전

시대에는 말할 필요도 없었고, 21세기를 살고 있는 우리의 현실에 있어서도 초강대국가들의 영향력, 특히 한국에 미치는 미국과 중국의 영향력을 결코 무시할 수는 없는 것이다.

양국이 대치상태에 놓여있는 한국으로서는 미국이나 중국의 영향력을 완전히 무시하고는 국가의 존립 자체를 위협받을 수밖에 없는 위치에 놓여 있는 것이다. 어느 한 쪽에 완전히 붙어버리는 것은 다른 쪽의 비우호적이며 적대적인 관계를 초래할 수 있는 것이다. 한국이 지금까지 취해왔던 미국에 일방적으로 의존하는 외교정책을 과감히 지양하고 중국과의 원만한 외교관계를 어떻게 수립해서 북핵의 위협으로부터 국가의 안보를 보장받을 수 있느냐 하는 것이 문제해결의 관건이라 할 수 있을 것이다.

중국과 미국의 적대관계가 극대화된 것은 6 · 25 전쟁 때부터라 할 수 있을 것이다. 김일성이 한국을 무력으로 침공함으로써 시작된 한국전쟁은 유엔의 집단자위권 행사의 일환으로 미국이 주동이 된 16개 유엔국가들의 반격으로 낙동강까지 쳐들어갔던 북한군을 낙동강 교두보에서 더 이상 진격을 할 수 없도록 저지했다. 한편 인천상륙작전으로 북한군의 보급로를 중간에 차단하여 북한군을 38선 이북으로 물리치는데 성공할 수 있었다. 그런데 맥아더 유엔군 총사령관은 트루만 행정부의 계속된 확전금지명령을 무시하고 38선을 넘어서 북한전역을 장악하는데 박차를 가하게 되었다.

맥아더 장군의 만주폭격위협이나 국부군의 중국대륙에 대한 공격위협으로 중국대륙을 완전장악한 지 얼마 되지를 않는 중국 공산정권을 위협하게 되자, 미국의 위협에 대항하기 위하여 모택동주석이 100만 명의 의용군을 한국전쟁에 투입하여 유엔군의 더 이상의 진격을 저지하려고 했다. 한국전쟁에 투입된 100만 명의 의용군은 중공군에 투항했던 국부군의 장병들로서 중국에 대한 그들의 충성심이 의심스러운 상태에 있었다. 이러한 잠재적인 불안세력을 중국내에 그대로 방치해두는 대신에, 이번 기회에 한국전쟁에 총알받이로 투입한다면 2중적인 효과를 기대할 수 있다는 판단을 작전가인 모주석이 하게 되었던 것이다.

그가 기대했던 첫 번째 효과는 한국전에 참전한 100만 명의 의용군을 유엔군의 총알받이로 앞세웠기 때문에 전쟁 중에 그들이 전부 전사해버린다면 장래의 잠재적인 불안세력을 힘 안들이고 제거할 수 있으니 바람직한 일이며, 두 번째 기대했던 효과는 100만 명의 의용군을 전장에 투입하여 인해전술로 유엔군의 진격을 저지하는데 성공을 할 수 있다면 집권한지 얼마 되지 않는 중국 공산당 정부가 미국과 동일한 국제적인 위상을 확보할 수 있게 되는 것이니 중국으로서는 더 이상 바랄 것이 없는 일이라 하겠다. 모주석이 기대했었던 것처럼 21세기 현재 중국의 위상은 그가 기대했던 것 이상으로 높아져서 미국 다음으로 국제적인 영향력이 큰 초강대국가의 위치를 차지하게 되었다. 최근의 미국과 중국은 북핵문제를 둘러싸고 협력보다는 대립각을 세우고 있다. 한국과 직접적인 영향력이 큰 북핵문제를 둘러싼 양국의 대립관계를 어떻게 교묘하게 이용하여 한국의 국가이익에 도움이 될 수 있게 만드는 방법을 찾아내느냐 하는 것이 그 어느 때보다도 절실하게 요구되고 있다고 해야 할 것이다.

한국에서도 이제는 청제국 말기의 이홍장과 같은 외교의 명인이 나오기를 기대할 때가 된 것 같다. 그는 19세기 말에 유럽의 열강들이 청국에 진출하여 영토적인 야심을 노골적으로 보여주기 시작했을 때, 북양대신으로 외교를 담당하고 있던 그가 약한 청국이 무모하게 유럽열강에 저항하지를 않고, 그들이 원하는 대로 상해에 조차지를 99년간의 유효기간으로 과감하게 떼어주기 시작했다. 왜 그랬던 것일까? 그의 원대한 계획 속에는 중국의 미래에 대한 청사진이 있었던 것이다. 그가 볼 때에는 청국은 노대국으로 유럽의 열강들과는 도저히 경쟁의 상대가 되지 않는다는 것을 절실히 깨닫고 상해의 땅들을 조차지로 99년이라는 유효기간, 다시 말하면 영구적으로 유럽열강에게 청국의 국토를 떼어준다는 생각으로 그렇게 했던 것이다.

그러나 그의 의중에는 현재로서는 청국의 처지가 유럽열강들에 비할 때 형편없이 약하기 때문에 자체적으로 힘을 기를 때까지는 그들이 원하는 대로 해주기로 했다. 그런데 중국인들이 볼 적에 외국인들이 남의 땅에 들어와서 건물을 짓는다, 전기를 놓는다, 전차가 다니게 하는 등 유럽의 도시들을 그대로 중국에 옮겨놓는 것을 보면서 어떻게 해서 외국인들이 남의 나라에 와서 떵떵거리고 잘 살고 있느냐 하는 문제에 관하여 중국인들이 각성을 하게 된다는 것이다. 유럽인들이 자신들이 살기 위하여 만들어 놓은 서구식 도시인 상해의 외국인 조차지에서 유럽인들을 강제로 축출하게 되는 시기가 머지않아 오리라는 것을 이홍장은 미리 예견하고 있었던 것이다. 그가 예견했던 때로 모택동이 이끄는 중국공산당정부가 1949년에 북경에 공산정권을 수립하고 중국본토를 장악하게 됨으로써 그가 중국의 영토를 서구인들에게

조차지로 떼어준 후 99년이라는 100년의 유효기간이 아니라 50여 년 만에 완전히 실지를 회복하게 되었던 것이다.

이홍장은 어렸을 때부터 머리가 좋았으며 그가 하는 행동이 어른스러워서, 그를 아는 사람들은 그가 어른이 되면 훌륭한 사람이 되리라는 것을 전혀 의심하지 않을 정도였다고 한다. 예를 들면, 빗물이 가득 차 있던 큰 물독 위에서 친구들과 장난을 치다가 한 친구가 독 속에 빠지는 것을 보고 다른 친구들은 울면서 어쩔 줄을 모르고 울고 있었는데, 이홍장이 그 근처에 있던 돌맹이를 갖고 와서 그 돌로 독을 깨서 독 속에 가득 찬 물을 빼내서 친구를 무사히 구해 냈다고 한다. 또한 그가 어렸을 때 집안에 도둑이 들어서 그에게 값나가는 물건을 내오라고 위협을 하기에 값나가는 물건들은 모두 광속에 있다면서 도둑들을 광으로 인도하여 그들이 모두 광으로 들어가는 것을 보고 광문을 밖에서 자물쇠로 잠가버려서 도둑들을 일망타진했다고 하는 일화가 있다.

우리나라에는 아직도 그에 상당하는 외교관을 배출한 일이 없었던 것 같다. 한국인 유엔사무총장까지 배출한 한국이기는 하지만 그가 과연 이홍장에 견줄 만한 외교관이었는지에 대해서는 의문의 여지가 있다고 해야 할 것이다. 독일제국의 명재상이었던 비스마르크와 같은 인물은 푸르시아 출신으로서 무력과 외교력을 동원하여 오스트리아 제국의 영향력을 물리치고 프랑스와의 일전에 승리하여 독일통일의 대업을 완성했던 인물이었다. 우리는 이홍장이나 비스마르크와 같은 탁월한 능력을 가진 외교관의 출현을 기대하고 있다. 그러한 인물이야말로 우리나라가 현재 닥치고 있는 외교적인 공백상태를 극복하고 우리나라의 위상을 제대로 세울 수 있으리라고 본다. 우리나라 대통령들이 여러 나라를 뻔질나게 순방하면서 경제외교를 적극적으로 펼치고 있다고 자화자찬을 하고 있지만, 과연 그들이 외국의 정상들과 만나서 무슨 가시적인 성과를 거두고 있는 것인지 국민들에게 알려진 바가 별로 없는 것 같다.

전통적인 우방이라고 할 수 있는 미국과는 계속해서 친선관계를 유지할 필요가 있을 것이다. 지도급인사들의 상당수가 미국 유학생 출신들이므로 미국에 대하여 잘 알고 있는 인사들은 다른 어느 나라보다도 국내에 많이 있다고 해야 할 것이다. 그러함에도 불구하고 반미세력들이 국내정치에 미치는 영향력은 무시할 수 없을 정도로 커지고 있는 것은 우려할 만한 사태라고 할 수 있을 것이다. 미국을 잘 알지 못하는 사람들이 반미의 구호를 외쳐대는 것은 우리가 무시해도 될 것이다. 미국을 잘 알지 못하는 반미세력들이 주도했던 '미국 소의 광우병소동'과 같은 전국적으로 퍼진 엉뚱한 반미시위는 순전히 허위사실을 공영방송매체가 충분한 사전검토도 없이 무책임하게 보도해서 전국을 한 때 시끄럽게 만들었던 것이다. 공영방송이 허위보도를 사실인 것처럼 보도하여 반미시위를 가져오게 한 사태에 대하여 사과를 했다는 말은 들어본 적이 없다. 공영방송의 책임자나 엉뚱한 허위사실을 사실인 것처럼 오도하게 만든 담당피디의 사과를 들을 수 없었다는 것은 참으로 유감스러운 일이었다고 아니할 수 없을 것이다. 우리나라의 방송매체의 수준이 그 정도밖에 되지 않는다는 것을 생각할 때 한심한 느낌만 들 뿐이다.

그런데 문제는 미국을 잘 알고 있다고 자부할 수 있는 미국유학생들 중에 상당수가 반미인사로 자처하고 있다는 것은 실로 문제라고 하지 않을 수 없을 것이다. 왜 그런 것일까? 아마도 그러한 인사들의 경우에는 미국유학생활 중에 미국에서 알게 모르게 당했다고 착각하고 있는 피해의식 때문에 그런 것이 아닐까? 미국사회라는 것이 아무리 그곳에서 오래 살더라도 미국인으로 인정해주지 않으려는 미국인들의 은연중에 나타나는 우월감이 그러한 피해의식을 키웠을 수도 있다. 미국은 어디까지나 외국이기 때문에 미국시민권이 있다고 미국인들처럼 나서다 보면 미국인들의 주목의 대상이 될 수 있는 것이다. 미국에 살기 위해서 현명한 방법은 미국인이라고 나서지를 말고 주목을 받지 말고 조용히 사는 것이다.

우리나라에서는 설사 대통령에 대하여 비난하는 사람의 말을 듣게 되면 그런 친구도 있구나 하는 정도로 무시해버리는 것이 보통이지만, 미국에서는 그러한 말을 하는 사람을 만나게 되는 경우에는 소위 미국인들이라는 자들이 정색을 하면서 왜 미국대통령을 비난하느냐고 하면서 미국이 싫으면 너희 나라로 돌아가면 되지 않느냐는 말을 하면서 대들기에, 나도 미국시민권자라고 말을 해주면 그래도 너희 나라로 돌아가라는 말을 한다고 한다. 참으로 웃기는 일이 아니겠는가? 이러한 스트레스가 쌓인 미국유학생이 미국에 살 적에는 하지 못했던 불만의 말을 한국에 와서 살면서 그때를 생각하다 보니 자신도 모르는 사이에 반미인사가 되어버리는 것이 아닐까?

미국이라는 국가는 다수의 상이한 인종으로 구성되어 있는 국가이기는 하지만 개인적으로는 물론 국가적으로 자존심이 몹시

강한 국가라고 할 수 있을 것이다. 미국인들이 겉으로는 아주 친절한 사람들처럼 보이지만 그들이 과연 속으로 무슨 생각을 하고 있는지를 알 수 없기 때문에, 미국인을 상대할 때에는 가급적 나의 속마음을 전부 내비치지 않도록 주의할 필요가 있을 것이다. 미국이 초강대국가가 된지 이미 상당한 기간이 경과한 지금까지도 미국인들의 일부는 건국초기의 고립주의로 되돌아가서 외국과의 관계를 끊고 미국인들끼리 사는 방법을 선호하는 미국인들이 상당수 있다. 대통령후보 중에도 이러한 고립주의를 정책의 목표로 내세우는 경우가 있다. 그러한 주장을 하는 후보는 초강대국가인 미국의 대통령으로는 부적격자라 할 수 있으며, 그러한 후보는 대통령으로 선출될 수도 없으며 또한 선출되어서도 아니 될 것이다.

그런데 상당수의 미국인들이 그러한 고립주의를 선호하고 있기 때문에 엉뚱하게도 그러한 후보가 대통령으로 선출될 수 있는 가능성을 완전히 배제할 수는 없는 것이다. 만일 그러한 후보가 미국대통령으로 선출되는 경우에는 미국과 우호관계를 유지한다는 것은 매우 어려운 문제가 될 수 있을 것이다. 한국의 대미외교는 이러한 가능성까지 염두에 두고 신축성 있게 접근해야 할 것이다.

중국과의 외교관계는 중국이 경제를 외부세계에 완전히 개방하고 있기 때문에 자본주의 국가의 일원이라고 착각하게 된다. 중국이 아직도 그 기본구조는 어디까지나 공산주의 국가라는 것을 결코 잊어서는 아니 될 것이다. 그러하기 때문에 북중관계가 일시적으로 소원해 보이는 경우에도 중국과 북한은 형제국가로 혈맹을 맺고 있는 관계이므로, 중국이 북한을 버릴 수 있다는 기대를 하거나 북한을 중국에서 갈라놓겠다는 시도를 해서는 안 될 것이다. 그러므로 대중국외교의 근본목적은 북중관계의 현실을 인정한 상태에서, 어떻게 한국이 중국과 긴밀한 관계를 확립해 나가느냐 하는데 있다고 하겠다. 다시 말하면 어떻게 북한과 중국과의 사이에 무리 없이 끼어들 수 있느냐 여부에 관한 문제라고 해야 할 것이다.

중국은 신흥경제대국일 뿐만 아니라 중국시장은 우리에게 무한한 가능성을 제공해줄 수 있는 잠재적인 시장인 것이다. 아마도 중국시장은 미국시장과는 비교할 수 없을 정도로 큰 잠재시장이라 할 수 있을 것이다. 우리가 사는 제품 중에 중국제가 아닌 것이 거의 없을 정도로 중국의 제품들이 세계각지의 시장을 점유하고 있다. 이러한 의미에서 볼 때 중국과의 교역을 확대하는 것이 한국무역의 대외적인 활성화에 크게 도움이 될 수 있을 것이다. 한국은 대외무역에 있어서 기본적으로 수출주도국가라고 할 수 있으므로, 중국과 미국시장을 비롯한 해외시장개척에 우리의 모든 노력을 집중해야 하는 것이 한국이 국제경쟁력에 있어서 살아남을 수 있는 유일한 길이 되는 것이 아니겠는가?

국제관계 중에 한국과 일본과의 관계가 가장 묘한 관계에 놓여 있다고 할 수 있을 것이다. 일본이 한국을 36년간 지배했기 때문에 일본인의 의중에는 은근히 자신들이 한국인보다는 우월한 위치에 있다는 착각을 하고 있는 것 같다. 한국이 집요하게 요청하고 있는 지금까지 살아있는 종군위안부에 대한 사과와 보상요구에 한결같이 부정적인 태도를 취하고 있다.

그 뿐만 아니라 한국인을 자극하기 위하여 36년간의 식민지배도 부족해서 엉뚱하게 독도에 대한 영유권을 주장하고 있다. 이러한 일본인들의 쪼잔한 섬나라 근성이 한국인을 수시로 자극해서 흥분시키고 있다. 이러한 일본인들의 한일관계에 있어서의 미성숙한 태도는 한일관계의 개선에 있어서 아무런 도움도 되지 못하고 있다. 한국이 일본에 대하여 한국에 대한 일본의 비우호적인 태도를 포기하라고 계속해서 촉구해 보았자 일본의 태도는 마이동풍처럼 전혀 반응이 없으니 한국만 지칠 뿐이다. 이제는 한국이 일본에 대한 이러한 불필요한 갈등을 중단하고 좀 미진한 감이 있지만 일본과의 정상적인 우호관계를 새로이 구축하도록 할 시점에 도달한 것 같다.

개인 간의 관계에 있어서도 어떤 일에 대한 사과를 할 생각이 전혀 없는 상대방에게 사과할 것을 강요해 보았자 사과를 받아낼 수 있는 가능성은 전혀 없을 것이다. 만일 그와의 관계개선을 진정으로 원한다면 그에게 더 이상 사과받기를 포기하고 전혀 다른 차원에서 관계개선을 하도록 노력해야 할 것이다.

이와 마찬가지로 국가 간의 관계에 있어서도 어떤 문제에 대하여 전혀 사과할 생각이 없는 상대방 국가에 대하여 사과를 계속 요구하다 보면 그 국가와의 관계개선을 결코 가져올 수 없을 것이다. 상대방 국가에 의한 사과를 받아내는 일을 깨끗이 포기하고 지금까지와는 전혀 다른 차원에서 관계개선을 시도하던지, 아니면 그 상대방 국가와의 국교단절을 선언하고 앞으로도 그 국가하고는 교류를 끝까지 하지 않고 각자 따로 사는 방법밖에 없는 것이다. 그런데 두 번째 방법은 사실상 현실적이지 못한 선택이라 할 수 있을 것이다.

일본과의 관계에 있어서 상당수의 한국인이 일본인에 대하여 일종의 적대감이나 열등감 같은 것을 갖고 있는 것 같다. 이것은 한일 간의 과거의 역사적인 특수 관계에서 조성된 것이기는 하지만 정상적인 한일관계의 유지에는 별 도움이 되지 않는 것 같다. 한국이 최근에 일본을 바짝 따라잡고 있기는 하지만 아직까지는 한국인이 일본인에게 배울 것이 많이 남아있다고 할 수 있을 것이다.

왜냐하면 일본은 여러 가지 분야에서 아직도 한국을 상당히 앞서고 있다고 보아야 할 것이다. 예를 들면 노벨상 수상자의 숫자에 있어서 한국은 김대통령이 노벨평화상을 받은 것 이외에는 다른 분야의 노벨상을 받은 사람은 한 명도 없는데 일본은 이미 20여 명의 노벨 수상자를 배출한 바 있다. 한국의 번역문학이 최근에 와서 상당히 발달한 것은 사실이지만 아직까지는 일본의 수준을 능가하지 못하고 있는 상태에 있다고 해야 할 것이다. 일본의 신간센 고속철이 한국이 고속철의 수입모델로 선택한 프랑스의 TGV보다 내부구조, 안정감, 속도 등에 있어서 우수한 것 같은데, 구태여 일본의 기술을 선택하지 않고 좀 더 비용이 나가는 프랑스의 기술을 선택한 이유는 무엇인가? 지하철의 경우에는 일본의 기술을 선택했는데 고속철은 일본기술을 선택하지 않은 이유는 무엇인가? 일본에 대한 일종의 열등감에서 그런 것이었다는 의심을 하고 싶지 않으니 하는 말이다.

김종관은 국제관계연구소의 소장직과 대학교수직을 갖고 있으면서 국제관계학에 관련된 과목들을 학생들에게 강의하고 있는 중이다. 그의 국제관계학 개론은 학생들에게 가장 인기있는 과목 중에 하나이다. 그는 국제관계학개론 강의에서 학생들에게 다음과 같은 점을 특히 강조하고 있다.

"국제관계학은 국가 간의 관계를 연구하는 학문분야라고 할 수 있습니다. 국제관계를 이해하기 위한 기본과목으로는 국제정치, 국제조직 및 국제법이 있는데 이러한 과목들을 국제관계학을 연구하기 전에 선행과목으로 공부해야 하는 이유는 국제정치 질서에 관한 폭넓은 이해 없이는 국제정치의 현실을 올바로 이해할 수 없기 때문입니다. 국가들이 조직화를 지향하고 있는 국제조직에 관한 충분한 이해 없이는 국제관계를 올바로 이해하는데 상당히 미흡하다고 할 수 있습니다. 왜냐하면 국제관계의 추세는 개별국가간의 관계보다는 국제조직 내에서의 외교활동을 통해서 이루어지는 측면이 좀 더 보편화되고 있기 때문입니다. 국제법은 국제관계를 법적인 측면에서 접근하는 방법입니다. 국가의 조직과 활동이 법적인 뒷받침에 의하여 그 권위와 정당성을 보장받을 수 있듯이 국제관계도 법적인 뒷받침에 의하여 국제관계의 조직과 활동에 있어서 그 권위와 정당성을 보장받을 수 있기 때문입니다."

"그렇다면 국제관계학을 공부하는데 교수님께서 지적하신 선행과목인 국제정치, 국제조직 및 국제법을 공부해야 하는 이외에 무슨 학과를 공부한 학생이 국제관계학과를 택할 수 있는 것입니까?"

"좋은 질문을 해주셨습니다. 어떠한 특정학과를 졸업해야 국제관계학과를 선택할 수 있다는 어떠한 제약도 사실상 없다고 해야 할 것입니다. 국제관계는 거의 모든 학문분야와 관련이 있다고 할 수 있을 것입니다."

"그렇다면 저는 자연과학을 공부했는데 국제관계학과를 선택할 수 있습니까?"

"물론입니다. 국제관계에 있어서 자연과학이나 기술 분야의 기여도는 대단히 크다고 할 수 있을 것입니다. 국제교류에 있어서 자연과학적인 발견과 기술개발의 분야가 나날이 증가하고 있는 추세에 있습니다. 그러한 관점에서 볼 때 자연과학의 발견이나 기술개발을 국제관계학의 연구에서 배제할 필요는 없다고 생각됩니다."

"한국에서는 국제법을 전공하는 경우에 법적인 측면만 연구의 대상으로 하고 법적인 요소가 결여된 분야의 연구는 배제하고 있는 경향을 보여주고 있습니다. 이러한 연구방법에 대한 교수님의 입장은 무엇입니까?"

"나의 경우 국제관계학 공부를 미국에서 했는데, 국제관계학의 연구에 있어서 국제법 하나만을 다루는 대학은 한군데도 없습니다. 국제법의 연구는 미국에서 법학전문대학원과 대학원 정치학과의 양자에서 다루고 있습니다. 전자의 경우에는 국제변호사를 양성하려는데 목적이 있으며, 후자의 경우는 국제법학자를 양성하려는데 목적이 있기 때문에 양자의 교육목표는 아주 상이하다고 할 수 있습니다."

"그렇다면 한국에서 국제법을 전공한 학생이 미국유학을 가는 경우에 국제법을 전공하기 위하여 선택할 수 있는 대학은 어떤 것들이 있습니까?"

"국제법을 전공하기 위하여 선택할 수 있는 학과로는 법학전문대학원, 대학원의 정치학과나 국제관계학과 등이 있습니다. 그런데 법학전문대학원에 진학하여 국제변호사가 되기를 원하지 않는다면 정치학과보다는 국제관계학과에 진학하여 국제관계에 관하여 포괄적으로 공부하는 것이 바람직한 일이라고 할 수 있을 것입니다."

"국제정치를 권력정치라는 말로도 표현하고 있는데 19세기 한말의 동북아에서의 권력정치에서 일본이 최후의 승자가 되어 한반도를 병합하여 36년간을 식민통치를 해왔던 역사적인 사실에 비추어, 21세기를 사는 한국이 또다시 권력정치의 희생자가 되는 것을 사전에 방지할 방법은 없는 것입니까?"

"중요한 문제를 지적해 주었습니다. 19세기말에는 동북아에 대한 미국의 영향도 있었지만, 주로 러시아, 청국(중국), 일본이 한국에 대한 영향력을 미치려고 서로 각축을 하다가 결국에는 일본의 승리로 돌아가 버렸습니다. 그런데 21세기의 동북아에서의 권력정치는 한반도의 남북분단이라는 새로운 변수가 동북아의 권력정치의 향방을 결정하는 중요한 요소로 작용할 가능성이 있습니다."

"그렇다면 우리는 어떠한 외교정책을 지향해야 하겠습니까?"

"남북한이 분단된 지 70여년이 지난 현재까지 남북 간의 정상적인 교류는 없고 적대적인 대치상태만 고착되어버린 상태에 있습니다. 그뿐만 아니라 북한의 젊은 독재자는 핵무기와 미사일의 개발로 한국의 안보를 위협하고 있으며 미국과의 일전도 불사하겠다는 태도를 보여주고 있습니다. 북한에 영향을 미칠 수 있는 유일한 국가인 중국은 북한에 대하여 미온적인 태도로 일관하고 있으니 문제라고 하지 않을 수 없습니다. 이러한 동북아에 있어서의 권력정치의 역학관계를 한국에 유리하게 만들어내기 위해서는 한반도에 영향력을 크게 미칠 수 있는 미국과 중국을 어떻게 해서 우리 편으로 끌어들이느냐 하는 것이 문제해결의 관건이라 할 수 있을 것입니다."

"러시아나 일본의 경우에는 어떠합니까?"

"러시아의 한반도에 대한 영향력은 이전보다는 많이 약화되었기 때문에 현재로서는 러시아의 영향력에 대해서는 무시해도 좋을 것 같습니다. 그런데 문제는 일본의 경우입니다. 한때는 한국을 지배했었다는 역사적인 사실을 되씹으면서 과거의 화려했던 군국주의 시대로 되돌아가려는 망상에 사로잡혀 있는 것이 문제입니다. 일본의 극우세력은 평화헌법조항을 폐기하고 일본의 재무장을 강력히 밀어붙이고 있습니다. 설사 일본이 재무장을 하여 군국주의화하게 되는 경우에도 20세기 초에 일본이 했던 방식으로 한국을 병합하고 한반도를 일본의 지배하에 쉽게 끌어들일 수는 없을 것입니다. 한국이 미국과의 관계에 있어서는 현재까지 우호관계를 유지하고 있어서 별 다른 문제는 없을 것으로 보지만, 만일의 경우에 한국에 대하여 극히 비우호적인 인사가 미국 대통령으로 당선되는 경우에는 뜻하지 않았던 문제가 발생할 수도 있을 것입니다."

"그렇다면 문제가 되는 것은 중국이라고 할 수 있는데 중국에 대해서는 어떻게 대처해야 하는 것입니까?"

"중요한 점을 지적해 주었습니다. 중국은 역사적으로 우리와 가장 인연이 깊은 국가입니다. 한때는 중국에 지나치게 밀착된 사대주의의 입장을 취한 적도 있었지만, 한국전쟁 때에 중국의 의용군이 한국전에 참전하여 전세를 역전시킨 후로는 중국과 우호관계보다는 적대관계를 유지해왔던 것도 사실입니다. 그런데 우리가 잊어서는 안 되는 사실은 중국이 외부세계에 경제를 완전 개방하고 있기 때문에 자본주의국가의 하나라고 착각할 수도 있지만 중국은 기본적으로 공산국가라는 점입니다."

"중국이 북핵문제에 대하여 북한에 강경한 입장을 취하지 못하는 것도 그러한 이유에서 연유하는 것이 아니겠습니까?"

"바로 보셨습니다. 중국과 북한과의 관계는 한국전쟁을 통하여 혈맹으로 맺어진 형제국가입니다. 북한의 젊은 독재자가 공포정치를 하여 주민들을 도탄에 빠뜨리고 있으며 핵무기와 미사일 개발로 동북아의 평화를 위협하고 있는 데도, 북한에 대하여 미온적인 태도로 일관하고 있는 이유도 바로 그러한 사실에 연유하는 것입니다."

"그렇다면 어떻게 하면 중국과 북한 간의 친밀한 우호관계에 무리하게 끼어드는 대신에 자칫하면 적대관계로 발전할 수도 있는 중국과의 관계를 우호관계로 바꾸어 놓을 수 있느냐 하는 것이 중국과 한국간의 현안문제를 해결하는데 있어서 관건이라 할 수 있지 않습니까?"

"문제를 제대로 지적해 주셨습니다. 그런데 이 문제를 해결하는 것은 결코 용이한 일이 아닙니다. 중국인은 성격상 자신의 속마음을 쉽게 들어 내지 않고 있습니다. 중국이라는 국가도 중국인과 마찬가지로 국가가 추구하는 정책이 무엇인지를 잘 들어내지 않기 때문에 중국을 피상적으로만 대하다가는 큰 과오를 범할 수 있는 가능성이 얼마든지 있는 것입니다."

"한국이 중국과의 우호관계를 수립하려면 미국과의 우호관계를 소홀히 하고 결과적으로 미국과 멀어져야 하는데 이것은 한국으로 바라는 바가 아닐 것입니다. 한국이 중국과의 우호관계의 수립을 원하는 경우에 극단적인 경우에는 미국과의 우호관계의 단절을 요구해올 수도 있는 것입니다. 이러한 중국의 요구는 한국으로서는 도저히 받아들일 수 없는 요구가 아니겠습니까?"

"그렇다면 중국과의 우호관계의 수립은 거의 불가능에 가까운 일이라 할 수 있을 것입니다. 그만큼 중국과의 우호관계 수립이 어렵다는 이야기가 되는 것입니다. 한국으로서는 미국과의 우호관계의 단절을 각오하면서까지 중국과의 우호관계수립을 원하는 것은 아닐 것입니다. 한국이 중국과의 우호관계의 수립을 원하는 이유는 중국과 미국과의 중간에 서서 양국 간의 관계개선을 도모하려는데 있는 것이라 할 수 있습니다."

"그렇다면 한국과 미국 간의 중개자 역할을 하겠다는 것은 가능성이 있는 일입니까?"

"미국과 중국은 한국전쟁 때부터 시작된 양국 간의 적대관계의 해소를 해 볼 기회가 전혀 없었다고 해도 과언이 아닐 것입니다."

"그렇다면 어떻게 해서 양국 간의 관계개선을 기할 수 있다고 생각하십니까?"

"그게 그렇게 간단한 문제가 아닐 것입니다. 한국으로서는 만일의 경우에 중국과의 우호관계수립에 성공을 할 수 있었다고 하더라도 미국과의 전통적인 우호관계가 소홀해질 수 있는 한편,

미국과의 우호관계가 강화되는 경우에는 중국과의 우호관계의 수립을 기대한다는 것이 거의 불가능한 일이라고 해야 할 것입니다. 이와 같이 한중관계와 한미관계는 이율배반적인 관계에 있다고 하겠습니다. 그런 만큼 한중관계와 한미관계의 공존은 쉽게 달성할 수 있는 일이 아니며, 양국의 틈새에 끼어있는 한국의 역할은 과연 어떤 것이 되어야만 할지에 대해서는 미지수라 할 수 있을 것입니다. 한국의 외교능력이 그 해답을 가져올 수 있는 문제이기는 하지만. 한국의 대통령이 중국의 주석을 만나서 몇 마디의 의례적인 말을 나누었다고 해서 쉽게 해결될 수 있는 문제는 아닌 것입니다."

국제관계학은 한반도를 둘러싼 중국과 미국 간의 동북아의 권력투쟁의 측면만을 다루는 좁은 영역에 국한된 학문분야가 아니다. 그보다는 훨씬 넓은 영역인 국제정치, 국제조직 및 국제법을 포괄하는 광범위한 분야를 다루고 있는 학문분야라 할 수 있을 것이다. 국제조직에 관한 연구만 하더라도 유엔조직 하나에만 관한 연구로 평생을 보내는 학자들도 있다.

국제연맹은 제1차 세계대전 후에 전쟁의 방지와 국제평회의 유지를 목표로 창설된 국제조직이었지만, 그 주요 회원국가들이 유럽국가들에 국한되었기 때문에 명실상부한 세계적인 조직이 되지 못했다는 취약점이 있었을 뿐만 이니라, 전후의 베르사이유조약이 독일을 파산지경에 몰고 간 것에 반발하여 히틀러가 이끄는 나치독일이 베르사이유조약을 폐기하고 제2차 세계대전을 일으키게 되자 국제연맹은 전쟁의 발발과 동시에 자연 소멸해버리고 말았던 것이다.

제2차 세계대전 후에 좀 더 포괄적인 세계적 국제조직인 국제연합, 즉 유엔이 국제연맹의 정신을 이어받아 전쟁의 방지와 국제평화의 유지를 위하여 창설되어 오늘에 이르고 있다. 한국전쟁 때 유엔군의 참전으로 침략군을 격퇴할 수 있었으며, 그 후에 한국이 유엔에 가입하여 회원국이 되었을 뿐만 아니라 최근에는 한국인 유엔사무총장까지 배출할 정도로 한국은 유엔과 밀접한 관계를 맺고 있다. 최근에 북핵의 위협에 대해서도 유엔의 안전보장이사회가 북한을 제재하기 위한 강력한 결의를 채택하고 있지만 북한은 유엔결의를 계속 무시하고 핵무기와 미사일개발을 계속하면서 제 갈 길을 가고 있다. 이러한 북한의 태도는 유엔회원국가로서는 바람직한 태도가 아니라고 할 수 있을 것이다.

2015년 9월에 1주일간 한국의 서울충정로에 있는 한국프레스센터 대회의실에서 국제환경문제 심포지움이 개최되었다. 세계 각지에서 소위 500여 명의 환경전문가라고 자처하는 인사들이 참석하여 논문발표와 열띤 토론을 했다.

심포지움이 끝나기 전에 채택한 '국제환경문제 결의문'에는 '여러 가지 국제환경문제가 국제협력을 절실히 요구하는 중대한 문제로 대두되고 있다. 이러한 문제를 그대로 방치해 두었다가는 인류의 존망 자체에 영향을 미칠 수 있기 때문에 우리는 각국 정부와 관련단체의 적극적인 협력에 의하여 이 문제들을 너무 늦기 전에 해결하도록 결의한다' 라고 명백하게 밝히고 있다.

국제법은 국제환경문제와 관련하여 중대한 역할을 하고 있다. 지구온난화, 해양오염, 사막화, 산성우, 유해폐기물의 국제관리, 국제수로의 오염, 핵에너지의 국제규제, 월경대기오염, 지구대기권의 보호, 외계, 야생생물의 보호 등의 문제는 관련국가 단독의 노력만으로는 만족할 만한 해결을 가져올 수 없는 문제라고 할 수 있을 것이다. 이러한 국제환경문제들은 우리의 일상생활에 막대한 영향을 주고 있다.

지구온난화의 문제만 하더라도 탄산가스를 비롯한 온난화가스가 대기 중에 축적됨으로써 지구의 기후변화를 가져오게 되어 여름은 더욱 더워지고 있으며 반대로 겨울은 훨씬 더 추워지고 있다. 폭풍우는 좀 더 거세어져서 폭풍우로 인한 막대한 피해를 가져다주고 있다. 해양은 선박의 항로일 뿐만 아니라 해양자원의 보고이다. 만일 해양이 오염되면 바다에서 생선을 잡아서 마음대로 먹을 수 없는 사태로까지 발전할 수도 있는 것이다. 세계의 여러 지역에서 사막화가 급속히 진행되고 있다. 몽고지역의 사막화의 급속한 진행으로 인하여 해마다 우리나라에까지 심각하게 그 영향을 미치고 있는 사막의 모래나 미세먼지와 같은 월경대기오염물질의 피해는 인내하기 어려운 지경에 이르고 있다.

산성우가 식물이나 물질에 미치는 영향에 대해서는 이미 잘 알려진 바 있다. 그런데 문제는 어떻게 산성이 나날이 강해지고 있는 산성우의 발생을 사전에 방지할 수 있느냐 하는 것이다. 산성우의 발생은 각국의 공업화의 진행으로 산성우를 가져오는 물질의 증가 때문에 그런 것이다. 산성우를 배출하는 물질을 감소시킬 수 있는 기술은 현재로서는 별로 실효성이 없다고 한다. 유해폐기물의 국제 관리의 문제는 선진 국가에서 폐기된 유해물질이 저렴한 가격으로 후진 국가로 수출되어 재사용되는데 문제가 있다는 것이다. 이러한 유해폐기물은 후진국으로 수출되기도 하지만, 경우에 따라서는 해양에 무단폐기 되는 경우까지 있기 때문에 그 관리를 국제적으로 철저히 해야 할 필요성이 있는 것이다.

국제수로의 오염문제는 여러 국가에 걸쳐서 흐르는 국제하천의 경우 만일 상류에 있는 국가에서 유해물질을 국제하천에 무단폐기하는 경우에는 하류에 있는 모든 관련 국가들이 영향을 받게 되는 것이다. 한 때 스위스의 베른에 있는 세계적으로 유명한 산도스 화학약품회사가 유해화학물질을 라인강에 무단폐기를 하여 말썽이 났던 적이 있었다. 스위스가 라인강의 최상류에 있는 국가이다. 스위스가 유해화학물질을 라인강에 무단 폐기하는 행위는 하류에 있는 프랑스, 독일, 네덜란드 등의 국가들에게 막대한 영향을 미칠 수 있기 때문에, 더 이상의 그러한 사태의 발생을 방지하기 위하여 하류의 국가들이 스위스로부터 피해에 상당하는 보상을 받았을 뿐만 아니라 라인강을 국제 감시 하에 두고 관리를 하기로 했다.

핵에너지의 규제는 국제원자력기구가 있어서 관리하고 있다. 우리가 북핵사태에서 보는 바와 같이 핵무기개발문제와 관련하여 국제원자력기구의 감시를 거부하고 있는 국가가 지구상에 존재한다는 것이 문제인 것이다. 핵에너지는 인류의 존망과 밀접한 관련이 있는 문제이다. 핵에너지를 인류의 복지증진을 위하여 사용하는 대신에 북한과 같이 핵무기의 개발을 위하여 사용하려는 경우에는 동북아의 평화뿐만 아니라 유엔이 목표로 하고 있는 국제평화의 유지에 막대한 피해를 줄 잠재적인 가능성이 있기 때문에 북한에 대한 철저한 감시를 해야 할 필요성이 있는 것이다.

지구대기권의 보호는 더 이상 논의의 필요성이 없는 문제라고 할 수 있을 것이다. 우리가 밀폐된 방에서 숨도 쉬기 어려울 정도로 답답하게 느껴질 때에는 최상의 해결방법으로서 창문을 열어서 외부의 신선한 공기를 받아들이면 되는 것이다. 그런데 대기권은 방금 살펴본 바와 같이 밀폐된 방과 같은 것으로서 일단 오염이 되면 밀폐된 방의 경우와는 달리 외부로부터 신선한 공기를 받아들일 수 있는 방법이 없는 대상이기 때문에, 일단 오염이 되면 대기권을 다시 정화시킬 수 있는 방법은 없는 것이다. 이러한 이유 때문에 대기권의 오염은 인류의 존망 자체와 가장 밀접한 관련이 있는 문제라고 할 수 있는 것이다. 따라서 문제해결의 유일한 방법은 지구대기권을 어떠한 방법으로든지 오염시키지 않는 방법밖에 없다고 해도 과언이 아닐 것이다.

외계의 오염문제는 당장 국제환경문제와는 직접적인 관련이 없는 문제처럼 보일지 모르지만, 이미 각국에서 외계에 쏘아올린 인공위성 때문에 외계를 이미 상당히 오염시키고 있다고 한다. 그런데 이러한 인공위성 중에 용도 폐기된 인공위성들이 지구로 진입하고 있는 것이 국제환경에 미칠 수 있는 잠재적인 문제라고 할 수 있을 것이다.

야생생물의 보호문제는 종의 다양성의 유지라는 측면에서도 그 중요성이 인정되지만, 야생생물은 인류를 위한 잠재적인 식량자원이 된다는 의미에서 그 중요성을 인정해야 하는 것이다. 최근에 와서 멸종위기에 있는 야생생물의 숫적인 증가는 인류에게 위험신호로 작용하고 있는 것이다. 지표생물이라고 하는 일부의 생물종은 그러한 생물종의 급격한 감소가 인류에게 닥치고 있는 어떤 미지의 위험에 대한 적신호가 될 수 있기 때문에, 특정한 야생생물의 증감에 대하여 예의 주시할 필요가 있는 것이다.

국제환경문제의 규제는 국제법의 고유한 영역으로서 그 범위가 점차 확장되고 있는 것이다. 핵에너지의 국제관리와 관련하여 국제원자력기구의 경우를 살펴보았다. 이 외에도 다수의 국제조직들이 특정한 국제환경문제와 관련하여 활동을 계속하고 있으며 관련조직 간의 국제협력을 시도하고 있는 중이다. 식량농업기구(FAO), 세계보건기구(WHO), 세계기상기구(WMO), 국제노동기구(ILO), 국제화폐기금(IMF), 세계은행(WB), 유엔교육, 과학, 문화기구(UNESCO) 등이 그러한 국제조직들이라 할 수 있을 것이다.

국제환경문제는 국제정치의 각축장이기도 하다. 우리가 기후변화문제와 관련하여 온실가스의 배출규제문제를 갖고 초강대국가인 미국과 중국 간에 큰 의견의 차이를 보여주고 있는 것은 국제환경문제의 장래와 관련하여 심히 우려되는 사항이라 해야 할 것이다.

미국은 이미 경제성장을 일정한 수준까지 끌어올린 국가이기 때문에 온실가스의 규제에 대하여 적극적으로 나설 수 있는 입장에 놓여있다. 그러나 중국의 경우에는 아직도 목표로 하고 있는 경제성장을 달성하려면 가야 할 길이 멀기 때문에 온실가스의 감축문제에 적극적으로 나설 수 없는 입장에 놓여 있는 것이다. 이 문제와 관련하여 양국 간에 주도권 경쟁이라도 벌리게 되는 경우에는 지구온난화 문제의 조기해결에는 적신호가 켜질 수밖에 없는 것이다. 그런데 현재 실제로 나타나는 현상을 보면 온실가스의 감축문제와 관련하여, 양국 간에는 협력보다는 대결의 관계에 있다는 것이 문제해결의 어려움과 심각성을 가중시키고 있다고 해야하겠다.

국제관계는 국내에서 발생하는 여러 가지 문제보다는 우리에게 미치는 영향이 크지 않을지 모르지만 우리에게 미치는 잠재적인 영향력은 국내문제보다 결코 소홀히 다룰 수 없는 분야라고 할 수 있을 것이다. 인간이 홀로 살 수 없는 것과 마찬가지로 국가도 고립해서 홀로 설 수 없는 시대에 우리는 살고 있는 것이다. 이러한 의미에서 볼 때 국제관계에 특별한 관심을 기울이는 것도 바람직한 일이라고 할 수 있지 않겠는가.

4. 민의

한 때는 정부에 의하여 민의가 조작되었던 적이 있었다. 초대 이승만 대통령이 정권연장을 위하여 민의를 조작했으며 박정희 대통령이 3선 개헌을 위하여 민의를 조작한 적이 있었다. 그런 민의가 자연발생적인 것이 아니라 정부에 의하여 조작될 수 있는 성질의 것일까? 독재국가인 경우에는 민의를 위정자의 입맛에 맞도록 조작할 수도 있겠지만 자유민주주의를 표방하는 국가에서 민의를 조작한다는 것은 정상적인 통치방법도 아니며 있을 수도 없는 일이라 하겠다. 독재국가에서는 조작된 민의라도 민의라고 그대로 밀고 나간다 하더라도 국민의 저항을 받게 되는 경우라고는 거의 발생할 수 없다고 해도 과언이 아닐 것이다. 그러나 자유민주국가에서는 민의가 조작되었다는 것을 국민들이 알게 된다면 국민의 저항을 받게 되어 정권의 존립 자체가 위협을 받게 될 수 있다.

이승만 대통령의 경우에는 민의조작이 국민들의 저항을 받아서 대통령직에서 강제로 쫓겨날 수밖에 없었으며, 박정희 대통령의 경우에는 민의를 조작하여 3선 개헌안을 통과시키는데 성공을 하기는 했지만 암살을 당하여 정권연장에는 결국 실패하고 말았던 것이다. 이러한 선례에서 볼 수 있듯이 자유민주 국가에서는 민의의 조작이라는 것이 바람직한 방법도 아니며 결코 성공할 수도 없는 방법이라는 것을 위정자들은 깨달아야 할 것이다.

각 행정부서마다 민원실이라는 것이 있어서 주민의 행정업무처리의 편의를 도와주고 있다. 그런데 경우에 따라서는 민원처리를 해주는데 있어서 민원인의 입장을 우선적으로 생각해 주는 것이 아니라 행정편의주의에 입각하여 민원인에게 오히려 불편을 주게 되는데, 이에 대한 시정이 잘 되지를 않는 모양이다. 금년 3월에 아내의 명의로 되어 있는 오피스텔의 판매계약이 체결되어 오피스텔판매에 필요한 아내의 인감증명서를 발급받기 위하여 주민센터에 갔더니, 아내의 인지능력에 문제가 좀 있다면서 아내의 인감증명서 발급을 거부하는 것이 아니겠는가. 하도 황당한 일이라 왜 그러느냐고 그 이유를 물어보았더니 최근에 인감증명서의 발급절차가 변경되어서 인지능력에 문제가 있는 사람에게는 인감증명서를 더 이상 발행해줄 수 없다는 것이다. 앞으로 인감증명서를 발급받으려면 법원에 아내의 성년후견을 청구하여 내가 아내의 후견인으로 판정을 받아오면 인감증명서를 발행해줄 수 있다는 것이다.

주민센터에서는 아내의 인감증명서 발급을 간단히 거부했지만, 그로 인하여 우리에게 미치게 된 영향은 이만저만 큰 것이 아니었다. 아내의 인지능력을 문제 삼지 않고 아내가 인감증명서 발급을 신청했을 때 행정편의주의에 입각한 조치를 취하지 않고 아내가 원하는 대로 인감증명서를 발급해주었다고 하더라도 별 문제가 없었을 것이다. 주민센터에서 발급을 거절했기 때문에 겪지 않아도 되었을 불편을 우리 부부가 겪을 수밖에 없었다. 우선 오피스텔 구매자가 아내에 대한 성년후견 판정이 나올 때까지 몇 개월을 기다려주기로 약속을 했지만, 7개월 이상이 지난 지금까지 판정이 나오고 있지를 않으니 그가 지금까지 결과를 기다리고 있는지는 의문이다.

후견제도의 내용을 잘 알지도 못하고 성년후견을 청구하라고 하여, 법원에 가서 성년후견신청에 필요한 서류들을 만들어서 법원에 아내에 대한 성년후견을 청구했다. 그런데 나중에 좀 더 알아본 결과 아내의 경우처럼 오피스텔 하나만을 파는데 필요한 후견이라면 구태여 성년후견을 청구할 것이 아니라, 오피스텔 판매만을 위한 특정후견을 청구하라 하여 구비서류를 첨부하여 아내의 특정후견 청구를 법원에 추가적으로 했다. 가정법원에 사건이 밀려서 판정이 지연되고 있다는 말을 하기는 하지만, 후견신청 후 6개월이나 지나서 특정후견 서류를 보완해서 제출하라는 연락이 와서 보완서류를 첨부하여 법원에 제출했다. 그런데 한참 지난 후에 다시 법원에서 연락이 오기를 아내의 진료기록과 담당의사의 진단서를 첨부해서 보완서류로 제출하라는 연락이 와서 그렇게 했다. 담당의사의 진단서나 아내의 진료기록 같은 것은 첫 번째 보완서류를 제출할 때 첨부해서 내라고 했더라면 내가 서류작성을 위하여 두 번 걸음을 하지 않아도 되었을 것이 아니겠는가? 그렇게 법원에서 원하는 대로 보완서류까지 첨부해서 법원에 제출했지만 아직까지 특정후견의 판정결과는 받아보지 못했다.

내가 신청했던 아내에 대한 성년후견의 보완서류도 첨부해서 제출하라는 연락과 함께 병원에 가서 아내의 정신감정을 받으라는 연락이 법원에서 왔지만, 이미 성년후견 대신에 특정후견만을 청구하는 것으로 결정했기 때문에 법원에서 요청한 보완서류를 제출하는 것은 그만 두기로 했다. 법원이 요청한 정신감정도 돈이 많이 들뿐만 아니라 아내의 경우에는 필요도 없는 일이기 때문에 정신감정을 받지 않기로 했으니 성년후견청구는 자동기각되었을 것이다.

한국의 법원에 청구한 특경후견의 판정을 기다리기에 지쳐서 이제는 판정이 나올 때가 되면 나오겠지 하는 생각으로 더 이상 신경을 쓰지 않기로 했다. 그런데 한국법원의 늦장판정과는 비교가 되지 않을 정도의 황당한 일을 미국의 사회보장연금과 관련하여 당하고 있는 중이다. 나는 그동안 미국의 합리적인 행정절차를 굳게 믿고 있었지만, 미국의 불합리한 연금지급과 관련하여 미국 정부기관에 대한 실망이 이만저만 큰 것이 아니다. 그러지 않아도 얼마 전에 만났던 미국공무원이 사회보장국을 지목하여 미국의 행정기관 중에 가장 비효율적이며 무책임한 기관이라는 말을 했던 일을 상기하면서, 그럴 수도 있다는 수긍이 갈 정도로 미국의 치사에 실망하게 되었다.

문제의 발단은 재무성 수표로 지급되던 사회보장급여가 나나 아내의 한국 내 은행통장에 한화로 직접 송금해주겠다는 결정을 한 후로 차질이 발생하게 되었던 것이다. 미국의 마니라 대사관이 보내 준 직접송금서류를 신청했을 때는 나나 아내의 서명란이 너무 좁아서 서류에 서명을 하지 않고 그대로 신청을 했더니 서명이 없다는 이유로 당연히 기각이 되어버렸다. 그 후 1년이 지났을 때 미국의 서울 대사관에서 보내준 직접송금서류를 작성하여 미국의 마니라 대사관에 보내주었다. 아시아지역의 사회보장급여의 직접송금업무를 미국의 마니라 대사관에서 담당하기 때문에 그렇게 했다. 신청서류를 보내는 한편 내가 받지 못했던 5개월간의 송금액을 청구했다. 그런데 묘한 일은 내게는 5개월간 수표로 송금액을 보내주지 않았던 사회보장국이 아내에게는 꼬박꼬박 제때 보내주던 수표의 경우와는 달리, 직접송금의 경우에 문제가 발생하게 되었다.

나의 경우는 수표송금 때와는 달리 환율로 환산되어 지급되는 한화송금액이 매월 꼬박꼬박 들어오고 있는데, 아내의 경우에는 처음부터 말썽을 부리고 있다. 직접송금서류를 작성할 때 미국의 서울 대사관 측의 조언에 따라서 지금까지 신재임으로 받아오던 수표의 경우와는 달리 한국의 아내은행 계좌로 직접송금을 받으려면 남편의 성을 따라 쓰던 신재임 대신에 아내의 처녀적 이름인 김재임으로 이름을 바꾸고 주소도 도로명으로 바뀐 새주소를 써서 보내라고 하여, 그렇게 했더니 그것이 문제가 되리라고는 어떻게 예측할 수 있었겠는가? 처음에는 나에게 직접송금하는 날짜와 같은 날짜에 송금을 해주겠다는 편지가 오더니 느닷없이 또 편지를 보내면서 신청서에 표기된 성명과 주소의 표기가 다르기 때문에 본인 확인이 불가능하여 당분간 송금을 중단한다는 편지와 함께 송금이 중단되었다. 송금하는데 은행계좌번호만 있으면 되는 것이지 왜 주소표기가 문제로 되는 것인지 도저히 이해가 되지를 않는다. 외국에 살고 있기 때문에 더 이상 연금지급을 해주지 않으려는 유치한 꼼수는 아니겠는가? 직접송금은 서울에 있는 씨티은행에서 대행해주고 있는 것이니 수령자인 아내가 문제가 된다면 직접 실사를 나와서 확인을 하면 되는 문제를 갖고 지금까지 송금을 해주고 있지를 않으니 미국 사회보장국의 처사를 도저히 이해할 수가 없다. 편지를 마닐라에 있는 미대사관과 미국에 있는 사회보장국에 여러 번 보냈는데도 지금까지 감감 무소식이니, 이제는 지쳐서 더 이상 편지를 쓰고 싶은 의욕조차 없게 되었다.

나의 경우 미지급액 1,380.50 달러의 지급을 요청하는 이메일을 미국의 마닐라 대사관에 네 번씩이나 보냈지만 전혀 그 문제에 대한 변명이나 해결을 해주지 않기 때문에 포기상태에 있는 셈이다. 아내에게 지급중단을 통고한 미국의 사회보장국 본부에 두 번씩이나 아내의 신분과 주소확인을 해주는 동시에 내게 미지급된 5개월간의 직접송금을 요청했다. 일단 미국의 사회보장국에 편지를 낸 것이니 좀 더 기다려보아야 하겠지만, 그 문제와 관련하여 미국의 사회보장국의 미온적인 태도를 생각할 때 화가 나기도 하고 답답한 생각만 들 뿐이다.

텔레비전에서 '우리 사는 세상'이라는 프로그램을 매일 다섯 시 50분에 방송하고 있다. 그 내용을 보면 대부분이 민원처리와 관련하여 민원인의 입장보다는 행정편의주의에 좀 더 기울러져 있는 듯한 인상을 보여주고 있는 것 같다. 왜 그러는 것일까? 아마도 우리나라의 공무원들이 아직도 관주도로 움직이고 있는 경향이 강해서 그러는 것이 아닐까 한다. 학교건물에 바짝 붙여서 고층아파트를 지을 수 있도록 건축허가를 내주는 경우, 농경지와 마을에 인접한 유해화학물질 제조공장의 건축허가를 내주는 경우, 도로예정지를 불법으로 점용할 수 있게 해주는 행위 등과 관련된 끝도 없는 민원이 제기되고 있지만, 그러한 생존권 자체와 관련된 민원처리는 쉽게 이루어지지 않는 것 같다.

민주주의 국가에서도 민의의 소재를 정확히 파악할 필요가 있다. 왜냐하면 민의의 소재를 정확히 파악하는 것은 독재국가보다는 민주국가에서 좀 더 절실히 요구되는 사항이라 할 수 있기 때문이다. 독재국가에서는 민의와는 상관없이 독재자가 원하는 대로 국가를 통치할 수 있지만 민주국가에 있어서는 위정자가 독선적인 방법으로 통치를 하다가는 국민의 저항에 직면하게 될 수 있을 것이다. 따라서 민의의 소재를 정확하게 파악하는 것은 민주국가에 있어서 통치의 선결요건이 되는 것이다.

국민의 민원처리를 정부에서 적절히 처리해 주지를 않거나 국민의 생활에 크게 영향을 미칠 수 있는 사항에 대한 적절하지 못한 행정처분으로 국민의 불만을 사게 해서는 '개미구멍 만한 작은 틈새 하나가 봇물을 터트릴 수 있다'는 말이 있듯이, 작은 국민의 불만들이 모여서 마침내 정부시책에 비협조적인 민의를 형성할 수 있게 되는 것이다. 그런데 우리가 주의해야 하는 것은 민의라는 구실로 주장하고 있는 내용이 과연 국민의 민의를 제대로 반영하고 있는 것인지, 아니면 특정한 이익집단의 의사만을 반영하고 있는지에 대한 판단을 정확히 내려야 한다는 것이다. 최근에 빈번히 일어나고 있는 노동조합들의 시위를 보면 자신들이 속해 있는 이익집단의 이익만을 주장하는데 급급하여, 그들의 시위

로 인하여 국민들이 겪어야 하는 불편에 대한 것은 전혀 안중에
도 없는 것이 바로 그 좋은 실례가 되고 있다.

강주봉은 여론조사의 전문가로서 신설된 정부기구인 '민의와
민원처리사례조사처'의 초대처장직을 맡게 된 인물이다. 그는 여
론조사방법론의 저자이기도 하다. 그의 견해에 의하면 민의와 민
원처리와는 밀접한 상관관계가 있다는 것이다. 민원처리가 국민
이 원하는 방향으로 제대로 처리된다면 정부의 행정처분에 호의
적인 민의가 형성될 수 있으며, 만일에 민원처리가 국민이 원하
는 대로 제대로 처리되지를 않고 행정편의주의 때문에 민원처리
가 국민이 원하는 것과는 관련이 없을 뿐만 아니라 피해까지 줄
수 있는 엉뚱한 방향으로 결말이 나게 된다면, 그러한 민원처리
의 불만사례들이 축적되어 정부시책에 대한 비우호적인 민의를
형성하게 된다는 것이다. 사실에 있어서도 그렇게 발전할 수 있
을 뿐만 아니라 논리적으로도 강주봉의 주장은 상당히 설득력이
있는 견해라고 할 수 있을 것이다.

강주봉 신임처장과 이 문제와 관련하여 인터뷰를 할 기회가 있
었다.

"강처장님의 취임을 축하드립니다. '민의와 민원처리사례조사
처'라는 긴 이름에서 어느 정도 감은 잡을 수 있지만, 이러한 정부
기구의 설립취지는 무엇입니까?"

"원래는 '민원처리사례조사'보다 긴 '민원처리불만사례조사'라
는 용어를 쓰려고 했지만 그렇게 되면 정부부처의 명칭으로서는
지나치게 길어지는 것 같아서, 원래의 명칭에서 '불만'이라는 용
어를 뺀 것이 그 정도로 길어지게 된 것입니다. 명칭에서 분명해

졌듯이 주요업무는 민의와 민원처리에 관한 것입니다."

"민의와 민원처리를 동시에 조사의 대상으로 다루고 있는 이유는 무엇입니까?"

"민의의 소재를 정확히 파악하기 위해서는 민원처리의 문제가 제대로 되고 있는지에 대한 것부터 조사할 필요가 있습니다. 왜냐하면 국민의 민원처리가 제대로 이루어지지를 않으면 민원처리와 관련된 국민의 불만이 쌓이게 되며, 결과적으로 부정적인 민의를 형성하게 되는 계기를 마련하게 되는 것이지요."

"그렇다면 민의와 민원 간에는 중요한 상관관계가 있다는 말씀이시지요."

"올바로 보셨습니다. 민의를 파악하기 위해서는 민원처리를 파악할 필요가 있다는 이야기가 됩니다. 이미 살펴본 바와 같이 민원처리에 대한 불만이 부정적인 민의로 발전하게 될 수 있다는 것이지요. 따라서 민원처리에 전혀 관심을 갖지 않고 민의를 말하는 것은 민의를 정확하게 파악하는데 별 도움이 되지 못한다는 것입니다."

민의와 민원 간에는 중요한 상관관계가 있는 것이다. 그런데 대부분의 경우에 민의를 다루면서 민원에 대한 것을 전혀 고려하지 않는 경우가 많다. 민의와 관련해서 민원이 중요한 상관관계에 있다는 것을 잘 알지도 못할 뿐만 아니라 알려고도 하지 않는데 문제가 있는 것 같다. 그렇다면, 왜 민의를 다루는 부서가 민원을 소홀히 다루고 있는 것일까? 그런데 민원의 대상이 되는 문제들이 사회구조적으로 고착된 부조리에서 기인하는 것이기 때문에, 민원기관의 수준에서는 도저히 해결할 수 없는 권한 밖의 문제인 경우에는 민원기관에 민원을 내보았자 만족스런 해결은 처음부터 기대할 수 없는 일이라고 할 것이다. 그러한 사실을 잘 모르는 일반국민은 자신들의 민원을 해결하기 위하여 계속해서 민원기관에 민원을 제기하지만, 만족한 해결에 도달할 수 없기 때문에 국민의 불만만 쌓여가게 될 뿐이다.

이러한 민원사항 중에 대표적인 사례는 세금과 관련되는 사항이라 할 수 있을 것이다. 우리나라의 세금 중에 가장 문제가 되는 세금은 모든 판매행위에 부과하는 10퍼센트의 부과세라 할 수 있을 것이다. 이러한 세금의 부과는 정부의 입장에서 볼 때에는 그야말로 '땅짚고 헤엄치기'와 같은 과세제도로서 국민은 의례 내야 할 세금이라는 생각에서 별 저항 없이 10퍼센트의 부과세를 내고 있다. 이것이야말로 국민의 저항을 얼마든지 불러올 수 있는 중대한 민원사항으로 발전할 가능성이 농후한 불합리한 세금이라고 할 수 있을 것이다. 그러나 이상한 것은 당연히 국민의 강력한 저항에 봉착할 가능성이 있는 세금임에도 불구하고 아직까지는 부과세에 대한 과세거부운동과 같은 것이 시도되었다는 말을 들어보지 못했다. 아마도 우리 국민은 이러한 당연한 권리 위에 잠자고 있는 것은 아닐까?

두 번째 불합리한 과세는 자동차세라 할 수 있을 것이다. 자동차는 한 때 부자의 상징처럼 되어 있던 시절이 있었다. 오죽했으면 자동차의 소유를 자가용을 갖고 있다는 말로 표현을 했던 것일까? 부자가 아니면 자동차의 소유를 꿈도 꿀 수 없었기 때문에 그랬던 것이리라. 그런데 최근에는 저렴한 국산자동차의 보급이 보편화되어서 자동차의 대중화시대를 가져와서 웬만한 경제력을 갖고 있는 사람들의 경우에는 누구나 자동차를 가질 수 있는 시대가 되었다. 젊은이들의 경우에는 주택을 소유한다는 것은 비용부담이 과다하기 때문에 주택소유는 생각도 할 수 없지만 직장만 갖고 있는 경우에는 주택을 사기 전에 자동차부터 먼저 산다는 것이다. 구세대의 상식으로는 주택을 먼저 마련한 후에 여유가 생기면 그때 가서 자동차를 구입하는 것과는 전혀 반대의 생각을 하고 있는 셈이다.

그런데 묘한 것은 수억 원 내지 수십 억 원대의 주택보다 수천만 원대의 자동차에 부과되는 세금이 더 많이 부과되는 국가는 아마도 우리나라밖에 없다고 할 수 있을 것이다. 왜 그런 것일까? 미국과 같은 자동차의 천국 같은 국가에서는 자동차세를 아주 받지 않거나 받더라도 아주 소액에 불과하다는 것을 생각할 때 한국정부에서는 자동차를 앉아서 받아내는 세금원이라는 착각을 하고 있는 것이 아니겠는가? 그렇지 않고서야 어떻게 이러한 불합리한 세금을 자동차 소유자들로부터 마구 받아낼 수 있다는 말인가?

세 번째 불합리한 세금은 유류세라고 할 수 있을 것이다. 특히, 휘발유에 내는 세금은 실로 복마전과 같은 세금이라고 할 수 있을 것이다. 휘발유를 사용해야 하는 자동차의 경우 자동차를 운행하려면 휘발유를 넣어야 한다. 우리나라의 경우 다른 외국의 경우와 비교할 때 휘발유의 값도 엄청나게 비싸다. 휘발유의 판매에 따라 붙는 세금은 10퍼센트의 부과세 이외에도 각종 명목으로 추가되는 세금까지 합쳐져서 엄청난 액수의 세금을 물어야 하는 것이다. 그런데 묘한 것은 휘발유값이 올라가는 경우에는 부과세를 비롯한 다른 세금들이 덩달아 올라가지만 휘발유값이 떨어지는 경우에는 그에 따라 부과세나 기타의 세금들이 휘발유값이 떨어진 만큼 내려가야 함에도 불구하고 전혀 내려가지 않거나 제자리걸음을 하게 되어, 정부가 세금으로 가져가는 부분도 있지만 유류회사들이 폭리에 가까운 부당이득을 올리고 있다는 것이다. 이와 유사한 사례로서 전기요금의 과다부과를 들 수 있을 것이다. 소비자에 대한 전기요금의 부과가 잘못된 누진제의 적용으로 산업용 전기요금의 경우보다 엄청난 요금의 징수로 한전만 막대한 부당이득을 올리고 있다고 한다. 정부에서는 국민들의 과다한 전기요금의 부담을 경감시켜주겠다는 말만 하고 있을 뿐 소비자들이 피부로 느낄 수 있을 정도의 시정조치를 취했다는 말은 들어 본 적이 없었다. 아마도 한전이 소비자들에게 거두어들인 전기요금의 부과로 생기는 부당이득은 결국에는 세금으로 쉽게 받아들이면 되기 때문에, 정부에서 국민들의 민원을 모른 척하고 무시해버리는 것이 아니겠는가?

국가를 운영하기 위해서는 각종 세금으로 거두어들인 세수라는 것이 필요한 것이다. 이러한 세수의 금액을 기준으로 국가예산을 편성하고 그 예산으로 이미 각 부처에 배정된 예산집행을 하는 것이 정상적인 국가운영의 방법이라 할 수 있을 것이다. 그런데 세수의 부족으로 편성된 국가예산을 전부 충당할 수 없을 때에는 추가예산을 편성할 필요가 생기게 되는 것이다. 그러나 이러한 경우에 부족한 세수를 충당하기 위해서는 세금을 더 거두어들이거나 국가가 적자예산을 편성하여 빚을 질 수밖에 없는 것이다. 이러한 경우에 국가의 다른 수입원이 있으면 국가가 진 빚을 연차적으로 상환해 갈 수 있기 때문에 국민에게 추가적인 부담을 주지 않아도 되지만, 그렇지 못한 경우에는 국민이 결국에는 국가가 진 빚을 상환해야 하는 것이다. 그런 경우에 국민에게도 빚을 상환할 능력이 없게 되는 경우에는 국가부도위기에 직면하여, 이를 극복하지 못하면 국가파산을 초래할 수밖에 없게 되는 것이다.

우리나라의 경우는 세금만 거두어들일 수 있는 방법만 있다면 청탁을 가리지 않고 세금을 거두어들이는 것 같으며, 일단 거두어들인 세금은 비록 그것이 부당하게 거두어들인 것이라 할지라도 납세자에게 절대로 되돌려주는 일은 없다는 것이다. 그렇다 보니 현재 국민의 아무런 저항도 받지 않고 손쉽게 세금을 거두어들일 수 있는 부과세, 자동차세, 휘발유세와 같은 세금을 문제가 있다고 해서 포기할 필요가 어디에 있겠느냐 하는 생각으로 국민의 민원을 모른 척하고 눈감고 있는 것이 아니겠는가?

세금 이외에 국민의 불만을 살 수 있는 여지가 있는 문제로는 우리 사회에 널리 퍼져 있는 특권의식이라 할 수 있을 것이다. 언제부터인가 일부의 계층은 특권의식을 노골적으로 나타내고 있다. 우리나라의 법집행을 담당하고 있는 판사와 검사, 그리고 변호사가 최근에 보여주고 있는 특권의식은 도를 넘어선 것 같다. 왜냐하면, 사법시험에 합격한 좋은 머리들을 갖고 국가에 봉사할 생각은 하지를 않고 자신의 이익만을 위하여 법을 악용하면서까지 국민에게 민망한 모습을 보여주고 있으니 참으로 안타까운 일이라 할 수 있을 것이다. 그들이 그렇게 된 데에는 우리나라의 잘못된 교육에 문제가 있는 것 같다. 어려서부터 공부만 잘해서 남들을 앞서기만 하면 된다는 교육을 받아왔기 때문에 공부 잘하는 것만을 다른 무엇보다 앞세우면서 자라다 보니, 자기 혼자만 잘 났다는 생각에서 어른도 몰라보고 자기만을 위하다 보니, 다른 사람에 대한 배려는 전혀 생각할 여지도 없는 극히 이기적인 인 간으로 성장해버려서 어른이 된 후에도 문제아로 남아있게 되었 던 것이다.

그러한 사람들의 경우에는 자신의 지위를 이용하여 치부를 하 는데 정신이 팔려 있는 것 같다. 뇌물을 받는 사람들을 감시하라 고 그 자리에 앉혀 놓은 사람들이 뇌물을 주고받는 사람들보다 뇌물을 더 많이 받아먹고 있어서 국민을 의아하게 만들고 있는 현실을 어떻게 설명해야 할 것인가? 자신의 지위를 이용하여 부 동산투기를 하는 사람이나 농민이 아니면 소유할 수 없는 농지를 불법점유하고 있으면서도 양심의 가책을 조금도 느끼지 않는 사 람들의 경우는 또 무엇인가? 법을 만드는 국회의원이나 법을 집 행하는 사람들이 법을 자신의 이익을 위하여 수시로 위반하는 일 을 밥 먹듯이 한다면, 이 땅에는 더 이상 법의 정신이라든가 정의 라는 것이 존재할 수 없다는 말인가?

소위 자신을 특권층이라고 생각하는 자들 중에는 아들을 군에 보내지 않는 것을 무슨 큰 특권의식의 발로라도 된다는 생각을 하고 있는지는 알 수 없지만, 군에 안 갔다 온 것을 무슨 자랑거리 나 되는 것처럼 여기고 있다. 이러한 관행은 요즘에 와서 좀 더 심 해진 것 같다. 공직에 임명된 자들의 청문회장에서 보면 본인의 경우에는 물론 그들의 자제 중에 군에 갔다온 사람들의 경우보다 는 갔다 오지 않은 사람들의 숫자가 훨씬 더 많은 것 같다. 그들의 자제가 군에 갔다 오지 않은 사실을 미안해하거나 조금도 부끄러워하지 않는 것 같다. 아마도 그들의 생각에는 빽이 없는 사람들의 경우만 군에 갔다 오는 것이라고 착각이라도 하고 있는 듯한 오만한 태도를 보여주고 있는 것 같다.

　대한민국의 남자라면 국민의 4대 의무 중에 하나인 병역의무를 지고 있다. 따라서 군에 갔다 오지 않았다는 것이 무슨 특권의식의 발로나 남에게 자랑할 만한 일이 되지 못하는 것이다. 나의 경우도 5 · 16 군사혁명이 일어나기 전까지는 일종의 기피자였다. 군에 가지를 않았기 때문에 대학원까지 제 때 마칠 수가 있었던 것이다. 군에 가지 않을 수 있었던 나의 병명은 나도 잘 알지를 못하는 좌골신경통으로 군사혁명 후에 어쩔 수 없이 군에 갈 수밖에 없게 되기 전까지는 그대로 버틸 수 있었다. 그러다가 군에 갔다 오지를 않으면 취직도 할 수 없으며 외국에도 갈 수 없게 되자 '울며 겨자먹기'로 대학원까지 마친 늦은 나이에 어쩔 수 없이 논산훈련소에 입소를 하게 되었다. 다행히 나의 경우에는 그때까지 존치되었던 유학귀휴제도의 덕으로 1년간의 군복무 후에 6개월의 유예기간 내에 미국유학을 갈 수 있었기 때문에 별문제 없이 군에서 벗어날 수 있었다. 나는 공직에 종사하지는 않았지만 늦게나마 병역의 의무를 필할 수 있었기 때문에 떳떳하게 지금까지 살아올 수 있었던 것이다.

　그런데 대학재학시절인 자유당정권 하에서 군에 갔다온 친구들 중에는 희한한 경우도 있었다. 군에 간다고 했던 친구가 군에 가서 복무를 하지 않고 우리처럼 그대로 학교에 다니고 있기에 도대체가 어떻게 된 일이냐고 물었더니 군에서 장기휴가를 받고 왔기 때문에 그렇게 할 수 있다는 것이었다. 그 친구는 학생이므로 학보병으로 1년 반의 단기근무를 하기는 했지만, 군복무는 군복무대로 마치고 우리와 함께 졸업까지 할 수 있었던 것이다. 어떻게 해서 그런 일이 가능할 수 있었던 것일까? 자유당정권 하에서는 모든 것이 너무나 썩었기 때문에 돈만 주면 무슨 일이든지 가능할 수 있었던 시절이라 그러한 비정상적인 군복무를 할 수 있었던 것이다.

한 정치인은 두 아들을 군에 보내지 않은 상태에서 군통수권자인 대통령 후보로 두 번씩이나 출마했다가 두 아들 때문에 결국 두 번씩이나 낙선을 하고 결국에는 대통령이 되지 못했던 사례가 있었다. 국민이 고위 공직자들의 자제들이 병역의무를 어떤 이유에서이건 간에 제대로 필하지 않은데 대하여 얼마나 민감하게 반응하고 있느냐 하는 것을 여실히 보여준 좋은 사례라고 할 수 있을 것이다. 본인의 경우에는 장교로 당당하게 군복무를 마쳤지만, 이 경우에는 본인보다는 대통령 후보자의 자제들의 병역미필이 더욱 문제가 되었던 것이다. 어떻게 보면 본말이 전도된 것 같은 일이기는 하지만, 우리 국민의 마음속에는 군에 가지 않았다는 사실 자체가 일종의 특권의식의 발로라고 생각하려는 피해의식 때문에 그런 것이 아니었을까?

황금만능주의는 우리 사회를 병들게 하고 있다. 황금만능주의라 함은 돈만 있으면 안 되는 일이 없다는 말을 뜻하고 있다. 한때는 급행료라는 것이 있었다. 돈이라는 기름을 치기만 하면 안되는 일도 돈의 위력 앞에 순조롭게 제대로 굴러 갈 수 있다는 것이다. 이런 경우 잘 알지를 못해서 돈을 쓰지 않으면 아무 일도 성사가 되지를 않는다는 것이다. 유학업무를 담당하는 공무원이 특히 미국유학 예정자를 봉으로 생각했던 시절이 있었다. 그때만 해도 여권발급업무를 서울에서만 전담하지를 않고 대구나 부산과 같은 큰 도시에서도 담당하고 있었다. 한 유학생의 경우 여권을 신청하기 위한 서류를 작성하는데, 어떤 서류는 1매가 아니라 4매를 제출하라고 하여 그렇게 했다. 그런데 이것이 함정이었던 것이다. 서류를 4매 제출하게 요청한 것은 그가 미국유학 예정자라는 것을 식별하기 위한 방법으로 활용하기 위해서였다는 것이다. 대구에 살던 그가 대구에서 여권을 신청했더니 서울에 가서 신청을 하라고 하여 그렇게 하기로 하고 서울에 가서 여권을 신청하려고 했더니, 서울에서는 주소지인 대구에서도 여권을 신청할 수 있으니 대구로 돌아가서 신청하라고 하여 그렇게 하려고 했더니, 대구에서는 또 다시 서울에 가서 신청하라고 하여 서울과 대구를 챗바퀴 돌듯이 왔다 갔다 했지만 만족한 해결을 보지 못했다는 것이다. 왜 그랬던 것일까? 유학업무담당 공무원이 은근히 그에게서 기대하고 있었던 급행료를 내지 않았기 때문이라는 것이었다. 그가 미리 그런 사실을 알았더라면 그들이 기대하고 있던 급행료를 여권을 신청하기 전에 냈을 것이며, 만일 그렇게 했었더라면 공연히 기차표 값을 들여가면서 서울과 대구 사이를 뻔질나게 오갈 필요도 없었을 것이 아니겠는가? 그렇게 본다면 급행료라는 것은 필요악이라고 할 수 있을 것인가?

나의 경우에는 훨씬 더 황당한 체험을 했다. 1년간의 군복무를 마치고 유학귀휴를 받아 미국유학생으로 국방부의 허가를 받고 정식으로 출국을 하여 미국에서 2년간이나 공부를 하고 있던 내가 느닷없이 탈영병으로 보고가 되었다는 말을 대학동창을 통해서 전해 들었다. 어떻게 그런 일이 발생할 수 있었는지는 알 수 없지만 어쨌든 황당한 일임에는 틀림없는 일이었다. 그런데 착오로 나를 뜬금없이 탈영병으로 만들어 놓은 당국에서 내게 정중하게 사과를 해도 시원치 않을 일을 갖고 자신들의 잘못을 바로 잡는데, 오히려 그 대학동창에게 세 번씩이나 술을 받아 마시고서야 문제를 바로 잡아주었다고 하니 기가 찰 노릇이 아니겠는가? 그 동창이 그들에게 낸 술값은 아버님의 주머니에서 나가기는 했지만, 어쨌든 공무원으로서 참으로 한심한 작태라 아니할 수 없을 것이다.

공직자들이 뇌물을 받아먹는 것을 아무렇지도 않게 생각하는 사회, 돈이면 안 되는 일이 아무 것도 없는 사회, 특권이나 있는 듯이 행세하면서 국민을 우습게 여기는 사회 이러한 사회가 우리 사회의 참모습이라면 참으로 문제라 아니할 수 없을 것이다. 이씨조선 말기에는 공직자를 선발하는 과거제도는 있으나마나 한 제도로 유명무실해졌으며, 말단공직을 사고파는 매관매직이 성행하고 있어서 그것이 결국에는 망국의 한 요인이 되었다고 한다. 매관매직으로 말단공직이라도 사들인 공직자의 경우 자신이 들인 돈은 물론 그 이상의 돈을 벌어들이기 위해서는 세금을 마구 거두어들이는 가렴주구에 가까운 방법까지 제멋대로 사용했다는 것이다.

우리의 현실은 그때처럼 심한 것은 아니지만 국민에게 거두어들이는 각종 세금의 과중한 부담으로 볼 때 가렴주구라는 말로 표현할 수 있을 정도로 심한 것은 아니지만 국민으로서는 감당하기 어려울 정도에 이르고 있는 것만은 틀림없는 사실이라 할 수 있다. 그러함에도 불구하고 OECD 국가 중에 한국이 현재까지는 과세기준액이 가장 낮기 때문에 국민에게는 아직도 담세능력에 여유가 있다는 잘못된 판단 하에 추가적인 각종 세금부담을 구상 중에 있으며, 그 일부는 이미 실천에 옮겨서 국민에게 추가적인 부담을 주어서 국민의 원성을 사고 있다. 자유당정권의 말기에 우리 사회의 부패상이 극도에 달하여 야당이 내걸었던 선거캠페인이 '못살겠다 갈아보자'였던 것과 마찬가지로, 언제 국민의 저항운동이 발생하게 될지 예측을 불허하는 상태에 있다고 하겠다.

정치권에서는 민생문제의 해결이 최우선과제라는 말을 입버릇처럼 되뇌이고 있지만, 민생을 위한 실현가능성이 있는 가시적인 정책을 입안해서 실천 중에 있다는 말은 아직 한 번도 들어본 일이 없다. 정치권에서는 민생문제의 해결이란 단지 말뿐인 구호에 불과하고, 그 문제에 대해서는 사실상 아무 일도 하지 않고 있다고 하는 것이 오히려 솔직한 고백이라 할 수 있을 것이다. 민생문제의 해결은 그야말로 말만으로 해결될 수 없는 것임에도 불구하고, 정치권에서는 구체적이 행동의 뒷받침이 없는 말만으로 해결할 수 있다는 안이한 생각을 하고 있으니 하는 말이다. 민생문제의 해결에는 막대한 돈이 들어가는 일이다. 정부의 돈은 세금으로 충당할 수밖에 없는 것이다. 이미 살펴본 바와 같이 국민의 과세부담능력은 이미 한계점에 도달했다고 할 수 있기 때문에, 어떠한 명목으로든 간에 국민으로부터 더 이상의 세금을 거두어들인다는 것은 사실상 불가능한 일이라고 할 수 있을 것이다. 그러다보니 민생문제의 해결이란 사실상 불가능한 일이 되어버리고 말았다. 아마도 정치권에서 민생문제와 관련하여 말의 향연만을 벌려놓고 있는 것도 이러한 사실의 인식에 연유하는 것이 아닐까?

민생문제 이외에도 우리 사회에는 해결을 요하는 시급한 문제들이 산적되어 있다고 해야 할 것이다. 그 중에도 우리 생활에 중대한 영향을 미칠 수 있는 문제로는 국민화합의 문제가 있다고 할 수 있다. 어느 때부터인가 우리 사회는 자유민주주의를 수호하려는 세력과 이를 부정하려는 세력으로 반분되기 시작했는데, 지난번 대통령선거 때부터 그러한 사실이 노골적으로 표면화되어버렸다. 이제는 적과 아군의 구분이 명백해졌을 뿐만 아니라 양자 간의 화합보다는 갈등의 골이 깊어지고 있는 것 같다. 여당과 야당의 정치인들이 서로 협력을 하지 못하고 반목하는 이유도 바로 이러한 정치적인 목표의 차이에서 연유하는 것이라고 할 수 있는 것이다. 정치는 타협의 기술이라고 하는데 여야는 사사건건 반목만 하고 있으니, 그들은 마치 평행선을 달리고 있는 열차와 같다고 할 수 있지 않겠는가?

어쩌다가 우리 사회가 이 지경이 되었을까? 한반도의 남북분단으로 인한 남북의 대립은 각자가 추구하는 이념의 차이 때문에 그렇다고 받아들일 수밖에 없는 일이라 하겠다. 그러나 국내의 대립상은 과연 무엇에서 연유하는 것일까? 국내에는 수많은 이익집단들이 존재하며 각 이익집단은 추구하는 목표의 차이 때문에 화합보다는 반목하는 경우가 오히려 비일비재하다고 본다. 노동조합은 그들이 속한 조직의 이익만을 앞세우고 있는데, 그들의 그러한 태도는 일반국민들에게는 오히려 부담이 되거나 심한 고통이 될 수도 있는 것이다. 일반국민들은 시도 때도 없이 강행하고 있는 각종 노동자단체의 시위는 무엇을 목표로 하고 있는 것인지 잘 알지를 못하고 있다. 일부의 노동조합의 조합원임금은 억대에 이르고 있다고 하던데, 그들이 더 이상 임금인상을 목표로 파업을 하는 것은 아닌 것 같다. 그렇다면 무엇 때문에 파업을 하는 것인지 일반국민에게는 의아한 생각만 들게 된다. 그런데 사실에 있어서도 그들이 추구하는 목표는 모호할 수밖에 없다는 것이다.

노동집단의 경우와 마찬가지로 다른 다수의 이익집단의 경우에도 그들이 추구하는 목표가 무엇인지 모호한 경우를 자주 발견할 수 있다는 것이다. 그러한 이익집단들의 경우에는 무엇을 목표로 하여 투쟁을 하고 있는 것인지 잘 알 수 없기 때문에, 그러한 이익집단들 상호간에 갈등과 충돌이 있는 경우에도 그들이 무엇을 위하여 갈등이나 충돌을 하는 것인지 모호해질 수밖에 없다는 것이다. 그러다보니 우리 국민이 무엇 때문에 서로 반목하고 적대시하게 되는 것인지 잘 알 수가 없게 되는 것이다. 국민상호간에 서로 반목이나 적대시할 특별한 이유가 없을 것 같은데, 실제에 있어서는 그렇지 못한 이유가 과연 있기는 한 것인가? 이에 관한 만족스런 해답을 찾아내는 일이야말로 난해한 문제라 할 수 있을 것이다.

우리 사회에는 이익집단간의 갈등뿐만 아니라 세대 간의 갈등 문제도 심각한 것 같다. 어느 정도의 세대갈등은 어떤 시대에도 존재하고 있었다고 해야 할 것이다. 갈등의 기본원인은 사고방식의 차이에서 연유하는 것 같다. 어른이 어른답지 못하면 어른 노릇을 하기 어려워질 수 있다. 어른들의 사회에서 벌어지고 있는 각종 추잡하고 불합리한 일들을 보고 자라는 우리의 젊은 세대들은 과연 무엇을 배울 수 있다고 생각할 수 있겠는가? 아마도 우리의 젊은 세대들은 어른들의 그러한 모습들을 보고 자랐기 때문에 어른이 되고 난 후에는 어른 뺨치는 일을 서슴없이 하게 되어 세대 간의 갈등은 계속해서 악순환으로 이어지게 될 것이다.

민의의 문제를 살펴보다 보니 수많은 관련문제들이 꼬리에 꼬리를 물고 떠오르고 있다. 우리 사회의 다양성으로 인하여 민의의 소재를 제대로 파악하는 문제는 점점 더 어려워지고 있다는 것을 인정하지 않으면 아니 될 지경에 이르고 있다. 그렇다면, 진정으로 국민이 원하는 것은 무엇인가? 국민이 원하는 것은 아마도 소박하게 말해서 잘 살아보는 것이라 할 수 있다. 그런데 이러한 국민의 바람은 예전에 우리 국민이 잘 살지를 못하고 거의 기아선상에서 허덕이고 있었을 때는 맞는 말이었을지도 모르지만, 대다수의 국민이 상대적으로 향상된 생활수준을 누리고 있는 현재에는 잘 살아보겠다는 것이 더 이상 국민이 원하는 목표가 되기에는 별로 설득력이 없을 것 같다. 이제는 다른 목표가 국민이 원하는 목표로 대치되어야 할 때가 된 것 같다.

그러한 목표로는 어떠한 것들이 있을 것인가? 인간답게 살 수 있는 사회의 실현을 생각해 볼 수 있는데 그러한 목표 속에는 건강하게 장수하는 것, 죽는 순간까지 무엇인가 사회에 기여할 수 있는 의의 있는 일을 하면서 살 수 있는 것도 포함시킬 수 있을 것이다. 그런데 인간답게 산다는 것은 어떻게 보면 상당히 추상적이며 모호한 개념이라고 할 수 있을 것이다. 우리가 살아가다 보면 언제나 구체적이며 손에 잡힐 수 있는 것만 원하는 것이 아니라 때로는 추상적이지만 내가 원한다고 생각되는 것을 추구하는 경우도 있을 수 있다. 사랑이라는 개념은 우리의 느낌에 근거하고 있는 것이기는 하지만 다분히 추상적인 개념이라 할 수 있는 것이다. 사랑은 일반적으로 함께 있어야 깊어지는 것이지 멀리 떨어져 있으면 소원해질 수밖에 없는 속성을 갖고 있는 존재라고 할 수 있을 것이다. 우리 인간은 때로는 이러한 허황된 존재를 추구하는데 많은 시간을 허비하는 경우가 있다. 사랑에는 성공을 해야지 그렇지 못할 경우에는 모든 일이 허사로 끝나버릴 수밖에 없는 존재가 사랑이라 할 수 있을 것이다.

민의의 소재를 정확하게 파악할 수 없다 하여 국가가 국민을 위하여 할 일이 없어진다는 말은 아니다. 국가는 비록 국민이 원하지 않는 일이라고 할지라도 국민을 위하여 해야 할 일이라고 판단이 되는 경우에는 필요한 정책을 입안하고 시행에 들어가야 할 것이다. 국민은 국가의 3대 요소 중에 하나이기 때문에 국민이 없는 국가라는 것은 생각할 수 없는 일이라 하겠다. 따라서 국가는 국민을 위하는 일이라면 무엇이든지 국민을 위하여 해줄 용의가 있어야 할 것이다. 그런 것 중에 하나가 국민의 복지문제가 있는데 이것이야말로 막대한 돈이 들어가는 문제다. 필요한 재원을 어디에서 충당할 수 있느냐 하는 것이 민생문제의 경우와 마찬가지로 그 해결이 어려운 문제라고 할 수 있을 것이다. 그런데 국민을 위한 어떠한 일이라도 착수하려면 재원의 확보문제에 봉착하게 된다. 현대국가에 있어서는 국민을 위하여 국가가 무슨 일이든지 착수하려면 돈이 들기 때문에 필요한 재원을 확보할 수 없다면 모든 국가시책의 목표가 공염불로 끝나버리게 될 수밖에 없는 것이다.

충분한 재원을 확보할 수 없는 국가는 복지국가를 지향할 수 없는 것이다. 민원사항 중에 난해한 문제의 하나는 소외계층에 대한 지원이라 할 수 있을 것이다. 우리 국민의 대다수는 어느 정도의 생활수준을 유지하면서 생활하는 것이 가능하지만 그렇지 못한 소외계층의 비율도 무시할 수 없을 정도에 이르고 있다고 하겠다. 이들의 문제를 해결해주는 것이야말로 국가가 직면하고 있는 최우선순위의 해결을 요하는 문제라고 할 수 있을 것이다. 이들의 문제를 효과적으로 해결해 줄 수 없을 때에는 그러한 소외계층이 사회적인 불만세력의 온상이 되어 국가발전의 저해요인으로 작용할 수 있게 될 가능성이 다분히 있는 것이다.

이미 살펴본 바와 같이 민의의 향방은 다분히 민원처리의 불만 여부에 달려 있는 문제이다. 소외계층이 제기하는 민원을 최우선 순위로 처리해 주려는 노력과 그들에 대한 국가의 특별한 관심은 잠재적인 사회 불만 세력의 성장을 미연에 잠재울 수 있다는 측면에서도 그 중요성을 인정할 수 있을 것이다. 우리 사회가 좀 더 밝은 사회가 되기 위해서는 국민이 제기하는 민원을 적시에 제대로 처리해 주어서 국민의 불만소지를 사전에 차단하여, 민의가 정부시책에 우호적으로 작용할 수 있도록 모든 방법을 동원하여 유도할 필요가 있지 않을 까 싶다.

5. 상관관계

상관관계라는 말은 인간관계에 있어서 대등한 관계를 전제로 하는 말이라고 할 수 있을 것이다. 상관관계의 대표적인 예로서 들 수 있는 것으로 결혼생활이 있다. 남편과 아내의 상관관계를 올바로 결혼생활에 활용할 수 있는 사람만이 결혼생활에 성공할 수 있는 것이다. 그렇게 하지를 못하는 부부들의 경우에는 결혼 생활을 유지하는데 실패하여 결국에는 이혼할 수밖에 없는 것이다. 원만한 부부관계는 서로 간에 인격적으로 대해야 한다. 이러한 관계가 무너지는 경우에는 부부간에 위기를 맞이할 수 있게 된다. 이러한 경우에 부부간에 한쪽만이라도 현명하게 대처하여 위기를 극복할 수 있다면, 결혼생활은 별 문제 없이 사별할 때까지 별 기복을 겪지 않고 유지될 수 있는 것이다.

김상우와 조혜련 부부는 동갑으로서 25세 때 결혼을 하여 75세까지 50년을 함께 살아왔다. 가정형편이 여유가 없었던 둘은 고등학교까지만 학교생활을 한 후에 일찍이 장사판에 뛰어들었다. 둘은 장사판에서 일을 하다가 서로 만나서 결혼을 한 후에 50년을 살아오는 동안에 아들 다섯과 딸 셋을 낳아서 길렀다. 아들 중에는 판사와 검사도 나오고 대학교수도 나왔다. 남편인 김상우는 그릇도매상을 시작으로 여러 가지 다른 사업에 손을 대서 성공을 하여 가게의 규모를 넓혀갔다. 둘이 시작한 장소가 서울의 남대문시장이었다. 김상우는 장사만 한 것이 아니라 상인들의 공제조합 일에도 적극 참여하여, 상인들의 복지증진에도 기여하여 남대문시장공제조합 이사장까지 되었다.

부인인 조혜련은 처음부터 한복장사 한 가지에만 전념하여 남대문시장 한복상인들의 대부처럼 되었다. 부부의 결혼생활은 둘이 돈을 버는데 열중하고 자녀들을 키우는 일에 한동안 전념을 하느라 다른 데 한눈을 팔 여유조차 없었다. 그런데 김상우가 장사로 돈을 좀 벌고 공제조합에서도 감투를 쓰게 되자 겉멋이 들게 되어 소위 바람이라는 것을 아내 몰래 피기 시작했다. 그런데 그의 수상한 행동이 마침내 아내에게 들통이 나서 둘은 심하게 싸우고 이혼을 하느니 하면서 한동안 냉전이 계속되었다. 남편이 너무 늦기 전에 자신의 행동을 반성하고 아내에게로 다시 돌아왔다. 아내도 그러한 남편을 보고 더 이상 트집을 잡지 않고 너그러이 용서해주기로 했다. 그렇게 해서 결혼생활의 일대위기를 현명하게 극복하고 결혼 50주년이 되는 75세까지 행복한 결혼생활을 별 문제 없이 보낼 수 있었던 것이다.

시장상인들과 가까운 지인들을 초대하여 금혼식을 성대하게 벌린 김상우와 조혜련 부부는 그들이 낳아 기른 8남매와 그들에게서 불어난 손자와 증손자가 30여 명이나 되는 대가족을 형성하고 있었다. 참으로 다복한 부부였다. 그런데 그들이 이렇게 50년이라는 성공적인 삶을 살아오는데도 크고 작은 우여곡절이 있었던 것은 물론이다. 자식 때문에 그리고 장사 때문에 생기는 예견할 수 있었던 일뿐만 아니라, 전혀 예상하지 못했던 돌발사고로 생긴 곤경도 수없이 겪으면서 둘은 가정을 이끌고 사업을 이끌면서 50년이라는 긴 세월을 견디어 내었던 것이다.

아들 중에 장남은 아버님의 사업을 물려받겠다는 생각에서 고등학교를 마친 후에 아버님일을 돕기로 했으며, 딸 중에 장녀도 장남과 마찬가지로 고등학교를 마친 후에 어머님 일을 돕기로 했다. 장남과 장녀는 마치 김상우와 조혜련 부부의 인생을 되풀이해서 사는 것처럼 일찍부터 장사판에 뛰어들었으며, 부모들이 개척해 놓은 사업을 더욱 확장시키고 보다 탄탄한 기반 위에 올려 놓는데 크게 기여를 할 수 있게 되었다. 그렇게 해서 부부의 사업은 당대에 끝나버리지를 않고 자식 대에도 계속해서 이어져 갈 수 있게 되었던 것이다.

다른 아들들과 딸들의 경우에는 모두 공부들을 잘 해서 대학까지 졸업을 했다. 넷째 아들의 경우에는 대학교수가 되었을 뿐만 아니라 박사학위까지 받게 되었다. 둘째 아들은 판사가 되고, 셋째 아들은 검사가 되었다. 막내아들은 신문기자가 되었다. 둘째 딸은 유명 디자이너가 되었으며, 셋째 딸은 가수가 되었다. 이렇게 8남매는 각자 자신이 원하는 목표에 따라 제 갈 길을 찾아가서 사회에 기여하는 인물로 성장을 해갔던 것이다.

8남매를 키운다는 것은 요즘 세상에 별로 없는 희귀한 일이기는 하다. 하지만 장사를 하는 부부였기 때문에 아이들을 키우는데 전혀 궁색함이 없었다. 아이들이 해달라는 일은 무슨 일이나 들어줄 수 있을 정도의 경제적인 여유를 갖고 있었다. 디자이너가 된 둘째 딸과 신문기자가 된 막내아들의 경우 외국유학을 가서 공부를 더 하겠다고 하여 그들을 기꺼이 외국유학을 갈 수 있게 도와주었다. 다른 부부들의 경우에는 비록 맞벌이를 하는 경우에도 자녀 하나를 외국유학 보낸다는 것이 용이한 일이 아니다. 그들은 자녀를 두 명이나 기꺼이 외국유학을 보낼 수 있는 능력을 갖고 있었으니, 다른 사람들에게는 참으로 부러운 일이라 아니할 수 없을 것이다.

둘이 처음에 남대문시장에서 장사를 시작했을 때만 하더라도 밑천이 없어서 가게를 낼만한 여유조차 없었다. 그렇다고 해서 부모에게서 물려받은 돈도 없었으니 난감한 일이었다. 그래서 그들은 처음에는 가게 종업원으로 들어가서 월급을 받으며 일을 배우기 시작했다. 둘은 모두 근면했기 때문에 머지않아 주인의 눈에 들어서 다른 종업원들보다 주인이 신임을 하여 차츰 그들에게 중책을 맡기기 시작했다. 그들은 종업원으로 종사하면서 무슨 일을 하게 되면 돈을 벌 수 있는지에 대한 것을 면밀하게 검토하기 시작했다. 그 결과 아내의 경우에는 한복장사를 하게 되면 돈을 벌 수 있을 것 같았으며, 남편의 경우에는 도매상을 하기를 원했는데, 그릇도매상이 이익이 많이 남을 수 있다는 것을 알고 그릇도매상을 시작하기로 했다. 둘이 종업원으로 열심히 일을 한 결과 가게를 빌릴만한 밑천이 마련되었기 때문에, 각자 자신이 원했던 장사를 소규모이기는 했지만 시작하기로 했다.

그들은 장사밑천을 마련하기 위하여 몇 년간 남의 가게에서 종업원으로 일을 하기는 했지만, 원래가 장사체질들이라 자신의 가게를 갖지 않고 계속해서 남의 밑에서 일을 할 수만은 없었던 것이다. 장사꾼은 생래적인 경우가 많다. 김상우와 조혜련 부부도 장사꾼으로 태어난 부부 같았다. 장사와 관련한 머리회전, 특히 물건값의 계산 같은 것은 계산기보다도 빠른 답을 내놓을 정도였으니 하는 말이다. 장사꾼들은 민감한 시장의 변동에 대해서도 즉각적인 반응을 하는 것 같다. 장사의 성패는 우수고객을 얼마나 확보할 수 있느냐 하는 문제와 직접적인 관련이 있는 문제라고 할 수 있을 것이다. 최근에 대형할인점의 증가로 이미 확보하고 있던 다수의 우수고객을 그러한 대형마트에 빼앗기는 사태가 발생하면서 재래시장에는 그야말로 비상이 걸리기 시작했다. 이러한 우수고객들을 어떻게 하면 대형마트에 빼앗기지 않을 것이냐 하는 것이 문제해결의 관건이 된다는 것을 인정할 필요가 있었다.

대형할인점이 다수 재래시장의 인접지역에 들어오게 되면서, 재래시장의 고정고객 간에 동요가 일어나기 시작했다. 이러한 시장판도의 지각변동이야말로 재래시장의 상인들에게는 치명타가 될 수 있는 잠재성이 다분히 있는 문제였다. 과거에는 재래시장에 견줄만한 상대가 백화점 정도가 있었다. 그 당시만 하더라도 백화점 고객과 재래시장 고객 간에는 확연히 구별이 되어 있었기 때문에 별 문제가 없었다. 왜냐하면 백화점의 상품값이 재래시장의 경우와는 비교가 되지 않을 정도로 비쌌기 때문에 부자들만 백화점에 가서 상품을 사는 것이지, 일반서민들은 여전히 재래시장에서 원하는 상품을 사는 고객이었기 때문에 백화점의 고객에게는 별 영향을 미치지 못하고 있었다. 그런데 대형마트의 경우에는 이야기가 달라지는 것이다. 대형할인점의 경우에는 상품에 따라서는 재래시장의 상품값보다 훨씬 싼 경우도 있기 때문에 재래시장보다는 할인마트에 가서 원하는 상품을 사려는 고객들의 숫자가 늘어났다. 그러다 보니 재래시장의 고정고객들이 할인점으로 수평 이동하는 현상을 방지할만한 묘안을 발견하기 어렵게 되었다.

대형할인점에서 상품을 사는 잇점은 다양한 상품을 한 장소에서 모두 살펴보고 살 수 있다는 장점이, 재래시장의 경우와는 비교가 되지 않을 정도로 월등하기 때문이다. 일단 대형할인점에 맛을 들이게 되면 재래시장으로 되돌아간다는 것이 무척 어려워지게 될 수 있다는 것이다. 이러한 문제는 재래시장 상인들의 생존권에 관한 문제인 것이다. 이러한 위협적인 문제에 대처하기 위하여 재래시장 상인들은 자구책을 강구하기 시작했다. 김상우는 남대문시장 공제조합 이사장으로서 재래시장 상인들의 총회를 주관하는 자리에서 자구책을 구체적으로 강구하기로 했다.

"안녕하십니까? 남대문시장 공제조합 이사장으로 있는 김상우입니다. 여러분들도 잘 아시다시피 대형할인점들이 남대문시장 인접지역에 다수 들어오게 되면서 우리가 확보하고 있던 고정고객의 상당수가 그러한 대형할인점으로 수평이동을 하고 있는 새로운 현상이 일어나서 우리 상인들의 생존권 자체를 위협하고 있습니다. 이러한 현상에 어떻게 대응하는 것이 좋은지에 대한 여러분의 솔직한 의견을 듣고 싶습니다."

"조합장님께서 지적하신 대로 대형할인점의 존재 자체가 재래시장에서 장사를 하고 있는 저희들에게 큰 위협이 되고 있습니다. 고객의 상당수를 대형할인점에 빼앗기다 보면 재래시장에서의 장사라는 것이 대단히 어려워지게 될 것입니다. 그러한 의미에서 우선 동업자들 간의 지나친 가격덤핑행위를 당장 중단할 것을 촉구합니다."

"조합원께서 촉구해 주신 가격덤핑의 문제는 당장 중단해야 할 문제라고 생각합니다. 자신만의 이익을 위해서 협정가를 위반하여 협정가보다 훨씬 싼 가격으로 상품을 파는 행위는 이익을 일시적으로 올릴 수 있을지 모르지만, 결과적으로는 공멸을 자초하는 행위라고 할 수 있을 것입니다."

"조합장님께 묻고 싶습니다. 만일의 경우 재래시장의 업체 중에 적자경영으로 도산하는 업체가 있는 경우에, 공제조합에서 도산업체를 인수해서 당분간 대신 경영을 해주어서 재래시장에서 완전히 퇴출되는 일이 없도록 해주실 수는 없겠습니까?"

"좋은 질문을 해주셨습니다. 그러한 업체를 인수하여 조합이, 다시 말하면 시장자체가 위탁경영을 하는 셈인데, 그러다 보면 상당수의 도산업체들이 남대문시장의 위탁경영을 받게 되어, 결과적으로 개인의 경영에서 시장자체 경영으로 변화하게 되는 것을 의미하는 것입니다. 그렇게 되면 능률면에 있어서 개인이 경영했을 때보다 훨씬 나은 효율성을 확보할 수 있게 되는 것입니다. 대형할인점과 겨룰만한 경쟁력을 확보할 수 있는 가능성이 있다는 의미에서 구체적인 방법을 강구해 볼 문제라고 할 수 있을 것입니다."

이러한 회의에서 얻게 된 중요한 결론은 앞으로 남대문시장이 대형할인마트와의 경쟁에서 살아남을 수 있는 방법은 개인경영에서 시장자체의 경영으로 이행할 수밖에 없다는 것이다. 남대문시장주식회사와 같은 업체를 새로 설립하여, 회사는 경영을 담당하고 상인들은 주주로서 지분만을 갖는 방식이다. 재래시장은 어떠한 의미에서는 상인 각자가 시장이라는 한 건물이나 영역 안에서 함께 장사를 하고 있는데 불과함으로, 시장자체로서 상인들과 독립하여 경영해본 경험이 지금까지 한 번도 존재하지 않는 것이다. 그런데 자연적으로 경쟁에서 밀려나서 도산하게 된 업체들이 자신의 업체를 시장에 넘겨주고 시장에 모든 일을 맡기게 되고, 다른 업체들도 도산은 하지 않았지만 시장의 위탁경영에 차츰 의존하게 됨에 따라서 시장 내의 모든 업체가 결국에는 시장의 자체경영에 자발적으로 업체를 넘겨주게 된다면, 시장은 독립경영체제를 구축하기 위하여 업체들이 주주로서 그 구성원이 되는 남대문시장주식회사와 같은 새로운 회사를 발족시켜서 영업활동을 할 수밖에 없게 되는 것이다.

이러한 남대문시장의 전환기에 있어서 김상우는 남대문시장공제조합장의 자리에서, 이제는 새로 발족하게 되는 남대문시장주식회의 대표이사 사장에 취임하여 시장의 경영합리화에 착수하기 시작했다. 지금까지는 개인적으로 자신의 이익추구만을 위하여 시장상인으로서 영업활동을 해왔지만, 이제부터는 시장상인 전체를 위한 영업활동을 하게 되는 승격된 위치를 확보하게 되었다. 김상우로서는 일찍이 예상하지 못했던 신분의 급격한 변화이며, 시장상인들의 이익추구를 위하여 중차대한 책임을 지고 있다는 사실을 깨닫게 되었다.

남대문시장이 대형할인마트와 경쟁을 하여 살아남기 위해서는 상품의 품질경쟁은 물론이지만, 가격 면에 있어서 대형할인마트보다 비싸서는 경쟁에서 살아남을 수 없다는 생각에서 공제조합 이사장으로서 경험했던 방식을 협동조합의 방식으로 발전시켜서, 생산자로부터 직접 구입하는 방식을 채택하고 필요한 경우에는 농경지와 어장, 그리고 제조공장까지 시장이 매입을 해서 저렴한 가격으로 농수산물이나 상품을 구입할 수 있는 방법을 강구하기 시작했다. 그 뿐만 아니라 기존의 도매상의 합리적인 운영으로 자체 생산하지 못하는 제품이나 상품의 경우에는 생산자로부터 중간상인을 거치지 않고 직접 구입함으로써, 단가를 낮출 수가 있어서 대형할인마트에 대한 경쟁력을 확보하는 것이 가능하게 되었다.

남대문시장이 주식회사로 전환한 후에는 독립 상인들이 각개 영업을 하던 때와 비교할 때 회사로서 독립경영을 하게 되면서 회사가 이익을 많이 내기 시작하자, 회사구성원인 상인주주들은 자신들이 직접 경영을 했을 때보다는 앉아서 이익배당을 받을 수 있게 되었으며, 시장주식의 가격상승에 따른 시세차익을 차지할 수 있게 되었다. 회사가 주식회사로 바뀌었다고 하더라도 회사의 구조를 획기적으로 바꾸지 않고 시장영업을 할 때처럼 시장의 외형을 그대로 유지하기로 했다. 상인중에 주주로만 남기를 원하는 경우에는 그렇게 선택하도록 허용했으며, 상인중에 회사에서 월급을 받으면서 이전처럼 하던 장사를 그대로 계속하기를 원하는 상인들에게는 그렇게 하도록 허용했다.

회사에서 이러한 방침을 채택한 이유는 시장의 급속한 변경이 시장고객들에게 미치는 뜻하지 않았던 부정적인 영향력을 사전에 차단하기 위한 것이었다. 시장고객으로서는 시장이 이전에 존재하던 시장인지 주식회사로 변경된 시장인지 여부를 잘 알지를 못하고 있다. 이전의 상인이 여전히 영업행위를 계속하고 있는 경우에도 시장고객은 그가 점포의 주인으로서 영업행위를 하고 있는 것인지, 회사의 직원으로서 영업에 종사하고 있는지를 알 길이 없는 것이다. 상인의 입장에서는 회사의 직원으로서 월급을 받게 된 후에는 이전처럼 장사가 잘되지 않을 때에는 수익이 전혀 없어져서 경영난을 겪지 않으면 안 되었다. 회사직원이 된 후에는 상점의 영업행위로 벌어들인 수익은 회사의 수입이 되고 회사는 직원이 된 상인에게 매월 꼬박꼬박 월급을 주고 있다. 이러한 상인의 경우에는 상인의 영업실적과는 관계없이 월급을 받을 수 있기 때문에, 월급쟁이 상인은 이전에 자신의 책임 하에 모든 영업을 했을 때보다 좀 더 열심히 장사를 해서 회사의 수익이 증가할 수 있도록 최선을 다 할 수 있게 되는 것이다.

재래시장의 주식회사화는 획기적인 경영합리화의 대표적인 표본으로 볼 수 있으며 학문적인 연구의 대상이 되기도 한다. 만일 재래시장이 경영합리화를 조기에 달성하지를 못하고 침체된 재래시장으로 그대로 남아있게 되었더라면, 아마도 대형할인마트와의 경쟁에서 밀려나서 영원히 도태되어버렸을지도 모르는 일이 아니겠는가? 김상우는 재래시장의 이러한 운명의 방향을 미리 읽고 남대문시장을 주시회사체제로 전환시켜서, 너무 늦기 전에 경영합리화를 달성하여 경쟁에서 살아남을 수 있게 되었던 것이다. 김상우는 회사와 상인간의 상관관계를 올바로 파악하고 있었다. 재래시장을 주식회사의 형태로 변경시키는 방안을 실천에 옮기면서도 결코 급격한 변동을 시도하지 않고 재래시장의 구조를 그대로 유지하면서 경영방법의 합리화를 추진했다. 시장상인과 시장고객을 종전대로 별다른 큰 변화없이 유지했기 때문에 시장 고객은 재래시장이 변했다는 것을 전혀 느끼지 못하고 여전히 시장의 고객으로 남아있기로 했다. 그 뿐만 아니라 시장에서도 영업합리화의 결과로 대형할인마트 못지않게 고객이 원하는 것을 무엇이든지 살 수 있게 되었다. 그러다 보니 이전처럼 시장고객이 빠져나가는 현상 대신에 오히려 시장고객이 늘어나는 역현상이 두드러지게 나타나기 시작했다.

김상우는 경영대학원의 초빙강사로 초청되어 그가 성공을 거둔 재래시장의 주식회사화에 관한 특강을 하기 전에 그와 인터뷰를 할 수 있는 기회를 갖게 되었다.

"회장님께서는 어떻게 해서 침체상태에 있던 남대문시장을 주식회사화 하실 생각을 갖게 되셨던 것입니까?"

"내가 남대문시장의 주식회사화를 추진하기 전에는 남대문시장상인들의 복지를 위한 공제조합장의 직책을 갖고 있었기 때문에 시장상인들의 희로애락을 누구보다도 잘 알고 있었습니다. 그런데 시장의 고객이 줄어들면서 경영난으로 도산해버리는 업체들이 다수 발생하기 시작하자, 이를 시장에서 인수해서 경영해보기로 한 것이 남대문시장주식회사 설립의 직접적인 계기가 되었던 것입니다."

"도산업체들의 경우에는 비자발적인 경우였겠지만, 자발적으로 주식회사에 합류했던 업체들도 있었습니까?"

"시장상인들의 다수 의견은 경기도 좋지 않은데, 적자를 내면서까지 독립경영을 하는 것보다는 주식회사에 자신의 업체를 넘겨주어서 자신의 지분에 상당하는 주식을 배정받아 주주로 남는 것이 좀 더 바람직할 것이라는 생각을 하게 되었습니다. 결과적으로 자진해서 업체를 남대문시장주식회사에 넘겨준 업체들이 오히려 대다수를 차지하게 되었던 것입니다."

"시장상인들은 전부 주주로 남아있기를 원했습니까?"

"대부분의 시장사인들은 단순히 주주로만 남아있는데 그치지 않고 회사의 월급쟁이 직원이 되어 자신의 업체를 이전처럼 경영하고 싶어 했습니다. 그렇게 하기를 원하는 시장상인에게는 그렇게 할 수 있는 기회를 허용해 주었습니다."

"그렇게 함으로써 회사가 얻게 되는 잇점은 무엇입니까?"

"회사운영의 기본방침은 남대문시장이 주식회사로 변경된 후에도 시장고객들이 그러한 사실을 눈치 채지 못하게 하려는데 있었기 때문에 시장의 외형상의 급격한 변화를 가져오지 않으려는 것이었습니다. 그러한 기본방침 하에서 회사의 주주로 된 상인들의 경우에도 회사의 월급쟁이 직원이 되어 이전처럼 업체를 운영하기를 원하는 경우에는 그들이 원하는 대로 허용해주기로 했습니다."

"그렇다면 업체의 주인으로 영업활동을 할 때보다 회사의 영업직원으로 활동을 하는 경우와는 어떠한 차이점이 있었습니까?"

"시장상인이 업체의 주인으로 영업활동을 할 때에는 영업의 성패에 따르는 위험부담이 상당히 있었기 때문에 소신껏 영업활동을 하는데 많은 지장이 있었습니다. 회사의 영업직원으로 신분의 변화를 가져온 후에는 오히려 영업의 성패에는 특별히 구애를 받

지 않고 소신껏 영업활동을 할 수 있게 되었기 때문에 영업활동
으로 인한 수익은 이전보다 훨씬 더 올릴 수 있게 되어서 회사에
더 많은 이익을 가져다 줄 수 있었던 것입니다."

"그렇게 본다면 주식회사로 전환한 것이 회사의 수익을 더 올릴
수 있는 계기가 되었다고 말할 수 있는 것이 아니겠습니까?"

"바로 보셨습니다. 그것이 바로 남대문시장을 주식회사화한 실
제적인 성과라고 할 수 있을 것입니다."

국가와 국민의 관계는 과연 어떤 관계에 있는 것일까? 독재국
가에 있어서는 국가와 국민의 관계가 지배와 피지배의 관계에 있
다는 것을 당연한 일로 받아들이고 있다고 해야 할 것이다. 그러
한 국가에서는 국가의 방침에 어긋나거나 반대하는 국민은 존재
할 수 없으며 국가의 권력기관에 의하여 쥐도 새도 모르게 제거
될 수밖에 없는 것이다. 왜 그런 것일까? 독재국가에 있어서는 독
재자의 의도에 따르지 않는 국민이란 존재할 수 없기 때문이다.

그러나 자유민주주의 국가에 있어서는 국가가 국민의 의사를
자의로 강제할 수 없는 것이 독재국가와의 차이점이라 할 수 있
을 것이다. 정부의 독선적인 행동이 자행되는 경우에는 국민의
의사를 대변한다고 할 수 있는 의회나 국회가 국민을 대신하여
정부의 그러한 행동을 견제해 주어야 할 것이다. 만일 의회나 국
회가 이러한 역할을 제대로 수행하지 못하는 경우에는 자유민주
주의 정치체제가 수난을 받게 되어 위기에 처할 수 있게 되며, 정
부의 자의적인 행동에서 국민의 자유와 권리를 지키기 위한 국민
의 저항을 불러오게 될 것이다.

이러한 의미에서 볼 때 자유민주주의 국가에서의 국가의 존재

이유는 국민의 자유와 권리를 지키기 위해서이며, 독재국가에서처럼 국민을 피지배의 대상으로 여기고 국가가 자의적으로 행동할 수 있도록 허용해서는 아니 될 것이다. 독재국가와 자유민주주의 국가에 있어서 국가와 국민의 상관관계는 정반대의 목표를 추구하고 있다고 할 수 있을 것이다. 따라서 북한과 같은 독재국가에서 살기 어렵거나 살 수 없는 사람들은 목숨을 걸고 탈북을 감행하여 자유민주주의 국가인 한국으로 찾아오게 되는 것이다. 국민을 단순한 피지배의 대상으로만 여기면서 국민을 억압하고 함부로 대하고 있는 독재국가에서 국민의 자유와 권리를 보장해 주고 있는 국가로 오게 되었던 것이다.

우리는 부부의 상관관계가 상호간에 독립된 인격체라는 것을 인정해야만 원만한 부부관계를 유지할 수 있다는 것을 살펴보았다. 그렇다면 부모와 자녀와의 상관관계는 과연 어떠한 것이어야 할 것인가? 부모는 자녀를 사랑해야 하며 자녀를 인격적으로 존중해주어야 하며 인생의 선배인 어른으로서 자녀의 장래문제를 의논하고 필요한 조언을 해줄 수 있어야 할 것이다. 자녀들의 장래문제와 관련하여 해줄 수 있는 일은 자녀들의 장래계획을 세우는데 있어서 도움이 될 수 있는 조언을 해주는 것으로서, 자녀들에게 도움이 될 수 있는 내용이어야 할 것이다.

자녀의 장래문제에 대한 조언은 자녀의 일생에 있어서 절대적인 영향을 미칠 수 있는 경우도 있기 때문에 이러한 조언을 해주기전에 심사숙고할 필요가 있는 것이다. 부모들의 경우 어떤 문제에 대한 편견을 갖고 있는 경우가 있다. 이러한 경우에는 상황판단을 올바로 하지 못하고 불필요한 편견에 사로잡혀서 판단을 그르칠 수 있는 가능성이 얼마든지 있는 것이다. 자녀들의 진로와 관련하여 인문사회계열을 선택할 것인가 아니면 자연과학기술 분야를 선택할 것이냐 하는 문제는 자녀의 진로에 절대적인 영향을 미칠 수 있는 문제이기 때문에 자녀의 적성과 잠재성을 충분히 고려해서 신중히 결정할 수 있도록 해주어야 할 것이다. 단지 돈을 잘 벌 수 있는 분야라는 이유만으로 진로를 경솔히 선택해서는 아니 될 것이다.

자녀들의 진로문제 선택 못지않게 중요한 의미를 갖고 있는 부모의 조언은 자녀들의 배우자 선택에 관한 문제라고 할 수 있을 것이다. 부모들은 자녀들의 배우자로서 부모가 모두 생존하고 있는 좋은 집안의 출신자를 자녀들의 배우자로 맺어주고 싶어 할 것이다. 그런데 경우에 따라서는 비록 좋은 가정의 출신자는 못되지만 본인이 개인적으로 어느 정도의 성공을 거두고 있으며, 앞으로도 크게 성공할 수 있는 잠재성을 충분히 보여주고 있는 경우가 있다. 비록 좋은 가정의 출신자는 아니지만 그를 자녀의 배우자로 선택해야 할지를 결정하는 문제는 부모라고 해도 결코 간단히 결정할 수 있는 문제가 아닐 것이다. 그런데 여기에서 우리가 특히 유의해야 할 점은 결혼을 하는 당사자는 자녀이지 부모가 아니라는 사실이다. 일부의 부모들의 경우 이러한 엄연한 사실을 무시하고 마치 자녀가 아니라 자신이 결혼을 하려는 것으로 착각을 하여, 자녀에게 엉뚱한 조언을 하여 자녀들의 마음을 쓸데없이 괴롭혀주는 경우가 더러 발생하여 말썽을 빚게 된다.

이러한 경우에 자녀의 의지가 그러한 사람을 배우자로 맞아들이겠다는 것이 확고한 경우에는 아무리 부모의 반대가 강력할지라도 부모를 설득해서 결혼을 하거나, 부모를 설득하는데 실패하는 경우에는 부모의 반대를 무시하고 자기들끼리 자신들의 새로운 가정을 꾸밀 수밖에 없는 것이다. 결혼이라는 것은 인륜지대사이기 때문에 부모의 축복 속에서 성사되는 것이 바람직한 일이겠지만, 그렇게 할 수 없는 경우에는 차선책으로 부모의 동의 없는 결혼을 할 수밖에 없을 것이다. 자신들이 바라고 있지 않다는 도저히 납득할 수 없는 엉뚱한 이유로 반대하고 있는 부모들의 의사를 무시하고 결혼을 할 수밖에 없는 것이다. 이미 살펴 본 바와 같이 결혼은 부모가 하는 것이 아니라 자녀들인 본인들이 하는 것이라는 사실을 잊지 말아야 할 것이다. 이러한 경우에 그러한 결혼을 끝까지 반대하는 부모는 자녀를 사랑하고 자녀의 행복을 바라고 있는 부모로서의 자격이 없는 부모라고 해야 할 것이다. 대부분의 부모들의 경우에는 그 결혼에 대하여 처음에는 반대를 했지만 자녀들의 행복한 미래를 축복해주기 위하여 자녀들의 결혼식에 참석하게 되는 것이 어른스러운 부모가 아니겠는가?

세대 간 상관관계는 어떠한가? 우리나라에서는 경로사상이라는 것이 없어진지 벌써 오래 되었다. 우리의 젊은 세대는 어른을 전혀 존경하지 않는다. 왜 그렇게 된 것일까? 그 책임은 어른들에게 있는 것이다. 어른들이 어른스럽지가 못하니 젊은 세대들이 어른을 존경할 수 없게 되는 것이다. 젊은 세대들이 어른들이 하는 행동에서 사실상 배울 것이 아무 것도 없다는 것이 문제인 것이다. 어른들의 경우 공직자들이 조금도 부끄러움을 느끼지 않고 뇌물을 넙죽넙죽 받아먹는 행위라든가, 정치인들이 일처리는 하나도 제대로 하지를 못한 채 만날 서로 만났다 하면 쌈지거리나 하고 있는 모습, 정상적인 방법으로 일처리를 하는 대신에 부당하거나 불법적인 방법으로 일처리를 하고 있는 행태 등을 보여주는 어른들을 보면서 젊은 세대들은 우리들의 어른에게서 과연 무엇을 배울 수 있겠는가? 참으로 문제가 된다고 아니 할 수 없을 것이다.

어른들은 젊은 세대들에게는 인생의 선배이며 스승이라 할 수 있는 존재이기 때문에 그들의 행동은 신중해야 하며 젊은이들의 모범이 되어야 하는 것이 바람직한 일이 될 것이다. 우리나라와 사회의 장래 운명은 젊은이들의 두 어깨에 달려있는 것이다. 젊은 세대의 장래에 대한 생각이나 희망이 건전해야만 우리나라와 사회의 밝은 앞날을 기대할 수 있을 것이다. 그렇게 되지를 못하고 어른들의 세계가 각종 부조리가 난무하는 비합리적인 상태 그대로 머물고 있어서 개선될 기미가 전혀 보이지 않게 될 경우에는 젊은 세대들이 어른에게서 배울 것이 아무 것도 없는 것이다. 그들이 어른이 될 때에는 어른들이 하던 대로 그대로 따라 하거나, 불합리한 행위나 부조리에 있어서 오히려 어른들을 앞지르게 되어서 우리나라와 사회의 혼란상을 가중시키게 될 수밖에 별 도리가 없게 될 것이다. 그렇게 볼 때 세대 간의 갈등은 쉽게 해결될 수 있는 문제가 아니라고 보아야 할 것이다.

이익집단의 상관관계 중에 노사분규의 문제를 살펴보자. 이전에는 노동자들의 위치가 근로기준법이 요구하는 수준에 훨씬 미치지를 못했기 때문에 임금인상이나 처우개선을 위한 노동쟁의를 해마다 일으켜서 사용자측의 관심과 협조를 유도하지 않으면 안 되었던 것이다. 그런데 해마다 거듭된 노사분규의 결과로 노동자들의 임금도 상당히 인상되어서 이제는 억대의 연봉을 받는 노동자까지 나오게 될 정도가 되었기 때문에 더 이상의 임금인상을 위한 파업과 같은 행동은 타당성을 별로 인정할 수 없을 정도가 되었다. 그러함에도 불구하고 국민을 볼모로 한 명분 없는 파업을 시도 때도 없이 벌려서 국민의 생업에 막대한 피해를 주고 있다. 노동자들의 생존권과는 전혀 관련이 없는 노동쟁의는 국민의 빈축을 사게 되고 국민의 외면을 자초하게 될 뿐이다.

이익집단에게는 이익집단이 대변하고 있는 사람들이 있다. 그런데 이익집단들이 자신들이 대변하고 있는 사람들의 이익만을 내세우다 보면 이익집단 상호간에 협력이나 화해보다는 대립과 갈등만을 증폭시켜서 사회적인 혼란만 자초하게 될 뿐이다. 어떤 이익집단 혼자만 존재하는 사회란 없는 것이다. 사회에는 다양한 목적을 추구하고 있는 이익집단들이 존재하고 있으며 이러한 이익집단들의 존재는 다양성의 인정이라는 의미에서도 상당한 사회적인 의미를 갖고 있는 것이라고 해야 할 것이다. 이익집단들은 그들이 추구하는 목적이 동일한 것이 아니라 서로 상이하기 때문에 각 이익집단의 존재가치가 있는 것이다. 이익집단의 발생은 극히 자연적인 현상이라고 할 수 있을 것이다. 특정한 부류의 사람들의 이익을 추구하다보니 조직적인 세력형성이 필요했기 때문에 그들만의 이익추구를 위하여 이익집단을 형성하게 되었던 것이다.

이렇게 형성된 이익집단들은 사회구성원의 다양성을 말해주는 이정표가 된다고 할 수 있을 것이다. 이러한 다양성이 존재하기 때문에 우리 사회는 살만한 맛이 있는 곳이라고 하겠다. 다양성이 없는 사회는 사회로서 존재할 가치가 없다고 말해도 과언이 아닐 것이다. 다양성이 있다는 것은 그만큼 우리 사회가 발달한 사회라고 말할 수 있을 것이다. 다양성이 없는 사회라는 것은 더 이상 발전할 수 있는 여지가 없는 사회인 것이다. 사람들이 일률적으로 생각하고 행동하는 사회는 독재국가라면 당연한 일로 받아들여도 될지 모르지만 적어도 자유민주주의 국가에 있어서는 그러한 사람들만으로 구성된 사회라는 것이 오히려 기이한 현상으로 받아들여지게 되는 것은 그만큼 우리가 다양성을 갖고 있는 사회에 좀 더 익숙해져 있기 때문에 그런 것이 아닐까?

우리가 국민이라는 말을 할 때 더 이상 동일한 차원에서 생각할 수 있는 대상은 아닌 것이다. 우리 사회는 계급이라는 것이 없는 사회이기는 하지만 국민의 동질성을 장담할 수 없는 사회로 변질되어 가고 있는 것만은 틀림없는 사실이다. 능력 있는 사람과 능력 없는 사람과의 차이, 돈이 없는 사람과 돈이 많은 사람과의 차이, 사회적인 지위에 따르는 차이 등으로 인하여 우리 사회에는 계급 아닌 계급이 우리도 모르는 사이에 형성되어 가고 있는 현상을 더 이상 부인할 수 없게 된 것이 우리 사회의 냉혹한 현실이라고 받아들일 수밖에 없게 되었다. 이것은 사회발전이지 결코 후퇴라고 말을 할 수는 없는 현상이다. 우리 사회는 이러한 다양성을 인정하는 바탕에서 계속 발전해 가야 할 것이다.

우리 인간의 모든 관계는 상관관계에 놓여 있다고 말할 수 있을 것이다. 다시 말하면 상관관계에 있지 않은 인간관계라는 것은 사실상 존재할 수 없는 것이다. 우리가 이러한 관계를 정확히 이해한다면 인간 간에 생길 수 있는 불필요한 대립과 갈등을 현명하게 회피할 수 있을 것이다. 인간관계는 모두 상관관계에 놓여 있기 때문에 우리가 상관관계의 내용을 제대로 이해하고 있다면 해결할 수 없는 인간관계는 존재하지 않는다고 말해도 과언이 아닐 것이다. 그렇게 본다면 인간관계란 바로 상관관계라 할 수 있을 것이며, 상관관계가 아닌 인간관계라는 것은 있을 수 없다는 것이다.

한 사람의 일생을 살펴보면 우리가 이 세상에 태어나면서 부모와 자식 간의 상관관계를 맺게 되며 형제자매들이 태어나게 되면 형제자매로서 상관관계를 맺으면서 자라나게 된다. 좀 더 자라서 학교에 가게 되면 급우로서 상관관계를 맺으면서 공부도 함께 하면서 친구로서 함께 자라나게 된다. 학교를 마치고 직장을 갖게 되면 직장동료로서 또는 직장상사로서 상관관계를 맺으면서 직장을 위해서, 그리고 자기 자신을 위하려 일을 하게 되는 것이다. 대부분의 사람들은 결혼적령기가 되면 배우자를 만나서 결혼을 하고 자녀들을 낳아서 기르게 된다. 결혼생활에서는 배우자 및 자녀들과 남편과 아내로서 또는 부모와 자식 간의 상관관계를 맺으면서 살아가게 되는 것이다. 그런데 현직에서 은퇴를 하게 되면 지금까지 맺어왔던 인간 간의 상관관계는 그 범위가 급격하게 줄어들게 되는데, 그것은 한 사람의 흥망성쇠를 나타내는 어쩔 수 없는 과징이라 할 수 있을 것이다.

그런데 사람에 따라서는 이러한 정상적인 과정을 무리 없이 거치지 못하는 경우도 있다. 이 세상에 태어나자마자 부모에게 버림을 받아서 고아원에 맡겨진 인생의 경우에는 처음부터 사람들과의 정상적인 상관관계를 맺으면서 성장하기를 기대할 수는 없는 것이다. 그는 우선 부자지간의 상관관계를 맺으면서 성장할 수 있는 기회를 박탈당한 셈이다. 왜냐하면 그에게는 부모라는 존재가 처음부터 없었기 때문이다. 고아원에서 자라다보면 원장과 원생간의 상관관계를 맺게 된다. 엄밀히 말해서 원장과 원생간의 상관관계는 부자지간의 상관관계와는 비교할 수 없는 대상이라고 해야 할 것이다. 원장과 원생간의 상관관계는 어쩌다보니 맺어진 우연한 관계인데 비하여 부자지간의 상관관계는 혈연으로 맺어진 관계라는 점에서 양자 간에는 큰 차이가 있다고 하겠다.

원생이 정규적인 학교교육을 받을 수 있느냐에 대한 것은 의문의 여지가 있다. 원생을 일반가정에서처럼 정규학교에 보내주는 고아원도 있겠지만, 우리나라 고아원의 현실에서 볼 때 그러한 고아원은 오히려 예외적인 경우에 해당한다고 할 수 있을 것이다. 고아로 태어났어도 좋은 가정에 입양이 되어 정규학교과정을 마칠 수 있는 행운을 만날 수 있는 경우도 있겠지만, 그러한 행운은 누구나 기대할 수 있는 일은 아닐 것이다. 고아로 태어났지만 만난을 극복하고 성공을 거둔 입지전적인 인물도 배출되지 않는 것은 아니지만, 모든 고아출신들이 그러한 성공을 거둘 수 있다는 것은 아니다.

고아출신이나 불우한 가정에서 태어난 사람들 중에는 좋은 가정에서 태어난 사람들의 경우보다는 인생살이에 있어서 길을 잘못 들게 되는 경우가 더 많은 것 같다. 한번 나쁜 길로 빠지게 된다면 제 길로 되돌린다는 것이 보통 어려운 일이 아닐 것이다. 흉악한 범죄인들의 경우에도 처음부터 그들이 범죄인이었던 것은 아닐 것이다. 일부의 형법학자들의 경우에는 생래적인 범죄형 인간이 있다는 주장을 하고 있다. 그러나 대부분의 범죄인의 경우에는 그가 처한 특별한 사회적인 환경 때문에 범죄인이 될 수밖에 없었다는 주장이 오히려 설득력이 있는 주장이라고 할 수 있을 것이다.

착한 친구들과 어울리는 사람이 흉악한 범죄인이 될 수 있는 가능성은 나쁜 친구들과 어울리는 사람이 그렇게 될 수 있는 가능성보다는 훨씬 낮다고 할 수 있을 것이다. 결국 사람은 환경의 지배를 크게 받을 수 있는 존재라는 것이다. 이러한 사실을 잘 알고 있다면 왜 인간이 범죄를 범하게 되는지에 관한 이유를 알 수 있을 것이다. 그러나 아무리 열악한 환경에서 살고 있는 사람이라고 해서 모든 사람이 범죄인이 되는 것은 아니다. 그들의 극히 일부만이 범죄인이 될 수 있는 것이다. 왜 그런 것일까? 아마도 의지력의 문제가 아닐까 한다. 의지력이 강한 사람은 어떤 난관에 직면하더라도 범죄는 절대로 범하지 않겠다는 각오가 되어있는 한 절대로 범죄인이 될 수 없는 것이다.

가난하기 때문에, 또는 역경에 처해 있기 때문에 멋대로 살아도 된다는 면죄부가 될 수 있는 것은 아니다. 우리 인간은 서로 의지하면서 살아갈 수밖에 없는 존재인 것이다. 독불장군처럼 다른 인간들과 관계를 맺지 않고 혼자서만 살아갈 수 있는 인간은 없는 것이다. 우리는 이 사회에서 살아가면서 인간 간의 상관관계를 인정해야 할 것이다. 인간은 상호간에 맺어진 상관관계를 중심으로 함께 살아가고 있는 것이다. 이러한 상관관계는 자연적으로 이루어진 것도 있지만 인위적으로 이루어진 것도 있다. 혈연

관계로 맺어진 부자관계와 같은 것이 자연적인 관계라면, 기타의 대부분의 관계는 인위적인 관계라고 할 수 있을 것이다.

상관관계는 우리가 태어나서 죽을 때까지 계속되는 끊을래야 끊을 수 없는 인간 간의 상호관계인 것이다. 우리의 출생으로 시작된 이러한 관계는 우리가 죽기 전까지는 우리가 그러한 인간관계에서 벗어날 수 없는 숙명적인 관계라고 할 수 있을 것이다. 인간관계를 크게 보면 상관관계가 얽히고설킨 관계라고 할 수 있을 것이다. 이러한 관계의 대부분은 인위적인 원인으로 맺어진 관계이기는 하지만 일단 맺어진 관계는 인위적인 방법으로는 그러한 관계를 끊어버릴 수 없는 해체불가능한 인간관계인 것이다. 우리 인간은 숙명적으로 이러한 상관관계의 테두리 안에서 벗어나서는 살아갈 수가 없다는 것을 분명히 알고 있다면 일단 맺어진 상관관계를 무슨 이유에서이건 간에 억지로 끊어버리려고 하는 일에 헛수고를 할 필요는 없는 일이 아니겠는가?

우리 인간은 왜 살고 있는 것인가? 목숨이 붙어있다고 해서 인간이 살아있다고 말을 할 수는 없을 것이다. 우리가 살아있다는 것은 우리가 살아가면서 대하게 되는 상대방과의 상관관계를 올바로 인정하는 일이라고 할 수 있을 것이다. 인간이라면 이러한 필연적인 상관관계를 인정해야 하며 억지로 그러한 관계에서 벗어나려고 애를 쓸 필요는 없지 않겠는가?

6. 성년후견

　이정우는 젊은 시절에 거의 맨손으로 한국굴지의 중견기업을 일으킨 기업인이다. 이제 나이도 70세에 이르고 있기에 머지않아 은퇴를 하여 사업체를 두 아들에게 물려줄 생각을 갖고 있었다. 장남은 심성이 착해서 이정우가 그를 총애하고 있으며 장차 사업체를 장남에게 물려줄 생각을 갖고 있었다. 차남은 형에 비할 때 욕심이 많으며 모험심이 많기 때문에 만일 그에게 사업체를 물려주는 경우에는 그간 자신이 이룩해 놓은 사업체를 말아먹을지도 모른다는 우려를 갖게 하는 저돌적인 성격의 소유자인 것이다.

　이정우는 70대의 고령이기는 하지만 기업을 충분히 이끌어 갈 수 있는 능력을 아직까지 잃지 않고 있다. 그는 장남을 자신의 후계자로 삼기 위하여 장남이 후계자로서의 자격을 갖출 수 있도록 모든 필요한 조치를 강구해 주고 있는 중이다. 그런데 전혀 예상하지 못했던 사태가 후계구도와 관련하여 발생하고야 말았던 것이다. 욕심 많은 차남이 형을 아버님의 후계자가 되는 것을 저지하고 아버님인 이정우를 경영일선에서 몰아내기 위하여 이정우에 대한 성년후견을 청구하게 되었던 것이다. 만일 이정우에 대하여 청구한 성년후견이 법원의 판정으로 차남을 후견인으로 선정하게 되는 경우에는 이정우의 후견인으로 청구한 차남의 동의 없이는 이정우가 어떠한 법률행위도 할 수 없는 법률상의 무능력자가 되어버리는 것이다. 어떻게 해서 이러한 일이 가능할 수 있는 것일까?

성년후견제도는 종래의 금치산제도를 덜 거부감을 느끼는 그럴듯한 이름으로 바꾸어 놓았을 뿐 한마디로 말해서 사람을 미치광이로 만들어버리는 제도라고 할 수 있을 것이다. 성년후견을 청구하기 위해서는 정신의학과의 정신감정 결과를 청구서에 첨부하게 하고 있다. 정신감정은 정신이상자인지 여부를 밝혀내기 위한 정신의학적인 기법이다. 이정우에 대한 정신감정을 하기 위해서는 이정우의 동의가 필요하다. 경우에 따라서는 사건 본인인 이정우의 동의 없이 청구인인 차남의 임의로 이정우의 정신감정을 강제로 받을 수 있게 하는 것도 가능하다. 그러나 아직은 이정우가 법률상의 무능력자라는 판정이 나오기 전이라 청구인의 대리권을 인정하는 것은 시기상조라고 할 수 있기 때문에, 정신감정을 받겠다는 이정우의 동의가 필요하다고 본다.

성년후견의 가장 중요한 요건 중에 하나인 이정우에 대한 정신감정은 본인이 정신감정을 받지 않겠다고 거부함으로써 결국에는 이정우에 대하여 청구된 성년후견은 구비서류미비로 법원에 의하여 기각되었다. 아버님인 이정우를 정신병자로 둔갑을 시켜서 경영일선에서 물러나게 하려던 차남의 계획은 수포로 돌아가 버렸던 것이다. 그렇게 해서까지 아버지인 이정우가 평생을 바쳐서 일구어 놓은 기업을 독차지하기 위하여 이정우를 정신병자로 만들고 형을 몰아내려고 했던 차남이야말로 배은망덕한 인간이라 아니할 수 없을 것이다.

이정우가 구상하고 있었던 후계구도는 자신은 명예회장으로 경영일선에서 물러나고 장남을 대표이사 사장으로, 그리고 차남을 대표이사 부사장으로 만들어서 아버님을 대신해서 형제가 사이좋게 회사를 이끌어가게 하려는 것이었다. 아무리 기업체의 규모가 현재처럼 커지기는 했지만, 기본적으로는 어디까지나 가족회사라는 생각을 갖고 있었던 이정우로서는 당연한 처사였던 것이다. 그런데 이러한 이정우의 당연한 결정에 대하여 차남이 무모하게도 도전을 했던 것이다.

차남은 이정우에 대하여 자신이 청구했던 성년후견의 청구가 뜻대로 되지를 않자 이번에는 회사의 비리를 검찰에 고발하고야 말았다. 이정우가 100억 원대의 불법비자금을 조성했다는 것이 이정우를 검찰에 고발한 이유였지만 지금까지 양심껏 기업을 경영해왔던 이정우에게는 가당치도 않은 이유였다. 어떻게 차남은 자식된 도리로서 아버님을 범죄인으로 검찰에 고발할 수가 있다는 말인가? 아무리 돈에 욕심이 났다 하여 이렇게까지 하는 것은 인간이기를 포기한 행동이라 아니할 수 없을 것이다. 이렇게까지 세상인심이 각박해졌다는 말인가? 참으로 한심한 일이다. 검찰수사 결과 이정우에게는 아무 죄도 없었기 때문에 검찰에서 무혐의로 풀려났다.

이렇게 되자 차남은 앞으로 어떻게 아버님과 형을 아무 일도 없었다는 듯이 마주 대할 수가 있겠는가? 대표이사 부회장의 자리에까지 오른 자가 그러한 파렴치한 짓을 저지르다니 도저히 납득이 되지를 않는다. 재벌기업들의 경우에도 종종 이와 유사한 불미한 일들이 세상을 놀라게 하고 있다. 그러한 부자간 또는 형제간의 불화가 생기게 되는 이유는 기업을 자신이 소유해야 할 대상으로 생각하고 있기 때문에 그런 것이 아닐까 한다. 기업을 마치 개인의 재산처럼 여기고 있는 것이 문제인 것이다.

모 재벌기업의 경우에도 차남이 그 많은 재산을 혼자서 독식을 하려고 고령인 아버님을 정신병자로 만들기 위하여 정신감정을 받게 하려다가 실패를 하여 사람들의 빈축을 샀던 일이 있었다. 왜들 그러는 것일까? 하루하루를 살아가기에도 벅찬 사람들이 많은 세상인데 돈자랑을 하는 것도 아니고 무슨 짓들을 하고 있는 것인가? 성년후견제도는 아버님을 억지로 경영일선에서 물러나게 하기 위하여 마련된 제도가 아닌 것이다. 이 제도의 원래 목적은 자신의 의사로는 법률행위를 할 수 없는 정신상의 문제가 있는 사람들을 위하여 후견인의 대리행위의 정당성을 인정해 주려는 제도로서 사건본인을 보호해주려는데 있는 제도이지, 후견인이 사건본인의 의사와는 관계없이 자의적으로 행동할 수 있도록 허용해주는 제도는 결코 아닌 것이다.

그렇다면 왜 기업을 독차지하려는 자들이 성년후견제도를 악용하려는 것일까? 아마도 자신의 불법적인 행위를 정당화시킬 수 있는 합법적인 유일한 방법이 이 방법밖에 없기 때문에 그러는 것이 아닐까? 일단 사건본인을 후견인의 대리행위에 의해서만 법률행위를 할 수 있는 법률상의 무능력자로 만들어버릴 수만 있다면, 사건본인의 의사는 무시한 채 후견인의 자의대로 모든 일을 이끌어갈 수 있기 때문에 그런 것이 아니겠는가? 이렇게 볼 때에는 기업을 독점하려는 자들이 들고 나오는 성년후견제도라는 것은 이 제도의 원래 입법취지를 교묘하게 악용하여 자신의 목적에 이용하려고 하는 것이 문제라는 것이다.

기업은 과연 기업을 독식하려는 자들이 마음대로 다룰 수 있는 대상이라 할 수 있을 것인가? 기업은 그들만이 소유해도 관계없는 대상이라 할 수 있을 것인가? 이에 대한 해답은 부정적인 것이라 하겠다. 그 이유는 기업은 결국에는 어떠한 방법으로든지 사회에 환원해야 할 대상이지 기업주의 전유물이 아닌 것이다. 이러한 명백한 사실을 기업을 독점하려는 자들이 사전에 알 수 있었다면 성년후견 같은 제도를 악용해서 아버님이나 형을 경영일선에서 물러나게 하는 일과 같은 엉뚱한 짓을 벌일 필요는 없었을 것이다. 성년후견과 같은 제도는 제도 자체의 문제는 없는 것이다. 제도를 악용하려는 사람들이 문제인 것이다.

성년후견제도의 필수성립요건인 정신감정은 제대로 이루어지는 것일까? 정신감정은 정신의학과의 감정을 받아야 하는데 신경과의 치료를 받아야 하는 중증치매의 경우와 정신질환과의 차이가 모호해지고 있는 상태에서 치매환자도 정신감정을 받아야 하느냐 하는 문제에 대해서는 아직도 의문의 여지가 있다. 일반적으로 정신질환과 치매는 동일한 질환이 아니기 때문에 치료를 담당하는 의사도 그 치료영역이 명백히 구분되고 있다. 정신질환은 정신의학과 전문의의 영역에 속하며 치매는 신경과 전문의의 영역에 속하는 질환이라 할 수 있다. 그런데 정신감정과 관련할 때는 이러한 두 질환의 영역상의 구분은 별로 중요한 문제가 아닌 것 같다. 우리나라에는 아직까지는 국립정신감정원과 같은 권위 있는 기관에서 정신감정을 객관적으로 실시하고 있는 기관은 없는 것 같다. 마치 국립과학수사연구원과 같은 객관적인 권위를 인정받고 있는 시체부검기관 같은 것이 없다는 것이다. 그러다 보니 현재로서는 정신감정의 남용의 가능성을 사전에 방지할 수 있는 방법도 없으며, 그렇다고 해서 잘못된 정신감정을 사후에 바로잡는 방법도 없다고 해야 할 것이다.

보통사람들의 경우에는 평생을 살아보았자 성년후견제도에 호소하여 재산권을 보호해야 할 정도의 재산도 모을 수 없기 때문에 문제가 되지 않는 것이다. 성년후견제도는 의사결정능력이 없는 사람이 재산권의 행사를 독단적으로 하는 경우에, 보유재산에 미칠 수 있는 막대한 재산상의 손실을 미연에 방지하는데 도움이 되는 제도라고 할 수 있을 것이다. 이러한 점에서 볼 때 성년후견제도는 부자에게만 필요한 제도라고 해야 하겠다. 자신의 보유재산을 사회에 환원한다든가, 다른 유용한 사회적인 목적을 위하여 기꺼이 사용하거나 사용하려는 의사를 갖고 있는 부자들의 경우에는, 구태여 성년후견제도까지 동원하여 재산권을 보호하려는데 노심초사를 할 필요가 없는 것이다.

기업의 재산까지 마치 자신의 개인재산인 것처럼 독식하려는 사람들의 경우가 문제인 것이다. 이러한 사람들의 경우에는 아마도 욕심의 한계라는 것이 사실상 없는 것 같다. 재산은 많이 가질 수만 있다면 갖고 싶어 하는 것이 그들의 생리인 것 같다. 그들에게는 성년후견제도뿐만 아니라 더한 제도라 할지라도 그들의 재산보유에 도움만 될 수 있다면, 무엇이든지 자신의 목적을 위하여 언제든지 사용할 준비가 되어 있는 자들이라고 할 수 있을 것이다. 우리는 이러한 자들을 조심해야 할 것이다. 이러한 자들을 아들로 갖고 있는 재벌총수나 기업주는 참으로 불행한 사람들이라고 할 수 있을 것이다. 그들이 억만금을 갖고 있다 하더라도 인생의 실패자임에는 틀림없는 사실이라 할 수 있을 것이다. 돈이 무엇이기에 부모나 형제도 몰라보는 괴물로 변신을 한다는 말인가?

'돈이 없어야 행복하다'는 말은 아마도 이러한 한심한 인간들 때문에 생겨난 말일 것이다. 돈이 너무 없는 것도 문제이지만, 돈이 많다는 것이 우리에게 행복을 보장해 주는 열쇠는 결코 될 수 없는 것이다. 도스토에프스키의 '죄와 벌'이라는 소설에서 라스코르니코프는 하숙집 주인노파가 돈이 많다는 것을 알고 난 후에, 그녀의 돈을 빼앗기 위하여 살인자까지 하게 되었던 것이다. 노파에게 돈이 없었다면 살인까지 당할 필요는 없지 않았겠는가? 일부의 사람들에게는 돈이 많다는 것이 문제가 될 수 있는 것이다. 이정우나 모 재벌회장의 경우 돈이 없는 가난뱅이였다면 결코 성년후견의 대상자가 될 필요는 없었을 것이다. 돈이 너무나 많았기 때문에 자식에게 그러한 수모까지 당하게 되었던 것이다. 그렇게 될 줄 알았더라면 무엇 때문에 힘들게 돈을 벌려고 애를 쓸 필요까지 있었겠는가?

돈이 많으면 무엇이나 할 수 있다는 생각은 아마도 착각인 것 같다. 물론 돈이 없는 것보다는 있는 편이 나은 일이기는 하지만 돈이 있다고 해서 무엇이나 할 수 있는 것은 아니다. 돈이 많다는 것이 오히려 인생을 사는데 장애요인이 될 수도 있는 것이다. 성년후견의 경우에 그러한 사실이 우리가 살펴본 바와 같이 노골적으로 들어나고 있다고 해야 할 것이다. 인간이 돈을 위해서 태어난 것이 아니라 돈은 인간을 위해서 있는 것이다. 이러한 엄연한 사실을 망각하고 마치 인간이 돈을 위해서 태어난 것처럼 착각을 해서는 곤란한 일이라고 아니 할 수 없을 것이다.

이러한 문제는 기본적으로 돈을 대하는 사람들의 인격과 관련이 있는 문제라고 할 수 있을 것이다. 인격이 제대로 자리를 잡은 사람들의 경우에는 돈을 사용하는 문제와 관련하여 별 문제가 없겠지만, 그렇지 못한 사람들의 경우에는 돈과 관련하여 여러 가지 문제를 일으킬 수 있는 것이다. 돈이 많은 경우에도 더 많은 돈을 차지하려는 인간의 욕심은 끝이 없는 것이라고 해야 할 것이다. 왜 그러는 것일까? 자족을 모르는 인간이기 때문에 그런 것이 아니겠는가? 바로 이것이 문제인 것이다.

성년후견은 꼭 청구를 해야 할 필요가 있는 제도인가? 아마도 꼭 필요한 사람들에게는 그 말이 옳을지도 모르지만, 문제는 성년후견제도라는 것이 정신감정의 경우처럼 남용될 가능성이 다분히 있는 제도라는 것이다. 성년후견이 의도적으로 악용되는 경우도 있지만, 악용되었는지 여부를 알아내기가 어려운 경우도 허다하게 생길 수 있는 것이다. 성인후견의 대상이 되는 사건본인이 사실상 판단능력이 결여되어 있는 경우에는 성년후견이 남용되었는지 여부를 알 길이 없는 것이다. 성년후견제도의 존재이유는 바로 이러한 사람들을 보호해 주기 위하여 마련된 제도라는 것을 생각할 때, 과연 그 제도가 남용되었는지 아니면 악용되었는지 여부는 중요한 것이 아니다.

이정우는 자신에 대한 성년후견이 법원에 의하여 기각된 후에 한 신문사기자와 인터뷰를 할 기회가 있었다.

　"아드님이 청구한 성년후견 때문에 신경 많이 쓰셨겠습니다. 다행히 그 청구가 법원에 의하여 기각되었으니 그나마 다행이라 생각합니다. 사장님께서는 성년후견제도에 관하여 이전에 들어 보신 일이 있으셨습니까?"

　"아니요. 성년후견이라는 말은 이번에 처음 들어보았습니다. 나중에 성년후견제도가 종전의 금치산제도와 같은 내용을 갖고 있는 제도라는 말을 듣고 상당히 놀랐습니다. 금치산제도와 마찬가지 제도라면 결국에는 미치광이를 만들어내는 제도라는 말이지요."

　"그렇다면 정신감정에 대한 것은 들어본 일이 있습니까?"

　"물론 아니지요. 그런데 성년후견을 받아내려면 내가 정신감정을 받아야 한다는 말을 전해 듣고는 정신감정은 결코 받아서는 아니 될 일이라는 확신 비슷한 생각이 들더군요. 잘못하다가는 정신병자가 될지도 모르는 정신감정을 왜 받습니까? 그래서 정신감정을 받기를 거절했지요."

　"왜 정신감정을 받으면 정신병자가 될지도 모르겠다는 생각을 했습니까?"

　"일종의 감이라 할 수 있는 것입니다. 성년후견제도라는 말은 들어본 적도 없었기 때문에 그 때까지만 해도 이 제도가 금치산제도와 같은 것이라는 것을 알 길이 없었지만, 정신감정 운운하는 말을 듣고 보니 왠지 꺼림직해서 정신감정을 받는 문제에 대하여 주저하게 되었습니다. 그래서 과감히 거절한 것입니다."

"아들에게 정신병자취급을 받게 되었다는 것을 알게 되었을 때 어떤 느낌이 들었습니까?"

"내가 인생을 헛살았구나 하는 느낌부터 들었습니다. 남 부끄러운 일이라 더 이상 언급하고 싶지 않은 일이기는 하지만 내게 대한 후견청구가 기각된 후에 나를 비자금문제로 검찰에 고발까지 해버렸으니, 그 자식은 이제 세상을 막 살아가겠다는 것이 아니고 무엇이겠습니까? 그런 자식을 둔 내 팔자도 참으로 기구한 것이지요. 내가 평생 동안 기업을 일으켜서 돈을 번 이유가 어디나 혼자서 잘 살기 위한 것이었겠습니까? 다 자기들 잘 살게 해주려는 것이었는데…… 내가 죽을 때 그 많은 돈을 갖고 갈 수 있는 것입니까?"

"공연히 아프신 데를 건드려서 죄송하게 되었습니다. 인터뷰에 기꺼이 응해주셔서 감사합니다."

이정우처럼 성년후견제도의 희생자가 될 번한 사람은 그렇게 많지 않을 것이다. 이정우의 경우와 비슷한 성년후견의 대상자들의 경우를 생각해 볼 때 공통점으로는 우선 돈이 엄청나게 많아야 하며, 다음으로 자식이나 형제 중에 대상자가 갖고 있는 돈에 대한 욕심을 부리고 있는 사람이 있어야 하며, 돈을 빼앗기 위해서는 수단방법을 가리지 않을 것 등을 생각해 볼 수 있을 것이다. 그러다 보니 성년후견은 부자들을 위한 제도라고 할 수 있을 것이다. 성년후견제도를 잘못 알고 청구하는 경우에는 예외적인 경우가 발생할 여지는 있다. 후견제도를 잘 모르는 대부분의 사람들의 경우 성년후견 이외에 한정후견이나 특정후견과 같은 제도도 있다는 것을 어떻게 알 수 있겠는가? 한정후견은 이전의 준

금치산제도 또는 한정치산제도에 해당하는 제도로서 성년후견의 경우에는 모든 법률행위를 제한하는데 반하여 한정후견의 경우에는 일정한 범위내의 법률행위만을 제한하는 경우이다. 특정후견은 지정된 행위, 예를 들면 부동산매매와 같은 특정한 법률행위만 허용하는 경우이다. 이러한 모든 법률행위에 대해서는 대리인인 후견인의 동의를 필요로 하는 것이다.

성년후견제도는 과연 사건본인을 보호해 주기 위한 제도인가, 아니면 후견인의 부당한 이익추구를 가능하게 만들어 줄 수 있는 제도인가에 관해서는 논의의 여지가 많다고 해야 할 것이다. 우리가 살펴본 이정우의 경우라든가 또는 모 재벌기업의 경우에 노골적으로 나타났던 바와 같이 후계구도와 관련된 분쟁의 경우에는, 후견인의 이익추구를 위하여 악용될 수 있는 제도라는 것이 분명하다고 해야 할 것이다. 이와 같이 성년후견제도는 불순한 목적을 위하여 악용될 소지가 다분히 있는 제도라고 할 수 있을 것이다. 그런데 성년후견제도의 원래목적은 사건본인을 보호하기 위하여 마련된 제도이지, 후견인의 불순한 이익추구를 위한 제도가 아닌 것이다. 성년후견의 원래의 입법취지에 부합하지 않는 부작용이 생기는 경우에는 어떻게 할 것인가 하는 문제에 대처하는 것이, 합리적이 법 운영을 위한 전제조건이 된다고 할 수 있을 것이다.

이미 살펴본 바와 같이 후계구도에 있어서의 분쟁의 원인이 성년후견제도 때문에 생긴 것이라면 사건본인과 후견인 간의 갈등을 해결하는 문제가 그렇게 용이한 문제가 아닐 것이다. 더욱이 사건본인에 대한 정신감정의 문제와 관련하여 양자 간의 갈

등의 골이 더욱 깊어질 수도 있을 것이다. 정신감정의 문제는 고도의 의학적인 판단을 요하는 분야이기 때문에 감정결과에 대해서는 일반적으로 의문의 여지가 없다고 할 수 있지만, 사건본인이나 다른 이익당사자가 정신감정의 결과에 대해서 이의를 제기하는 경우에 현재로서는 이에 대한 재심을 청구하여 구제를 받을 수 있는 권위 있는 감정기관이 존재하고 있지 않기 때문에 문제라 할 수 있을 것이다.

현재로서는 일단 성년후견의 청구가 받아들여져서 사건본인이 법률행위 무능력자로 판정이 나는 경우에는 사건본인이 법원의 판정을 받아들여서 그대로 승복을 하는 경우에는 별 문제가 없겠지만, 그렇지 않은 경우에는 문제가 발생할 수 있으며 때로는 심각한 문제로 발전할 수 있는 것이다. 특히 그러한 문제의 발단이 정신감정의 불복에서 발생하였을 경우에는 더욱 심각한 문제로 발전할 수 있는 것이다. 따라서 성년후견의 문제는 사건본인이 정신감정을 받아 법률행위 무능력자로 판정을 받는 것만으로 모든 문제가 끝났다고 보는 것은, 잠재적으로 발생할지도 모르는 문제를 그대로 덮어두는 결과가 된다고 볼 수 있는 것이다.

그만큼 성년후견제도는 많은 문제점을 갖고 있는 제도라고 할 수 있을 것이다. 아내의 경우 아내 소유의 오피스텔의 매매계약이 체결되어 잔금수령을 앞두고 주민센터에 가서 아내의 인감증명서를 발급받으려고 했더니, 주민센터에서 아내의 인지능력에 좀 문제가 있다는 이유로 아내의 인감증명발급을 거부하면서 잘 알지도 못하면서 법원에 가서 아내의 성년후견을 청구하라는 것이었다. 나는 아내의 경우에는 성년후견을 청구할 필요가 없다는 것을 그 당시에는 알지 못했기 때문에 법원에 가서 아내의 성년후견 청구에 필요한 구비서류를 첨부해서 법원에 제출했다.

그런데 내가 아내의 성년후견을 법원에 청구했다는 말을 들은 사람이 아내의 경우에는 성년후견을 청구할 필요 없이 부동산매매 한 건에만 필요한 특정후견을 청구하라 하여 그의 말에 따라 아내의 경우를 민원실에 문의했다. 그의 말대로 성년후견 대신에 특정후견을 신청하면 된다고 하여 특정후견청구에 필요한 서류를 작성하여 법원에 제출했다. 법원에서 보정서류를 첨부해서 내라는 연락이 두 번씩이나 와서 그대로 했는데 아직까지 판정결과가 나오지 않고 있다. 가정법원에 사건이 밀려서 그렇게 되었다는 것이 법원의 설명이기는 하지만 이것은 정말 너무 한 것 같다. 이렇게 시간이 많이 걸려서야 제 때 무슨 일인들 해볼 수 있겠는가? 주민센터의 여직원은 아내의 인감증명서 발급을 대수롭지 않게 거절하면서 법원에 가서 아내의 성년후견을 청구하라고 간단히 말해주었지만, 우리 부부에게는 이만저만한 고통을 주는 일이 아니었다. 더욱이 잘못된 정보까지 주면서 우리에게 그렇게 하라는 말까지 했으니 말이다. 법원에서 한참 후에 성년후견의 보정서류를 제출하라는 연락과 함께 아내의 정신감정서를 제출하라고 했지만 보정서류와 정신감정서를 법원에 제출하지 않았으니 성년후견청구는 법원에 의하여 기각되었을 것이다.

아내의 경우 누군가 중간에서 성년후견이 필요없다는 말을 해주지 않아서 정신감정을 받으라는 말을 듣고, 정신감정서를 법원에 제출하여 성년후견의 판정을 받아서 법률행위 무능력자가 되었더라면 여러 가지 불편한 점을 겪었을 것이다. 아내에게는 관리할 재산도 더 이상 없기 때문에 단독으로 법률행위를 해야 할 일도 사실상 없다고 해야 할 것이다. 그렇다면 성년후견제도는 아내에게는 불필요한 제도인 것이다. 아마도 아내가 당할 번했던 경우가 다른 사람의 경우에도 발생하지 말라는 법은 없을 것이다. 국민들이 잘못된 법적용 때문에 받게 되는 피해도 무시할 수 없을 정도로 많이 발생하고 있다는 것은, 법적용의 잘못으로 인한 피해사례조사에서 상세히 밝혀진 바와 같다. 그 조사에 의하면 국민이 법을 잘 몰라서 받는 피해가 대다수를 점하고 있다는 것이다. 이러한 피해에 대한 구제는 법률구조공단에 의하여 구제될 수 있을 것이다.

톨스토이의 작품 중에 '하느님은 진실을 알지만 빨리 말하지 않는다'는 단편이 있다. 그는 젊은 상인으로서 젊은 아내를 맞아들인지 얼마 되지 않은 신혼의 몸으로 아내와의 미래에 대한 많은 꿈을 꾸면서 장사차 여행을 하고 있는 중이었다. 그런데 여행 중에 묵었던 한 여관에서 살인 사건이 발생했다. 경찰이 범인을 수색하던 중에 그의 가방 속에서 피 묻은 칼이 발견되었다. 살인사건의 현장을 목격했던 사람이 아무도 없었기 때문에 그가 아무리 자신의 결백을 주장했지만 살인혐의를 벗을 방법이 전혀 없었기 때문에 그는 살인혐의를 뒤집어 쓸 수밖에 없었다. 그에 대한 재판결과는 사형은 면하게 되었지만 시베리아에서의 무기한 유형생활에 처해지고 말았다. 억울하기는 했지만 사형을 당하게 된 것보다는 낫다는 생각으로 가혹한 시베리아의 유형생활을 견디어내면서 구차한 목숨을 이어가고 있었다. 시베리아의 겨울은 참으로 혹독하게 추웠지만 다른 계절에는 그런대로 살만한 곳이 시

베리아였기 때문에 장래에 대한 아무런 희망도 없는 유형생활을
아직까지 목숨이 붙어있었기에 견디어 낼 수 있었다.

이렇게 해서 25년이라는 세월이 어느 사이엔가 지나가 버리고
젊었던 그가 반백의 노인의 모습으로 변해버리고 말았다. 어떻게
해서든지 살겠다는 생각 이외에는 다른 모든 세속적인 욕망을 다
버리고 났더니 그동안 마음속을 사로잡고 있었던 모든 번민이 사
라지게 되고, 마치 수도자와 같은 생활을 하고 있는 자신의 모습
을 발견하게 되었다. 이제는 그러한 자신을 발견하게 되었는데도
하나도 놀라울 것이 없었다. 그러던 중에 우연한 기회에 자신에
게 살인죄의 누명을 씌웠던 살인범을 발견하게 되었다. 시베이아
에서 유형생활을 하는 중에 동료 유형수들끼리 마치 형제처럼 친
하게 지나게 되어 가끔 자신들의 신세타령까지 서로 주고받게 될
정도가 되었다. 그런데 한 번은 험악하게 생긴 한 유형수가 자랑
삼아 하는 말을 듣고 그는 참으로 아연해질 수밖에 없었다. 많은
전과를 갖고 있던 그가 자랑삼아 하던 말 중에 한 가지가 그의 가
슴에 와 닿았던 것이다. 그가 젊은 시절에 한 여관에서 투숙객의
한 사람을 칼로 살해한 다음에 피 묻은 그 칼을 다른 투숙객의 가
방 속에 감추어 두었던 것이, 살인범이 될 번했던 것을 면할 수 있
게 되었던 사실은 자신에게는 참으로 행운이었다는 말까지 했다.
이 말을 묵묵히 듣고 있던 우리의 주인공은 참으로 기가 찾지만
이제라도 진실을 밝혀주신 하느님께 감사를 드렸다. 자신의 인생
은 그 자 때문에 완전히 망쳐버린 헛된 삶을 지금까지 살아오기
는 했지만, 그렇다고 해서 그 자를 당국에 고발을 해서 살인범으
로 처벌을 받게 한다고 해서 그가 지금까지 그 많은 세월을 헛살

아 왔던 그의 인생에 대한 보상을 어떻게 받을 수 있다는 말인가?

이 단편은 법이 잘못 적용됨으로써 한 사람의 인생에 얼마나 큰 피해를 줄 수 있느냐 하는 것을 여실히 보여주는 이야기라 할 수 있다. 아마도 이 세상에는 단편의 주인공처럼 남이 저지른 일을 대신 뒤집어쓰고도 한 마디의 변명도 할 기회를 갖지 못한 채 일생을 헛살고 있는 사람들이 많이 있을 것이다. 그러한 사람들이 얼마나 많은지에 관한 것이 구체적으로 밝혀진 바가 없기 때문에 정확한 통계는 알 수 없는 것이다. 그러나 그러한 경우의 대부분은 반론을 위한 확실한 증거가 없었기 때문에, 당사자의 변명에도 불구하고 그것을 입증할 방법이 없어서 남의 죄를 뒤집어 쓸 수밖에 없었던 경우라고 할 수 있을 것이다.

노예는 아니지만 사회적인 약자이기 때문에 평생을 살아가는 동안에 사회적인 신분상승을 할 수 없는 계층이 사실상 우리 사회에도 존재하고 있다는 충격적인 사실이 한 때 발표되어 세상을 놀라게 한 일이 있었다. 그들이 국가에서 받는 소액의 소득만으로는 제아무리 절약을 하더라도 사람답게 살 수 있는 방법이 없다는 것이다. 그들에게 대한 일시적인 자선을 베푼다고 해서 해결될 수 있는 문제가 아니라는 것이다. 그들은 어떻게 보면 무기징역형을 선고받고 복역 중인 죄인과 같은 신세가 아닐까 한다. 왜냐하면 자신들의 비참한 처지에서 도저히 벗어날 수 없는 것과 무기수가 평생 감옥에서 벗어날 수 없는 것이 유사한 신세이기에 하는 말이다.

그러한 점에서 볼 때 사회적 약자에 대한 국가의 적절한 조치는 가장 시급을 요하는 민생문제 해결방안이라 할 수 있을 것이다. 자유민주주의 사회에서는 계급이라는 것이 존재할 수 없지만 이러한 경제적인 약자는 그야말로 우리 사회가 다 함께 고민해야 할 계급 중에 계급이라 할 수 있을 것이다. 정치권에서는 북한주민을 돕자는 말까지 나오고 있는데 우리 사회에 존재하는 이러한 경제적인 약자를 그대로 방치한 채 북한주민을 돕자는 말을 하는 정치인들은 과연 어느 나라의 정치인인가? 우리가 굶주려가면서 남을 돕겠다고 나서는 사람이 있다면 그야말로 미치광이라 성년후견의 대상이 될 수 있다고 하겠다. 기회의 균등은 헌법이 보장해 주는 우리 국민의 중요한 권리이다. 그러나 제아무리 헌법이 보장해주는 기본권이라 할지라도 국가가 효율적으로 그 권리를 보장해주지 않으면 유명무실한 권리로 전락할 수밖에 없는 것이다.

사람답게 산다는 것을 말로 하기는 쉽지만 모든 국민이 다 잘 살 수 있게 만드는 것은 쉽게 이루어질 수 있는 일이 아니다. 사람에게는 능력의 차이가 있기 때문에 어쩔 수 없는 일이라고 말하기를 좋아하는 사람들도 있지만, 실제로 자신이 그러한 비참한 처지에 처해본 일이 없었기 때문에 남의 일처럼 쉽게 말을 하는 것이 아닐까? 우리 국민은 현재 화합보다는 오히려 분열을 선호하고 있는 것 같다. 정치권의 분열이 대표적인 예로 들 수 있을 것이다. 정치권이 언제 분열되지 않았던 일이 있었던가 하는 말을 하는 사람이 있어도 우리는 아니라고 강력하게 부인할 수도 없는 것이다. 현대 한국사의 해석을 놓고도 학자들 간에 극단적인 대립을 보여주고 있다. 대한민국의 정통성을 부정하려는 역사학자들의 숫자가 늘어나고 있는 것은 참으로 우려할 만한 사태라고 할 수 있을 것이다.

안보문제와 관련해서도 정치권뿐만 아니라 사회 각 계층 간에 대립하고 있으며, 미사일 방어체제의 일환인 사드의 배치문제와 관련을 해서도 정부와 이익당사자들 간에 극한투쟁을 벌이고 있는 것은 심히 우려할만한 사태라고 아니할 수 없을 것이다. 언제부터 우리나라가 이 지경이 되었던 것일까? 정치권은 이제 더 이상 국민의 욕구를 충족시켜줄 만한 정치력을 상실한 것 같다. 그러한 와중에도 정치권은 정쟁만 일삼고 있으니 누가 우리 사회에 만연되고 있는 심각한 분열상을 책임지고 해결해 줄 수 있을 것인가? 우리나라는 이씨조선 500년의 역사를 통하여 별 문제도 아닌 것을 갖고 죽기 살기로 당파싸움을 하다가 망국의 결과를 가져와서 나라를 일본에게 빼앗겼던 역사적인 비극을 이미 잊어버렸는지, 지금까지도 정치권에서는 별 것도 아닌 것을 갖고 머리가 터지게 싸우고 있으니 대체 그들은 어떠한 결과를 보고 싶어서 그러는 것일까?

아마도 우리 국민의 대부분이 성년후견의 대상자라도 되어버린 것이 아닐까? 왜냐하면 우리 국민 중에 정상적인 사고를 하고 있는 사람들의 숫자가 최근에 와서 급감하고 있는 것이나 아닌지 하는 의심이 들기 때문이다. 무슨 문제라도 일어나면 순리대로 해결할 생각은 하지 않고 공연히 흥분을 하거나, 쉽게 해결될 수 있는 문제를 엉뚱한 방향으로 끌고 가려는 것을 보면 그들에게는 정신상태가 제대로 자리를 잡고 있는 것인지 자못 의심이 갈 지경이다. 우리가 이러한 사실을 인정할 수밖에 없다는 것은 참으로 슬픈 일이라 아니할 수 없을 것이다.

우리 국민이 전부 미친 것이 아니라면 최소한도 화해의 몸부림이라도 쳐보아야 하는 것이 아닐까? 이대로는 안 될 것 같다. 국민의 화해를 촉구하기 위한 무엇인가 획기적인 변화가 일어나야 할 것 같다. 이러한 변화가 위정자들이 주동이 되어 이끌어 가기는 대단히 어려운 것 같다. 왜냐하면 그들은 이미 기득권에 안주하려 하기 때문에 현 상태에 대한 어떠한 변화도 원하지를 않는 것이다. 변화보다는 현상유지를 원하고 있는 것이다. 우리 국민이 희망을 걸 수 있는 것은 밑에서부터 일어나는 자생적인 국민운동과 같은 것이어야 할 것이다. 현재 우리가 직면하고 있는 국가적인 절대위기에 직면하여 국민들이 자각을 해서 새로 태어나야만 국가적인 위기를 극복할 수 있을 것이다. 정치가 문제해결을 하지 못하면 국민이라도 대신 나서야 하는 것이 아니겠는가?

국민의 화합이 제대로 이루어지지 않는 이유는 우리 사회에 다양한 이익집단이 존재하기 때문이다. 이익집단들이 자신의 이익만을 주장하다보면 국민화합이 저해될 가능성이 있는 것이다. 우리가 국민화합을 원한다면 자신의 이익만을 고집해서는 안 될 것이다. 우리나라 사람들이 토론이라는 것을 하는 모습을 보면 참으로 가관이라 아니 할 수 없을 것이다. 그들이 토론이라고 하는 것이 토론인지 자기자랑인지 알 수가 없는 경우가 많다. 왜냐하면 토론참가자들이 하는 것을 보면 토론이라고 하기보다는 오히려 자기 말만 하고 끝내는 것 같기 때문이다. 남의 말은 전혀 들으려고도 하지 않으니 하는 말이다.

국가야 어떻게 되건 간에 자기 자신만 편하게 살면 된다는 생각으로 1000만원 이상의 세금을 단 한 푼도 내지 않은 고액체납자들이 전직 대통령을 비롯하여 35,000여 명이나 된다고 한다. 국민이라면 누구나 내야 하는 세금을 단 한 푼도 내지 않고 있는 그들과 같은 무위도식자들이 존재하고 있다니 그들은 대한민국의 국민이 되기를 아주 포기한 것이 아니겠는가? 전직 대통령이라는 사람은 대통령 재직시에 수천억 원의 뇌물을 불법으로 받아먹었기 때문에 퇴임 후에 그것을 뱉어내는데, 한 번에 먹은 돈을 다 내지 않고 시간을 끌 수 있는 데까지 끌다가 할 수 없이 먹은 돈을 전부 뱉어냈던 비겁한 인간이었다. 그러한 사리사욕에 눈이 어두워진 사람이 국가를 구한다는 엉뚱한 명분을 내세워서 정권을 잡고 대통령까지 되었으니, 우리나라의 지도층이 썩을 대로 썩었다는 말을 듣지 않을 수 있었겠는가!

법을 지키는 사람보다는 법을 어기는 사람들이 더 많게 느껴지는 우리나라에서는 대통령부터 초법적으로 행동을 하고, 그러한 대통령에 뒤질세라 국회의원이나 고급공무원들이 초법적으로 행동을 하다 보니 우리나라에서는 법의 권위가 제대로 서지 않는 것 같다. 법을 만드는 사람들이 법을 지키지 않고 있으니 하는 말이다. 법은 지키라고 있는 것이지 법을 어기거나 초법적인 행동을 하라고 있는 것이 아닐 것이다. 우리나라는 법치국가이다. 국가의 모든 행위는 법이 정한 범위 내에서 행하여져야 하는 것이다. 따라서 국가의 헌법기관인 대통령도 법이 정하고 있는 바에 따라야 하는 것이지, 법을 초월해서 행동할 수 있는 존재는 아닌 것이다. 마찬가지로 헌법기관인 국회의원도 법을 만드는 사람들이지만, 그들이 만든 법을 무시하고 초법적으로 행동을 할 수는 없는 것이다.

국가기관인 공무원은 행정편의주의에 빠지지 말고, 그들에게 위임된 권한의 범위 내에서 국가는 물론 국민을 위해서도 열심히 일을 할 필요가 있는 것이다. 국민은 헌법이 보장하고 있는 자유와 권리가 국가에 의하여 부당하게 침해되는 경우에는, 국가를 상대로 그러한 침해에 대한 손해배상을 청구하거나 국가가 부당한 행위를 바로잡아 주도록 요구할 수 있는 권리를 갖고 있다. 국민은 잘못된 제도의 존재 때문에 또는 제도의 존재이유를 잘못 이해했기 때문에 뜻하지 않았던 피해를 받게 되는 경우가 있다.

그 대표적인 경우가 이미 살펴보았던 바와 같이 성년후견제도라 할 수 있을 것이다. 성년후견제도를 잘못 악용하는 경우에는 멀쩡한 사람을 정신병자로 둔갑시킬 수 있는 위험을 감수해야 하는 경우기 생길 수 있는 제도라고 할 수 있을 것이다. 성년후견제도의 악용으로 개인의 권리가 부당하게 침해되는 경우에는 그러한 침해를 받은 사람의 권리를 회복해 주기 위하여 필요한 손해배상을 해주거나, 그러한 부당한 행위를 바로잡아 주도록 해야 할 것이다. 이것은 국민이 국가에 대하여 당연히 요구할 수 있는 권리인 것이다.

성년후견제도에 의하여 생각하지도 못했던 정신병자가 되어버린 경우를 생각해보자. 정신병자가 되었기 때문에 정신의학과 치료를 위하여 정신병원에 강제로 수용될 수도 있는 것이다. 경우에 따라서는 그가 보유하고 있던 모든 재산과 사회적인 지위까지 강제로 박탈을 당하게되는 경우도 발생할 수 있는 것이다. 현재의 우리나라의 정신병원의 실태로 볼 때 일단 정신병원에 강제수용이 되는 경우에는 치료도 제대로 받지 못할 뿐만 아니라 인간적인 대접도 제대로 받지 못하는 경우가 많다고 한다. 이렇게 되어버린다면 그의 인생은 참으로 한심한 지경에 이르게 되는 것이다. 그가 정신병자인 경우에는 정신병원에서 치료를 받는 것이 효과적일 수도 있을 것이다. 그러한 사람들의 경우에는 정신병원에 꼭 입원을 해서 치료를 받지 않고 정신의학과에 통원치료를 해도 치료효과를 기대할 수 있을 것이다.

그런데 문제는 정신병자가 아닌 사람이 성년후견제도의 잘못된 적용 때문에 정신병자 아닌 정신병자로 둔갑되어 버린 경우이다. 이러한 경우에는 정신의학과 치료는 그에게 치료효과도 없을 뿐만 아니라 실제에 있어서도 별 의미가 없는 것이다. 그렇다면 이러한 정신병자 아닌 정신병자의 권리를 회복해 줄 수 있는 방법은 과연 어떤 것이 있는 것일까? 법률구조공단의 도움을 받을 수도 있을 것이다. 이 공단의 설립목적이 억울하게 국민의 권리를 침해당한 사람들을 도와주려는데 있기 때문에 성년후견제도의 부당한 적용으로 정신병자 아닌 정신병자가 되어버린 사람의 권리회복을 하는데 공단의 도움이 상당히 효과적일 수 있을 것이다.

다른 방법은 성년후견제도를 악용하여 그를 정신병자로 만들어버린 자들을 상대로 민사소송 또는 형사소송에 호소하는 방법을 선택할 수 있을 것이다. 민사소송의 경우에는 권리침해자에 대한 손해배상을 청구할 수 있으며, 형사소송의 경우에는 그를 정신병자로 만들어버린데 대하여 고의가 인정되는 경우에는 형사책임을 면할 수 없을 것이다.

그러나 소송에 의존하는 경우에는 많은 시간이 걸리며, 소송의 결과가 권리피침해자에 대하여 적절했거나 만족한 것이었느냐에 관한 것은 확실하게 장담할 수 없는 문제점이 있다고 하겠다. 국가가 권리침해자에 대하여 적절하며 만족한 조치를 강구해주지 못하는 경우에는 국가의 권위와 위신에 치명타가 될 수도 있을 것이다.

우리가 살아가는 동안에 성년후견제도 때문에 정신병자 아닌 정신병자가 되는 일 같은 것은 어떠한 경우에도 당하지 말아야 할 것이다. 그러나 불행하게도 성년후견제도의 희생자가 되어 정신병자가 되어버린 경우에는, 가능한 모든 방법을 동원하여 권리침해에 대한 구제를 강구해야 할 것이다.

만일 이러한 구제를 받지 못하거나 적절하며 만족한 구제를 받을 수 없는 경우에는 국가를 상대로 손해배상을 청구할 수밖에 없을 것이다. 그렇게 할 수 없는 경우에는 최후의 방법으로 언론에 호소할 수밖에 없게 되는데 언론에 호소하는 것이 누구나 할 수 있는 방법도 아니다. 언론이 그의 호소를 진지하게 받아들일 수 있느냐 하는 것도 문제라면 문제인 것이다. 왜냐하면 우리나라의 언론은 뉴스의 가치가 없는 문제는 제아무리 그 중요성이 인정되는 경우에도 성의 있게 진실을 보도해 주려는 의지가 없는 것 같다.

그러다 보니 인생을 살아가는데 있어서 최상의 방법은 성년후견제도와 같은 악용될 소지가 많은 제도의 희생자가 되어 정신병자라는 낙인이 찍히지 않도록 자신을 방어하는 방법밖에는 없는 것이다. 그렇다고 해서 그 제도를 악용하려는 사람으로부터 절대적인 안전을 보장받을 수 있는 것은 아니다. 우리는 살아가는 동안에 이외에도 다른 위험에 노출될 수 있지만 그러한 모든 위험 으로부터 언제나 안전한 삶을 보장받을 수 있는 것은 아니다. 교통사고의 위험, 돌연사의 위험, 지진이나 태풍에 노출되는 위험 등 인위적 또는 자연적인 위험에서 안전할 수 있는 것은 아니다. 그러한 위험부담을 언제나 안고 사는 것이 우리의 인생이라 할 수 있으니 그러려니 하고 살아가야 하는 방법밖에는 우리가 따로 할 수 있는 방법이란 없는 것이 아니겠는가?

7. 싱글족

이경숙은 대학병원에 근무하고 있는 35세의 내분비내과 전문의이다. 그녀는 아직까지 결혼을 하지 않았으며 앞으로도 결혼을 할 생각이 전혀 없는 골드미스이다. 그녀는 어쩌다 보니 혼기를 놓쳤을 뿐만 아니라 그녀에게 결혼을 하라고 압력을 가하는 양친부모도 존재하지 않기 때문에 지금까지 혼자 살아왔으며, 그러한 독신생활에 아주 익숙해져 있다고 하겠다. 이제 새삼스럽게 결혼이라는 것을 해서 남자와 함께 살고 싶다는 생각은 아직까지 한 번도 해본 일이 없었으며, 앞으로도 그럴 생각이 전혀 없다고 해야 할 것이다. 요사이는 이경숙과 같이 혼자 사는 싱글족들이 많기 때문에 그들만을 위한 주거, 식기, 음식, 제품들이 다수 개발되어 있어서 혼자 산다는 것이 하나도 불편한 점이 없다고 한다.

이경숙은 영특한 머리를 갖고 태어났으며 어려서부터 공부를 잘 했기 때문에, 자라나게 되면 의과대학에 가서 의사가 될 생각을 갖고 있었다. 그녀는 조실부모했지만 잘 사는 외삼촌이 있었기에, 자손이 없던 외삼촌이 그녀를 친딸처럼 길러주었다. 자식을 낳지 못하는 외삼촌 부부는 그녀를 정식으로 입양을 해서 딸처럼 귀하게 길러주었다. 그녀가 하고 싶다는 일은 무엇이든지 들어주었으며, 학교공부도 잘 했던 그녀가 의과대학에 진학하겠다는 말을 듣고 적극적인 지원을 아끼지 않았다. 그녀가 의과대학에 들어가서도 역시 공부를 잘 했기 때문에 의과대학을 졸업한 후에도 수련의과정인 인턴과 레지던트를 모교의 의과대학병원에서 마쳤으며, 교수요원에 발탁이 되어서 내분비내과에서 근무하게 되었다.

모교 대학병원의 내분비내과의 의사가 된 그녀는 계속해서 내분비내과 전문의시험에 합격을 하여 내분비내과 전문의가 되었으며, 뒤이어 하바드의대에서 2년간의 연수과정을 통하여 내분비내과 전문의의 자격을 착실하게 쌓은 후에 모교 대학병원으로 다시 돌아왔다.

그동안 그녀의 적극적인 후원자였던 외삼촌은 타계를 했으며, 외삼촌에게서 상당한 액수의 재산까지 물려받게 되었다. 이제는 그녀의 곁에 외삼촌마저 없어졌기 때문에 그녀에게 결혼하라고 강요할 사람은 사실상 아무도 없게 되었다. 그뿐만 아니라 그녀가 이렇게 의사로서의 확고한 자리를 잡기 위하여 바쁜 생활을 하다 보니, 결혼을 하지 못한 채 35세의 나이가 되었던 것이다. 그녀에게는 남들처럼 결혼을 하고 자식을 낳고 평범하게 살아가는 다른 보통여성들의 생활이 전혀 어울리지 않는 것처럼 보였다.

그녀는 어렸을 때부터 예능이나 문학에 남다른 재능을 갖고 있어서 바이올린이나 피아노, 아코디온이나 기타 같은 악기를 잘 다루어서 연주회까지 열 정도의 실력을 구비하고 있었다. 글도 잘 써서 시나 수필 같은 것은 물론이요 소설까지 습작으로 쓸 만한 실력을 갖고 있었다. 의과대학이나 법과대학에 가는 사람 중에는 예능이나 문학에 남다른 재능을 갖고 있으면서도 그 재능을 살리지 못하고 의사나 법조인으로서 생업에 종사하다가, 말년에 예능이나 문학에 두각을 나타내서 세상 사람들을 놀라게 하는 일이 더러 있다. 그러한 사람들의 경우 의사나 법조인이 되지 않았다면, 그들의 숨겨진 재능을 젊은 시절부터 발휘하여 그 방면에서 크게 성공할 수도 있었을 것이다.

이경숙의 경우도 그러한 사람들과 마찬가지라고 할 수 있을 것이다. 그녀가 의과대학을 다닐 때나 수련의 과정을 거칠 때에는 그야말로 신발끈도 제대로 풀지 못한 채 선잠을 잘 정도로 바쁘게 생활을 해야 했지만 대학병원의 의사로서 자리를 확고히 굳히게 된 이후에는 전공의라는 사회적으로 공인된 직장과 의사인 동시에 교수로서의 월급만으로도 혼자 사는데 전혀 경제적인 지장을 받지 않았다. 뿐만 아니라 외삼촌이 그녀에게 물려준 재산도 많기 때문에 그녀는 호화로운 생활을 해도 무리가 없을 정도의 경제적인 여유를 갖고 있었다.

그녀가 실력 있는 의사라는 사실이 환자들에게 널리 알려짐에 따라, 그녀에게 진료를 받으려는 환자들의 숫자가 늘어나기 시작했다. 대학병원의 의사에게는 환자의 숫자가 얼마나 많으냐 하는 것이 의사의 권위와 직결되는 문제이기 때문에, 환자의 숫자가 적은 의사들의 경우에는 불안을 느낄 수밖에 없는 것이다. 이경숙은 환자들이 많았음으로 의사로서 환자의 진료를 해주는데도 많은 시간을 소비하지 않으면 안 되었다. 결혼을 하지 않은 그녀로서는 환자진료 이외에는 다른 할 일이 사실상 없었기 때문에, 많이 남아있는 과외시간을 어떻게 보낼 것이냐 하는 것이 문제로 될 수 있었다.

원래가 부지런한 성격의 소유자였던 그녀는 여가시간이 많이 남아있다고 해서 결코 허송세월을 보낼 수는 없는 것이 아니겠는가? 그녀는 그 많은 시간을 취미생활을 하는데 보낼 뿐만 아니라, 자신의 전공분야의 논문을 작성하고 의학전문지에 게재하는 데 심혈을 기울이고 있었다. 그러다 보니 악기연주나 글쓰기와 같은 취미생활을 통하여 그녀의 삶이 풍요로워졌으며, 내분비내과와 관련되는 논문 작성과 발표는 그녀의 명성을 국내학계는 물론 외국의 의학전문지에 게재한 논문으로 인하여 그녀의 명성은 세계적으로도 차츰 알려지게 되었다. 그녀에게는 이제 혼자 산다는 것이 전혀 부담스럽지도 않았으며, 이러한 만족한 독신생활에서 벗어나야 할 필요성을 전혀 느끼지 않고 있었다. 그녀의 결혼한 친구들이 그녀에게 눈치도 없이 남편자랑이나 자식자랑을 하는 말을 듣고도 부러움이나 질투 같은 감정은 전혀 일어난 적이 없었다.

결혼을 해야 하거나, 하고 싶은 생각으로 마음속이 가득 차있는 사람들의 경우, 결혼을 아직까지 하지 못하고 있다는 사실이 남부끄럽고 무안한 일로 느껴지는 것은 너무나 당연한 일이라고 할 수 있을 것이다. 이러한 사람들에게는 무엇인가 자신에게 부족한 것이 있기 때문에 결혼을 하지 못하고 있는 것이라는 착각을 하게 되는 것이다. 그렇다고 해서 아무나 붙들고 자기하고 결혼을 해달라고 조를 수도 없는 일이 아니겠는가? 그러나 이경숙의 경우에는 이러한 사람들과는 달리 결혼할 생각이 전혀 없고 현재처럼 혼자 사는데 극히 만족하고 있기 때문에, 새삼스럽게 이 나이에 결혼을 하겠다고 고민을 하거나, 결혼을 하지 못해서 안절부절 할 필요는 전혀 없다고 해도 과언이 아닐 것이다.

　이경숙은 오랜 세월을 혼자 사는데 익숙해지다 보니, 함께 산다는 것이 오히려 부담스럽게 느껴질 정도가 되었다. 모든 일을 혼자 결정을 해야 하기 때문에 남의 의견을 물어보거나, 의견충돌이 생길 여지는 전혀 없는 것이다. 영화를 보고 싶으면 혼자 가서 보면 되고, 산책을 하고 싶으면 아무 때나 혼자서 하면 되는 것이다. 의사로서의 바쁜 생활을 보내면서도 휴가 때는 학회에 참석하거나, 해외여행도 혼자서 다녀오고 있다. 결혼한 사람들이 보기에는 그녀의 생활이 아주 이상하게 느껴질지 모르겠지만, 결혼생활이 우리가 살아가는 한 방식이듯이 혼자서 살아가는 싱글족의 생활을 잘 이해하지 못하는 사람들이 쓸데없는 참견을 할 필요는 없을 것이다. 싱글족들은 서로 연락이 있는 것은 아니지만, 결혼생활을 하고 있는 사람들 못지않게 행복한 삶을 즐기고 있다고 해야 할 것이다.

　매일 혼자 먹는데 지쳤다면 식당에 가서 혼자서 불고기도 사먹고 갈비도 뜯을 수 있다는 것이다. 대부분의 식당메뉴는 지금까지는 2인 이상을 기준으로 짜져 있어서 혼자 식당에 가서는 대부분의 음식을 시켜먹을 수가 없었기 때문에, 싱글족에게는 여간 불편한 일이 아니었다. 그런데 최근에는 대부분의 식당에서도 이러한 싱글족들을 자신의 식당고객으로 받아들이려는 작전의 일환으로 1인 메뉴를 많이 개발해서, 싱글족들이 마음 놓고 무엇이나 사먹을 수 있도록 특별히 배려하게 되었다. 이렇게 되다보니 집에서 밥해먹기가 귀찮아진 싱글족들이 마치 은퇴한 노부부들처럼 식당을 하나 정해놓고 그곳에서 식사문제를 해결하면 될 수 있게 되었다. 이것은 밥은 집에서 먹어야 한다는 우리의 고정관념에 대한 획기적인 변화라고 할 수 있을 것이다.

이제는 싱글족을 위한 정보지도 다수 발간이 되어서, 그들을 위한 새로운 소식들을 싱글족에게 알려주는 역할을 하고 있다. 이러한 정보지들을 통해서 싱글족들은 개인적으로는 상호간에 접촉을 하지 않아도 다른 싱글족들이 어떻게 살아가고 있느냐 하는 것을 알게 되어서, 싱글족으로 살아가는 그들에게 많은 도움을 주고 있다. 싱글족들은 다른 보통사람들처럼 함께 살아가는 장점과 필요성을 전혀 느끼지 못하면서 살아가기 때문에, 다른 사람과 의논을 하거나 자신의 고충을 털어놓아서 조언을 받거나 도움을 필요로 하는 사람들이 아니다.

이 세상에는 남자와 여자, 그리고 부부와 싱글족이 있는 셈이다. 그만큼 싱글족이 우리 사회에서 차지하는 비중이 커지고 있다는 말이다. 독신녀와 독신남의 비중이 별로 많지 않았던 시절에는 그들이 마치 인생의 낙오자나 이방인이나 되는 것처럼 생각을 했지만, 싱글족들이 사회에서 무시하지 못할 세력으로 자리매김을 함에 따라 종래의 생각처럼 독신녀나 독신남을 더 이상 결혼을 하고 싶었지만 여러 가지 피치 못할 사정 때문에 하지 못한 불쌍한 사람 대하듯 해서는 아니 될 것이다. 요사이는 결혼을 하지 못한 사람을 '미혼'이라 부르는 대신에 '비혼'이라는 말을 쓰는 사람들의 숫자가 훨씬 더 많다는 것이다. '미혼'이라는 말은 결혼을 못했다는 말이지만 '비혼'이라는 말은 결혼을 하지 않았다는 의미가 더 강한 용어라는 것이다.

싱글족들은 말하자면 결혼을 하지 못한 미혼자들이 아니라, 결혼을 의도적으로 하지 않은 비혼자들이라는 것이다. 미혼자와 비혼자는 결혼을 하지 않았다는데 있어서는 동일하지만 양자는 전혀 다른 차원의 사람들이라고 할 수 있을 것이다. 우리의 관심의 초점은 미혼자들이 아니라 비혼자들인 것이다. 결혼은 하나의 생활양식으로서 많은 사람들이 별 저항 없이 따르고 있는 우리 사회의 가장 지배적인 제도라고 할 수 있을 것이다. 그렇기 때문에 아직도 우리 사회에서는 결혼을 하지 않은 사람을 이상한 눈으로 바라보려는 경향이 농후하다. 그러한 사람들에게는 결혼을 하지 못한 것이나 하지 않은 것이나에 관계없이 결혼을 하지 못했다는 데는 차이가 없기 때문에 동일하게 대하려 한다. 그들은 싱글족의 존재 자체를 알지도 못하고, 그들의 특이한 생활양식을 이해할 생각도 사실상 없다고 해야 할 것이다.

이경숙은 환자가 많은 명의에 속하므로 낮에 많은 환자들을 진료하고 나면 몸과 마음이 모두 피곤해져서, 저녁도 먹지 않고 그냥 집에서 쉬고 싶은 생각밖에는 다른 것을 더 하고 싶다는 생각이 들지를 않는다. 그녀는 혼자 살고 있지만 돈이 많기 때문에 아파트도 방이 다섯 개나 되는 54평형에서 살고 있다. 방이 많기 때문에 런닝머신과 같은 운동기구를 집안에 들여놓고 건강관리에 유의하고 있으며, 대형 텔레비전 화면뿐만 아니라 오디오기구도 고급으로 들여놓아서 그녀의 취미생활을 편리하게 해주는데 도움이 되고 있다. 피아노와 바이올린, 아코디온과 기타와 같은 악기도 집안에 마련해두고 연주하고 싶을 때마다 수시로 다루고 있다. 글쓰는 방도 따로 마련해서 대형화면을 가진 컴퓨터로 시나 수필을 쓰거나 의학논문을 작성하기도 한다. 옛날처럼 원고지에 글을 쓰는 것이 아니기 때문에 컴퓨터야말로 글을 쓰는데 아주 요긴한 도구라 할 수 있을 것이다. 원고를 수정하기도 편리하며 저장용량도 거의 무한대라 할 수 있다. 인터넷을 통하여 필요한 정보는 무엇이나 검색할 수 있는 장점도 있는 것이다.

이경숙은 내분비내과 전문의로서 당뇨병의 약물치료와 인슈린주사 치료의 비교분석을 주요 연구과제로 삼고 있다. 그녀가 사례 분석한 연구결과에 의하면 약물치료로 혈당조절이 잘되지 않던 당뇨병환자들의 경우에도 인슈린주사 치료로 바꾼 후에 혈당이 정상적으로 조절되고 있다는 사실을 발견하게 되었다. 이러한 사실의 발견은 당뇨병의 치료에 있어서 획기적인 변화를 가져올 수 있는 계기가 되는 것이며, 약물치료에 의하여 생기는 부작용을 인슈린주사 치료에 의하여 방지할 수 있다는 사실의 발견은 앞으로 당뇨병환자의 치료를 어떻게 해주는 것이 바람직한 일이냐 하는 것에 대한 방향제시를 해줄 수 있을 것이다. 이경숙의 당뇨병에 관한 이러한 연구결과는 당뇨병치료에 많은 기여를 하게 될 것이다.

이경숙은 자신의 시간을 절대로 헛되이 보내지 않는 성격의 소유자라 할 수 있다. 환자진료 이외의 자기 시간을 가장 유용하게 사용하고 있는 셈이다. 그녀는 자기시간을 갖게 되면 글쓰기에 많은 시간을 보내고 있다. 그녀는 시를 쓰기를 좋아한다. 시를 열심히 쓰다 보니 한국문단에 시인으로 등단까지 했으며 이미 자신의 시집도 여러 권 낸 바 있다. 그녀가 의사이면서 시인으로 등단까지 했다는 것은 그녀가 의사라는 전문직에 종사를 하면서도 시인으로서의 취미생활을 얼마나 철저히 하고 있느냐를 여실히 말해주는 사례가 되고 있다고 하겠다. 그녀는 틈틈이 수필도 쓰고 있다. 아직 수필가로 등단을 하지는 못했지만, 이미 써놓은 수필이 상당수 있으니 머지않아 수필가로도 등단을 할 수 있으리라고 본다.

그녀는 또한 소설도 쓰고 있으며 소설가로 등단하고 싶은 욕심이 있지만 아직은 역부족인 것 같다. 그녀가 쓰고 있는 수필이나 소설은 주로 병원에서 일어나고 있는 여러 가지 문제들을 다루고 있다. 마치 미국의 변호사가 법조계에서 일어나는 법조소설을 쓰다 보니 유명한 소설가가 되어버렸던 것처럼, 그녀도 유명한 병원소설가가 되어보려는 꿈을 잃지 않은 것 같다. 르네쌍스인이라는 말은 레오나르도 다빈치와 같은 만능재주꾼을 두고 하는 말이다. 그는 의학이나 과학기술분야는 물론 그림이나 조각과 같은 예술분야에서도 두각을 나타내고 있었다. 이경숙도 재주가 많았기 때문에 의사로서 뿐만 아니라 글쓰기나 악기를 다루는데 있어서 재능을 갖고 있으며, 그러한 재능을 계속 발전시키려고 노력을 하고 있기 때문에 앞으로의 발전이 상당히 기대되고 있다. 이러한 이경숙이 보통여자들처럼 결혼을 하여 남편뒷바라지와 아이들 육아에 매달렸더라면, 아마도 자신에게 잠재되어 있었던 재능을 발견하여 개발할 수 있는 기회는 결코 그녀에게 주어지지 않았을 것이다.

이경숙의 경우처럼 혼자 사는 것이 결혼을 하여 남편이나 아이들에게 자신의 귀중한 시간을 빼앗기는 것보다는 낫다는 것은 너무나 당연한 일이라고 할 수 있을 것이다. 많은 사람들은 결혼을 안 하는 것보다는 하는 편이 인생에 행복을 보장받을 수 있는 지름길이 된다는 말을 하기 좋아하는 것 같은데 과연 그런 것일까? 가족이 서로 지지고 볶으면서 함께 살아가는 것이 행복한 일이냐, 아니면 자신의 재능이나 취미생활을 최대한으로 살리면서 혼자 사는 것이 자신의 꿈을 현세에서 훨씬 더 잘 펼칠 수 있다는 의미에서 바람직한 일이겠느냐 하는 것은 전적으로 우리의 선택에 달려 있는 일이라 할 수 있을 것이다. 싱글족의 경우에는 후자를 선택한 것이라고 할 수 있을 것이다.

싱글족들은 다른 사람들과의 교류를 별로 즐기고 있는 것 같지 않다. 싱글족의 모임이라는 것이 없는 것은 아니지만 대부분의 싱글족들은 그러한 모임이 있어도 그러한 모임에 잘 참석하지 않는 것 같다. 싱글족은 룸메이트와 함께 살 수도 없다고 한다. 남에게 구속받는 생활을 원치 않기 때문에 그렇다는 것이다. 어떤 사람은 혼자 있게 되면 잠도 잘 수 없다고 하며, 다른 사람들과 함께 있지 않으면 극도의 불안감을 느끼게 된다는 것이다. 그러나 싱글족들의 경우에는 오히려 남이 옆에 있으면 잠을 잘 수 없으며, 사람들이 다수 모여 있는 자리에 가는 것이 오히려 불안감을 느끼게 되며, 혼자 있게 되는 경우에만 마음의 평화를 얻으며 안심이 된다는 것이다.

싱글족은 혼자 사는 것이 하나도 외롭게 느껴지지 않는다는 것이다. 혼자 있어야만 자신의 취미생활도 마음껏 즐길 수가 있다는 것이다. 싱글족들은 자신들의 문제에만 열중하면서 살고 있기 때문에 유명한 시인이나 소설가들도 그들 중에서 다수 나오고 있다. 그들 중에서는 의사나 변호사와 같은 전문직에 종사하는 사람들도 다수 배출되고 있다. 그들은 결혼을 하지 않았기 때문에 부양할 가족들이 없다는 점이 그들의 어깨를 가볍게 해주어서, 자신이 하고 있는 일에 방해를 받지 않고 전념을 할 수 있기 때문에 그렇게 할 수 있다는 것이다. 사람이 크게 성공을 하려면 사소한 일들에 신경을 쓰지 않고 한 가지 일에만 전력투구를 해야 할 것이다. 자기가 하려는 일에 장애가 되는 일들이 많이 발생하게 되면, 성공을 하는 데 지장이 생기게 되는 것은 너무나 당연한 일이라 아니 할 수 없을 것이다. 싱글족들은 이러한 문제들과 관련하여 가장 좋은 여건에 놓여 있다고 할 수 있을 것이다. 그들은 이러한 좋은 여건을 결혼 때문에 결코 방해를 받고 싶어 하지 않을 것이다.

대부분의 보통사람들의 경우에는 싱글족들처럼 생각해본 적이 한 번도 없었기 때문에, 싱글족들의 사고방식과 사회에서 격리된 생활양식을 도저히 이해할 수가 없는 것이다. 그들은 결혼생활을 하면서도 충분히 자신이 종사하고 있는 분야에서 성공을 거둘 수 있으며, 가족을 갖는다는 것이 이 세상에서 가장 바람직한 일이라는 생각을 하고 있는 것이다.

결혼을 한다는 것은 세상을 살아가는데 외롭지 않아서 좋으며, 만일 살아가다가 어려운 일이라도 닥치게 되면 부부가 함께 힘을 합쳐서 풀어갈 수 있기 때문에 서로 의지가 된다는 것이다. 자기들을 닮은 자녀들이 이 세상에 태어나서 자라나는 모습을 보는 것도 즐거운 일이며, 그들을 뒷받침해서 훌륭한 사람이 될 수 있도록 부모의 역할을 다 하는 것도 인생의 큰 낙이라고 그들은 생각하고 있다. 싱글족들처럼 그것이 그들에게 부담이 된다는 생각은 한 번도 해본 적이 없는 것이다. 싱글족과 결혼을 한 사람 간에는 사고방식이나 생활양식에 있어서 근본적인 차이를 발견할 수 있을 것이다. 싱글족으로 살 것이냐 아니면 결혼을 할 것이냐 하는 것은 선택의 문제라고 할 수 있을 것이다.

싱글족들은 자신이 싱글족으로 살아가는 것이 인생에 있어서 성공도 할 수 있으며, 행복한 삶을 살아갈 수 있는 유일한 방법이라고 생각하려는 경향이 강한 것 같다. 그들은 결혼을 하지 못했기 때문에 싱글족이 된 것이 아니라, 자신에게는 결혼이라는 것이 필요 없다는 생각에서 결혼을 하지 않고 싱글족이 되었던 것이기 때문에 싱글족이 된 자신의 선택을 결코 후회하지 않고 인생을 살아가고 있는 것이다. 싱글족들은 자신이 싱글족으로 살다가 죽게 되면 자신의 인생은 끝나는 것이라는 생각을 하고 있다.

그러나 결혼을 택한 사람들의 경우에는 자신이 이 세상에서 죽어 없어지더라도 자신이 이 세상에서 부부생활을 하면서 태어나게 했던 자식들을 통하여 자신의 삶이 계속 이어지게 된다는 생각을 하고 있는 것 같다. 그런데 싱글족이나 결혼한 사람이나 일단 죽어서 이 세상을 하직하게 되면 그의 인생은 끝나는 것이라고 해야 할 것이다. 죽은 후에 내세가 있어서 그의 생이 계속 이어진다고 믿고 있거나, 자식들을 통하여 자신의 생명이 계속 이어진다고 생각하려는 것은 일종의 착각이라 할 수 있을 것이다.

싱글족이나 결혼한 사람의 경우를 막론하고 우리의 인생은 누구나 단 한 번만 사는 것이기 때문에, 살아있는 동안에 보람 있는 삶을 살아야 하며 무엇인가 이 세상에 남겨놓을 것이 있다면 그는 뜻 깊은 삶을 살았다고 감히 말을 할 수 있을 것이다. 누구나 이 세상을 살면서 성공을 하는 것도 아니며, 잘 살았다고 말을 할 수 있는 것도 아닐 것이다. 어떤 사람은 최선을 다하여 열심히 살았지만 살아가는 동안에 별로 빛을 보지 못하고 사는 사람도 있을 것이다. 머리가 좋고 운도 좋아서 사회적으로 성공을 거두어 고위직에까지 올랐지만, 욕심이 지나치게 많아서 남이 갖다 바치는 뇌물을 염치없이 마구 받아먹다가 마침내 법망에 걸려서 여생을 감옥에서 보내는 한심한 사람도 있을 것이다. 자신의 처지도 생각하지 않고 지나치게 욕심을 부린 결과이니 누구를 원망하겠는가? 신부나 수녀처럼 남에게 봉사하는 생활을 하면서 일생을 성스럽게 살아가는 사람들도 있다. 그들이야말로 싱글족에 속하는 사람들이라고 할 수 있을 것이다. 그들은 다른 싱글족들처럼 자신들의 삶을 위하여 싱글족이 된 경우와는 달리 종교적인 업무 수행을 위하여 독신생활을 선택한 경우라고 할 수 있을 것이다. 독신생활을 해야만 결혼을 한 사람들의 경우처럼 가족을 위한다는 구실로 지나친 물욕에 빠지지 않고, 사심 없이 자신에게 부여된 업무를 충실히 수행할 수가 있기 때문에 싱글족과 같은 독신생활을 하는 것이다.

싱글족인 이경숙과 우연한 기회에 인터뷰를 할 기회가 있었다.

"이경숙교수께서는 의사로서도 크게 성공한 경우인데 왜 싱글족으로 살게 된 것입니까?"

"나는 싱글족이 되고 싶어서 된 것도 아니고, 어쩌다 살다 보니 결혼할 기회를 놓치게 되어서 독신생활을 하고 있는 경우라 할 수 있습니다."

"그렇다면 교수님의 경우에는 다른 싱글족들의 경우처럼 자신의 의지에 의하여 싱글족이 된 것이 아니라고 보아도 되겠습니까?"

"어떻게 보든 간에 내가 현재 독신생활을 하고 있는 것만은 틀림없는 사실입니다. 싱글족이 자유의사에 의하여 되었건, 어쩌다 보니 그렇게 되었건 간에 그 동기는 이제 내게 중요한 의미를 갖고 있지 못하다고 해야 할 것입니다"

"교수님의 경우에는 앞으로 좋은 상대가 나타는 경우에는 결혼을 할 용의가 있으십니까?"

"아니요 그런 일은 내 일생에 있어서 생기지 않을 것입니다."

"왜 그렇게 생각하십니까? 결혼생활을 부정적으로만 생각할 필요가 없다는 생각이 드는데요."

"내가 어쩌다가 싱글족이 되어버리기는 했지만, 현재로서는 결혼이라는 것을 생각해 본 일도 없으며, 결혼이라는 것을 하겠다는 생각조차 해본 일이 없습니다."

"교수님께서는 철저한 독신주의자인 것 같습니다. 싱글족으로 사시는데 불편 같은 것은 없으십니까?"

"불편한 점을 느껴본 적은 한 번도 없었습니다. 나는 의사이며 나를 찾아오는 환자들도 많기 때문에 화자들을 진료하는 일만으로도 하루가 바쁘게 지나가고 있으니, 다른 생각을 해볼 겨를이 없는 셈이지요."

"진료시간 이외에는 무슨 일을 주로 하십니까."

"환자들을 진료하느라 하루 종일 환자들에게 시달리다 보면 몸과 마음이 모두 녹초가 되어버려서, 집에 돌아오게 되면 저녁도 혼자 먹기 싫을 정도로 피곤해져서 잠이나 자고 싶어질 정도입니다. 그렇다고 해서 끼니를 굶는 일 같은 것은 하지 않습니다."

"그러한 경우에 혹시 혼자서 식사를 하는 대신에, 다른 사람들과 어울려서 함께 식사라도 하고 싶은 생각이 들지는 않습니까?"

"아니요, 그런 경우는 없었습니다. 나는 혼자 있는 것을 선호하기 때문에 남들과 어울리는 것을 좋아하지 않습니다. 사람에 따라서는 옆에 누가 없으면 잠도 잘 수 없으며 사람들과 어울리지를 않으면 극단적인 불안감을 느끼는 사람까지 있다고 하지만, 나의 경우에는 오히려 남이 옆에 있으면 잠도 잘 수 없으며 남들과 함께 어울리는 것은 오히려 나를 불안하게 만들게 되지요. 나의 경우는 룸메이트와 한 집에서 함께 살 수도 없는 성격의 소유자라 할 수 있을 것입니다."

"참으로 특이한 성격이십니다. 교수님께서는 시인으로 등단까지 하시고 시집도 벌써 여러 권을 내신 것으로 알고 있습니다. 어떻게 의사로서 바쁜 생활을 하시면서 신인으로 등단을 하시고 시집까지 내시게 되었습니까?"

"나는 어렸을 때부터 글쓰기를 좋아했습니다. 시는 틈틈이 써놓았는데 의사가 되려면 공부도 많이 해야 하고 시간도 없어서 전문의가 되기 전까지는 시 쓰기를 당분간 중단했었습니다."

"그러다가 언제부터 시를 다시 쓰기 시작했습니까?"

"모교 대학병원에서 의사로서 자리를 잡고 내분비내과 전문의 시험에 합격한 후에 뒤이어 하바드의대에 2년간의 연수생활을 마치고 올 때까지는 눈코 뜰 새 없이 바쁜 생활을 했기 때문에, 시를 쓸 만한 시간적인 여유도 사실상 없었습니다."

"그렇다면 언제부터 다시 시를 쓰시게 된 것입니까?"

"하바드연수 후에 다시 대학병원에 돌아와 보니 나에게 부과된 의사로서의 업무가 지나치게 과중했기 때문에 한가롭게 시 쓰기와 같은 것에 전념할 시간적인 여유가 없었습니다. 그러다가 어느 정도의 시간이 흘러감에 따라 의사로서의 자리도 확고해져서, 진료시간 이외에는 여가시간을 낼 수 있게 되었습니다."

"교수님께서는 그때부터 시를 다시 쓰기 시작하신 것입니까?"

"나는 여가시간을 이용하여 시만 쓴 것이 아닙니다. 수필과 소설까지 써보았습니다. 그 중에 시만은 인정을 받아서 한국문단에 시인으로 등단을 했으며, 그동안 써놓은 시들을 모아서 시집까지 여러 권 펴낼 수가 있었습니다."

"교수님의 수필이나 소설은 아직도 발표된 수필이나 소설을 읽어본 적이 없었기 때문에 참으로 궁금합니다. 써놓으신 수필이나 소설의 내용은 어떤 것입니까?"

"미국의 한 변호사는 법조소설을 써서 유명한 소설가가 되었다고 하던데, 나도 의사로서 병원이야기를 수필이나 소설로 쓰고 있는 중입니다. 아직도 특별히 발표한 수필이나 소설 같은 것이 없기 때문에 내가 그동안 써놓은 수필이나 소설의 성패에 대한 것은 아직 미지수라고 할 수 있을 것입니다."

"교수님께서는 당뇨병에 관한 학술논문도 국내의 학술지나 외국의 학술지에까지 발표하신 학구파로 잘 알려져 있습니다. 교수님께서는 어떤 연구를 주로 하고 계십니까?"

"나는 당뇨병치료에 관한 연구에 특히 관심을 갖고 있습니다. 당뇨병치료를 위한 약물치료와 인슈린치료의 효과를 비교연구하는 것입니다. 약물치료의 경우에는 혈당조절도 잘 되지 않고 부작용이 발생하는 경우가 있습니다. 그러한 환자의 경우 약물치료에서 인슈린치료로 전환을 했더니, 혈당조절이 제대로 이루어지고 있다는 것을 발견하게 된 것은 내가 연구해낸 성과라 할 수 있을 것입니다."

"교수님께서는 악기를 다루는데도 일가견을 갖고 있는 것으로 알려져 있습니다. 교수님께서 다룰 줄 아시는 악기 중에는 어떤 것들이 있으십니까?"

"내가 다룰 줄 모르는 악기는 거의 없다고 해도 과언이 아닐 것입니다. 그 중에도 자신 있게 다룰 수 있는 악기로는 피아노와 바이올린, 아코디온과 기타 같은 것이 있습니다."

"대단하십니다. 의과대학이나 법과대학을 졸업하신 분들 중에는 문학이나 예능방면의 재능을 갖고 있는 사람들이 많이 있다는 말을 들었습니다. 교수님과 같은 분을 만나 뵙게 되니, 교수님이야말로 문학이나 예능분야의 잠재적인 재능을 지닌 채 생업을 위해서 자신의 재능을 일찍이 발휘하지 못한 경우가 아닌가 합니다. 교수님 참으로 존경스럽습니다."

"고맙습니다. 앞으로 계속정진 하겠습니다. 인터뷰 한 기회를 마련해주셔서 감사합니다."

이경숙이야말로 특이한 재능의 소유자라고 할 수 있을 것이다. 이 세상에 많은 사람들이 한 가지 일에만 일생동안 정진을 해도 성공을 할지 말지 알 수가 없는 일이다. 그녀는 의사로서만 성공을 한 것이 아니라 시인으로도 성공을 했으며, 앞으로 수필가나 소설가로서도 성공할 수 있는 잠재성을 충분히 갖고 있는 르네쌍스인과 같은 인물이라고 할 수 있을 것이다. 그녀와 같은 인물은 흔한 존재는 결코 아닌 것이다. 그녀가 싱글족이기 때문에 그녀의 재능을 충분히 발휘할 수 있었던 것이다. 만일에 그녀가 남들처럼 결혼을 해서 남편 뒷바라지나 아이들 육아에 전념을 했었더라면, 독신녀로 살 때만큼 자신의 재능을 백퍼센트로 발휘할 수 있었겠느냐 하는 것은 논의의 여지가 있는 문제라고 할 수 있을 것이다. 이에 대한 해답은 싱글족으로 살았기 때문에 가능할 수 있었던 일이라고 하는 것이 오히려 설득력이 있는 일이라 하겠다.

동성애자들인 레즈비안이나 게이는 자신들의 권익보호를 위하여 이익집단을 형성하는 경향이 두드러지게 나타나고 있는 것 같다. 그들이 주장하는 가장 중요한 권리는 동성애자들도 다른 사람들처럼 결혼을 할 수 있게 허가해 달라는 것이다. 수천 년간 인류에게 이어온 결혼의 전통양식은 남녀 간에 하는 것이지, 남자끼리 또는 여자끼리와 같은 동성애자 간에 이루어지는 것은 아니었다. 그런데 동성애자들이 이러한 결혼의 전통을 깨고 동성끼리 결혼을 하는 것이 가능해 질 수 있다면, 결혼의 전통에 일대 혁명을 가져오게 될 것이다. 동성애자들은 동성끼리 결혼을 해도 남녀 간에 결혼을 한 것과 별 차이가 없다고 주장을 한다.

결혼을 한다는 것은 남녀 간에 함께 살아간다는 것뿐만 아니라, 자녀를 낳아서 양육해야 한다는 과제를 안고 있는 것이다. 그런데 동성애자들의 경우에는 자녀를 출산할 능력이 없기 때문에 자녀를 양육해야 할 문제는 생길 수 없는 것이다. 왜냐하면 남자끼리 또는 여자끼리는 생리적으로 자녀를 절대로 출산할 수 없다는 것은 상식이기 때문에 하는 말이다. 그러나 동성애자들은 자녀를 반드시 자신들이 낳아야 하는 것은 아니라는 주장을 펴고 있다. 그들은 비록 자신들이 낳지 않았다 하더라도 입양을 해서 자녀를 가질 수 있으며, 입양을 한 후에는 자신이 낳은 자녀냐 입양된 자녀냐에 관계없이 자신의 자녀라 할 수 있기 때문에, 자녀를 부모로서 제대로만 키우면 더 이상 문제가 없는 것이라고 주장하고 있다.

이러한 동성애자들에게 결혼을 할 수 있게 해도 문제가 없다는 견해가 차츰 유력하게 자리를 잡아가고 있는 것 같다. 미국의 일부 주에서는 동성애자들의 결혼을 사실상 허락하고 있다고 한다. 결혼생활을 하는데 있어서 남녀가 함께 살거나, 동성애자들끼리 살거나, 남녀가 결혼을 하지 않은 채 동거생활을 하거나, 함께 살고 있다는 데에는 차이가 없다고 해야 할 것이다. 한국인 여성들의 경우에는 여성들 간에 서로 손을 잡고 거리를 활보해도 한국에서는 아무도 그들을 이상한 눈으로 바라보지는 않는다. 그러나 외국인들이 볼 때에는 그들을 친한 친구들 간의 만남이라고 보는 대신에, 동성애자로 여기게 된다는 것이다. 그러다 보니 미국 같은 데서는 동성애자들끼리 서로 결혼을 해서 함께 사는 문제에 대하여 전혀 신경을 쓰지 않고 있는 것 같다. 이것은 아마도 관념의 차이 때문이라고 할 수 있을 것이다.

다수의 사람들이 자신들의 권익보호를 위한 이익집단을 갖고 싶어 하는 것은 너무나 당연한 일이라고 할 수 있을 것이다. 그런데 유일하게 싱글족들 만은 이러한 이익집단을 현재 갖고 있지도 않으며, 앞으로도 그러한 집단을 가질 생각이 없는 것 같다. 왜 그런 것일까? 그 이유는 아마도 싱글족들은 다른 사람들과는 달라서 함께 무엇을 한다는 일에 관심도 없을 뿐만 아니라, 그렇게 하려는 생각도 전혀 없다고 해야 할 것이다. 싱글족들은 혼자 살기를 선호해서 결혼을 하지 않고 독신생활을 선택한 것인데, 이제와서 새삼스럽게 싱글족들끼리 어울리기 위한 자신들의 권익보호를 목적으로 하는 이익집단을 가질 필요가 있겠는가? 이익집단의 문제는 다른 사람들의 경우와는 달리 그들에게는 부정적이라 할 수 있을 것이다.

싱글족으로 산다는 것은 혼자 산다는 데에 그 의미가 있는 것이지, 함께 산다는 것은 별 의미가 없는 것이다. 혼자 사느냐 또는 함께 사느냐 하는 문제는 지향하는 목표가 전혀 다른 것이라 할 수 있을 것이다. 혼자 살기로 한 사람에게는 그가 이 세상을 살아가는 동안에 다른 사람들과 함께 살아야 하는 일 같은 것은 생기지 않을 것이다.

그렇다면 이경숙과 같은 의사인 경우에 환자진료를 위하여 늘 환자들을 만나야 하며 병원에 근무하기 때문에 병원사람들과도 늘 접촉을 해야 하는 것인데, 그러한 경우에도 혼자 산다는 것을 강변할 수 있는 것인가? 그런데 이것은 다만 상황을 보는데 있어서 견해의 차이에 불과한 것이라고 할 수 있을 것이다. 의사로서의 임무를 수행하기 위하여 환자들이나 병원사람들을 만나게 되는 것도 함께 사는 것이라고 한다면 그러한 의미에서 함께 산다는 말도 틀린 말은 아닐 것이다. 그런데 이경숙의 경우에는 의사라는 직업상 어쩔 수 없이 환자들이나 병원사람들을 만나게 되지만, 그러한 사실이 혼자 사는 싱글족이라는 기본입장과 어긋나는 것은 결코 아니라는 것이다.

이렇게 본다면 싱글족들은 일종의 소신파들이라고 할 수 있을 것이다. 소신파들은 사정이 크게 변경되는 경우에도 자신들의 소신을 결코 포기하려 하지를 않을 것이다. 그들은 혼자 사는 것이 결혼을 해서 함께 사는 것보다 낫다는 생각에서 독신생활을 선택한 것이다. 그들은 그들의 선택을 쉽게 포기하지 않을 것이며, 앞으로도 자신의 소신을 포기하는 일 같은 것은 생기지 않을 것이다.

소신을 갖고 사는 사람들이야말로 다른 사람들의 존경을 받을 수 있는 대상이 되는 사람들이라고 할 수 있을 것이다. 우리 사회에는 소신을 갖고 사는 사람들의 숫자가 많지는 않지만 상당수 존재하고 있다고 해야 할 것이다. 일생동안 빚을 절대로 지지 않고 살겠다는 소신을 갖고 살고 있는 사람의 경우에는 어떠한 경우에도 결코 빚을 지지 않고 살아갈 수가 있는 것이다. 그러한 사람들의 경우에는 아무리 돈이 없어도 자신이 감당할 수 있는 능력의 범위 내에서 살아가는 것이지, 자신도 감당하기 어려울 정도로 빚을 내서 살아갈 생각은 처음부터 없는 것이다. 빚을 쉽게 지는 사람들은 수지계산을 잘 맞추지를 못하는 사람들이라고 할 수 있을 것이다. 수지계산을 제대로 하지 못하기 때문에 빚을 갚기 위하여 또 빚을 지다보니, 빚이 눈덩이처럼 늘어나게 되는 것이다.

우리는 소신을 갖고 세상을 살아가는 사람들을 필요로 하는 것 같다. 정치적인 소신을 철저하게 갖고 있는 사람도 있다. 자유민주주의를 신봉하며 자유민주주의를 부정하는 세력과는 끝까지 타협을 하지 않고 투쟁하겠다는 확고한 의지를 갖고 있는 정치인들도 있다. 법준수를 소신으로 갖고 살고 있는 사람들도 있다. 만일 이러한 사람들이 우리 사회의 대세를 이루게 된다면 지금과 같은 불법과 편법이 난무하는 무질서한 세상은 결코 되지 않을 것이다. 우리 사회는 어떠한 문제에 대해서도 소신을 갖고 사는 사람들이 많이 나오기를 기대하고 있는 것 같다.

　이씨조선의 유명한 정치인이었던 황희 정승은 말이 많은 동료 정치인들이 하는 말을 듣고 당신 말이 옳소 라는 대답을 해주었더니, 반대편에 서 있던 사람이 자신은 그와는 다른 생각을 하고 있다고 말을 하자 당신 말도 옳다고 대답을 했다. 그 말을 들은 다른 사람이 화가 나서 황정승에게 대들 듯이 당신은 이래도 옳소 저래도 옳소 라는 대답을 하고 있으니 도대체가 어떻게 된 일이냐고 말을 하자, 당신 말도 옳소 라고 대답을 했다고 한다. 쓸데없이 말장난들을 하고 있는 정치인들에게 일침을 가한 현명한 처사였다고 할 수 있을 것이다.

　사람이 이 세상을 살아가는 방법이 동일한 것이 아니기 때문에 어떠한 인위적인 기준에 의하여 사람의 생활 방식을 경솔하게 비판을 해서는 아니 될 것이다. 내가 살아가고 있는 방식만이 옳은 것이라는 생각에서 다른 사람도 자신처럼 살도록 강요하는 것은 일종의 월권행위라고 할 수 있을 것이다. 우리가 살아가면서 겪게 되는 모든 일에 대한 책임은 나 자신만이 져야 하는 것이다. 내가 져야할 책임을 남에게 전가하려는 것은 현실도피와 같은 비겁한 일이라 해야 할 것이다. 우리는 무엇으로 사는가라는 질문에 대한 해답은 여러 가지가 있을 수 있지만, 나의 경우에는 소신을 갖고 살아가는 것이라는 말을 하고 싶다.

싱글족이 되기로 결심을 했다는 것은 그만큼 자신의 삶에 대한 확실한 소신을 갖고 있었기 때문에 가능할 수 있었던 일이라고 말을 할 수 있을 것이다. 자신에 대한 소신도 없고 장래에 대한 아무런 목표도 없이 어영부영하면서 이 세상을 살아가는 일처럼 한심한 삶은 아마도 없을 것이다. 인생을 뚜렷한 소신과 목표를 갖고 살고 있는 사람과 그렇지 못한 사람 간에는 상당한 차이가 있다고 해야 할 것이다. 뚜렷한 소신과 목표를 갖고 살고 있는 사람들만이 인생에서 성공을 보장받은 사람들이며, 자신에게 만족할 수 있는 행복한 삶을 살아갈 수 있는 사람들이라고 할 수 있을 것이다. 한 번밖에 살 수 없는 삶인데 기왕이면 뚜렷한 소신과 목표를 갖고 사는 삶을 선택할 필요가 있지 않겠는가?

8. 약육강식

약육강식은 동물의 세계에만 존재하는 것이 아니다. 인간세계에서도 약육강식의 사례는 얼마든지 발견할 수 있을 것이다. 인간이 함께 어울려서 살아가는 과정에서 자연발생적으로 강자와 약자의 구분이 생겨나게 된다. 강자는 약자에게 자기의사를 강요해서 만사를 자신이 원하는 방향으로 끌고 나아가려고 한다. 강자의 불합리한 강요에 굴복할 수밖에 없는 약자인 경우에 강자에게 대항할 만한 힘을 갖고 있는 경우라면 상관이 없지만, 그렇지 못한 경우에는 강자에게 맞선다는 것이 마치 계란으로 바위를 치는 것과 같은 격이라 할 것이다. 그런데 강자에 대항하는 것은 혼자의 힘만으로는 될 수 없는 일이다. 사람들의 힘이 합쳐지는 경우에는 놀라운 위력을 발휘할 수도 있게 되는 것이다.

인류의 역사는 말하자면 약육강식의 역사라고 할 수 있을 것이다. 강한 국가가 약한 국가를 지배하는 것은 너무나 당연한 일처럼 여겨지고 있다. 로마제국은 유럽을 정복하여 한동안 지배했다. 오스만 터키는 그리스를 정복하여 400년간 통치를 했다. 서

구문명의 발상지의 하나인 그리스는 그 오랜 기간을 외세의 지배하에 있었지만, 터키에 종속되지를 않고 자신의 국가와 문화를 되찾을 수 있었다. 폴란드는 푸르시아, 오스트리아, 러시아 등 3개 국가의 지배를 받는 동안에 지도상에서 사라져버렸다. 제2차 세계대전 후에 다시 지도상에 나타나게 된 독립국가가 되었다.

약육강식의 모습은 우리들의 자라나는 청소년들의 세계에서도 발견할 수가 있을 것이다. 학교폭력이라는 것이 그 대표적인 실례라 할 수 있을 것이다.

어떤 집단에서나 성질이 못된 인간들이 섞여있게 마련인 것이다. 그러한 인간들이 끼어있지 않다면 학교의 분위기는 더 할 나위 없이 평화로울 것이다.

그런 인간들이 있기 때문에 학급의 분위기는 폭력교실로 변해버리고 마는 것이다. 그 중에서도 집단따돌림의 문제는 참으로 심각한 일이라 아니 할 수 없을 것이다. 일단 집단따돌림의 대상이 된 학생의 경우, 급우들의 따돌림에 견디다 못하여 투신자살까지 하는 사태로 발전을 하기도 한다는 것이다. 이러한 집단따돌림의 사례는 남학교의 경우보다는 여학교의 경우에 좀 더 심각하다고 한다. 참으로 안타까운 일이다.

우리의 청소년들은 이러한 집단따돌림과 같은 행위를 통하여 약육강식의 생리를 배우게 되는 것 같다. 우리의 청소년들은 어려서부터 함께 더불어 사는 지혜를 배우는 대신에, 어떻게 하면 강자가 되어 남을 밟고 올라서는 방법부터 배우게 되는 것 같다. 이러한 청소년들이 어른이 되는 경우에는 어떻게 변하게 될 것이냐 하는 것은 더 이상의 설명이 필요 없을 것이다. 어른이 되더라도 그들은 강자가 되어 약자들을 지배하려 들 것이다. 그들이 강자가 되지 못하는 경우에는 어떻게 할 것인가? 아마도 그들은 기를 쓰고 강자가 되려고 애를 쓸 것이다.

대기업이나 재벌기업들의 경우에는 구태여 동네상권에 끼어들겠다고 과욕을 부려서 영세상인들의 생존권마저 위협할 필요는 없을 것이다.

그들은 국내시장의 다른 곳에서도 돈을 벌 수 있는 기회가 얼마든지 있는 것인데, 무엇 때문에 영세상인들의 생존권 자체를 위협하는 강자의 위치에 서려고 하는 것일까? 대기업이나 재벌기업의 역할은 해외시장에 진출하여 외화를 벌어들이는데 있다고 해야 할 것이다. 만일 대기업이나 재벌기업이 국민들이 그들에게 기대하는 그러한 역할을 하지 못하거나 할 생각이나 능력도 없다고 한다면, 과연 그들을 대기업이나 재벌기업이라고 불러줄 수 있을 것인가? 우리나라 사람들은 자신의 본분이 무엇인지를 망각하는 경우가 가끔 있는 것 같다.

대통령을 보좌해야 할 모 수석의 경우 검찰을 총괄하는 책임을 지고 있다는 이유로 국회의 국정감사 증인으로도 나오지 않을 뿐만 아니라, 자신이 피의자로 검찰의 수사를 받아야 하는데, 그렇게 하려면 대통령 수석의 자리에서 그가 물러나야 그것이 가능할 수 있는 것이다. 그 자리에 그대로 눌러앉아있다 보니 검찰이 오히려 수사를 받아야 하는 당사자에게 보고를 하게 되는 엉뚱한 사태로까지 발전하고 있다.

이것이야말로 약육강식의 극단적인 표출이 아니고 무엇이겠는가? 또 다른 실례는 도대체가 요즘 같은 세상에 그런 일이 가능할 수 있느냐 할 정도로 의심이 가는 사태가 벌어지고 있다는 것이다.

대통령을 배경으로 갖고 있다고 말해지는 모 인사가 대기업과 재벌기업으로부터 거액을 거두어들인 돈으로 스포츠재단을 설립한 후, 본인은 그 돈으로 외국에서 호화생활을 하면서 딸을 모 여대에 체육특기자로 부정입학을 시켜서 말썽을 부렸다.

학교에 다녀야 할 딸은 4년간 해외에 머물면서 학교에는 전혀 나타나지 않아서 교수들에게 그녀에게 학점을 주라는 압력을 가하는가 하면, 학사관계로 연락을 취한 지도교수에게 차마 입에 담을 수 없는 모욕의 말을 학부형인 그녀의 모친인 빽 좋은 여인이 했다고 하여 학교 전체가 발칵 뒤집혔다. 총장까지 이 문제에 대한 책임을 지고 물러나는 사태에까지 이르게 된 것을 어떻게 설명을 할 수 있을 것인가? 아무리 돈이 많고 세력을 쓰는 강자라 하더라도 최소한의 상식선을 벗어나지 않는 범위 내에서 처신을 해야 하는 것이 아닐까? 그녀의 경우처럼 상식에 어긋나는 일을 한다는 것은 도저히 이해할 수 없는 현상이라고 할 수 있겠다.

왜 소위 강자라는 사람들은 상식에 벗어나는 일을 서슴없이 하고 있는 것일까? 아마도 그들은 안하무인적인 행위에 너무나 익숙해져 있기 때문에 그런 것이 아닐까? 이 문제와 관련하여 유명한 인간심리학자의 견해를 들어보자.

"교수님께서는 인간심리에 관한 여러 가지 깊이 있는 연구를 하신 것으로 알고 있습니다. 왜 소위 강자라는 사람들이 상식에 벗어나는 행동을 서슴없이 하고 있다고 생각하십니까?"

"아마도 그들 나름대로 갖고 있는 잘못된 특권의식 때문에 그런 것이 아닐까 합니다. 그들 가운데는 태어날 때부터 강자의 위치에 있었던 사람들도 있을 것입니다. 개중에는 자신의 노력으로 그러한 위치를 쟁취한 경우도 있을 것입니다. 그 어느 경우이건 간에 그들의 공통점은 그들이 보통사람들과는 다르다는 생각을 갖고 있다는 점입니다."

"교수님께서는 그들의 그러한 생각에 문제가 없다고 생각하십니까?"

"왜 문제가 없겠습니까? 그들의 그러한 생각이 바로 문제라고 할 수 있을 것입니다."

"그들의 생각을 완전히 바꾸어 놓을 수 있는 방법은 전혀 없는 것입니까?"

"방법이 전혀 없는 것은 아닙니다. 심리치료요법이 있기는 하지만 그러한 방법이 그들에게 얼마나 효과가 있을지에 관한 것은 아직까지는 미지수라 할 수 있을 것입니다. 히틀러와 같은 미치광이도 심리치료요법에 의하여 그의 생각을 완전히 바꾸어 놓을 수가 있었지만, 그를 어떻게 심리치료를 하는 자리로 끌어낼 수 있느냐 하는 것이 문제였습니다. 결국에는 실패를 하지 않았습니까?"

"그렇다면 심리치료요법에 큰 기대를 거는 것도 별 희망이 없는 문제가 아닙니까?"

"현재로서는 그렇다고 보는 것이 옳을 것입니다."

약자들은 자신들의 열악한 지위를 벗어나기 위하여 부단한 노력을 기울여야 하지만 강자들은 이미 오를 대로 높이 올라 있으니 더 이상 오를 데도 없다고 해도 과언이 아닐 것이다. 강자들에게는 남을 지배하는 것 이외에는 관심이 없는 것 같다. 그들은 가능하면 그들이 지배할 수 있는 영역을 많이 넓혀가기를 원하는 것 같다. 그러다 보니 강자간의 투쟁이 격렬해지는 것이다. 기업합병이라는 것이 그것을 단적으로 말해주는 것이라고 말할 수 있을 것이다. 기업이 대형화를 선호하는 이유는 기업이 대형화됨에 따라 기업의 경쟁력이 강화될 수 있기 때문이다.

현상유지라는 말이 있다. 국가 간에 경쟁을 하다 보면 서로의 국력이 엇비슷해서 여간해서는 다른 국가를 자신의 세력범위 내에 포함시키는 것이 역부족인 경우가 있다. 이러한 경우에 전쟁을 하지 않고 위장된 평화를 일시적으로 유지하는 상태를 현상유지라고 하는 것이다. 역사상 현상유지가 영구적으로 이루어진 경우는 한 번도 없었다고 해도 과언이 아닐 것이다. 현상유지는 말하자면 다음에 일어날 전쟁을 위한 잠정조치에 불과했던 것이다.

약육강식은 자연계에서는 종이 살아남을 수 있는 자연법칙이라 할 수 있을 것이다. 먹이사슬이 그 대표적인 예라고 할 수 있을 것이다. 강자는 먹이가 되는 약자의 몸을 먹으면서 생명을 유지하게 된다. 먹이사슬이 있기 때문에 생태계는 균형을 유지할 수가 있는 것이다.

만일 먹이사슬이 없다면 다양한 생물들의 번식으로 생태계는 포화상태에 이르게 될 것이다. 먹이사슬이 있기 때문에 어떠한 종이 생태계에서 지나치게 다수를 점하여 생태계의 균형을 깨는 일 같은 비상사태는 일어나지 않아도 되는 것이다.

그렇다면 인간 세상에 있어서도 자연계에서 볼 수 있는 바와 같은 먹이사슬이라는 현상이 존재하는 것일까? 자연계에 있어서처럼 생물의 생명체 자체를 먹어치우는 일은 발생하지 않지만, 경쟁사회인 인간사회에서는 강자와 약자 간에 서로 먹고 먹히는 경쟁이 끊임없이 계속되고 있는 것이다. 이러한 경쟁에서 살아남지 못한다면 경쟁에서 도태될 수밖에 없는 것이다. 경쟁에서 도태된 사람들의 생활은 참으로 비참한 생활이라 아니 살 수 없을 것이다. 그러하기 때문에 우리는 경쟁에서 도태되지 않기 위하여 최선을 다 할 필요가 있는 것이다. 경쟁사회에서 도태되지 않고 살아남기 위해서는 실력을 길러야 하는 방법밖에 다른 대안은 없다고 해야 할 것이다.

이석훈은 자식이 많은 집안에서 태어났다. 부모가 경제적인 여유가 없어서 그를 학교에 보낼 여유조차 없었다. 그런데 워낙에 영특한 머리를 갖고 태어났으며 학교공부도 잘 했기 때문에 부모의 도움 없이 대학공부까지 장학금을 받고 마칠 수 있었다. 그 당시만 해도 유학귀휴가 존재하던 시절이라 1년간의 단기복무를 마치고, 장학금을 받고 미국유학의 길에 오르게 되었다. 대학에서 회계학과를 나온 그는 대학원에서도 회계학을 전공하기로 하고, 미국의 유명대학에서 경영학 석사학위와 경영학 박사학위까지 받고 귀국하여 모교의 경영대학 교수가 되었다.

이석훈의 경우는 가정환경이 좋은 편은 아니었지만, 자신의 불우한 환경을 공부를 잘 함으로써 극복하여 성공할 수 있었던 경우라고 할 수 있을 것이다. 아직까지는 공부를 잘 하기만 하면 어떠한 불우한 처지에 처해있다 하더라도, 자신의 운명을 자력으로 극복을 하여 성공할 수 있다고 해야 할 것이다.

그가 경영학 중에도 회계학을 전공으로 선택한 것은 탁월한 선택이었다고 할 수 있을 것이다. 왜냐하면 회계학은 경영학 중에서도 가장 기본이 되는 과목이라 할 수 있으므로 이 과목을 전공으로 하는 경우에는 취업의 기회도 많을 뿐만 아니라, 교수가 되는 경우에도 모든 경영학과 학생들이 택해야 하는 필수과목이기 때문에 다른 어떤 과목보다 수요가 많은 분야라고 할 수 있을 것이다.

이러한 과목을 전공으로 선택한 이석훈의 판단은 참으로 현명한 것이었다고 해야 할 것이다. 회계학 교수로서 공인회계사 자격증까지 갖추고 있다면, 그러한 사람의 자리는 확고하게 보장될 수 있다고 해야 할 것이다. 이석훈의 경우에는 회계학교수로서 공인회계사 출제위원이기도 했지만, 뒤늦게 자격을 갖추기 위하여 학생들과 마찬가지로 공인회계사시험을 쳐서 공인회계사 자격증까지 따서 구색을 갖추게 되었다. 다른 사람의 경우였다면 회계학 교수까지 되었고 공인회계사 출제위원이라면, 이석훈의 경우처럼 학생들과 함께 시험을 쳐서 공인회계사 자격증을 받을 생각은 하지 못했을 것이다.

그러나 이석훈은 인생이라는 것이 끊임없는 도전이라는 생각에서, 그가 할 수 있는 일이라면 무엇이든지 도전해서 쟁취하고야 마는 진취적인 태도를 견지하고 있었다. 그러한 성격의 소유자는 인생에서 절대로 실패할 수 없는 것이다. 부지런한 사람은 결코 인생을 허송할 생각이 없으며, 또한 그렇게 하지도 않기 때문에 실패라는 것이 그에게는 없다고 해야 할 것이다. 그들에게는 해야 할 일이 너무나 많기 때문에 한가하게 앉아서 아무 일도 하지 않은 채 편안하게 쉴 만한 여유조차 없게 되는 것이다. 크게 성공을 하지 못한 사람들은 그렇게 살고 있는 사람들을 불쌍하게 여기고 있을지도 모른다. 그들에게는 인생이라는 것이 즐길 수 있을 때 즐기며 사는 것이라고 주장할지 모르지만, 그렇게 매일 같이 즐기며 사는 일에만 열중하다 보면 언제 남들처럼 성공을 할 수 있다는 말인가?

이석훈은 학회활동에도 열심이어서 회계학 관련 논문도 다수 발표했으며 회계학저서도 이미 여러 권 출판을 했다. 경영학회의 이사가 된 것은 물론 경영학회장도 역임했기 때문에 유명교수의 반열에 오르기도 했다.

그는 대기업이나 재벌기업의 회계 자문역을 담당했으며, 중소기업을 위한 회계워크숍도 자주 개최하여 그들의 회계시스템 개선을 위한 조언을 해주기도 했다. 이석훈과 같이 회계분야의 전문가로 자리를 굳힌 경우야말로 참된 의미의 강자라고 할 수 있을 것이다. 통속적인 강자처럼 약자들의 등이나 처먹는 대신에 경제적인 약자에게 필요한 도움을 주고 있는 이석훈이야말로, 진정한 의미의 강자라고 할 수 있을 것이다. 그와 인터뷰를 할 기회가 있었다.

"교수님께서는 불우한 가정에 태어나신 몸으로 공부를 잘 했기 때문에, 부모의 도움 없이 자력으로 박사와 교수까지 되신 입지전적인 인물이라 할 수 있습니다. 요즘에는 아무리 공부를 잘 해도 자신이 원하는 직장을 구하는 것이 극도로 어려워졌다고 합니다. 교수님께서는 아직도 공부만 잘하면 자신이 원하는 방향으로 운명을 개척해 갈 수 있다고 생각하십니까?"

"나는 아직도 구세대에 속하는 사람이 되어서 그런지는 알 수 없지만, 노력하면 반드시 이루어진다는 확신을 갖고 있습니다. 노력보다는 운이 좋았기 때문에 그렇게 되었다고 보려는 사람들도 적지 않은데, 나는 그러한 사람들의 의견에 동의하지 않습니다."

"교수님께서는 노력한 만큼의 결과물을 얻을 수 있었기 때문에 그렇게 말씀하실 수도 있으시겠지만, 요즘 젊은이들의 경우는 교수님께서 상상하시는 이상으로 심각합니다. 대학을 졸업한 후 직장을 구하지 못하고 취업준비생으로 몇 년을 고생하고도, 정규직이 아닌 비정규직밖에 그에게 돌아오지 않는다고 하니 참으로 심각한 문제라고 할 수 있습니다. 교수님께서는 그래도 계속해서 구직활동을 해야 한다고 보십니까?"

"참으로 어려운 문제라고 할 수 있습니다. 한 때는 대학졸업자들이 갈 수 있는 직장의 수가 절대적으로 부족했기 때문에 마땅한 직장을 구할 수 없었습니다. 이제는 대학졸업자들이 갈 수 있는 직장이 그 때와는 비교가 되지 않을 정도로 많아지기는 했지만, 대학졸업자들의 숫자에 비하여 상대적으로 마땅한 직장이 부족하기 때문에 생기는 현상이라 할 수 있을 것입니다. 이러한 현상은 일시적인 현상이라기보다는 우리 사회의 구조적인 현상 때문에 생기는 일이라고 할 수 있을 것입니다. 이제야말로 구직자들에게 필요한 것은 발상의 전환이라고 할 수 있을 것입니다."

"교수님께서 말씀하시는 발상의 전환이라는 것은 무엇을 말하는 것입니까?"

"내가 여기서 말씀드리려는 발상의 전환이라는 것은 사회통념에서 하루 속히 벗어나라는 것입니다. 다시 말하면 대기업 같은

데 취직을 해야만 연봉도 높고 발전의 기회도 많을 것이라고 착각을 하는 마음가짐에서 하루 속히 벗어나야 한다는 것입니다."

"사회통념에서 벗어나라니요? 구체적으로 무엇을 어떻게 하라는 말씀입니까?"

"현재의 우리 사회의 현상이 어떻게 보면 갈 만한 직장이 없다기보다는, 마땅한 직장을 아직 찾지 못했다고 말하는 편이 오히려 타당하다고 봅니다. 왜냐하면 대기업의 경우에는 지원자들이 넘쳐나기 때문에 기업 측에서 지원자들을 선별해서 뽑을 수 있지만, 중소기업의 경우에는 기업이 필요로 하는 사람들이 지원을 하기 않기 때문에 사람을 구할 수 없는 것입니다. 이것은 마치 지원자들이 대기업에서 직업을 쉽게 구할 수 없는 것과는 반대 현상을 보여주고 있는 기형상입니다."

"그렇다면 어떻게 하는 것이 좋겠습니까?"

"발상의 전환을 하여 남들이 다 가기를 원하는 대기업에서 직장을 구하려고 하는 대신에, 중소기업에서 자신이 해낼 수 있는 직장을 구해보는 것이 장래에 대한 발전가능성도 오히려 대기업보다는 많을 것입니다. 만일에 중소기업이 중견기업으로 발전하게 된다면, 자신의 입지도 기업의 발전에 따라 향상될 수 있기 때문에 일거양득이라고 할 수 있지 않겠습니까?"

"참으로 현명하신 판단으로 생각됩니다. 그러나 문제는 얼마나 많은 젊은이들이 교수님의 말씀을 귀 기울여 듣느냐 하는 것이 문제해결의 관건이라 할 수 있지 않겠습니까?"

"자신의 운명을 개척해 가는 것은 자신밖에 없다는 불변의 진리를 빨리 깨닫게 되는 사람만이 인생에서 한 발작 더 다가서는 사람이라고 할 수 있을 것입니다. 자신의 문제는 자신밖에 해결할 사람이 없다는 말이지요."

"교수님, 인터뷰에 응해주시고 좋은 말씀 많이 해주셔서 정말 감사했습니다. 건강하십시오."

"고맙습니다. 나의 생각을 말할 수 있는 기회를 주셔서 즐거웠습니다."

국내의 다양한 이익집단들은 주도권을 잡기 위한 경쟁을 벌이고 있다고 해도 과언이 아닐 것이다. 그런데 문제는 같은 이익을 추구하는 집단 간에는 주도권 경쟁이라는 것이 가능할 수 있는 일이지만, 전혀 관련이 없는 이익집단 간의 주도권 경쟁이라는 것은 무엇을 목적으로 하는 것인지 잘 납득이 되지를 않는다. 이익집단의 존재 이유는 특별한 이익을 추구하는 사람들의 권익보호를 위한 것이기 때문에, 그러한 이익추구와 관련이 없는 사람들과는 사실상 무관한 관계에 있다고 해야 할 것이다.

그러나 상이한 이익추구를 하는 다양한 이익집단들이 전국협의회 같은 것을 결성하여, 이익집단 상호간에 주도권 경쟁을 벌리고 있는 것은 참으로 기이한 현상이라고 할 수 있을 것이다. 왜 그런 것일까? 이것은 아마도 주도권 경쟁이라도 해서 강자의 입장에 서보려고 하는 일종의 생리현상이라고 볼 수 있을 것이다.

시위를 일삼는 사람들의 경우에는 자신의 의사를 강압적인 방법으로 상대방인 기업주나 정부에게 요구하여 관철하려고 시도하고 있다. 노동조합의 시위는 이제는 노동자들의 생존권보장을 위한 시위의 단계를 넘어서서 정치단체화하고 있는 경향이 농후하게 나타나고 있다고 해야 할 것이다. 노동조합의 원래의 설립

목적은 노사 간의 분규를 통해서 노동자들의 지위향상을 기하려는 것이었다. 임금인상이나 처우개선 등의 방법을 통하여 그러한 목적을 달성할 수 있었으며, 계속되는 시위로 그들의 지위는 그들이 원했던 것 이상으로 향상되었기 때문에 노동자들의 지위향상을 위한 시위는 더 이상 필요하지 않게 되었다고 해도 과언이 아닐 것이다. 그러다 보니 노동조합의 원래 설립목적이 아닌 정치문제에 관심을 갖고 정치단체화를 지향하고 있는 것이다. 노동조합이 정치단체화하게 되면 노동조합으로서의 순수성을 더 이상 보여줄 수 없다고 해야 할 것이다.

정치인들 간의 주도권 경쟁은 참으로 심각한 지경에 이르고 있는 것 같다. 이씨조선 시대의 당쟁처럼 정치적인 투쟁인 당쟁에서 패하는 경우에는 죽음이나 최소한 유배를 갈 수밖에 없었다. 현재의 정치인들의 주도권 경쟁은 그 정도는 아니지만 말장난으로 일관하고 있기 때문에 오히려 국민에게 역겨움을 주고 있을 뿐이다. 이제 우리가 정치인들에게 기대할 수 있는 것은 사실상 아무 것도 없다고 해도 과언이 아닐 것이다. 그들이 무엇인가 하겠다는 말은 하지 않겠다는 말로 받아들이는 것이 오히려 속편한 일이라 할 수 있을 것이다. 그렇게 하는 것만이 그들의 호언에 뒤따르게 되는 실망도 줄어들 수 있는 지름길이 될 수 있다고 해야 할 것이다.

기업 간의 경쟁도 결코 장난이 아니다. 현재의 우리나라 경제사정이 극도로 악화되어서 도산하는 중소기업체의 숫자가 일 년에도 수천 개에 이르고 있다고 한다. 그들은 생존경쟁에서 영원히 도태되어버리는 것이다. 자연계에서처럼 강자의 먹이가 되어서 먹혀버리게 되는 것은 아니지만, 이 세상에서 영원히 사라져 버린다는 점에서는 양자의 차이를 발견할 수 없다고 해야 할 것이다. 대기업이나 재벌기업들의 경우 강자로서 하청업체들에 대하여 무리한 요구를 강요하고 있다고 한다. 자신들이 감당해야 하는 손실에 대해서도 하청업자에게 전가해버리는 경우가 다반사로 발생하고 있다고 한다. 그들의 처사에 항의하거나 말을 듣지 않는 하청업체가 있는 경우에는 계약파기라는 수단으로 그들을 위협하고 있다는 것이다.

대기업이나 재벌기업의 후계구도를 둘러싼 형제간의 주도권 싸움은 국민들의 빈축을 사고 있다. 하루하루를 먹고 살기에도 벅찬 서민들이 상당수가 있는 현실에서, 그들은 생존문제의 해결을 위한 긴급사항도 아닌데 돈 자랑이나 하듯이 머리가 터지게 형제간에 싸우고 있으니 참으로 기가 찰 노릇이다. 대기업이나 재벌기업이라면 이러한 후계구도를 둘러싼 주도권싸움을 형제간에 벌이느라 국민들이 벌어 준 그들의 부를 혼자서만 독식하려고 혈안이 되어 있는 대신에, 대기업이나 재벌기업이 올린 수익의 일부분만이라도 사회를 위하여 환원할 의사는 전혀 없는지 알고 싶다. 대기업이나 재벌기업이라고 불려 지기 위해서는 그들에게 부여된 사회적인 의무를 다하는 경우에만 가능한 일이라 할 수 있을 것이다. 한창 성장을 하고 있는 중소기업처럼 자신의 기업발전에만 신경을 쓰고 있다면 어떻게 그런 기업들을 대기업이나 재벌기업이라고 불러줄 수 있겠는가?

국내의 사정이 이러하다면 국제적인 국면에서의 약육강식은 과연 어떠한 모습을 보여주고 있는 것일까? 미국의 유명한 국제정치학자는 50여 년 전에 국제정치를 움직일 수 있는 것은 미국이나 구소련(현재의 러시아)과 같은 초강대국가뿐이라고 했다. 현재는 이러한 초강대국가 중에는 중국도 포함시킬 수 있을 것이다. 제2차 세계대전 후에 전쟁의 방지와 국제평화의 유지를 목적으로 발족한 유엔의 주요 기관 중에 총회와 안전보장이사회가 있다.

총회는 국가의 크기나 영향력의 크기에 관계없이 모든 국가가 1개의 의결권을 갖고 있다. 그러나 전쟁의 방지와 국제평화의 유지를 주요업무로 하고 있는 안전보장이사회의 경우에는, 이사회의 구성을 5개의 상임이사국과 10개의 비상임이사국을 포함하여 15개 이사국으로 구성된다. 상임이사국은 미국, 러시아, 중국, 영국, 프랑스 등 5개국이며, 2년의 임기를 갖는 비상임이사국은 총회에서 선출된다. 이사회의 결의에는 상임이사국 전원의 동의가 필요하다. 상임이사국은 자신이 원하지 않는 결의나 사항에 대해서는 거부권을 행사할 수 있다.

영국이나 프랑스도 상임이사국의 하나이지만 한 때 영국의 영토가 전세계에 걸쳐 있어서 영국에는 해가 지지를 않는다고 할 정도로 자부심이 강했던 영국은 더 이상 강대국으로서 미국이나 러시아의 상대가 되지를 못한다.

프랑스는 강대국은 아니었지만 연합국의 일원으로서 상임이사국이 된 경우이다. 안전보장이사회의 상임이사국의 구성이 말해주듯이 영국과 프랑스를 빼면 미국, 러시아 및 중국이 초강대국의 반열에 드는 것이다. 제2차 세계대전 직후에 미국이 주도하는 자유진영과 구소련이 주도했던 공산진영과의 대립이 격화되었던 냉전의 시대에는, 세계가 거의 자유진영과 공산진영으로 양분되어버리다시피하여 주도권 경쟁에 열을 올리게 되었다. 양자 간의 대립이 무력으로 충돌하게 되었던 대표적인 사례로는 50년 6월 25일 한반도에서 일어났던 6·25 전쟁이라고 할 수 있을 것이다.

6·25 전쟁은 남한에 대한 북한의 침공으로 시작되었다. 남한에 대한 북한의 기습공격에 대하여 유엔 헌장 제51조에 규정되어 있는 집단자위권을 행사하여, 16개국으로 구성된 유엔참전국들이 파견한 유엔군이 북한군의 파죽지세와 같은 진격을 낙동강 교두보에서 저지하고 인천상륙작전을 감행하여 적군의 보급로를 중간에서 차단하여, 전세를 역전시켜서 북한의 패잔병들을 38선 이북으로 몰아냈다. 유엔군의 주력부대를 구성하고 있었던 미국의 트루만 행정부는 확전의 위험을 유엔군 총사령관인 맥아더 장군에게 경고하면서, 유엔군이 38선을 넘어서 더 이상 북진할 수 없도록 명령했다.

맥아더 장군은 이러한 경고를 무시하고 38선을 넘어서 북한 땅으로 깊숙이 진격을 하자, 중공은 100만 명의 의용군을 보내서 인해전술로 유엔군을 저지하게 되었다. 전쟁은 3년간 소강상태에 있다가 양자 간에 휴전이 성립되어 휴전선을 경계로 하여 남북이 대치하여 현재에 이르고 있다.

유엔의 집단자위권을 행사하기 위한 유엔군의 창설은 상임이사국 전원을 포함하는 이사회의 결의를 필요로 하는 사항이었다. 그러한 표결을 하기 위한 자리에 소련의 유엔대표가 불출석하는 바람에 상임이사국인 소련의 동의는 없었지만, 기권한 것으로 처리되어 최초의 유엔군을 한국에 파견하는 것이 가능할 수 있었던 것이다. 최초의 안전보장이사회의 중국 측 대표는 중국이 아니라 대만이었다. 6·25 전쟁에 참전했을 때만 하더라도 중국은 상임이사국이 아니었다. 중국은 인해전술로 밀어붙여서 결국은 전세를 역전시킬 수 있었다. 전쟁초기에는 소련이 북한에 대하여 영향력을 행사했겠지만, 전쟁의 진행과정에 있어서는 소련이 아니라 중국의 북한에 대한 영향력이 커졌다. 중국이 상임이사국의 자리를 차지하고 초강대국가의 지위를 차지하게 된 현재에 있어서는, 북한에 대한 중국의 영향력이 러시아의 영향력과는 비교가 되지 않을 정도로 강력해졌다는 것은 의심의 여지가 없는 사실이라고 해야 할 것이다.

동북아에 있어서의 권력정치는 중국과 미국의 영향력을 무시하고는 더 이상 논의조차 할 필요가 없는 문제로 되고 있다고 말해도 과언이 아닐 것이다. 러시아도 초강대국이기는 하지만 한반도에 있어서의 러시아의 영향력은 이전과 같지를 않다. 일본은 아직까지 과거의 영광을 버리지 못하고 있는 망상에 사로잡혀 있기는 하지만, 일본의 동북아에 있어서의 권력정치에 미치는 영향력은 미미할 정도라고 해도 무방할 것이다.

따라서 동북아에 있어서 한국외교의 기본방향은 어떻게 하면 초강대국가인 중국과 미국을 동시에 움직일 수 있느냐 하는 것이다. 역사상 한 번도 한국이 주도적인 입장에서 동북아의 권력정치에 있어서 주도적인 역할을 한 적은 없었다. 주도적인 역할을 하기는커녕 그들이 원하는 방향으로 따라다닐 수밖에 별도리가 없었던 것이다.

한국은 19세기 말에 중국, 러시아 및 일본이라는 소위 강대국들의 한반도를 둘러싼 권력정치의 희생자가 되어 마침내 20세기 초에 일본의 식민지로 되어버렸다. 왜 그렇게 된 것일까? 그 이유는 한국이 동북아의 권력정치에 있어서 주도권을 잡지 못하고 약육강식의 희생자가 되어버렸기 때문이다. 일본의 식민지 지배 하에서 벗어나서 해방이 된 한반도의 처지는 그때보다 좀 더 나빠졌다고 해야 할 것이다. 한반도에서 식민지배를 하다가 제2차 세계대전까지 일으켰던 일본은 전쟁에 져서 패망했지만, 일본이 분단되는 대신에 한반도가 남북으로 분단이 되어서 한반도의 반쪽씩을 차지한 남북한은 국가기능을 제대로 하는데 많은 지장을 받게 되었다.

그러함에도 불구하고 남한의 경우에는 경제개발에 성공하여 세계의 경제 10대국가의 위치까지 차지했다. 그러나 한국의 외교는 동북아의 권력정치에 별다른 영향을 미치지 못하고 있다는 것이 현실이라 할 수 있을 것이다.

이러한 입장에 놓여있는 한국이 어떻게 하면 동북아의 권력정치에 있어서 주도권을 행사하게 될 수 있느냐 하는 것이 문제해결의 관건이라 할 수 있을 것이다. 이러한 한국의 바람은 한국으로서는 참으로 절실한 문제이기는 하지만, 가능성이 전혀 없는 문제라고 할 수 있을 것이다. 왜냐하면 한국은 동북아의 권력정치에 있어서 주도권을 잡거나 무시할 수 없는 영향력을 미친 일이 한 번도 없었기 때문이다. 남북한의 분단은 한국이 아무리 통일을 절실하게 원하고 있다 하더라도 한 동안 현재의 대치상태로 유지될 것으로 보인다. 동북아에 있어서의 강대국가 간의 권력정치의 양상이 19세기 밀과 비교할 때 한반도에 대한 러시아와 일본의 영향력이 쇠퇴하고, 초강대국으로 변한 중국과 미국의 한반도에 대한 영향력이 그 어느 때보다도 강력해졌다는 것이다. 한반도에 있어서의 정세변화가 현재로서는 전혀 없는 것과 마찬가지로, 한반도문제에 있어서 강력한 영향력을 행사하고 있는 중국과 미국은 한반도의 정세변화를 전혀 원하고 있지 않다고 해야 할 것이다. 이러한 동북아에 있어서의 정세변화는 한국이 현상유지정책을 채택하는 것이 최선의 방법이 되는 것이 아닐까 하는 결론에 도달할 수밖에 없게 하고 있다. 현재로서는 한국이 그나마 이전처럼 동북아의 권력정치의 희생물이 되지 않고 살아남을 수 있는 유일한 방법이 현상유지 정책밖에 없다고 해야 할 것이다.

한국이 스위스나 오스트리아와 같은 영세중립국이 되는 길을 생각해볼 수 있을 것이다. 한반도의 분단이 거의 영구화되고 있으며 한반도의 정세변화에 절대적인 영향력을 행사하고 있는 중국과 미국이 사정변경보다는 현상유지정책을 선호하고 있기 때문에, 양국이 한국의 영세중립국가화를 동의한다면 그렇게 될 수 있는 가능성을 전혀 배제할 수도 없는 일일 것이다. 한국의 입장에서 볼 때에도 전혀 기대하지 않았던 갑작스러운 남북통일의 현실화로 한국이 떠안게 될 부담은 우리의 예상을 불허하는 문제일 수도 있을 것이다. 독일통일을 이룩한 서독이 동독을 흡수함으로써 떠안게 된 막대한 경제적 부담이 서독경제에 미친 영향을 생각할 때, 한국이 북한을 통일 후에 지원하기 위하여 부담해야 할 경제적 지원은 상상을 불허하는 일이 될 것이다.

현재의 한국경제가 순조롭지 못하며 한국이 아직까지 해결하지 못한 빈부격차의 문제를 해결하는데도 막대한 비용이 들 것으로 예상이 되는데, 통일 후에 북한의 주민까지 흡수한 상태에서 한국이 감당해야 할 경제적인 부담은 예상을 불허하는 문제가 될 것이다. 이러한 관점에서 볼 때 통일이 되는 것도 바람직한 일이기는 하지만, 그것보다는 현재의 상태대로 남북한이 대치되어 있는 상태로 그대로 사는 것이 오히려 바람직한 일일 수도 있을 것이다. 남북한이 동일한 민족이라고 말하기를 좋아하는 사람들도 있지만, 과연 그 말이 아직까지 사실이라고 감히 단정해서 말을 할 수 있을 것인가? 70여년을 분단 상태로 살아온 남북한의 경우에는 말이 동일한 민족이지, 정치의식이나 미래지향에 있어서 전혀 반대방향을 추구하고 있는 것이 무시할 수 없는 일이라고 할 수 있을 것이다. 북한의 핵무기와 미사일개발은 한반도의 평화를 추구하기보다는, 어떻게 하면 남한을 무력으로 제압하여 북한의 지배하에 둘 것이냐 하는 북한의 남한에 대한 기본정책의 실현을 목표로 하고 있다고 보아야 할 것이다.

이러한 절박한 정세 하에서 일부의 정치인들은 북한을 옹호하는 듯한 발언을 서슴없이 하고 있어서 국민을 불안하게 만들고 있다. 그러한 사람 중에는 대한민국의 대통령이 되어보겠다고 하는 사람도 끼어있으니, 그런 사람의 정신상태가 온전하기는 한 것인가? 한국은 이미 동북아의 권력정치가 여실히 보여준 바와 같이 약육강식의 희생자가 되어버렸다는 것을 올바로 인식하고, 그에 대한 타개책을 강구해 나갈 수 있도록 해야 할 것이다. 권력정치의 희생자가 되어버린 한국이라 할지라도 약육강식의 희생자로 남아있을 수만은 없는 것이며, 그러한 처지에서 살아남을 수 있는 방안을 강구해 가야 할 것이다.

약육강식은 자연계에서보다는 인간세계에서 좀 더 보편화된 현상으로 나타나고 있는 것 같다. 대부분의 사람들은 다른 사람들과 함께 더불어 사는 지혜를 터득하고 있지만, 일부의 사람들은 다른 사람을 짓밟아버리는 한이 있더라도 자기만 살아남기 위하여 남을 짓밟으려 하고 있는 것 같다. 남을 모함하는 것도 약육강식의 경쟁에서 살아남을 수 있는 방법이 될 수 있을 것이다. 모함은 음모론과 마찬가지로 전혀 사실이 아닌 것을 마치 사실인 것처럼 만들어내서 모함을 받는 사람을 곤경에 빠트리게 하는 것이다. 엉뚱한 혐의로 모함을 받게 된 사람이 자신이 갖고 있던 여러 가지 증거를 제시하여 모함에서 무혐의로 쉽게 벗어날 수 있는 경우도 있지만, 모함을 받은 대부분의 사람들은 자신의 무혐의를 입증할만한 증거도 없으며, 그러한 상황의 발생을 목격한 사람도 없기 때문에 결국에는 엉뚱한 모함의 희생자가 되어 생존경쟁에서 도태되어 버리는 것이다.

사람들은 왜 경쟁을 해야 하는 것일까? 그 이유는 약육강식의 세계는 경쟁사회라 할 수 있기 때문이다. 경쟁사회에 있어서는 경쟁에 지게 되면 경쟁사회에서 도태되어버릴 수밖에 없는 것이다. 경쟁사회에서 살아남을 수 있으려면 어떠한 방법을 쓰더라도 경쟁에서 살아남아야 할 것이다. 경쟁사회는 비정한 사회이다. 내가 살아남기 위해서는 다른 사람의 사정 같은 것은 보아줄 필요도 없으며, 그러한 여유도 없는 사회이다. 이렇게 사람들의 마음가짐이 변하다보면 사람간의 관계에 있어서 인정이라는 것은 더 이상 찾아볼 수 없게 되는 것이다. 얼마 되지 않는 사람들이 살고 있는 작은 시골마을에서는 음식도 함께 나누어먹고 농사일도 서로 도와주면서 인정이 넘치게 서로 형제처럼 살아올 수 있었다. 그런데 언제부터인가 그 작은 시골마을에도 개발의 물결이 들어와서 자신들의 농토를 건설업자들에게 팔아서 더 많은 수익을 챙기려는 농민들 간의 경쟁이 벌어져서, 이웃 간에 훈훈했던 인정은 다 어디론가 사라져버리고 돈에만 눈이 어두워진 각박한 인심을 보여줄 정도로 급변해 버리고 말았다.

사람들이 돈만을 너무 챙기다 보면 인간관계는 이익추구를 우선으로 하게 되어 돈을 벌 수 있는 일이라면, 다른 인간을 희생시키는 일이 있을지라도 개의치 않게 되어버리고 마는 것이다. 자기가 남보다 더 많은 돈을 차지해보려는 경쟁심리 때문에 그렇게 변해버린 것이라고 할 수 있을 것이다. 돈에 대한 사람들의 욕심은 한이 없는 것 같다. 돈이 별로 많지 않은 사람들의 경우에는 돈이 지금보다는 조금만 더 많았으면 하는 소박한 꿈을 갖고 있었지만, 그가 어떠한 기회에 돈을 벌 수 있는 위치에 놓이게 된다면 더 많은 돈을 벌기 위하여 수단방법을 가리지 않게 된다는 것이다. 경우에 따라서는 돈을 벌기 위하여 부정한 방법까지 동원할 수 있게 된다는 것이다.

대기업이나 재벌기업들이 염치없게도 서민들의 지역 상권에까지 문어발식으로 침투하여 서민들의 생존권마저 위협하고 있는 기현상은, 인간사회에 있어서의 약육강식의 표본으로 자주 거론되고 있다. 서민들과 영세상인들의 생존권 자체를 위협하고 있는 그들의 염치없는 행태를 어떻게 설명해야 할 것인가? 서민들이나 영세상인들은 지역주민을 자신의 고객으로 확보할 수 있는 경우에만 그들의 생존을 보장받을 수 있는 것인데, 대기업이나 재벌기업들이 그들의 틈에 끼어들어서 그들의 생존권 자체를 위협하고 있는 현상을 어떻게 설명해야 할 것인가? 대기업이나 재벌기업 측에도 변명의 여지는 있는 것 같다. 기업경영에 직접 참여하지 않고 있는 자손들의 돈벌이를 도와주려는 한 방법이라는 변명을 하고 있지만, 별로 설득력이 있는 변명 같지는 않은 것 같다. 왜냐하면 그들은 구태여 동네상권에 끼어들지 않고도 돈벌이를 할 수 있는 것이니 하는 말이다.

　약육강식의 현상을 자연계의 먹이사슬에서 살펴보았을 뿐만 아니라 인간사회에서 일어나고 있는 약육강식의 여러 가지 경우를 살펴보았다. 국내적인 경쟁사회에서 볼 수 있는 바와 같은 약육강식의 참모습과 동북아의 권력정치에서 한반도를 중심으로 한 약육강식의 현주소에 관한 것도 살펴보았다. 이러한 과정을 통해서 우리가 알아낸 사실은 약육강식의 경쟁사회에서는 경쟁의 승자만이 살아남을 수 있다는 엄연한 진리에 관한 것이다. 경쟁에 패한 자는 전쟁에 패한 패장이 할 말이 없듯이 할 말도 없으며, 변명의 여지도 없다고 해야 할 것이다.

　약육강식의 희생자가 되지 않기 위해서는 개인적으로 실력을 갖추어야 하며 국가적으로는 강대국의 지배를 받지 않아도 될 정도의 강력한 국력을 길러야 할 것이다. 실력을 갖거나 무시하지 못할 국력을 갖기 위해서는 말만으로 해결이 될 수 있는 문제가 아닌 것이다. 개인의 실력은 하루아침에 이루어지는 것이 아니고, 개인의 꾸준한 노력에 의해서만 이루어질 수 있는 노력의 결과물이라고 할 수 있을 것이다. 국력의 증강도 국민의 합심에 의한 노력으로 달성될 수 있는 것이지, 현재와 같이 우리의 정치인들이 보여주고 있는 바와 같은 사사건건 국론의 분열을 자초해서는 절대로 달성할 수 있는 일이 아니라고 해야 할 것이다.

우리는 약육강식의 경쟁에서 어떻게 살아남아야 할 것이냐 하는 문제를 고심해야 하는 것도 중요한 일이지만 그러기 위한 방도를 찾아내는데 있어서 정도를 걷지 않으면 아니 될 것이다. 제 아무리 사정이 급박하다고 하여 비겁한 방법을 사용하거나 부당한 방법까지 동원해서 경쟁자를 넘어뜨리려 해서는 안 될 것이다. 비겁한 방법이나 부당한 방법을 사용하더라도 경쟁에 이기기만 하면 된다는 소아병적인 태도를 버리고, 경쟁에 지는 한이 있더라도 정당한 방법으로 경쟁에 이기겠다는 대승적이 마음가짐이 좀 더 중요한 일이 아니겠는가?

9. 애국심

애국심이라는 것은 나라를 사랑하는 마음이라고 할 수 있을 것
이다. 국내에서는 불평만 하던 사람도 일단 외국에 나가게 되는
경우에는 자기도 모르는 사이에 나라를 사랑하는 마음이 생겨서,
혹시 외국인이 잘 알지도 못하면서 우리나라를 좋지 않게 말을
하는 것을 듣게 되면 그에게 기를 쓰고 대들게 된다는 것이다. 애
국심은 국가를 위기에서 구하는 일과 같은 거창한 일은 아닐지라
도 자신이 할 수 있는 작은 일이라도 국가에 도움이 되는 일을 열
심히 하고 있는 사람이 있다면, 그를 애국자라고 부를 수 있으며
그의 애국심을 높이 사주어야 할 것이다.

올림픽경기에 참석한 한국선수가 자신의 종목에서 금메달을
따게 된다면 개인적으로는 최고의 영광이며, 대한민국을 세계에
널리 알릴 수 있는 계기를 제공하는 것이 되어 결과적으로는 애
국심의 발로라고 할 수 있을 것이다. 노벨상을 수상한다는 것도
올림픽경기에서 금메달을 따는 것 이상으로 세계적인 명성을 얻
게 되는 것이라고 할 수 있을 것이다. 한국 사람으로 노벨상을 탄

경우는 김대통령이 노벨평화상을 탄 것이 유일하며, 다른 분야의 노벨상을 탄 사람은 아직까지는 김대통령을 제외하고는 단 한 사람도 없다. 일본만 하더라도 노벨상을 탄 사람이 20여 명이나 되는 것과 비교할 때 한국은 일본에 비할 때 아직도 한참 멀었다고 할 수 있을 것이다.

올림픽경기에서 딴 금메달이나 노벨상 수상이야말로 한국을 세계에 널리 알릴 수 있는 절호의 기회이며, 애국심의 발로이기도 한 셈이다. 한국의 경제가 세계 10위권에 진입했다는 것도 한국을 전세계에 널리 알릴 수 있는 절호의 기회라고 할 수 있을 것이다. 한국인들이 각계각층에서 세계적인 유명인사가 되는 것은 개인적인 영광일 뿐만 아니라, 국가적으로는 대한민국을 널리 알릴 수 있는 애국심의 발로이기도 하다는 점에서는 마찬가지 효과를 갖고 있다고 하겠다.

이러한 유명인들의 경우와는 달리 이상묵은 식재료 분야의 중소기업을 경영하고 있는 사람으로 20여 명의 직원을 채용하고 있는 소규모의 기업을 경영하면서, 가족을 포함하여 100여 명을 먹여 살리고 있다. 비록 기업의 규모는 작지만 국민에게 저렴하며 영양가가 높은 식재료를 제공해줌으로써 국민의 건강증진에 상당히 기여하고 있는 중이다.

국민의 애국심은 비록 올림픽에서 금메달을 따거나 노벨상을 수상하는 것과 같은 거창한 일에서부터 한 분야에서 세계적인 명성을 얻을 정도의 유명인사가 되는 성취도와는 비교가 될 수 없는 일일지라도, 이상묵처럼 작은 일이지만 국가발전에 기여하고 있는 사람이야말로 이들 못지않은 애국자라 할 수 있을 것이다.

그가 자신의 기업 활동으로 돈을 벌게 된다면 그의 애국심에 대한 당연한 보상이라고 할 수 있을 것이다.

우리나라에는 이상묵과 같은 숨은 애국자들이 수도 없이 많이 있을 것이다. 그들이 다만 애국자라는 말을 하고 있지 않을 뿐이지 우리는 그러한 소영웅들을 원하고 있는 셈이다. 이들처럼 묵묵히 남을 위하여 일하는 사람들이 많이 나오게 된다면, 우리나라가 그만큼 살기 좋은 나라가 될 수 있을 것이다. 이상묵의 기업 경영의 목표는 궁극적으로는 국민건강증진에 기여하는 것이지만, 직원들을 주로 고등학교 출신자로서 뽑아서 그가 그들을 채용하지 않았더라면 마땅한 직장을 구하기도 어려웠을 사람들을 가족분위기와 같은 직장의 일원이 되게 하여, 그들의 일생을 책임지다시피 하고 있는 것은 대기업이나 재벌기업의 경우에는 도저히 상상도 할 수 없는 애국행위라 할 수 있을 것이다.

그는 기업을 운영함에 있어서도 정직을 사시로 내걸고 부정식재료의 공급과 같은 불법행위 같은 것은 결코 용납하지를 않고 있다. 일부의 악덕업자들의 경우에는 불량식품임을 뻔히 알면서도 그러한 식품을 국민에게 강매하는 것과 같은 행동은 그로서는 상상도 할 수 없는 일이며, 그들의 행동을 도저히 납득할 수 없는 일이라고 생각하고 있다. 양심을 저버리고 돈만 벌 수 있다면 무슨 일이나 서슴치 않고 있는 악덕업자들의 경우는 인간이기를 포기한 자들이라고 해야 할 것이다. 성실하게 일하는 사람들이 자신을 애국자라고 부르는 일은 없지만, 그들이야말로 진정한 애국자라 할 수 있지 않을까? 애국심이라는 것은 이상묵과 같은 사람의 일상생활에서 자연발생적으로 발생하는 것이지 거창한 말로 나라를 사랑해야 한다고 외친다고 해서 애국자가 되는 것은 아닐 것이다.

애국심이라는 말은 어떻게 보면 대단히 추상적이며 모호한 개념이라고 할 수 있을 것이다. 더욱이 구체적인 행동이 수반되지 않는 경우에는 어떤 사람의 행위가 애국행위인지 아닌지를 확인하는 것이 결코 쉬운 일은 아닐 것이다. 이상묵의 기업경영을 애국행위라고 말을 할 수 있는 것은 구체적인 행위가 그의 기업경영에 뒤따르고 있기 때문에 그렇게 말을 할 수가 있는 것이다. 이상무의 기업경영방식이 한 중소기업 잡지에 소개되기 전에 그 잡지사 기자와 인터뷰할 기회가 있었다.

"이사장님의 명성을 일찍부터 들어서 잘 알고 있었습니다. 한번 찾아 뵙고 싶었는데 이제야 겨우 기회를 만들 수 있게 되었습니다. 사장님께서는 어떻게 해서 현재의 기업을 창업하게 되셨습니까?"

"내가 현재의 기업을 창업하게 된 것은 결코 우연한 일이 아닙니다. 나는 미력이나마 국가발전에 이바지해야 하겠다는 순수한 목적을 갖고 식재료 공급업체를 시작한 것입니다."

"참으로 장하십니다. 우리나라처럼 중소기업을 경영하기 어려운 여건 하에서, 중소기업을 지금까지 20여 년간이나 이끌어 오신 것은 높이 평가받을 만한 일이라고 하겠습니다. 어떻게 사장님의 기업이 발전을 해왔는지 말씀 좀 해주시겠습니까?"

"내가 소규모의 식재료상을 시작했을 당시만 해도 전직원이 20명 정도밖에 되지를 않았는데, 이제는 1000여 명의 직원을 갖는 규모의 회사로 커져서 직원들의 가족까지 포함하여 5000여 명이라는 적지 않은 인원을 먹여 살리고 있는 기업으로 발전을 했습니다. 처음에는 농수산물이나 식재료 도매상을 경영하면서 생산자나 공장에서 물건을 받아다가 소매상에 공급하는 업무에만 주력했습니다. 차츰 돈도 벌리게 되자 농수산물이나 식재료를 직접 생산할 계획을 세우고, 농지와 어장의 확보를 비롯하여 식재료의 생산 공장의 설립에 착수하게 되었습니다."

"그렇게 사업을 확장하시게 된 동기는 무엇입니까? 사업상 어려움은 없었습니까?"

"내가 식재료의 단순한 도매업자로서 소매상에 물품을 공급해주는 대신에 저렴하면서도 영양가가 높은 식재료를 공급해주는 것이 가능해지기 위해서는 내가 직접 농수산물이나 식재료의 생산에 관여함으로써 제품의 단가를 낮출 필요가 있다는 생각을 하게 된 것입니다. 나의 판단이 올바른 것이었다는 사실이 나중에 밝혀진 셈입니다. 사업 확장에 뒤따르는 자금문제가 좀 있기는 했지만, 내가 사업을 정직하며 성실하게 이끌고 있으며 사회에 크게 기여하고 있다는 사실이 입소문으로 퍼지기 시작했습니다. 금융기관에서도 이러한 사실을 진지하게 받아들여서, 내가 필요로 하는 자금을 신용대출로 장기간 무제한으로 대출해주었기 때문에 오늘의 내가 있을 수 있었던 것입니다."

"사장님께서는 사회에 기여한 공로로 금탑산업훈장까지 수여하셨는데, 대기업이나 재벌기업의 사장도 아닌 중소기업사장으로서 그런 훈장을 수여받은 경우는 사장님이 첫 번째 사례가 아닌가 합니다. 진심으로 축하드립니다."

"내가 할 일을 한 것뿐인데 지나친 영광이라고 생각합니다."

"사장님을 진정한 애국자라고 부르는 사람들이 많이 있는데 동의하십니까?"

"나라를 사랑하는 마음이야 어찌 나 한사람의 마음뿐이겠습니까? 나는 직원들을 먹여살리고 소비자에게 저렴하고 영양가 높은 식재료를 공급해 주는데 성의껏 정직하게 일을 해온 것뿐인데, 나를 애국자라고 불러주시니 송구한 마음으로 몸 둘 바를 알 수 없으며 제게는 지나치게 과찬의 말씀이라고 하겠습니다."

"겸손한 말씀이십니다. 사장님이야말로 진정한 애국자라는 말씀을 들으셔도 과찬이라 할 수 없을 것입니다. 계속 사장님의 사업이 번창하시고 앞으로도 사회에 좋은 일들을 많이 해주시기 바라니다. 건강하십시오."

"인터뷰할 수 있는 기회를 마련해주셔서 참으로 즐거웠습니다."

우리 국민이 국가적인 위기에 닥치게 되면 누구나 위기에서 국가를 구하겠다는 애국자가 되며, 국민 모두가 일찍이 경험하지를 못했던 애국심을 발휘하게 되는데 왜 그러는 것일까? 국난을 극복하기 위한 애국심은 더 이상 추상적인 개념이 아니라 구체적인 행위를 요하게 된다. 평화시에는 국민들이 애국심이라는 것을 전혀 생각하지 않은 채 일상생활을 영위하고 있을 뿐만 아니라, 애국심이라는 말은 듣게 되는 경우에도 그런 것이 있었는가 할 정도로 생소한 느낌까지 받게 되는 것이 애국심이라는 용어라고 할 수 있을 것이다.

그런데 전쟁이라든가 국가적인 위기가 닥치게 되면, 국민들의 마음속에 잠재되어 있던 애국심이 눈을 뜨게 되고 많은 국민들이 애국자로서 필요한 행동을 개시하게 되는 것이다.

한국의 현대사에 있어서 비극적인 최대의 사건이었던 6·25 전쟁은 일요일이었던 1950년 6월 25일 새벽에 38선을 넘어선 북한군의 남한에 대한 기습공격으로 개시되었다. 대규모의 병력으로 파죽지세로 밀고 내려왔던 북한군은 단 사흘 만에 서울을 점령하고 계속하여 남진하기 시작했다.

전쟁준비가 전혀 되어있지 않았던 남한은 군의 고위직의 한 사람이 만일 남북 간에 전쟁이 일어나게 되면 점심은 평양에서 먹고 저녁은 신의주에 가서 먹겠다고 호언장담을 하더니, 대통령을 비롯한 고위직 공무원들은 대통령이 국민에게 서울을 사수하라는 녹음테이프를 틀어놓고, 자신들은 서울을 버리고 한강인도교까지 끊어놓고 꽁무니가 빠지게 남쪽으로 도망치고 말았던 것이다.

정부의 무책임한 처신으로 서울에 3개월간 적의 수중에 남겨진 국민들의 고통은 필설로 다 표현하기 어려울 정도였다. 먹을 것도 없고 공산당들에게 매일 시달리는 삶은 참으로 견디기 어려운 일이었다. 다행히 인천상륙작전을 성공시킨 유엔군이 서울을 3개월 만에 다시 탈환함으로써 적치 하에서의 생활은 종지부를 찍게 되었던 것이다.

그런데 큰소리를 치다가 서울이 적의 수중에 떨어지기 전에 서울을 빠져나갔던 대통령과 고위직 공무원들은 서울에 돌아와서 하는 말이 서울을 떠나지 못하고 그대로 남아있던 모든 국민은 공산정권에 협력을 했던 부역자라는 말을 거침없이 하면서, 그들을 처벌해야 한다는 말까지 하게 되었다. 참으로 어처구니없는 일이다.

그들은 과연 누구를 위하여 존재하는 정부인가? 한강인도교까지 끊어서 국민들의 퇴로를 차단해버린 비겁한 인간들인 주제에 누구들에게 감히 부역자라는 말을 함부로 하는 것인가? 정부에 대한 국민들의 불평이 커지게 되자 대통령은 부하직원들이 한 일이라 자신은 아는 바가 없다고 발뺌을 하려고 했다니, 대통령은 정말로 그러한 사실을 몰랐던 것일까? 심히 의심스러운 일이라 아니 할 수 없을 것이다.

위정자들이 국가적인 위기에 직면하여 보여주었던 비겁한 태도와는 달리 우리의 젊은이들은 국가를 지키는데 있어서 참으로 용감했다. 대학교 1~2학년이나 구제중학교 5~6학년이었던 형들의 경우에는 대부분 지원하다시피 군에 입대를 하여 그들의 대부분은 전투를 하다가 전사를 했거나 부상을 당했다. 나의 경우는 당시에 중학교 3학년이었기 때문에 군에 가기에는 어린 나이어서 군에 지원을 하지 않았다.

그런데 나처럼 어린 학생들의 경우에도 군에 입대하여, '군번 없는 병사'로서 전쟁에 참가했다가 전사를 하거나 부상한 사람들이 상당수 있었다. 그들에게는 군번이 주어지지 않았기 때문에 정식으로 군인으로 인정을 받지를 못해서 그들에 대한 기록이 사실상 없는 것이나 마찬가지였다. 그리하여 전쟁이 끝난 후에 당사자의 신고에 의하여 병적사항을 접수하기 시작했다. 전사자 중에 연고자가 없는 경우에는 그들에 관한 기록이 전혀 없다고 해도 과언이 아니었다. 이러한 사실을 미리 알아냈던 한 인사 중에 후에 고위직 공무원이 되었던 사람은 '군번 없는 병사'로 전쟁에 참가했던 일이 없었음에도 불구하고, 학도병으로 군에 갔다 왔던 것처럼 자신의 병적을 정리하고 염치없게도 고위직 공무원으로 근무한 사람조차 나오게 되었을 정도였다. 그의 경우 전쟁이 일어났을 때는 북한에 있다가 1·4 후퇴 당시에 남한으로 왔기 때문에 '군번 없는 병사'로 전쟁에 참가할 기회가 없었다고 해야 할 것이다.

전쟁이 났을 때 국가를 위기에서 구하기 위하여 전쟁에 참가하여 부상을 당했거나 전사한 형들이나 '군번 없는 병사'로 참전하여 부상을 당했거나 전사한 어린 학생들이야말로 진정한 애국자라고 할 수 있을 것이다.

전쟁이 일어나자 국민을 헌신짝처럼 버리고 도망쳤던 대통령이나 고위 공무원들을 과연 애국자라고 부를 수 있을 것인가? 조선이 일제에 국권을 빼앗기고 식민지가 되었을 때에도 나라를 되찾기 위하여 막강한 일본군에 대항하여 독립운동을 한 사람들은 나라를 일본에게 팔아먹은 친일 고급관료들이 무시를 했던 서민 계급의 출신자들이었다. 그들은 국내에서 의병을 일으켜서 일본군에 저항했으며, 중국이나 만주 등지의 해외에서도 독립운동을 이끌어 나갔다. 그런데 임시정부의 대통령이 되었던 모 인사는 미국에 머물면서 대통령이 어떻게 막일을 할 수 있느냐는 변명 하에 교포들이 벌어다 바치는 돈으로 생활을 했다고 한다. 그가 구체적으로 미국에서 어떠한 독립운동을 했는지에 대한 것은 잘 알려진 바가 없으니 하는 말이다.

고대 그리스와 페르시아간의 전쟁은 페르시아 제국이 대군을 이끌고 이오니아반도로 침공해 오면서 몇 차례의 전쟁을 겪었다. 페르시아군은 아테나이의 공격에 나섰다. 기원전 492년에 아티카지방 동쪽의 마라톤 평야에 상륙한 다리우스 I세가 이끄는 500,000명으로 추정되는 페르시아군은 아테나이를 향해 진군했다. 페르시아군의 침략에 아테나이는 전령을 보내어 스파르타에게 지원군을 파견해 달라고 했으나 스파르타는 종교적인 이유로 지원군을 보내지 않았다고 한다. 아테나이는 자력으로 방위에 나섰다. 수적으로 우세한 페르시아군은 바다와 육지 양쪽으로 아테나이를 공략했는데, 당시 아테나이의 병력은 약 10,000명 정도로 추산된다. 육지에서 두 세력은 마라톤 평야에서 싸웠는데 아테나이군은 길게 병력을 배치하고 좌우 양 날개에 최 정예군을 배치했다. 전투가 개시되자 아테나이군의 중앙이 밀렸으나 좌우의 부대가 페르시아군을 공격하는데 성공했다. 아테나이군의 전사자는 200명 남짓, 페르시아군은 6,400명이 전사했다고 한다. 아테나이군은 수적인 열세에도 불구하고 이 전투에서 승리하고 바다 쪽에서 아테나이 해군도 페르시아의 함대를 막는데 성공하여 페르시아는 후퇴했다. 이 전투의 승전보를 가지고 아테나이로 달려온 한 병사에 대한 전설이 있는데, 이것이 현대 올림픽의 마라톤의 유래가 된다.

마라톤 전투의 승리로 페르시아군이 더 이상 무적이 아니고 그리스 국가들도 연합하여 싸우면 승리한다는 것을 알게 되었다. 페르시아에 굴복했던 많은 그리스 도시국가들이 아테나이와 스파르타의 편으로 돌아섰다. 키루스 2세 이래로 정규군이 육전에서 한 번도 패한 적이 없는 페르시아 육군은 마라톤 전투에서 유일하게 패배함으로써 자존심에 상처를 입었고, 이오니아의 그리스계 국가들에 대한 영향력의 약화를 우려할 처지가 되었다.

마라톤 전투 이후 10년간 그리스의 정세는 크게 변한 것이 없다. 마케도니아의 알렉산드로스 I세는 이때 페르시아로부터 독립을 선언한 것으로 여겨진다.

그는 그리스의 고대 올림픽 경기에 참가했는데 올림픽경기에는 순수 그리스인만 참가할 수 있었다. 스파르타에서는 레오니다스가 권좌에 올랐다. 아테나이는 다가오는 페르시아의 침략에 대비하기 위해 준비에 나섰다. 기원전 488년 도편추방제가 처음으로 실시되어 페르시아에 항복을 주장하는 사람들을 추방시켰고 아테나이는 데미스토클레스가 이끄는 강경민중파와 아리스티데스의 온건귀족파로 나뉘었다.

페르시아의 위협에 맞서 군비증강에 따른 자력방위론을 주장하는 데미스토클레스는 도편추방제를 활용하여 정적인 아리스티데스를 추방하고 정권을 잡은 후 광산이익을 국고에 귀속시키고 군비증강에 힘썼다. 페르시아의 재침공이 점차 현실화 되자 북부의 일부 그리스 국가는 페르시아에 항복하고 페르시아 편으로 붙었지만, 아테나이와 스파르타를 중심으로 몇몇 그리스 동맹국은 서로 반목을 그치고 페르시아의 위협 앞에 연합전선을 구축했다.

한편 페르시아는 그리스의 재침공을 위해 준비에 나섰으나 때마침 바빌로니아와 이집트에서 일어난 반란 때문에 준비가 늦어졌고, 기원전 485년에 다리우스 I세가 죽고 그의 아들 크레크세스 I세가 제위에 올랐다. 크레크세스 I세는 아버지의 뒤를 이어 그리스원정을 준비했고 대략 4년에 걸친 전쟁 준비 이후 그리스 공략에 나섰다.

기원전 480년 크레크세스가 직접 이끄는 페르시아의 대군은 그리스 원정에 나섰다. 원정군의 병력 규모에 대해서는 많은 논란이 있다. 헤로도토스의 기록은 보병만 170만 명, 기병 8만 명, 그리스의 페르시아 동맹군 32만 명 등 총 260만 명 이상의 규모라고 적고 있으나, 후대의 사가들은 80만 명이라고 적었고, 현대의 연구자들은 9만에서 30만 명으로 본다.

크레크세스 I세는 헬레스폰토스 해협에 이집트와 페니키아의 군함을 연결하여 두 개의 다리를 만들라고 명령했는데, 폭풍으로 유실되었으나 다시 지어졌고 페르시아의 대군이 모두 건너는 데 7일이 걸렸다고 한다.

페르시아군은 트리케와 마케도니아를 지나 남하했고, 해군도 해안선을 따라 육군과 보조를 맞추어 남하했다.

그리스 측은 아테나이와 스파르타를 중심으로 연합군을 편성했고 각각 해군과 육군을 지휘했다. 그리스 연합군의 지휘관인 아테나이의 테미스토클레스는 넓은 데살리아 평원에서의 전투가 불리하다고 판단하고, 마지막 방어선을 중부지방의 좁고 험한 산악지역인 테르모필라이에서 세우기로 하였다. 이 방어선에는 스파르타의 레오이다스가 이끄는 300명의 스파르타 전사와 그리스 각지에서 모인 4,000명의 병사가 투입되었고 테미스토클레스가 이끄는 해군은 에우모이아 곶에서 페르시아군을 맞서기로 결정했다.

페르시아의 해군은 폭풍을 만나 손실을 입었고, 아르테미시온에서 그리스 해군에게 저지당했고 페르시아 육군은 테르모필라이에서 스파르타의 결사대인 300명의 병사와 그리스군의 격렬한 저항을 받았다.

페르시아 대군은 협곡에서 2일 동안 저지당하면서 많은 손실을 보았는데 3일째 되는 날에 그리스의 한 배신자가 협곡을 우회하는 샛길을 페르시아군에게 알려주어, 페르시아군은 테르모필라이 정면돌파를 피하고 우회공격에 나서게 되었다. 이에 스파르타의 왕 레오니다스는 스파르타의 300명과 700명의 테스피아인, 포로로 잡혀있던 400명의 테베인, 900명의 헬롯인을 제외한 다른 그리스인들을 철수시키고 그곳에서 전원이 전사하였다. 특히 스파르타의 왕 레오니다스와 함께 이때 전사한 300명의 결사대에 관한 슬픈 사연은 그들이 전사한 자리에 세워진 비석에 상세하게 적혀져 있으며, 그들의 장렬한 죽음은 애국심의 대표적인 발로로 지금까지 전해지고 있다. 그들이 전사한 장소의 부근에는 노천 유황온천이 흐르고 있지만, 의외로 많은 사람들이 찾지 않고 있어서 방문객들의 마음을 숙연하게 만들고 있었다.

데르모필라이에서 승리한 페르시아군은 그리스 본토를 유린하며 기원전 480년 9월경 아테나이에 입성하는데, 아테나이는 이미 소개되어 비어있었다. 이것은 아테나이의 데미스토클레스의 작전으로 수도를 방위하기보다는 비워두고 시민과 병력을 살라미스 섬으로 이주시킨 것이다. 페르시아 해군의 큰 군선은 좁은 살라미스의 바다에서 기동력을 잃었고, 상대적으로 가벼운 그리스 갤리선에 의해 괴멸당했고 퇴각해야 했다. 크레크세스 I세는 마침 칼키디키에서 일어난 반란으로 그리스에서 고립되는 것을 우려하여, 대부분의 병사를 소아시아로 퇴각시키고 마르도니우스를 그리스 본토에 남겨두었다.

이듬해인 기원전 479년 봄, 마르도니우스는 마케도니아의 알레산드로스 I세를 보내어 그리스와 협정을 맺으려 하였으나 그리스인들은 이를 거부했다. 아테나이는 이번에도 시가지를 비우고 해상에서 승부를 거는 작전을 세웠고, 스파르타의 파우사니아스 왕이 지휘하는 5만 명의 그리스연합군은 테바이 근처의 플라타이아 평원에서 페르시아군과 전투를 벌렸다. 전투는 혼전이었지만 스파르타와 테케아군의 용맹으로 대세는 그리스쪽으로 기울었고 결국 마르도니우스는 전사하고 페르시아군은 퇴각했다. 페르시아군은 퇴각하면서 마케도니아의 알레산드로스 I세의 매복에 걸려 대부분이 소아시아로 건너가지 못하고 죽었다. 한편 바다쪽에서 해군도 풀라타이아 전투가 벌어진 날에 페르시아군의 해군을 섬멸했다.

같은 해 그리스는 반격에 나섰는데 아테나이의 해군을 주축으로 한 그리스 연합함대는 에게해를 지나 소아시아로 침공했고 그리스계 도시국가를 해방시켰다. 이후 30년간 크고 작은 전투가 페르시아와 그리스 사이에 벌어졌는데, 아테나이의 주도로 새로 결정된 델로시동맹은 아나톨리아 해안에 있는 이오니아계 도시국가들을 페르시아의 지배로부터 해방하기 위해 계속 공세를 펼쳤는데 대체로 성공을 거두었다. 기원전 448년 경에는 마침내 아테나이와 그리스동맹국 및 페르시아왕 아르타크세르크세스 I세 사이에 협정이 맺어졌다.

여기에서 고대사회인 그리스와 페르시아의 전쟁에 관하여 장황하게 살펴본 근본이유는 그 전쟁 중에 나라를 방어하다가 장렬하게 전사한 스파르타의 왕 레오니다스와 300명의 병사들의 애국심을 다시 한 번 생각해보기 위해서였다. 페르시아의 대군에 맞서서 소수의 병력으로 싸우다 보면 결국에는 중과부족으로 죽을 수밖에 없다는 것을 뻔히 알면서도, 대군의 공격을 막아내다가 결국에는 한 사람도 남지 않고 전원이 전사에 버릴 수밖에 없었다는 것은 너무나 당연한 사필귀정의 결과라 할 수 있을 것이다. 그러나 그들은 자신의 피할 수 없는 운명을 냉철한 마음으로 받아들이고, 조국을 위해 전사했기 때문에 그들의 슬픈 이야기가 지금까지도 사람들의 입에 회자되는 것이 아니겠는가?

우리나라 사람들의 행태를 볼 때 과연 우리나라에도 애국자들이 있는가 하는 의심이 날 지경이다. 공직자는 물론 일반국민들까지 나라를 사랑하는 애국심이라는 것이 그들에게 있는지 묻고 싶을 정도이다. 최근에는 대통령까지도 국민을 위해서 일을 해야 하는 대통령의 신분을 망각하고 전례 없는 부정을 저질러서 온 나라를 시끄럽게 만들고 있는 사람을 사사로이 옹호해 주다가, 국민 앞에 사과를 했지만 90초에 걸친 짤막한 대통령의 사과 한마디로 사태가 수습될 수 있다고 생각했다면 착각도 보통 착각이 아닐 것이다.

그동안 소문으로만 무성했던 일들이 사실이었다는 것을 대통령이 입증해 준 셈이다. 이러한 일련의 사태로 인하여 대통령이 리더쉽을 상실하고 있으니 국가의 장래를 위하여 보통 일이 아닌 것이다. 어떻게 대통령이 이러한 정치적인 위기를 극복하고 나라를 바로 세울 수 있느냐 하는 것이 문제해결의 관건이라 할 수 있을 것이다.

어떻게 국민이 뽑아준 대통령이 국민의 신뢰를 헌신짝처럼 배신해버리고 나라를 이 지경으로 억망으로 만들어버린 처지에 놓여있으면서 얼마 되지 않는 남은 임기를 무사히 마칠 수 있을 것인지 의심의 여지가 있는 일이다. 한 여자의 엉뚱한 말만 듣고 중대한 국정을 그녀의 뜻에 따라 결정했다는 소문이 사실로 들어난 이상 대통령의 역할을 더 이상 제대로 수행할 수 있을 것인가? 참으로 우려되는 사태라고 아니 할 수 없을 것이다. 우리나라의 역대 대통령 중에 이러한 말도 되지 않는 엄청난 사실로 문제를 일으켜서 국민에게 실망을 안겨주었던 대통령이 또 있었던가?

우리나라의 최고지도자인 대통령이 그렇게 엉뚱하게 처신을 하다 보니 그 밑에 있는 고급공무원들의 처신이야 더 이상 말을 해서 무얼 하겠는가? 법을 제정해야 하는 국회의원이나 법을 집행해야 하는 판검사나 심지어 변호사에 이르기까지 염치없게도 법을 위반하여, 공공연히 뇌물을 받아먹고 있는데 있어서 지위의 고하에 차이가 없는 것 같다.

이렇게 부패한 나라가 또 어디에 있다는 말인가? 위정자들이 국민을 위해서 일을 하지 않고 사리사욕에 눈이 어두워져서 뇌물을 챙기다 보면, 국민들도 그들을 본 따서 죄의식이 없는 사람들로 변해버리기 쉽다보니 우리 사회가 무법천지와 같은 사회로 변해버리게 될 수밖에 없는 것이다. 국가의 지도급 인사들이 이 지경이다 보니, 그들이 국민을 비난하거나 이끌어나갈 능력은 더 이상 없다고 해야 할 것이다. '윗물이 맑아야 아랫물도 맑다'는 말은 결코 틀린 말이 아닌 것이다.

이러다 보니 우리 사회에서 일어나는 각종 부조리에 대하여 올바로 심판할 사람은 모두 사라져버리고, 자리에 남아 있는 사람들은 엄밀한 의미에서 국민의 잘못을 심판할 자격조차 없는 사람들이라고 말할 수 있을 정도로 국가의 위신이 땅에 떨어져버렸다. 이처럼 국가의 기강이 바로 서지 않다보니 사회정의를 바로 세운다는 것 자체가 거의 불가능한 일이 되고 있다고 해야 할 것이다. 국민들이 국가의 지도급 인사들을 존경하는 마음이 없어진다면, 국가의 기강이 서지 않을 것이며 국가의 기강이 제대로 서지 않으면, 국민이 불법을 저지르더라도 제재를 가하기가 어려워질 것이다. 마찬가지 이유로 교사들이 학생들에게 존경을 받지 못하게 된다면, 학생들을 지도하는데 여러 가지 어려움이 뒤따르게 된다는 것은 재론을 요하지 않는 문제라고 할 수 있을 것이다. 만일 이러한 사태가 발생하게 된다면 국가적인 위기라 할 수 있으며, 사회적인 혼란이 야기되어 국민의 생활은 좀 더 살기에 어려워지고 사람들의 인심은 좀 더 각박해질 것이다.

우리의 자라나는 청소년들이 어른을 존경하는 마음이 없어지다 보니, 그들을 바른 길로 선도해 간다는 것이 예전과는 비교를 할 수 없을 정도로 어려워지고 있다. 그들은 어려서부터 질서나 원칙을 지키는 것을 배우기보다는 무질서와 불법부터 배우기 시작하는 것을 어떻게 막을 수 있을 것인가? 어떤 일을 성사시키는데 수단방법을 가리지 않는 생활태도가 어렸을 때부터 몸에 배이게 된다면, 그들이 어른이 되는 경우에 우리 사회의 모습이 어떻게 변화해버릴 수 있느냐 하는 것은 예상을 불허하는 일이라고 아니 할 수 없을 것이다. 수단방법을 가리지 않고 남을 쓰러뜨려서 성공만 하면 된다는 생각이야말로 가히 망국병이라고 부를 수 있는 것이 아니겠는가? 만일 우리사회가 질서가 없는 혼란한 사회로 변해버린다면 과연 살맛이 있을 것이며, 장래에 대한 희망을 가질 수 있을 것인가?

그런데 우리 사회의 모습은 다행히 아직까지는 그 지경에 이르지는 않았지만, 그대로 방치하다 보면 언제 그러한 무질서하며 인심이 각박해지는 사회로 이행하게 될 것인지에 대해서는 아무도 쉽게 예상할 수 없을 것이다. 우리 사회가 그러한 불행을 맞이하게 되는 사회가 되지 않기 위해서 너무 늦기 전에 효과적인 방안을 강구할 필요가 있을 것이다. 그 방법 중에 하나는 좀 진부한 감이 있지만 국민의 애국심에 호소해 보는 방법일 것이다. 우리가 그러한 사실을 잊고 생활하고 있기는 하지만, 국민의 마음속에는 나라를 사랑하는 마음이 잠재해 있다고 할 것이다. 나라를 사랑하는 사람은 자신의 이익을 위한 일이라고 하여 불법을 저지르면서 그 일을 성취시키려는 생각은 절대로 하지 않을 것이다.

우리는 학교에서도 우리들의 자라나는 청소년들에게 더 이상 애국심에 관한 것을 가르치지 않고 있다. 일제시대에는 그들의 식민지였던 한국의 학교에서도 애국심에 관한 것을 학생들에게 열심히 가르쳐주었던 것이다. 이러한 애국심에 관한 교육은 비록 한국인을 일본인으로 만들려는 식민지교육의 일환이었기는 했지만, 그들의 애국심에 관한 교육은 철저한 것이었으며 교육적인 효과도 컸다고 할 수 있을 것이다. 일본국민들의 경우에는 애국심에 관한 교육에 힘입어 중국을 침략하고 미국에 대항하여 제2차 세계대전을 일으켰다가 패망하기는 했지만, 일본국민이 일등국민이라는 자부심은 대단한 것이어서 지금까지도 일본인 중에는 재무장을 하더라도 과거의 영광을 되찾아야 한다는 생각을 갖고 있는 숫자가 대다수를 점하고 있다고 해도 과언이 아닐 것이다. 일본의 우익정부의 우익화가 국민의 절대적인 지지를 받고 있는 것도 애국심에 관한 교육의 덕택 때문이었다고 할 수 있을 것이다. 우리도 그들이 우리에게 했던 것처럼 국민을 대상으로 하는 애국심에 관한 교육을 철저히 해보는 것도 현재의 국가위기를 극복하기 위한 바람직한 효과적인 방법이 되지 않겠는가?

국민의 마음속에 잠재해 있는 나라사랑의 마음은 교육에 의하여 계속 국민들을 깨우쳐주지 않으면, 애국심이라는 것이 결국에는 하나의 화려한 장식품으로 끝나버릴 우려가 다분히 있는 개념이라고 할 수 있을 것이다.

우리는 지금까지 지식 위주의 교육에만 치중해왔다. 그 결과 머리가 좋은 인간들을 양산해 냈는지는 알 수 없지만, 마음이 차가운 냉혈동물들을 만들어내고야 말았던 것이다. 국가와 사회에 미치는 영향에 대해서는 전혀 관심이 없는 자기중심적인 인간들만 만들어낸 우리가 그들에게 국가의 장래를 맡길 수 있을 것인가? 이기적인 인간들은 다른 사람과 함께 살아가야 한다는 기본적인 이치조차 알지 못하고 있는 원초적인 인간들이라고 할 수 있을 것이다. 남이야 어떻게 되건 간에 나 혼자만 잘 살면 된다는 근시안적인 생각에서 필요한 경우에는 악행을 서슴없이 저지르고 있는 것이다.

우리 국민에게 가장 필요한 교과목인 민주시민론이나 도의교육뿐만 아니라 애국심에 관한 교육 같은 것은 과거에는 중요한 필수과목들이었는데, 언제부터인가 이러한 과목들이 대학입시과목들에 밀려서 학교에서 슬그머니 사라져버리고 말았던 것이다.

아무리 대학에 입학하는 것이 중요한 일이라고 할지라도 인간이 덜 된 사람들을 교육해보았자 가슴은 텅 비어 있고 머리만 기형적으로 커져버린 괴물들만 양산해버리는 결과를 가져오게 될 것이다.

우리 사회의 문제점은 그러한 과목들을 교과목에서 완전히 추방해버린 후부터 심각해지기 시작한 것이다. 아무도 우리의 자라나는 청소년들에게 해서는 안 된다는 말을 해주지 않기 때문에, 행동지침이 없는 그들이 사회의 일원으로서 어떻게 행동을 해야 할 것이냐에 관하여 사실상 아무 것도 아는 것이 없는 것이다. 그러다 보니 자기 편할 대로 이기적으로 행동을 하게 되는 것이 아닐까? 이것이야말로 국가와 사회를 위하여 참으로 심각한 일이라 아니 할 수 없을 것이다.

'길에 휴지를 버리지 말아라', '길에 담배꽁초를 버리지 말아라', '윗사람들에게 존댓말을 써라', '말을 함부로 하지 말아라', '남을 비방하지 말아라', '남을 모함하지 말아라', '거짓말을 하지 말아라' 등등 우리가 해서는 아니 되는 일들은 이밖에도 수없이 많을 것이다.

이러한 일들을 우리 국민들이 무심코 하게 되면 우리나라와 사회가 극도의 혼란에 빠져버리게 될 것이다. 그러한 국가적 또는 사회적인 혼란을 미연에 방지하기 위하여 법률이나 도덕률과 같은 강제규범이 존재하는 것이다. 그러한 강제규범이 존재하지 않더라도 국민들이 미리 알아서 자신의 행실에 조심을 한다면야 얼마나 좋겠느냐마는, 그냥 방치해두면 제멋대로 다른 사람을 배려하지 않은 채 자기편한 대로 행동을 하게 되니 문제인 것이다. 애국심은 이러한 작은 일부터 한가지씩이라도 하지 않는데서 생겨나는 것이라고 할 수 있다. 그러한 사소한 행동이라도 남에게 피해가 될 수 있는 행동은 계속해서 귀가 아플 정도로 되풀이해서 말을 해주어야 듣는 척이라도 하다가 마침내 듣게 되어, 그러한 행동을 다시는 되풀이 하지 않게 되는 것이 인간심리의 속성이라고 한다.

이러한 애국심에 관한 교육은 학교교육에서 하는 것이 가장 바람직한 일이겠지만, 현재로서는 그러한 교육을 학교교육에 포함시키고 있지 않기 때문에 어른이 된 후에라도 사회교육이나 홍보활동 등을 통하여 애국심을 고취시키는 교육을 할 필요가 있을 것이다. 애국심에 관한 교육을 철저하게 받은 일본인들은 한국인과 비교할 때 나라사랑의 정신이 투철하며 일본인임을 자랑스럽게 여기고 있다고 한다. 이와 비교할 때 과연 한국인은 나라사랑의 마음이 있는 것인지 의심이 갈 지경이다. 애국심이 있는 사람들이 국제적으로 나라망신을 시키고 다닐 수는 없는 것이다. 유럽에 가서 못된 일들을 하고 다니는 일본인들에게 너희들은 도대체가 어느 나라에서 온 종자들이냐고 묻게 된다면 한국이이라고 말을 한다고 한다. 마찬가지로 한국인들의 경우에도 한국인들이 저질러 놓은 일들에 대하여 같은 질문을 받게 되면 일본인들이라고 말을 한다고 한다. 아마도 일본인이나 한국인이나 간에 자기 나라망신을 시키는 일은 싫은 일이라 그렇게 거짓말들을 서슴없이 하는 것이 아니겠는가?

애국심이라는 것은 이러한 경우에는 거짓말까지 해서 자신을 변명하려는 나쁜 의미로 사용될 수도 있는 것이다. 일제말기에 한국의 청년들을 자살비행단인 가미가제독고다이에 지원하게 하여 천황폐하를 위하여 자신의 전투기로 미국의 B-29 폭격기에 충돌하게 함으로써 그 큰 비행기를 격추시키는데 희생 제물로 활용했다.

그런데 일본인들의 경우에는 자신들의 천황폐하를 위하여 자살비행단에 참가하는 것이 영광일 수 있지만, 한국청년들의 경우는 과연 누구를 위하여 기꺼이 목숨까지 바쳐야 한다는 말인가? 아마도 그들은 자신의 목숨을 허무하게 바치면서도 나라 없는 설움을 뼈져리게 느꼈을 것이다. 그런데 이제는 우리 국민이 기댈 수 있는 국가가 있으니, 우리끼리 지지고 볶으면서 서로 사랑하기도 하고 미워하기도 하면서 함께 살아갈 수 있게 되었다.

일본인들이 한국인들을 비하하기 위하여 한국인의 식민지근성을 언급하기를 좋아하는 것 같다. 이러한 일본인의 태도는 한 때 한국을 식민지 지배를 했었다는 일본인의 우월감을 나타내는 말이라고 할 수 있을 것이다. 그들의 말처럼 과연 일본인은 한국인보다 우월한 위치에 놓여 있는 것일까? 그들은 또한 한국인들이 뭉칠 줄 모르는 국민이라는 말을 하기를 좋아한다. 한국인들을 개인적으로 보면 일본인들보다 훨씬 우수하지만 단체로 경기 같은 것을 하다보면 똘똘 뭉치는 일본인을 도저히 당해낼 수 없다는 것이다.

그들의 말이 사실이라는 것은 우리의 사회문화적인 현실이 잘 말을 해주고 있는 셈이다. 정치인들이 국정운영에 있어서 화합보다는 대립각을 세우는 경우가 많은 것은 사실이지만, 우리나라의 경우처럼 사사건건 자기의견만 내세워서 정치적인 타협이라는 것이 이루어지기 어려운 국가도 드물 것이다. 아마도 일본인들이 한국인들은 화합을 할 줄 모르는 국민이라는 말을 즐겨 하는 것은 한국의 정치인들을 두고 하는 말이라고도 할 수 있을 것이다.

애국심이라는 것은 국민의 마음속에서 자연발생적으로 일어나는 것이 가장 바람직한 일이기는 하지만, 그렇게 되지 못하는 경우에는 국민 전체를 재교육시켜야하는 경우가 발생할지라도 국민의 애국심을 고취시킬 수 있는 방법을 강구해야 할 것이다. 우리나라는 나라 안팎으로 최대의 위기에 직면하고 있다고 해야 할 것이다. 대통령을 비롯한 위정자들의 실정으로 국가의 위신은 땅에 떨어졌으며 국민은 더 이상 정부를 신뢰할 수 없게 되었으니 우리의 현대사에 있어서 이보다 더 한 위기가 언제 있었던가? 우리 국민이 그동안 노력을 해서 이룩해놓은 모든 성과들이 하루아침에 무너져버릴지도 모르겠다는 위기감에 우리 국민이 직면하고 있다고 해야 할 것이다. 꾸준한 노력의 대가로 얻어지는 성과가 아니라 권력의 비호를 받으면서 힘 안들이고 차지하게 되는 사회적인 지위나 이권의 개입과 같은 것은 그것들이 비합법적인 방법으로 이루어졌다는 것이 밝혀질 때, 국민이 느끼게 될 무력감과 허탈감은 상상을 초월하는 일이 될 것이다.

이러한 불평등한 사회는 국민의 위화감을 가중시킬 것이며, 국가의 존재이유 자체에 대한 의문점이 생기게 되는 계기가 될 것이다. 국가는 국민 전체를 위하여 존재하는 것이지 특정한 계층만을 위하여 존재하는 것이 아니다. 그런데 어떻게 자유민주주의 국가라고 말해지는 우리나라에서 전근대적인 특혜를 받고 있는 계층이 아직도 존재할 수 있다는 말인가? 국가가 일반국민은 안중에도 없고 이러한 특권층만을 비호하는 세력으로 변해버린 다면, 더 이상 국민의 애국심을 언급할 필요성이 없어질 것이다. 만일 국가의 미래가 그러한 방향을 지향하게 된다면, 일반국민은 장래에 대한 희망을 잃게 될 것이다. 나라사랑의 마음가짐보다는 국가를 저주하고 자신을 이유 없이 비하할 가능성이 커질 수 있기 때문에, 국가와 국민 모두를 위하여 불행한 일이라 할 수 있을 것이다.

모든 국민이 나라사랑하는 마음을 잃지 않고 행복하게 살아갈 수 있는 방법으로는 우선 대통령을 비롯한 위정자들이 자신의 위치를 제대로 찾고, 국가와 국민을 위하여 헌신적으로 일을 함으로써 국민의 신뢰를 회복하는 일이 중요할 것이다. 다음으로는 국민이 제아무리 장래의 전망이 현재로서는 암담할지라도 희망을 버리지 않고 나라사랑을 하는 국민으로서의 본분을 성실하게 다하면서, 우리도 일본인들 못지않게 한국인임을 자랑스럽게 생각하면서 살아갈 필요가 있는 것이 아니겠는가?

10. 억지주장

사람들은 때로는 이치에 맞지도 않는 억지주장을 해서 주변사람들을 당황스럽게 만드는 경우가 있다. 왜 그러는 것일까? 아마도 마음속에 맺혀있던 불만의 한 표현방법이 아닐까 한다. 자신을 알아달라는 하소연일 수도 있을 것이다. 억지주장을 하다보면 사람 간에 대화라는 것이 이루어질 수 없는 것이다. 억지주장은 남이야 어떻게 생각하고 있느냐에 관계없이 일방적으로 자기 말만 하다가 말게 되는 것이다. 그러함에도 불구하고 우리는 때때로 아무 생각 없이 억지주장을 하게 되는 경우가 있다.

억지주장은 억지주장이라는 것을 알면서 하는 경우와 억지주장이라는 것을 의식하지 못하고 하는 경우를 나누어 생각할 수 있을 것이다. 억지주장은 의식하지 못하고 하는 경우보다는 알면서 하는 경우가 더 문제가 될 수 있다고 하겠다. 대부분의 억지주장은 억지주장이라는 것을 알면서 하는 경우이다. 이와 관련된 사례는 대내외적으로 수없이 발생하고 있으며 앞으로도 유사한 억지주장이 계속해서 생기게 될 것이다. 우리가 실제로 체험했다시피 6·25 전쟁은 북한의 남침으로 발발했다는 것은 의심의 여지가 없는 사실이라 할 수 있을 것이다. 이러한 명백한 사실에도 불구하고 북한은 엉뚱하게도 남한이 북한을 먼저 공격했다는 억지주장을 하고 있는 것이다. 북한의 주장은 뻔한 거짓말이라는 것을 잘 알면서도 북한이 그러한 억지주장을 하는 이유는 과연 무엇이었을까? 북한이 확실한 목표를 갖고 억지주장을 하고 있는 이유는 유엔이 북한을 침략자로 규정하고 유엔 헌장 제51조에 의한 집단자위권의 발동으로 유엔군을 창설하여 침략자인 북한을 응징하기 위하여 참전하게 된 것에 대한 면책사유를 얻기 위한 전략이었다고 볼 수밖에 없는 것이다. 그런데 그러한 북한의 주장이 유엔에 의하여 받아들여졌다는 증거는 아무 것도 존재하지 않고 있다. 북한의 인권침해나 핵개발과 같은 유엔에 대한 노골적인 도전은 어떠한 변명을 늘어놓건 간에 그들의 억지주장이 유엔에 의하여 철저하게 응징을 받고 있어서, 결국에는 북한이 국제적으로 고립될 수밖에 없는 처지에 놓여있는 셈이다.

일본의 한국에 대한 억지주장으로는 한국을 자신들의 식민지로 만들어서 36년간을 통치한 사실을 미화시켜서 미개한 한국인을 개화시키고 교육시키는데 기여했다고 자화자찬을 하고 있는데, 이러한 억지주장이야말로 자신의 분수를 알지 못하는 헛소리라고 할 수 있을 것이다. 한국인을 교육시켰다고 큰 소리를 치고 있지만 한국인을 식민지 통치를 위한 도구로 만들기 위한 수단에 불과했던 것이지, 진정으로 한국인을 일본인들과 마찬가지로 국제적인 수준에서도 뒤지지 않는 과학기술자로 만들려는 계획은 처음부터 없었던 것이다. 한국인이 최소한의 일본어를 알아야만 한국인을 자신들이 원하는 식민지의 주구세력으로 부려먹을 수 있기 때문에 한국인을 교육시켰던 것이지, 한국의 장래를 짊어지고 갈 인재를 양성하려는 목적은 처음부터 없었던 것이다. 그러한 사실은 해방이 되어 일본인들이 전부 한반도에서 일본으로 쫓겨 간 후에 현실적인 문제로 나타났던 것이다. 한국인들이 일본으로부터 인수한 기관들을 막상 운영하려고 하니, 필요한 인재들이 없었기 때문에 운영난에 봉착할 수밖에 없었던 것이다.

일본인들이 남겨두고 간 대학으로는 서울대학교의 전신인 경성제국대학교 밖에 없었으며, 한국인이 막상 그 대학교를 인수하여 학생을 받아들이고 가르치려고 했지만, 학생들을 제대로 가르칠만한 교수요원들의 절대부족으로 각 단과대학마다 막심한 인재난에 직면할 수밖에 없었던 것이다. 대학원을 졸업한 사람은 거의 없었기 때문에 그러한 사람으로 교수요원을 채울 수는 없었기 때문에, 궁여지책으로 대학졸업자나 전문학교 졸업자 또는 심지어 대학이나 전문학교 중퇴자로 교수요원을 채우는 궁여지책을 쓸 수밖에 없었던 것이다. 그러다보니 학문의 발전이 제대로 이루어질 수 없었던 것이다. 학생들을 가르칠 교과서도 없었기 때문에 일인들이 남기고 간 교과서를 베끼거나 편집해서 학생들을 가르치는 교수요원들도 있었다. 자신의 능력으로는 아직까지 교과서를 저술할만한 실력이 없었기 때문에, 남의 책을 번역한 것을 마치 자신의 저술인 양 펴내어도 하나도 양심의 가책을 받지 않았으며, 그러한 명백한 표절행위를 문제 삼는 사람들도 사실상 존재하지 않을 정도로 학문의 발전이 지연될 수밖에 없었던 것이다.

일부의 출판사들의 경우에는 저자가 직접 저술한 저서를 펴내는 대신에 외국의 유명학술저서들을 밀수입해서 들여온 후에 그러한 저서들을 복사한 소위 해적판을 전혀 양심의 가책을 받지 않고 마구 찍어내서 돈을 많이 번 후에, 그 일은 그만두고 정식 출판사로 탈바꿈을 하여 국내학자들이 펴낸 저서를 출판하여 명성을 얻게 된 출판사들도 상당수 있어서 우리나라의 학문발전에 이바지하게 되었던 것이다. 해방되었을 당시에 2년제의 전문학교로는 이화전문학교(이화여자대학교의 전신), 연희전문학교(연세대학교의 전신), 보성전문학교(고려대학교의 전신) 등이 전부였으며 한국인의 고등교육을 담당하고 있었는데, 이제는 그러한 전문학교들이 전부 4년제의 대학으로 승격했으며, 예전에는 존재하지도 않았던 대학들이 우후죽순처럼 생겨나서 한국인들의 고등교육을 담당하고 있다. 이제는 대부분의 한국 종합대학교에 대학원이 설치되어 있어서 석·박사를 다수 배출하고 있어서, 해방직후처럼 교수요원의 부족으로 고통을 받는 대신에 오히려 교수요원들이 각 대학교나 대학마다 넘쳐나고 있어서, 대학원을 졸업해도 교수요원으로 대학에 자리를 잡는다는 것이 여간 어려운 일이 아닌 시대로 변하게 되었던 것이다.

　일본인들이 남겨두고 간 공장을 물려받은 생산 공장의 경우에도 사정은 마찬가지였던 것이다. 일본기술자들이 전부 일본으로 가버렸을 뿐만 아니라, 평상시에 한국인들에게 기술을 전수해주지 않았기 때문에 막상 그들이 전부 떠나고 나니 제품을 생산할 기술자가 없어서 생산 공장은 마치 개점휴업상태나 마찬가지였다. 그러다보니 제품이 실제로 생산될 때까지는 한동안 시간이 걸릴 수밖에 없었던 것이다. 기계공학을 전공한 공학도들의 경우에도 생산공장에 있는 기계들을 실제로 다루어본 경험이 없었기 때문에 기계를 가동시키기에는 역부족이었던 것이다. 그러나 한국인들은 역시 머리가 좋은 사람들이라 책을 찾아보든, 일본으로 기술자들을 찾아가든, 아니면 스스로 연구를 해서 기계가동방법을 알아냈건 간에, 생산공장의 기계를 가동시켜서 제품이 나오기 시작했던 것이다. 그러나 불행하게도 6 · 25전쟁의 발발로 그나마 얼마 되지 않는 생산 공장의 기계시설마저 전란으로 파괴되어버려서, 한국인들은 또다시 빈곤한 삶을 맞이할 수밖에 없었던 것이다. 전쟁이 끝난 후에 착수한 경제발전은 말하자면 거의 무에서 착수했던 모험행위가 성공을 거둔 경우라고 할 수 있을 것이다. 이러한 경제발전을 이룩한 한국인의 잠재력을 충분히 인정해주어야 할 것이다.

일본인들은 한국을 비롯한 만주와 중국대륙, 동남아등지까지 침략의 손길을 뻗어서 그 지역을 지배했던 일을 그 지역의 주민들을 위하여 한 일이라고 미화하려 하는데, 그야말로 적반하장이라 아니 할 수 없을 것이다. 일본은 한 때 자신들이 침략한 지역을 한데 묶어서 소위 '대동아공영권'이라는 것을 만들어서, 일본이 맹주가 되어서 자신이 정복한 지역을 영원히 지배하려는 망상에 사로잡혀 있었다. 이러한 일본의 망상은 일본이 제2차 세계대전에 패망함으로써 물거품이 되어버리기는 했지만, 일본의 우익정부는 아직도 그러한 망상을 버리지 못하고 있는 것 같다. 얼마나 어처구니없는 억지주장인 것인가?

일본인들은 자신들이 감행했던 침략행위를 인정할 생각도 없으며 반성하거나 사죄할 생각은 전혀 없는 것 같다. 그러기 때문에 이 지역에서 행한 종군위안부와 같은 만행을 없었던 일로 망각해버리려는 억지주장을 펴고 있는 것이다. 손바닥으로 태양을 가리는 것도 아니고 어떻게 엄연한 역사적인 사실을 없었던 일로 망각해버리려고 시도하는 것일까? 마치 기억이 안 난다는 말로 사실을 호도하려는 어떤 정치인처럼 일본인들도 마찬가지 수법을 쓰려는 것은 아닐까? 일본이 한국의 위안부 할머니들을 계속 외면하고 있다가 그들에 대한 위로금을 좀 내고 위안부 문제를 마무리 지으려고 시도하고 있는 것도 납득이 잘 되지 않는 일본인들의 처사이다. 생존해 있는 위안부 할머니들을 위하여 위로금을 냈으니 위안부 문제는 해결했다고 생각을 하는 것인지, 한국정부에서 요구하는 위안부 할머니들에 대한 사죄는 절대 할 수 없다고 고집을 부리고 있는 이유는 과연 무엇인가? 그들에게 사죄를 하게 되면 일본의 자존심이라도 상한다는 말인가? 일본의 이러한 비우호적인 태도 때문에 일부의 할머니들은 위로금의 수령을 거부하는 사태까지 발생하게 되었던 것이다. 일본정부의 태도가 이 문제를 둘러싸고 너무나 쪼잔하게 굴고 있는 것이 아니겠는가?

일본의 억지주장의 대표적이 실레의 하나는 우리의 영토에 대힌 영유권 주장이라 할 수 있을 것이다. 독도가 우리나라의 영토라는 것은 역사적으로는 물론 사실적으로도 입증된 사실임에도 불구하고, 그러한 사실을 무시하고 자신의 영토라고 주장하고 있는 이유는 과연 무엇일까? 그들도 한국의 영토인 독도를 차지할 수 없다는 것을 잘 알면서도 국제사법재판소에 독도문제를 제소

하겠다는 등의 방법으로, 한국을 끈질기게 위협하고 있는 억지주장을 펴고 있는 이유는 과연 어디에 있는 것일까? 승산이 없는 일을 한국을 상대로 벌이고 있는 일본의 태도가 과연 무엇인지 납득이 잘 가지를 않는다. 독도가 자신의 영토로 편입이 된다고 하여, 일본의 국제적인 위상이 현재보다 높아질 것이라는 착각을 하고 있는 것이나 아닌지 의심이 가는 일이다.

국내적으로 억지주장을 부린 경우를 살펴보자. 이승만정권 때 농림부장관을 지낸 모 정치인은 모스크바의 농업대학을 졸업한 농업전문가로 장래가 유망한 인물이었다. 그런데 그가 농림부장관을 그만 둔지 얼마 되지를 않아서 소련의 간첩이라는 누명을 쓰고 정식재판도 받지 않고 군법회의에서 진행된 재판에서 사형을 선고받고, 얼마 지나지를 않아서 사형이 집행되어서 형장의 이슬로 사라져버리고 말았다. 나중에 들리는 말에 의하면, 그가 이대통령의 유력한 정적이었기 때문에 그에게 엉뚱한 누명을 씌워서 그를 제거해버렸다는 이야기였다. 우리나라에서는 한 동안 반대파를 제거하기 위하여 소위 빨갱이라는 누명을 씌우는 것이 가장 유력한 정치적인 방법이었던 시절이 있었다. 남북이 대치되어 있는 상태에서 마음에 들지 않는 사람을 빨갱이로 몰아붙이는 것 이상으로 유효한 방법이 또 어디에 있었겠는가? 빨갱이라고 하면 대한민국 국민은 누구나 일종의 알레르기반응을 느끼게 되니 하는 말이다.

6·25 전쟁 때 일부 지방에서는 소위 빨갱이들이 주동이 되어 지방의 지주 등 그들이 반동으로 본 사람들을 소위 인민재판이라고 하는 일종의 군중집회를 통하여 그에게 사형을 선고하여, 재

심의 기회도 주지 않은 채 사람들이 지켜보는 앞에서 몽둥이로 때리고 죽창으로 찔러서 즉결처분의 방법으로 무자비하게 사형을 집행했던 것이다. 이러한 빨갱이들의 만행은 직접 목격한 사람들의 경우는 물론, 들어서 아는 사람들의 경우에 상관없이 빨갱이라고 하면 누구나 치를 떨게 되었던 것이다. 군사정권 때 신설된 중앙정보부의 남산분실이라는 곳은 반정부 인사들을 소위 빨갱이로 양산을 해냈던 곳으로 악명이 높았다. 그곳으로 일단 끌려가게 된다면 다시 살아나올 수 없다는 말까지 있었다. 이곳에 끌려왔다가 물고문으로 목숨을 잃은 박모 학생이 있었다. 그가 어떻게 죽었냐고 질문한 기자에게 대답한 말이 하도 어처구니가 없어서 한동안 사람들의 입에 회자되었다. 취조를 하면서 탁자를 한번 탁하고 쳤더니 억하는 소리와 함께 쓰러져 죽었다고 했다. 도대체가 말이나 되는 일인가?

성경에 나오는 로마의 빌라도총독이 예수님을 십자가형에 처하는 장면을 보면 현대판 인민재판과 너무나 유사한 점이 있어서 놀라움을 금할 수 없게 하고 있다. 빌라도가 유대지방의 관례에 따라 과월절에 죄인 중에 한 사람을 풀어주기 위하여 군중에게 물었다. 유대인의 왕이라고 말해지는 예수냐고 물었더니 아니라고 대답하면서 중죄인이었던 바라빠를 풀어주라고 군중들이 외쳤다. 그렇다면 예수는 어떻게 하는 것이 좋겠느냐고 군중에게 물었더니 십자가에 못박으라고 군중들이 큰 소리로 외쳤다. 빌라도는 하는 수없이 예수를 십자가에 못박으라고 군중들에게 내어준 후에, 바라빠를 풀어주고 손을 씻으면서 예수에게서 잘못한 일을 발견할 수 없었다고 한탄을 했다고 한다. 잘못한 일이 없는 예수를 십자가에 못박으라고 군중에게 내준 빌라도의 마음이 편했을 리야 있었겠는가?

유신말기에 박대통령이 장기집권을 시도하는 방법으로 3선개헌안을 국회에 상정하여 투표에 붙인 결과, 찬성투표수의 부족으로 국회의원 3분의 2의 득표수를 얻지 못하여 부결되었다. 그런데 다음날 전대미문의 희한한 일이 발생했다. 서울대학교의 최모 수학교수를 찾아가서 자문을 받았다고 하면서, 소위 사사오입의 반올림 이론을 끌어와서 투표결과를 반올림하게 되면 3선개헌안이 국회를 통과한 것으로 볼 수 있다는 엉뚱한 결론으로 투표결과를 합법화시켜버렸던 것이다. 국민을 완전히 바보로 취급했던 대표적인 억지주장의 사례가 아니겠는가?

한국인들은 자신이 저지른 일에 대하여 책임을 질 줄 모르는 국민인 것 같다. 아내의 치아가 부실하여 단단한 음식은 잘 먹지를 못하지만, 이마트에서 만든 팟빵은 잘 먹기 때문에 자주 그곳에 가서 팟빵을 사다 먹곤 했었다. 지난 주일에 이마트에 갔더니 팟빵이 이미 다 팔려서 더 이상 살 수 없다 하여 그냥 오려고 했더니, 한 시간만 기다리면 새로 굽는 32개의 팟빵을 전부 내게 주겠다는 말을 했다. 큰 딸이 볼 일이 있어서 빨리 우리 부부를 집에 데려다 주고 가야 했지만, 한 시간 후에 빵이 된다는 말을 믿고 카페에서 함께 시간을 보내다가 한 시간 후에 빵집으로 다시 갔다. 그런데 큰 딸을 보내서 빵이 다 되었으면 받아오라고 했더니, 한 시간이나 지났는데도 빵은 아직 되지를 않았으니 40분을 더 기다리라고 했다는 말을 전하면서 몹시 화가 나 있었다. 나는 내가 구입한 다른 물건값을 계산하고 나오면서 다시 빵집에 가서 따졌더니, 그곳에서 일하는 사람들이 사죄도 제대로 하지를 않고 수습 책도 없는 것 같았다. 정상적인 경우였다면 내가 말하기 전에 빵이 나오면 집으로 배달을 해주겠다는 말을 꺼냈어야 하지 않았을까? 그러기는커녕 빵값이 모두 48,000원밖에 되지 않아서 5만 원 이하라 배달을 해줄 수 없다고 말을 하는가 하면, 큰 딸보고 오늘이 일요일인데 배달을 해주는지 안내데스크에 가서 알아보고 오라는 등 말도 되지 않는 말을 했다. 내가 빵을 한 시간 후에 다 만들 수 있다고 말을 해놓고 약속을 지키지 않은 사람이 누구냐고 그를 불러내서 이마트가 떠나가라고 호통을 쳤더니, 그 때서야 배달을 해주겠다는 말이 나오는 것이 아니겠는가? 그러기 전에 미리 알아서 약속을 지키지 못해서 죄송하다고 말하면서 배달을 해주겠다고 말을 할 수는 없었던 것일까? 나의 행동은 결코 억지주장이 아니었다. 나의 당연한 권리주장을 했던 것에 불과한 것이었다.

억지주장은 거짓말이나 음모론과 밀접한 관련이 있다고 할 수 있을 것이다. 왜냐하면 진실을 말하는 것을 음모론이라고 말하는 사람은 아무도 없기 때문이다. 그러다보니 우리나라에서 거짓말을 제일 잘하는 정치인들이 억지주장을 펴는 경우가 가장 많이 있다고 해야 할 것이다. 정치인들은 또한 음모론의 명수들이기도 하다. 없는 일을 마치 존재하는 것처럼 꾸며내서 상대방을 음해하는 음모론이야말로 억지주장의 진수를 말해주는 것이라고 할 수 있을 것이다. 정치인들이 왜 억지주장을 펴고 있느냐에 대한 한 정치사회학자의 강연에서 나온 질문들을 살펴보자.

"교수님께서는 정치인들의 억지주장이라는 것이 상대방을 음해하려는 목적도 있지만 난처해진 자신의 입장을 모면하기 위한 한 방법으로도 사용될 수 있다는 말씀을 하셨는데, 좀 더 구체적으로 말씀해주실 수 없겠습니까?"

"좋은 질문을 해주셨습니다. 정치인들은 자신들의 엉뚱한 주장이 제대로 먹혀들지 않는다고 느낄 때에도 체면상 그대로 물러설 수는 없기 때문에, 자신의 주장이 억지주장이라는 것을 잘 알면서도 끝까지 밀어붙이려고 하는 경향이 있다고 하겠습니다."

"결국에는 그가 말하고 있는 것이 억지주장이라는 것이 밝혀지는데 시간이 많이 걸리지 않게 될 터인데, 시간을 좀 벌기 위하여 억지주장을 펼 필요가 어디에 있다고 생각하십니까?"

"그것은 거짓말의 속성을 잘 알지 못하고 말씀하시는 것이라고 볼 수 있을 것입니다. 거짓말도 똑같은 말을 계속하다 보면 나중에는 마치 진실을 말하는 것처럼 들리게 되는 것처럼, 억지주장도 되풀이 하다보면 사람들이 그것을 억지주장이라는 것을 느끼지 못하게 된다는 인간심리를 교묘하게 이용하려는데 그 근본목적이 있는 것이니, 정치인이야말로 억지주장에 완전히 숙달해 있는 전문가들이라고 할 수 있을 것입니다."

"그렇다면 교수님께서는 억지주장과 진실을 구별할 수 있는 효과적인 방법이 있다고 생각하십니까? 만일 있다면 어떠한 방법이 효과적이라고 생각하십니까?"

"참으로 어려운 문제를 질문하셨습니다. 나는 그 해결방법이 우리의 직관이라고 봅니다. 정치인들의 주장을 듣고 우리의 상식선에서 크게 벗어나고 있는 경우에는 억지주장이라고 보아도 무관하리라고 봅니다. 아무리 정치인들이 억지주장의 명수들이라고 할지라도 상식선에서 크게 벗어나는 일을 주장할 수는 없다고 생각하기 때문입니다."

"정치인들이 자신의 주장을 펴기 위해서는 그것을 실천할 수 있는 예산의 확보가 사전에 되어 있어야 하는 것인데, 그러한 예산의 확보도 없이 어떤 일을 하겠다고 주장을 한다면 그것을 억지주장이라고 보아도 되겠습니까?"

"좋은 예를 들어주었습니다. 바로 그러한 점에 문제가 있다고 할 수 있을 것입니다. 정치인들이 특히 선거 때에 예산의 확보 없는 공약을 남발하고 있는데, 그러한 공약들은 모두 억지주장으로 끝나버릴 수밖에 없는 속이 텅 빈 공약에 불과하다고 해야 할 것입니다. 우리는 정치인들의 억지주장과 실현 가능한 정책 간에 선을 그어 볼 줄 아는 안목을 길러야 할 것입니다."

"교수님께서는 정치사회학적인 측면에서 정치인들의 억지주장에 관한 체계적인 연구를 하신 적이 있으십니까?"

"나의 전공분야가 정치사회학이기 때문에 그 문제에 대해서는 유형별로 연구한 것이 있습니다. 우선 정치인들이 국민을 위하여 일을 한다는 말을 즐겨 쓰고 있는데, 그 말이야말로 정치인들의 대표적인 억지주장이라고 할 수 있을 것입니다. 정치인들은 누구나 자신의 소속정당을 갖고 있기 때문에, 그들은 국민을 위해서가 아니라 자신의 소속정당을 위해서 일을 하고 있다고 보아야 할 것입니다. 소속정당이 없이 잠정적으로 무소속으로 남아있는 정치인이 있는가 하면, 처음부터 소속정당이 없이 정치인이 된 경우도 있기는 하지만, 그러한 정치인들이라고 해서 국민을 위하여 일을 한다고 말할 수는 없는 것입니다. 다음으로 정치인들이 즐겨 쓰는 말 중에는 국가이익을 위해서라는 말이 있는데, 이 것도 정치인들의 억지주장이라고 말할 수 있을 것입니다. 그들은 엄밀한 의미에서 국가이익을 위해서 일을 하고 있다고 말하는 것 보다는, 자신의 소속정당을 위하여 일을 하고 있다는 편이 오히려 맞는 일이라고 할 수 있을 것입니다."

"교수님은 정치인들이 국민이나 국가이익과 같은 것에는 전혀 관심이 없다고 말씀하시는 것으로 이해해도 되겠습니까?"

"좀 비관적인 입장이기는 하지만 정치인들을 그런 부류의 집단으로 이해해도 크게 틀리지는 않을 것입니다."

"교수님께서는 정치인들을 믿을 수 없는 집단으로 이해하고 계신 것 같은데, 그렇다면 우리는 누구에게 국가의 운명이나 우리 자신을 맡겨야 한다는 말입니까? 무슨 대안이라도 있으신 것입니까?"

"우리의 정치현실은 극도의 혼란상에 빠져 있습니다. 우리 국민의 과반수가 우리 국가와 국민을 올바른 방향으로 이끌어 나갈 것이라고 굳게 믿고 뽑아준 대통령이 나중에 알고 보았더니, 일 개 아녀자에게 휘둘렸던 허수아비에 불과했다는 것을 최근에야 알게 된 국민들의 배신감과 허탈감은 필설로 다 표현할 수 없는 지경이 되어버렸습니다. 이러한 비참한 우리나라의 정치현실에서 어떻게 정치인들을 더 이상 믿을 수가 있겠습니까? 참으로 암담한 생각밖에 들지를 않습니다."

"개헌을 하게 되면 우리의 정치현실을 개선할 수 있을 것이라는 주장을 하는 사람들이 있는데 교수님께서는 어떻게 생각하십니까?"

"우리나라의 정치현실은 제도의 문제가 아니라 사람 때문에 문제가 생긴 것이라고 할 수 있을 것입니다. 정치인들의 자질이 근본적으로 바뀌지 않는 한 제도를 아무리 뜯어고친다고 해서 우리의 정치현실은 결코 개선되지를 않을 것입니다."

정치사회학자와의 질의응답에서 얻게 된 중요한 발견은 우리나라의 현실정치의 문제점이 제도에 있는 것이냐 아니면 정치를 하고 있는 사람들에게 있느냐 하는 것이었는데, 이에 대한 결론은 제도가 아니라 사람이 문제라는 것이었다. '실력 없는 장인은 도구를 문제 삼는다'는 말이 있듯이 무능한 정치인들은 자신들이 정치인으로서 능력이 없다는 것을 생각하려 하지 않고 필요한 법이 없기 때문에, 필요한 제도가 없기 때문에 그들의 정치인으로서의 능력을 마음껏 발휘하지 못하고 있다는 주장을 하고 있다. 이러한 주장이야말로 억지주장이라고 아니 할 수 없을 것이다. 우리나라의 정치현실이 최대의 위기를 맞이하고 있음에도 불구하고 정치인들은 구체적인 위기극복의 방안을 내놓지 못한 채 쓸 데 없는 말만 무성할 뿐이다. 우리가 직면하고 있는 국가위기를 극복하기 위해서는 말보다는 구체적인 방안을 정치인들이 내놓아야 할 것이다. 그런데 불행하게도 이러한 위기극복을 담당할 정치인은 우리에게 나타나고 있지 않은 것 같다.

우리나라의 대통령 중에 이승만 초대대통령과 박정희대통령만이 장기집권이라는 억지주장을 폈다. 이승만대통령의 경우에는 초대대통령이기 때문에 장기집권을 해도 무방하다는 실로 얼토당토않은 억지주장을 하면서, 70세가 넘은 고령에 망령까지 나서 실정에 실정을 거듭하다가 결국에는 학생들의 대통령 하야시위에 의하여 권좌에서 불명예스럽게 쫓겨나고 말았던 것이다. 박정희대통령의 경우에는 경제발전의 성공으로 국가를 중흥시킨 공로는 인정되지만, 그렇다고 해서 장기집권을 해야 할 특권까지 부여받은 것은 아니었는데도 불구하고, 3선 개헌으로 장기집권을 하겠다는 억지주장을 펴다가 부하에게 암살을 당하는 비운을 맞이하게 되었던 것이다.

현직대통령의 경우에는 우리나라의 대통령 중에 가장 능력이 없는 대통령으로서 최악의 경우에 해당한다고 보아야 할 것이다. 대통령의 권위와 지도력이 땅에 떨어졌기 때문에 우리 국민이 그녀에게 더 이상 아무 것도 기대할 것이 남아있지 않다고 해도 과언이 아닐 것이다. 이러한 사태는 우리 국가와 국민을 위하여 참으로 불행한 일이라고 아니 할 수 없을 것이다. 우리 국가의 위기를 극복하기 위한 최선의 방법은 대통령의 참신한 지도력에 의지할 수밖에 없는 것이다. 전직 대통령들의 경우에도 문제가 없지 않았던 것은 아니지만, 차기 대통령이 되겠다고 나서는 인물들의 면모를 볼 때 그들은 모두 막상막하로서 그들 중에 누가 대통령이 되더라도 국민의 신뢰를 회복하기에는 역부족이라 할 수 있을 것이다. 대통령은 국가의 최고 권력자로서의 권위와 지도력을 갖추고 있어야 하는 것이다. 전직 대통령들이 그러한 역할을 충분히 수행하지 못했던 것처럼, 차기 대통령이라고 해서 그들보다 좀 더 나을 것이라는 기대는 하지 않는 것이 마음 편한 일이 아니겠는가?

권위와 지도력을 상실한 대통령은 우리 국가와 국민에게 아무 도움도 주지 못한 채 국가를 바로 세우는 일에 시간만 지체시킬 뿐이다. 우리나라와 같은 대통령제의 국가에서는 대통령에게 모든 권력이 집중되어 있어서 군왕과 같은 대통령은 실로 막강한 권력을 행사하고 있는 셈이다. 이러한 대통령의 권한을 약화시키기 위한 방법으로 의원내각제의 개헌을 시도하고 있는 것 같은데, 만일 의원내각제의 정부구조가 확립되는 경우에는 대통령제의 유일한 장점이라고 할 수 있는 권력의 지속성이 더 이상 유지될 수 없게 될 가능성이 농후해질 것이다. 왜냐하면 자칫 잘못하게 되면 프랑스의 제3공화국의 의원내각제 정부에서 경험했듯이 내각의 빈번한 교체 때문에 정부의 지속성을 확보할 수 없었던 것처럼, 당파간의 정쟁이 심각한 우리나라의 경우 프랑스에 뒤지지 않을 정도의 단명 내각의 존재 때문에 정치권에서는 아무 일도 처리할 수 없는 무능한 정부로 전락할 가능성이 얼마든지 있게 될 것이다. 그러다보면 대통령제를 버리고 내각제를 선택한 것이 아무런 실익도 없게 될 수도 있다는 것이다.

일본이 우리나라를 식민지 근성을 갖고 있는 국가이기 때문에 통치능력을 가질 수 없다고까지 혹평을 했는데, 일본인의 말을 믿고 싶지는 않지만 우리는 정부를 가질 능력이 과연 있는 것인가 할 정도의 의심이 들 정도이다. 그러다 보니 현직 대통령과 같은 대통령으로서의 자질이 전혀 없는 사람이 대통령직을 차지하고 있기 때문에 문제가 생기는 것이 아니겠는가? 비록 임기가 얼마 남지 않은 대통령이기는 하지만 대통령제를 채택하고 있는 우리나라의 경우에는 대통령을 임기 전에 그만두게 할 수 없는 것이 문제인 것이다.

여성 대통령을 처음으로 뽑아준 국민에게 그녀가 안겨준 실망감은 필설로 다 표현하기 어려운 것이었다. 여성 대통령은 남성인 경우보다 정책결정이나 수행능력에 문제점이 있을 것이라는 막연한 불신 때문에 여성 대통령을 뽑지 않았었다. 그녀의 경우는 독신이기 때문에 돌보아야 할 가족도 없고, 남동생과 여동생 간에도 거리를 두고 지내고 있기 때문에 비록 그녀는 청렴하지만 혹시 가족이 문제를 일으킬 염려가 있지 않을까 하는 것을 우려하지 않아도 될 것이라는 확신 비슷한 신념이, 그녀를 대통령으로 뽑아준 국민의 마음속에 잠재해 있었다고 해야 할 것이다. 그런데 최근에 알려진 최모씨의 부정축재와 국정농단이야말로 대통령의 얼굴에 먹칠을 한 것이나 마찬가지 결과를 가져온 것이었다. 최모씨는 의도적으로 대통령을 등에 업고 거의 무소불위의 권한을 행사한 것을 보니 대통령이 도와주거나 묵인해주지 않고는 도저히 가능할 수 없는 일이었다고 하겠다. 우리가 최초로 뽑아준 여성 대통령이 국가를 이 지경으로 만들어 놓고 말았으니, 앞으로 무엇을 믿고 여성 대통령을 다시 뽑아주려고 하겠는가?

학문분야에서 억지주장이 가장 심한 분야가 환경학이라고 할 수 있을 것이다. 환경학은 80년대에 우리나라에 도입되기 시작한 새로운 학문분야로서 우리에게는 전혀 익숙하지 않았던 학제적이며 종합과학적인 학문이라 할 수 있을 것이다. 다른 학문분야는 대부분 한 가지 학문에 국한되는 것이 정상적이라 할 수 있을 것이다. 법학의 경우는 헌법학, 행정학, 민법학, 상법학, 형법학, 국제법학 등 특정한 법학분야를 다루고 있다. 의학의 경우는 내과학, 외과학, 해부학, 신경의학, 정신건강의학, 방사선학 등의 각종 의학 분야를 다루고 있다. 생물학, 물리학, 경영학, 사회학, 의

상학, 약학, 생리학, 약리학, 농학, 축산학, 해양학, 기상학, 천문학 등의 학문분야도 깊이 들어가다 보면 각 학문분야의 세분화가 가능해질 수 있기는 하지만, 환경학과 같은 성질을 갖는 학문분야는 아마도 보건학이나 지구과학 등의 예외적인 경우를 제외하고는 아직까지 존재하지 않고 있다고 해야 할 것이다.

환경학이 학제적이며 종합과학적인 학문분야라는 의미는 다른 학문분야와는 달리, 생물학이나 의학을 전공한 사람이 환경학에 관한 공부를 새로 하지 않은 채 환경학자나 되는 듯이 처신하려는 것처럼 웃기는 억지주장도 드물 것이다. 환경학이 학제적이어야 한다는 의미는 환경연구와 관련이 있는 모든 학문분야가 환경학의 구성요소가 된다는 것을 의미하는 것이다. 엄밀한 의미에서 보면 환경과 관련이 없는 학문분야는 거의 존재하지 않고 있다고 말을 해도 과언이 아니라는 것이다. 환경오염의 발생, 파급효과 등을 규명하기 위해서는 화학, 물리학, 미생물학 등의 자연과학의 지식이 필요하다. 오염물질의 발생을 사전에 방지하고 이미 발생한 오염물질을 환경 내에서 제거하기 위해서는 화학공학, 토목공학, 기계공학 등 소위 환경공학이라는 새로운 학문분야에서 발견되고 개발된 지식과 기술을 필요로 하고 있다. 환경오염의 발생을 규제하기 위한 경제적 유인책인 융자, 보조금 등과 환경사범을 관리하기 위한 여러 가지 법적 규제방법 등은 환경오염문제에 대한 사회과학적인 접근방법에 해당한다고 볼 수 있다. 좁게 볼 때에는 환경오염의 해결이며, 넓게 볼 때에는 환경문제 전반에 걸친 문제해결을 목적으로 하고 있는 학문분야가 환경학이라고 할 수 있을 것이다.

환경학이 종합과학적인 학문분야라는 것은 우리가 이미 살펴본 바와 같이 환경학이 자연과학이나 과학기술분야는 물론 사회과학분야를 포괄하고 있는 다학문적인 학문분야라는 것을 의미하고 있다. 이러한 환경학의 특수성을 인식하지 못했던 초창기의 환경연구가들은 환경문제를 지나치게 미시적으로 접근했기 때문에 문제가 있었던 것이다. 그들은 환경오염물질을 측정하기 위한 단위로서 ppm(1백만분의 1)이라는 측정단위를 사용하기를 선호하고 있었다. 예를 들면 물속에 몇 ppm의 오염물질이 있다는 것을 밝혀내서 오염물질의 유무를 발견해 내는데 연구의 목표를 두었기 때문에, 거시적인 측면에서의 환경오염문제를 규명하는데 실패할 수밖에 없었던 것이다. 환경문제에 대한 거시적인 접근을 도외시한 미시적인 접근만으로는 환경문제의 완벽한 해결을 기대할 수 없었기 때문에, 우리나라의 환경문제가 한동안 표류상태에 놓여 있었던 것이다.

모든 학문분야에는 그 학문을 올바로 연구하기 위한 방법론이라는 것이 있기 마련이며, 그 학문을 연구하기 전에 장황하게 방법론에 관한 것을 설명해 주는 것이 보통 있는 일이다. 그런데 유독 환경학에 있어서만 당연히 있어야 할 방법론이라는 것을 발견할 수 없는 것이다. 왜 그런 것일까? 아마도 소위 환경학이라는 것을 연구하는 사람들이 환경학의 학제적이며 종합과학적인 특성을 제대로 이해하지 못하고 있기 때문에 그런 것이 아닌가 한다. 환경학을 연구하고 있다고 자처하고 있는 대부분의 학자들은 자신이 지금까지 연구해온 특정 학문분야를 환경학이라고 착각을 하고 환경학에 관한 더 이상의 공부를 하려고 하지 않는데 문제가 있는 것 같다.

억지주장을 하는 사람들의 경우에는 의식적으로 하는 경우도 있겠지만, 대부분의 경우에는 무의식적인 억지주장이 더 많으리라고 본다. 왜냐하면 억지주장을 하는 사람들은 자신이 억지주장을 하고 있다는 것을 알지 못하고 있기 때문에, 그렇게 행동하는 것이라고 보는 편이 억지주장을 이해하는데 도움이 될 것이다. 억지주장을 하는 사람들의 경우에는 자신이 지금 하고 있는 말이 무슨 말인지도 모른 채 입에서 나오는 대로 제멋대로 지껄이고 있는 경향이 농후하다. 재건축이 한창 진행 중에 있던 한 아파트에서 생긴 일이었다. 주민들은 크게 두 가지 부류로 나누어졌는데, 그 하나는 재건축에 찬성하는 사람들로서 재건축조합에서 보조해주는 이주비를 받고 아파트를 비어주고 재건축이 끝날 때까지 나가 사는 부류이다. 다른 하나는 재건축에 반대하여 현재 재건축조합과 소송을 진행 중에 있는 사람들이다. 그런데 가끔 엉뚱한 말을 자주 하면서도 아파트의 최고 어른인 채 행동을 하던 사람이 있었는데, 그는 말을 하기 전에 전혀 생각이 정리되어 있지 않았는지 도대체가 무슨 말을 하는 것인지 알 수가 없을 정도였다. 그가 재건축과 관련하여 하던 말이 있었다. 그는 재건축에 반대할 의사가 없다고 공언했다. 재건축에 반대하지 않는다면 다른 찬성자들과 마찬가지로 조합으로부터 이주비를 받고 자신이 살고 있던 아파트를 비어주고 이주를 해나가는 것이 그가 취해야 했던 정상적인 방법이었을 것이다. 그러나 재건축반대자들이 재건축조합과의 소송 중에 판사의 조정안을 받아들여서 아파트를 조합에 감정가로 팔고 나갈 때까지 그냥 자신의 아파트에 그대로 머물고 있었으니, 재건축과 관련된 그의 억지주장이야말로 도를 넘어도 한참 넘었던 것이었다고 아니할 수 없을 것이다.

억지주장이 없는 사회가 될 수 있다면야 얼마나 좋겠느냐마는 그렇지가 못하기 때문에 문제인 것이다. 더욱이 억지주장을 하는 사람들이 억지주장을 하고 있다는 사실을 알고 하는 것이라면 개선의 가능성이 전혀 없는 것은 아니겠지만, 억지주장인 줄을 모르고 하는 무책임한 행동의 경우에는 그러한 주장을 하고 있는 자신도 책임을 지지 않을 뿐만 아니라 책임도 질 생각이 없기 때문에 문제가 될 수밖에 없다는 것이다. 억지주장은 현안 문제의 해결에 전혀 도움이 되지 않는다고 보아야 할 것이다. 도움이 되기는커녕 오히려 혼란만을 가중시킬 뿐이라고 해야 할 것이다.

그렇다면 억지주장은 왜 없어지지를 않는 것일까? 억지주장을 하는 사람들은 자신의 주장이 먹혀들어간다는 생각을 하고 있는 것이나 아닐까? 만일 그들의 그러한 막연한 기대감 때문에 시도 때도 없이 억지주장을 펴는 것이라면 보통 문제가 아닌 것이다. 문제의 원만한 해결은 결코 억지주장으로 이루어질 수 있는 것이 아니다. 억지주장은 토론의 대상도 될 수 없는 것이다. 대통령이 야당대표들과 하는 회담을 보면 실로 가관이라 아니 할 수 없을 것이다. 회담이라는 것은 서로 상대방의 말을 경청하고 난 후에 자신이 하고 싶은 말을 해야 원만한 회담이 이루어질 수 있는 것이다. 대통령이 자기가 하고 싶은 말만 하고 야당대표들이 말을 할 수 있는 기회를 주지 않은 채, 회담을 끝내버린다면 그러한 회담을 한 달에 한 번씩 한다고 해보았자 국정운영에 있어서 무슨 도움이 될 것이란 말인가?

우리나라 국민들처럼 토론문화에 익숙하지 못한 사람들도 드물 것이다. 가끔 명사들이나 전문가들이 텔레비전에 나와서 토론을 하는 모습이 방송되어 유심히 그들이 토론을 하고 있는 모습을 보면서, 희한한 느낌이 들게 되었던 적이 한 두 번이 아니었다. 그들은 토론을 하는 것이 아니라 마치 웅변대회라도 나가서 말자랑을 하는 것 같은 느낌이 더 들게 되었다. 토론자들의 태도에서는 발언하는 사람의 말을 경청하고 있다는 모습을 찾아볼 수가 없었다. 발언의 내용을 메모하는 사람들의 모습도 없었다. 한 사람의 발언이 끝나기가 무섭게 다른 발언자가 나서서 장황하게 자신의 의견을 피력하고 있는데, 발언자의 태도는 토론참가자들이 자신의 말을 듣거나 말거나 간에 자신이 하고 싶은 말만 하다가 끝내는 것 같았다. 토론자들 간에 질의응답의 시간이 없어진 것 같다. 이것이 토론장인지 연설회장인지 도무지 구별이 가지 않는 장면을 보고 놀라움을 금할 수 없었다. 오히려 연설회장으로 바꿀 것이지 토론회는 무엇 때문에 개최하는 것인가?

아마도 우리 국민은 남이 하는 말을 경청하는 것보다는 자기가 하고 싶은 말만 하고 마는데 좀 더 익숙해져 있는 것 같다. 그러다 보니 다른 사람들이 무슨 생각을 하고 있는지에 대하여 제대로 알아낼 수 있는 방법이 차단되어 버린 셈이다. 상대방의 생각이 무엇인지를 알지 못하기 때문에 억측을 할 수밖에 없는 것이다. 그러다보니 우리는 사람들을 피상적으로 대할 수밖에 없는 것이다. 제대로 된 토론을 하기 위해서는 토론시간의 대부분을 자신이 하고 싶은 말만 하는데 다 써버릴 것이 아니라, 질의응답시간을 많이 가져서 한 가지 문제만이라도 토론참가자들이 그 문제에 관하여 어떠한 생각들을 갖고 있는지에 대하여 충분히 서로의 의견을 교환할 시간이 많은 것이 모든 토론 참가자들에게 도움이 될 것이다.

우리는 다른 사람의 의견을 존중해주는 습관을 길러야 할 것이다. 남의 의견을 잘 들어보지도 않고 자기 나름대로의 잘못된 판단에 의거하여 상대방의 의견에 반대를 하거나 상대방을 몰아세워서, 기를 꺾어놓는 대신에 다른 사람들과 잘 지내보려고 노력할 필요가 있지 않겠는가? 남의 말을 들으려고 하지 않고 자기 말만 하다가 마는 것이나 말도 되지 않는 억지주장을 하다가 지쳐버리는 경우나 무엇이 다르다는 말인가? 사람은 결코 혼자 살 수가 없는 존재인 것이다. 다른 사람과 어울려서 살기 위해서는 최소한도 상대방의 존재를 인정해주어야 할 마음의 준비가 되어 있어야 할 것이다.

억지주장을 하는 사람들도 왜 자신의 주장이 사람들에게 납득이 되지 않는지를 심각하게 생각해 볼 수 있는 시간을 가질 필요가 있을 것이다. 그들의 주장들이 계속해서 다른 사람들에게 먹혀들지 않는다는 것을 알게 되는 경우에, 정신이 올바로 박혀있는 사람들이라면 왜 그런 것인지에 관하여 한 번쯤은 깊이 생각해볼 필요가 있는 것이다. 제아무리 무의식적으로 억지주장을 편 사람들이라 할지라도 무엇인가 잘못되어 가고 있다는 것을 감으로라도 느낄 수 있는 것이 아니겠는가? 만일 그런 것도 느낄 줄 모르는 사람이라면 억지주장이라는 것을 더 이상 하지 않는 편이 그의 정신건강에도 도움이 되는 일이 아닐까?

11. 인간관계

데일 카네기라는 미국인은 '어떻게 친구를 사귈 것인가?' 등 인간관계에 관한 저서를 다수 펴낸 작가이다. 그의 인간관계에 관한 두 가지 원칙으로는 첫째로 '다른 사람의 장점을 발견해서 칭찬을 해줄 것', 둘째로 '자기 자신을 남에게 자랑하지 말 것'이 있다고 했는데 참으로 지당한 말이라고 아니 할 수 없을 것 같다. 아마도 칭찬을 해주는 말을 듣고 싫어 할 사람은 이 세상에 아무도 없을 것이며, 아무리 잘 난 사람이라 할지라도 지나치게 자기 자신을 자랑하는 말을 듣게 되면 역겨운 생각이 들게 되어 그러한 사람을 좋아하는 사람이 별로 없게 될 것이기 때문이라는 것이다. 이러한 인간의 두 가지 심리를 꼬집어낸 그야말로 가히 인간관계의 달인이라고 할 수 있을 것이다. 따라서 원만한 인간관계를 위해서는 그가 지적한 두 가지 원칙을 준수하면 문제없이 달성할 수 있을 것이라고 본다.

인간은 감정의 동물이기 때문에 기분 좋게 대해주면 좋아할 것이며, 반대로 기분 나쁘게 대해주면 싫어하는 것은 너무나 당연한 일이라고 할 것이다. 원만한 인간관계를 위해서는 가급적이면 장점만 찾아내서 칭찬을 해주고, 단점에 관한 것은 조언을 해주어야 할 때처럼 꼭 필요한 경우가 아니라면 구태여 언급을 해서 상대방을 기분 나쁘게 해줄 필요는 없을 것이다. 충고가 필요하다고 느껴지는 경우에도 충고를 해주면, 그것을 고맙게 받아들이는 사람보다는 충고를 해주는 것 자체를 기분 나쁘게 생각할 수 있는 것이다. 그러므로 충고라는 것은 아주 친한 사이라 할지라도 삼가는 편이 나을 것이다.

인간관계 중에 가장 친한 사이가 부부관계라고 할 수 있을 것이다. 예전에 결혼을 한 사람 중에는 10대에 결혼을 한 부부들도 더러 있었지만, 최근에는 아주 드문 일이다. 빠른 결혼이 20대이고, 늦은 결혼은 30대 또는 40대도 있을 수 있는 것이 현재의 결혼 풍토라고 할 수 있을 것이다. 늦게 결혼을 하는 사람들의 경우에는 그만큼 결혼생활의 즐거움을 덜 맛보고 있다고 할 수 있을 것이다. 기왕에 결혼을 할 바에는 최소한 20대에 결혼생활을 시작하여 부부가 함께 노력하고 동고동락하면서 그야말로 검은 머리가 파뿌리가 될 때까지, 건강하게 해로를 하는 것이 행복한 결혼생활이며, 대표적인 인간관계의 성공사례라고 할 수 있을 것이다.

그러나 이러한 결혼이라는 성공적인 인간관계의 사례가 있는가 하면, 같은 결혼생활이라고 하더라도 중간에 파탄에 이르게 되는 결혼생활도 얼마든지 있는 것이다. 그 중에도 배우자의 사망이 결혼생활의 가장 비극적인 종말의 실례라고 할 수 있을 것이다. 불치의 병에 걸려서 사별할 수도 있고, 교통사고나 총격에 의한 사고사나 태풍이나 지진과 같은 천재지변으로 인한 사고사

등 배우자의 사망원인이 무엇이든 간에 한쪽 배우자가 일찍이 하늘나라로 가버리게 된다면, 남아있게 되는 다른 쪽 배우자에게는 경제적인 면에서 뿐만 아니라 심리적인 면에서 오는 고통을 감당하는 것이 혼자 감당하기에는 참으로 벅찬 일이 될 것이다. 특히 자녀들이 어릴 경우에는 그 고통이 더욱 커질 수가 있을 것이다.

결혼생활 중에 배우자의 부정행위나 성격상의 불화 등을 이유로 이혼을 해서 갈라서는 부부들도 있다. 사별을 하거나 이혼을 하게 되는 부부들의 경우에 그들 사이에 자녀가 있는 경우에는 문제가 다르지만, 자녀가 없는 경우에는 사별한 사람이나 이혼한 사람은 다시 결혼하기 전의 독신생활로 되돌아 갈 수 있기 때문에, 이전의 관행대로 그들을 구태여 과부나 홀아비로 부를 필요는 없을 것이다. 그러다보면 그들이나 결혼을 하지 못했거나 결혼을 처음부터 할 생각이 없었던 싱글족과 구별하는 것이 참으로 모호해지고 있다. 그들이 재혼을 할 것이냐 여부는 선택의 문제이기 때문에, 그 문제에 관한 것은 각자의 자유의사에 달려있다고 할 수 있을 것이다.

20대에 결혼을 해서 50여 년을 함께 살아온 부부를 인터뷰할 기회가 있었다. 이 부부는 50여 년을 함께 살아왔으니 결혼생활이라는 인간관계에 성공을 거둔 사람들이라고 할 수 있을 것이다.

"안녕하세요? 두 분께서는 금년으로 결혼생활을 몇 년을 하신 것입니까?"

"우리가 대학에서 20세 초반에 만나서 20대 후반에 미국에서 결혼을 한 후에 지금까지 함께 살고 있으며, 금년으로 결혼 54주년이 되며 우리 부부는 동갑으로서 한국나이로 83세가 됩니다.

결혼 전에 6년간의 연애시절이 있었으니 그것까지 합치고 보면 우리가 사귄지는 60년이 되는 셈이지요."

"반세기 이상을 함께 사셨는데 긴 세월이었다는 느낌이 드시지 않습니까?"

"지금도 눈을 감고 우리 부부가 대학시절에 처음 만났을 때를 회고해 볼 때, 바로 엊그제의 일이었던 것처럼 생각됩니다. 60여 년이라는 세월이 지나갔는데도 말입니다. '세월이 주마등 같다'는 말이 바로 이런 경우를 두고 하는 말이 아니겠습니까?"

"대학은 한국에서 다니셨을 터인데 어떻게 결혼은 미국에서 하게 되셨습니까?"

"내가 대학원까지 졸업을 했던 늦은 나이에 군에 갔기 때문에 어떻게 하면 조기제대하는 방법이 없을까 하여 알아 본 결과 당시까지 존재하고 있던 유학귀휴의 혜택을 받아, 1년간의 군복무 후에 미국유학을 가게 됨으로써 정식으로 제대를 하게 되었던 것입니다."

"유학귀휴라는 것이 어떤 제도인지 좀 더 자세히 설명해 주실 수 있으십니까?"

"유학귀휴라는 것은 한 때 존재했던 단기복무제도의 하나로서 유학귀휴를 원하는 자는 문교부시행 유학생선발시험에 합격한 합격증과 함께 유학귀휴를 육군본부 제대반에 신청을 하게 되면 1년간의 군복무 후에, 잠정 제대가 되어 군복을 벗은 후 6개월 이내에 실제로 외국유학을 가게 되면 만기제대를 한 것과 같은 효과를 갖게 되는 제도입니다."

"그래서 미국으로 유학을 가셔서 두 분이 미국에서 결혼을 하게 되신 것이군요. 미국에서의 생활은 어떠셨습니까?"

"대학에서 법학을 전공했던 나는 미국 대학에서 장학금을 받을 수 있는 기회가 없었기 때문에 생활비와 학비를 벌어야 하는 입장에 놓여 있었습니다. 다행히 아내가 생활비를 책임져 주었기 때문에 나는 공부를 하면서 학비를 벌어야 했습니다. 고생이 심했지요."

"두 분께서 결혼은 미국의 어디에서 하신 것입니까?"

"내가 지방에서 지내다가 뉴욕시에 와서 자리를 잡고 공부도 할 생각으로 뉴욕시로 올라왔으며, 아내는 서울에서 유학생으로 뉴욕시에 온 무더운 7월의 복중에 뉴욕시에 있는 암스텔담가와 브로드웨이 사이에 있는 107번가의 가톨릭 교회에서 10여 명의 하객들이 지켜보는 가운데, 미사 없이 신부님의 결혼의식만으로 우리 둘이 부부가 되었던 것입니다."

"두 분께서는 원래가 가톨릭신자였습니까?"

"아내는 여중생 때에 가톨릭신자가 되었습니다. 개신교신자였던 내가 아내와 결혼한 후 태어날 아이들의 교육을 위해서도 가톨릭신자가 되는 것이 좋겠다는 생각에서, 출국 전에 가톨릭신자가 되려고 했지만 출국 일정이 바빠서 성공을 하지 못했습니다. 미국 와서 처음 한학기 동안을 다닌 곳이 가톨릭계 대학이었기 때문에, 대학에 있었던 가톨릭 교회에서 부활절에 가톨릭신자가 되었습니다."

"미국에서는 무슨 공부를 하셨습니까?"

"우리 부부는 한국에서 법대를 졸업했으며 대학원공부까지 했기 때문에, 미국에 와서 꼭 무슨 공부를 하겠다는 구체적인 계획

같은 것이 없었습니다. 더욱이 나의 경우에는 군에서 제대하기 위한 한 방편으로 유학귀휴를 받아 미국에 온 것이니, 시간을 끌다가 제대가 정식으로 되었다는 것을 알고 난 후에 귀국하면 될 것이라는 생각을 막연히 갖고 있었습니다. 그런데 사람의 생각이라는 것이 생각대로만 되는 것이 아닌 것 같습니다. 돈도 없고 영어실력도 별로 없는 처지에서, 미국대학에서의 공부가 엄청 어려울 것이라는 것을 잘 알면서도 기왕에 미국에 유학을 온 것이니, 무슨 공부라도 끝을 내고 귀국을 해야 하겠다는 야심이 생기더군요."

"그래서 어떻게 하셨습니까?"

"아내와 내가 모두 유학생으로 미국에 왔기 때문에 예전 같았으면 둘이 모두 학교에 다녀야 했지만, 돈도 없는 처지에 나만 다니기로 했습니다. 다행히 우리 부부가 미국에 유학을 왔을 때는 유학생에 대한 미국의 정책이 바뀌어서, 결혼을 한 부부의 경우 한쪽의 배우자가 학교에 다니고 있으면 F-1 비자를 받게 되어 유학생으로 공부를 해야 하며, 다른 쪽 배우자는 공부를 안 해도 F-2 비자를 받아 배우자와 함께 미국에 머물 수 있게 되었습니다."

"참으로 다행한 일이었겠습니다. 그럼 남편만 공부를 하신 것입니까?"

"네, 그렇습니다. 기왕에 미국에서 공부를 하기로 했으니, 가능하면 내가 한국서 공부했던 법학공부를 계속하고 싶었습니다. 그런데 대륙법계를 따르고 있는 한국의 법체계와는 전혀 다른 입장에 놓여 있던 영미법계의 미국에서의 법학공부를 계속한다는 것은 법체계의 차이점에서 오는 문제뿐만 아니라, 그 당시에는 법학전문대학원에 입학을 하는데 미국의 영주권이나 시민권이 있어야 했으며, 대학원 졸업 후에 변호사 시험을 치는데도 영주권이나 시민권이 없으면 자격이 부여되지 않는다 하여 그런 것이 없었던 나는 미국에서 법학공부를 하는 것은 결국 포기하고 말았습니다."

"그러면 어떻게 하셨습니까?"

"내가 한국에서 국제법학전공으로 석사학위를 받았으니, 기왕에 하는 공부라면 국제법학 전공으로 박사학위를 받고 싶었습니다. 미국에서는 국제법학을 법학전문대학원이나 대학원의 정치학과에서 전공할 수 있습니다. 법학전문대학원에서는 국제법을 전공한 변호사양성을 위한 것이며, 대학원 정치학과에서는 국제법학자를 양성하려는데 그 목적이 있었습니다. 나는 후자의 경우를 선택하여 컬럼비아대학교 대학원에서 박사학위과정을 공부하기 시작했습니다. 그러나 역부족으로 박사학위를 받는 대신에 국제법학 전공으로 석사학위를 받았습니다. 뒤이어 생계수단으로 컬럼비아대학교 도서관 대학원에서 도서관학 석사학위를 하나 더 받고, 커네티컷 주립대학교 도서관에 전문사서로 취직을 해감으로써 공부하던 3년간의 어려운 시기를 아내와 함께 극복할 수 있었습니다."

"취직후의 생활은 어떠했습니까?"

"커네티컷 주립대학교가 있는 스토아즈는 그림과 같은 아름다운 지역으로서, 7년 반을그곳에서 사는 동안에 두 딸을 낳아 길렀던 우리 부부의 결혼생활에 있어서 가장 행복했던 시절이었습니다."

"그러시다가 어떻게 해서 귀국을 하시게 되셨던 것입니까?"

"전문사서로서 도서관에서 일을 해보았자 장래에 대한 전망도 없었으며, 그렇다고 해서 다른 도서관으로 자리를 옮길 수도 없던 차에, 미국을 방문하신 아버님께서 귀국을 종용하시면서 아버님사업을 도와달라고 하셔서, 미국간지 12년만에 어린 두 딸을 데리고 귀국을 하게 되었던 것입니다."

"한국에서의 생활은 어떠했습니까?"

"아버님의 회사는 영세기업이라 내가 여생을 바쳐서 일할 만한 곳은 아니라는 생각에서, 귀국한지 얼마 되지를 않아서 대학원에 입학하여 국제법학 전공으로 박사학위 공부를 다시 시작했습니다. 내가 국제법학에 박사학위를 마친 직후에 그간의 부실경영으로 아버님회사는 도산해버리고, 나는 아버님의 도움으로 모 사립대학에 교수로서 취직을 하게 되었습니다. 내가 그 대학에서 학생들에게 가르친 과목은 불행하게도 국제법이 아니라 환경학이었습니다. 22년간을 환경학 교수로서 재직하면서 환경학도서를 다섯 권 펴냈습니다. 그중에서도 국제환경법론이라는 저서는 국제환경문제와 국제법학을 동시에 다룬 저서로서 교수생활 중에 가장 보람 있는 일이었습니다."

"교수직을 퇴임하신 후에는 어떻게 지내셨습니까?"

"내가 대학에서 환경학을 가르치는 동안에 아내는 전문대학과 대학에서 관광영어를 가르치고 있었습니다. 나와 아내는 만 65세가 되었을 때 퇴임을 했으며, 나는 교수퇴임 후에 소설을 쓰기 시작하여 나이 80에 문학지에 소설가로 등단을 했으며, 뒤이어 다섯 권의 소설집과 자전적인 수필집을 펴낸 바 있습니다. 내가 쓰는 소설은 일종의 사회비평소설로서 우리 사회의 여러 가지 부조리와 문제점을 파헤치고 있습니다."

"두 분의 살아오신 이야기를 잘 들었습니다. 은퇴하신 후에 그냥 편안히 쉬시지를 않고 8순의 고령에도 불구하고 계속해서 소설을 쓰고 계시다는 말씀을 들으니, 참으로 존경스럽습니다. 두 분께서는 성공적인 부부생활을 사신 것 같습니다. 앞으로도 계속 건강하십시오. 말씀을 나눌 기회 허락해 주셔서 감사했습니다."

사람이 한평생을 살면서 어떠한 인간관계를 맺으면서 살 것이냐 하는 문제는 우리가 어떠한 사람들과 만나느냐 하는데 전적으로 달려있다고 할 수 있을 것이다. 특히 결혼생활의 행복은 어떠한 사람끼리 만나느냐에 따라서, 부부가 행복해질 수도 있으며 불행하게 될 수도 있는 것이다. 부부관계는 서로 노력을 한다면 어느 정도 개선될 수도 있지만, 바탕이 좋지 않은 사람을 배우자로 만난다면 노력만 가지고는 부부생활의 행복을 보장받을 수 없다고 해도 과언이 아닐 것이다.

인간관계는 정상적인 관계와 비정상적인 관계로 대별할 수 있을 것이다. 우호적인 관계를 정상적인 관계라고 한다면, 적대적인 관계는 비정상적인 관계로 볼 수 있을 것이다. 마음이 착하며 합리적인 생각을 갖고 있는 사람들은 대인관계에 있어서 결코 비정상적으로 행동을 히지는 않을 것이다. 자녀와의 관계에 있어서 부모는 자녀를 사랑해야 하며, 자녀들의 입장에서 생각할 수 있는 아량을 갖고 있어야 할 것이다. 자녀의 결혼문제와 관련하여 일부의 부모는 자녀들의 입장에서 자녀들의 행복을 보장해줄 수 있는 배우자를 선택하는 데 도움을 주는 것이 아니라, 자신의 막연한 선 불호에 의하여 간섭을 하기 좋아하는 것 같은데, 이러한 태도야말로 자녀들의 행복에 아무런 도움도 되지 않는다는 것을 알아야 하는 것이다.

부모들의 입장에서는 자녀들의 처지는 생각하지 않은 채 무조건 부잣집 자녀를 며느리나 사위로 자신의 자녀들과 짝을 맞추어주고 싶어하는 경향이 있는데, 이러한 바람은 부모로서 하나도 잘못된 것이 없는 처사라고 할 수 있을 것이다. 그런데 문제는 자녀의 생각에 관한 것은 전혀 안중에도 없이, 일방적으로 자신들의 생각을 자녀들의 혼사에 있어서 밀어붙이려 하는데 있을 것이다. 자녀들이 선택하는 배우자는 자녀들의 결혼생활에 절대적인 영향력을 미치게 되는 것이므로 자녀들에게 배우자 선택의 우선권을 주어야 할 것이다. 부모들이 데리고 살 것도 아닌 자녀들의 배우자 선택에 있어서, 부모들이 지나치게 간섭하거나 부모의 의사를 자녀들에게 강요하는 것은 자녀의 삶을 대신 살아주는 것과 같은 엉뚱한 발상으로서, 자녀들의 행복에 아무런 도움도 되지 않는다는 것을 부모의 입장에서 빨리 알아차리는 것이 자녀들의 행복한 결혼생활에도 도움이 된다고 할 수 있을 것이다.

결혼생활 이외에 비교적 장기적인 인간관계를 맺게 되는 경우로는 직장생활을 들 수 있을 것이다. 자영업에 종사하는 경우를 제외하고는 대부분의 사람은 일생동안에 비교적 장기간에 걸쳐서 직장생활을 하게 된다. 직장 중에서 교직생활은 다른 직장에 비하여 상대적으로 정년까지 근무할 수 있도록 신분이 보장된 직장이라고 할 수 있을 것이다. 교직원들은 근무 중에 특별한 잘못을 범하지 않는 한 정년까지 갈 수 있는 것이다. 교직 중에도 교수직은 교수가 전공분야의 연구와 강의를 차질 없이 수행하고 있는 경우에는 총장이라 하더라도 그의 업무에 간섭할 수 없는 것이 원칙이며, 총장의 임무는 교수들이 자유스러운 분위기에서 연구와 강의를 할 수 있도록 보장해 주는 것이다.

교수들은 일단 교수직에 임명되면 만 65세에 정년퇴임을 할 때까지 특별한 하자가 없는 한 그대로 교수직에 남아 있을 수 있었다. 따라서 대부분의 대학에서는 부교수까지 승진을 하게 되면, 정년까지 교수직을 보장해 줄 수 있었던 것이다. 그러나 박사학위 소지자들의 숫자가 급속히 늘어나고 대부분의 박사학위 소지자들이 교수직을 갖지 못하고 잘 해야 시간강사직에만 종사하게 되는 현실에서, 유능한 교수를 확보하는 한 방법으로 종전처럼 교수의 정년을 보장해주는 대신에 교수의 임기를 교수의 실적에 따라 매년 연장해 주는 제도를 채택하는 대학들의 숫자가 늘어나고 있다고 한다. 이러한 제도가 대학에 도입된다면, 이전처럼 연구는 제대로 하지 않고 예전에 작성해 두었던 노트를 갖고 강의를 계속하는 무책임한 교수는 정년까지 가지를 못하고 중도하차하게 될 가능성이 얼마든지 있게 될 것이다.

대학의 분위기는 총장이 어떠한 사람이 오느냐에 따라서 100퍼센트 달라질 수 있을 것이다. 가장 바람직한 총장은 교수들의 자유스러운 연구나 강의에 간섭을 하지 않는 사람이어야 할 것이다. 그런데 총장이 되기 전의 직장이 무엇이었느냐에 따라서 총장의 성격이 결정되는 경우가 더러 있다. 장군이 총장으로 오게 되는 경우에는 교수들을 마치 자신의 부하나 되는 것처럼 부하들에게 명령이나 하듯이 지시를 한다는 것이다. 이러한 총장을 좋아할 교수들이 어디에 있다는 말인가? 노동법을 전공한 사람이 총장으로 오게 되면 교수들이 마치 노동자나 되는 듯이 다루게 된다는 것이다. 노동자들의 노동합리화를 증명하기 위한 한 방법으로서 교수들에게 매주 한 가지씩의 선행을 지시했다. 연구와 강의를 해야 하는 교수들에게 선행을 그것도 매주 한 가지씩 하라고 지시하는 것이 가당키나 한 일이겠는가? 한 교수가 선행을 한다면서 작은 화분을 하나 사들고 강의실로 향하는 것을 목격한 동료 교수가 왜 화분을 들고 오느냐고 말을 붙였더니 선행을 하기 위해서 그러는 것이란다. 그래서 선행으로 꽃을 사왔다니 너무 웃기는 일이 아니냐고 말을 해주었더니, 그 교수가 대꾸하는 말이 너무나 가관이었다. 나보고 웃긴다는 말을 하는데, 나보다 더 웃기는 교수도 있다는 말을 하는 것이 아니겠는가. 왜 그러느냐고 물었더니 한 교수는 정문을 들어오다 보니 휴지가 떨어져 있기에 그 휴지를 집어서 쓰레기통에 버려야 하겠는데, 자신이 땅에 떨어져 있던 휴지를 집어서 쓰레기통에 버렸다는 것을 증명해 줄 사람이 필요했다. 마침 정문수위가 그곳에 있어서 그의 서명을 받고 휴지를 쓰레기통에 버렸다는 것이다. 총장 한 사람의 엉뚱한 지시사항 때문에 교수의 체면이 여지없이 떨어진 사례라고 할 수 있을 것이다.

대한민국의 남성은 병역의 의무를 수행할 의무가 있다. 대학원에서 석사학위를 받을 때까지 병역을 면제받았던 내가 만 25세의 늦은 나이로 논산훈련소에 입대를 하게 되었다. 훈련소에 열차로 가는 도중에 배식된 많은 양의 식사를 5분 내에 다 먹으라는 말을 듣고 시도해 보았지만, 그 많은 식사를 5분 내에 끝마칠 수는 도저히 없었다. 그러나 훈련소에 입소한 후에는 그 많은 음식을 5분 내에 다 먹을 수 있을 뿐만 아니라, 그 많은 음식을 먹고도 금방 배가 고파지는 것을 느낄 수 있었다. 아마도 인간은 필요한 경우에는 새로운 생활방식에 급속히 적응을 하는 모양이다. 훈련소에 도착해 보니 훈련조교가 병들에게 사용하는 말이 욕으로 시작을 해서 욕으로 끝나게 되는 것을 알게 되었다. 처음으로 말이 아니라 욕만으로 계속되는 조교의 말을 들으면서 처음에는 어떻게 욕만으로 말을 할 수 있는 것인지 의아하게 생각이 되었지만, 지내다 보니 그것이 얼마든지 가능하다는 것을 깨닫게 되었을 뿐만 아니라, 나도 얼마 지나지 않아서 그의 경우처럼 욕만으로 말을 할 수 있게 된 나를 발견하고 놀라움을 금할 수 없었다.

군대라는 사회는 상하관계로 철저하게 조직되어 있는 인간관계라고 할 수 있을 것이다. 일반 사회에 있어서는 상급자의 지시에 대하여 이의를 제기하거나 자신의 의견을 제시한다는 것이 가능한 경우도 있지만, 군대에서는 그러한 일이 허용되지 않는 것이다. 상급자가 명령을 하게 되면 그대로 따라야 하는 것이 군대라는 조직사회인 것이다. 군대라는 사회에서 생활하는 것이 싫으면, 가급적 빠른 시일 안에 제대를 해서 군대에서 벗어나는 방법밖에 없는 것이다. 나는 다행히 유학귀휴로 군 생활을 1년밖에 하지 않았다. 그러한 단기간의 군생활이라 할지라도 지금 회고해보면 한 편으로는 지긋지긋한 생활이긴 했지만, 다른 한 편으로는 나도 늦은 나이에 어렵사리 군생활을 마칠 수 있었다는데 대하여 자부심을 느낄 수 있었다.

일반직장은 군대와 같은 절대적인 명령복종의 상하관계에 있는 인간관계는 아닐지라도 정도의 차이가 있기는 하지만, 일정한 상하관계가 유지되어야만 원만한 인간관계를 유지할 수 있게 되는 것이다. 기업의 경우에도 일반사원들의 위에는 대리도 있고, 과장도 있고, 부장도 있고, 상무나 전무와 같은 중역도 있고 사장도 있게 되는 것이다. 자신의 직책이 무엇이냐에 따라서 권한과 책임한계가 상이해 질 수 있는 것이다. 회사가 잘 되기 위해서는 사장을 비롯한 모든 사원들이 회사를 위하여 자신의 직분을 충실하게 수행할 필요가 있으며, 사원들 간에 원만한 인간관계가 성립되어 있어서 불필요한 불화가 없어야 하며, 사원들의 마음속에 회사를 위하여 일을 하고 있다는 자긍심이 있어야 할 것이다. 만일 사원들이 그러지를 못하고 월급이나 타먹고 적당히 일을 하는 방관자적인 태도를 취하게 된다면, 회사에 불의의 위기가 닥치게 되는 경우에 회사가 제대로 굴러가지를 않게 되어 결국에는 문을 닫을 수밖에 없게 될 수도 있는 것이다. 이와 같이 평상시의 사원들 간의 원만한 인간관계를 유지하는 것은 회사의 운명과 절대적인 관련이 있는 문제라고 할 수 있을 것이다.

인간관계와 관련하여 인간관계연구소 소장과 대담을 한 내용을 살펴보자.

"안녕하십니까? 소장님께서는 원활한 인간관계를 위해서는 어떻게 해야 한다고 생각하십니까?"

"데일 카네기가 인간관계의 원칙으로 지적한 것 중에 다른 사람의 장점을 찾아내서 칭찬을 해주고 남들 앞에서 자기 자신을 칭찬하지 말 것 등의 두 가지만 제대로 실천할 수 있다면, 원만한 인간관계를 확보할 수 있을 것입니다."

"그런데 문제는 그러한 원칙을 실천하고 있음에도 불구하고 원활한 인간관계가 달성될 수 없는 경우가 많이 있는데, 왜 그런 것입니까?"

"아마도 그러한 경우에는 다음과 같은 점을 생각해 볼 필요가 있을 것입니다, 사람들은 일반적으로 자기를 중심으로 생각하려는 경향이 다분히 있다고 생각됩니다. 인간관계에 있어서 중요한 것은 무엇보다도 상대방의 입장에서 생각해주는 것이 중요한데, 그러지를 못하고 자기중심적으로 생각을 할 뿐만 아니라 자신의 의사를 상대방에게 강요하려고 하는 경우에 인간관계가 좀 더 틀어질 수 있기 때문에 그런 것이라고 생각됩니다."

"소장님의 말씀은 인간관계에 있어서 우리의 종래의 사고방식이나 태도에 관한 일대 혁신이 필요하다는 말씀이신데, 어떻게 하는 것이 바람직한 일이겠습니까?"

"사람의 생각이나 태도라는 것이 하루아침에 바뀔 수 있는 것은 아니겠지만, 원만한 인간관계를 유지하기를 원하는 사람이라면 왜 자신이 원하는 대로 인간관계가 이루어지지 않느냐 하는 문제를 심각하게 생각해 볼 필요가 있을 것입니다."

"그런데 문제는 발상의 전환 없이 생각이나 노력만 한다고 해결될 수 있는 문제는 아니지 않습니까?"

"바로 보셨습니다. 원활한 인간관계가 이루어지지 않는 근본원인이 어디에 있는지를 알지 못한다면, 원활한 인간관계를 원하는 것 자체가 불가능한 일이라고 할 수 있을 것입니다."

"소장님 말씀 잘 들었습니다. 감사합니다."

우리가 인생을 살아가는 동안에 다른 사람 때문에 마음의 상처를 크게 받은 적이 있을 것이다. 특히 그 사람을 위하여 나로서는 최선을 다 했다고 생각되는 경우에는 그의 배신행위와 같은 행위는 나를 정말로 실망시켜서, 그와의 지금까지의 인간관계가 깨질 수밖에 없는 지경에 이르게 될 것이다. 인간관계에 있어서 가장 비겁한 일은 자신이 저지른 일을 자신의 책임으로 돌리려 하지를 않고, 다른 사람의 책임으로 돌리려 하는 것이라고 할 수 있을 것이다. 이러한 책임회피의 습관은 우리 인간의 조상인 아담과 하와 때부터 시작된 악습이라고 할 수 있을 것이다. 신이 창조한 아담 혼자서 에덴동산에서 살고 있었을 때에는 아무 문제도 없었는데, 신이 아담의 배우자로 하와를 창조해서 아담과 함께 살게 한 후부터 문제가 생기기 시작했던 것이다. 신은 아담과 하와에게 에덴동산에 있는 선악과 나무열매는 절대로 먹지 말라는 엄명을 하셨음에도 불구하고, 하와가 뱀이 주는 선악과 나무열매를 드디어 먹고야 말았던 것이다. 뱀이 하와에게 선악과 나무열매를 먹으라는 유혹을 하면서, 하와에게 한 말은 만일 선악과 나무열매를 먹게 되는 경우에는 지식의 눈이 열려서 신과 같이 될 수 있으므로 신이 아담과 하와에게 그 열매를 먹지 말라고 했다는 것이다.

어리석은 하와는 신이 결코 먹어서는 안 된다고 엄명까지 했던 선악과 나무열매를 뱀의 유혹에 속아서 먹었을 뿐만 아니라, 그 열매를 아담에게도 주어서 먹게 했던 것이다. 둘이 그 열매를 먹게 되자 뱀이 말했던 것처럼 지식의 눈이 뜨여져서 자신들이 벌거벗고 있다는 것을 알게 되어 나뭇잎으로 몸의 부끄러운 부분을 가렸을 뿐만 아니라, 신이 그들을 찾을까봐 두려운 마음에서 몸을 숨기기까지 했던 것이다. 그런데 신이 그들을 찾자 신을 대하기가 두려웠지만 아담과 하와는 두려운 마음을 갖고 신에게 몸을 드러냈다. 신이 아담에게 누가 그 열매를 주어서 먹었느냐고 물으시자 아담은 하와가 주어서 먹었다고 대답을 했다. 그러자 신께서 하와에게 너는 누가 주어서 먹었느냐고 물으시자 뱀이 주어서 먹었다고 뱀에게 책임전가를 하고야 말았던 것이다. 그런데 문제는 그들의 말대로 최초의 원인제공자가 뱀이기는 하지만, 그들도 일단 뱀에게 동의하여 그 열매를 먹은 이상 뱀에게만 전적으로 책임을 전가시킬 수는 없는 것이다. 아담과 하와도 선악과 나무열매를 따먹은 공범자이기 때문에 책임을 뱀에게만 일방적으로 전가한다고 해서 그들의 죄가 면제되는 것은 아닐 것이다. 이러한 아담과 하와의 원죄를 물려받은 우리 인간은 지금까지도 자신이 져야 할 책임을 다른 사람에게 전가하려는 습관을 그대로 유지하고 있는 것 같다.

최근에 불거진 최모 여인의 협잡사건에 연루되어 국정을 억망으로 만들어 놓은 현직 대통령이 국민에게 두 번씩이나 사과문을 발표했지만 국민에게 문제의 해결보다는 실망감만 더 안겨주어서 대통령 지지율이 사상최저인 5퍼센트까지 떨어졌다고 한다. 왜 그런 것일까? 아마도 대통령으로서 잘못한 일을 솔직하게 인정하고 최악의 경우에는 대통령직의 사임까지 각오하고 있다는 결연한 모습을 국민들에게 보여주는 대신에, 모든 책임을 최모 여인에게 전가해버리는 비겁한 모습만을 보여준 대통령이 대통령을 믿고 뽑아준 국민들에게 실망감만 안겨주었기 때문에 그런 것이 아니었을까?

일반국민의 소박한 생각으로는 대통령이나 된 사람이라면 일반국민과는 다른 사람일 것이니, 대통령은 일반국민과는 다르게 그녀의 일거수일투족에 있어서 국민들에게 모범을 보여주어야 한다고 여기고 있는 것 같다. 그런데 대통령이 국민에게 모범을 보여주기는커녕 시정잡배나 천박한 아줌마처럼 자신이 한 행동에 대하여 책임을 통감하는 모습은 전혀 보여주지 않은 채, 구차한 변명이나 늘어놓고 책임전가나 하려는 모습을 보여주고 있으니 국민의 실망이 커질 수밖에 없는 것은 너무나 당연한 일이 아니겠는가? 그런데 대통령은 아직도 민심의 소재가 어디에 있는지 조차 제대로 파악하지 못한 채 구차한 방법으로 사태를 수습하려고 시도하고 있는데, 이번 사태는 모 인사가 지적한 바와 같이 수습을 해야 할 문제가 아니라 일대수술을 해야 할 문제라고 해야 할 것이다. 문제가 이 지경에 이르게 된 것은 대통령제 정부가 대통령에게 부여한 제왕적인 절대 권력의 폐해가 그러한 극한 상태에 이르게 한 당연한 귀결이었다고 할 수 있을 것이다.

　우리의 자라나는 청소년들의 경우에도 잘못한 학생에게 선생님이 책임을 추궁하게 되면, 학급학생 중에 단 한명이라도 자신이 잘못했다는 학생은 없고 모두가 한결같이 다른 학생의 책임으로 돌리고 있다고 하니, 그런 학생들이 어른이 되는 경우에는 우리 사회가 얼마나 더 혼란스럽게 될 것인지 생각 해보기도 싫은 일이라 아니 할 수 없을 것이다. 어쩌다가 우리의 청소년들이 이 지경이 되어버린 것일까? 그들이 그렇게 된 데에는 우리 어른들의 책임이 크다고 할 수 있을 것이다. 어른들이 자신이 한 잘못에 대하여 책임을 질 줄 모르고 남에게 자신의 책임을 전가하는 모습을 보면서, 그들은 과연 무엇을 배울 수 있다는 말인가? 그들을 따라서 하지 않는 것만 다행한 일이라고 생각해야 할 것이 아니겠는가?

왜 사람들은 자신이 저지른 일에 대하여 책임을 지려고 하지를 않는 것일까? 책임을 지려고 했다가는 불이익을 당할 수 있기 때문에 그러는 것일까? 그럴 수도 있을 것이다. 그러나 그보다 좀 더 근본적인 문제는 자신의 저지른 잘못을 인정하고 싶지 않은 심리에서 그러는 것이라고 할 수 있을 것이다. 자신이 한 일에 대하여 책임을 지지 않으려는 무책임한 성향 때문에 그러는 것이 아니겠는가. 이러한 잘못된 성향은 어렸을 때부터 고쳐주어야 할 것이다. 어른이 된 후에까지 그러한 성향이 남아있게 된다면, 거의 구제 불능한 상태에 이르게 될 수밖에 없을 것이며, 그러한 사람들의 숫자가 다수를 차지하게 되는 경우에는 우리 사회의 혼란상은 예상을 불허하게 될 것이다.

우리는 어렸을 때부터 거짓말을 하지 말라는 말을 귀가 아플 정도로 들으면서 자라왔지만, 거짓말을 상습적으로 하는 사람들의 숫자는 줄어들기는커녕 오히려 늘어나는 추세에 있는 것 같다. 왜 그러는 것일까? 거짓말을 하는 사람들이 정직한 사람들보다는 출세를 더 잘 할 수 있기 때문에 그러는 것일까? 인간관계에 있어서 기짓말을 하고 있는 사람이라는 것을 알면서도 그와 관계를 맺어야 하는 것처럼 괴로운 경우는 아마도 없을 것이다. 그런데 문제는 상대방의 말을 거짓말이 아니라 진실이라고 믿었던 경우가 더 타격이 클 수 있다는 것이다. 진실이라고 믿었던 일들이 나중에 모두가 거짓말이었다는 것이 드러나게 되는 경우에 느끼게 되는 배신감은 견딜 수 없을 정도로 큰 것이라고 할 수 있을 것이다. '믿는 도끼에 발등 찍힌다'는 말이 있듯이 배신하는 행위처럼 인간관계에 치명적인 영향을 주는 것은 아마도 없을 것이다.

동전 몇 닢에 눈이 어두워서 예수를 제사장에게 팔아먹은 가롯 유다의 배신행위는 배신행위의 대표적인 사례로 가끔 언급되고 있다. 자신의 배신행위로 예수가 십자가에 못 박힘을 당하는 것을 본 그는 제사장에게 자기가 받은 돈을 돌려주고 자신은 나무에 목매달아 자살을 하고 만다. 배신자라고 해서 누구나 가롯 유다처럼 자신의 행동을 후회하기는커녕 배신행위로 인하여 자신의 출세가 한층 더 빨라졌다는 생각으로 고개를 똑바로 들고 의기양양하게 거리를 활보하는 사람들의 숫자가 훨씬 더 많다는 것은 과연 무엇을 말해 주는 것일까? 아마도 그들의 생각으로는 배신행위라는 것이 인간으로서는 하지 못할 가장 비겁한 일이라는 생각을 하기보다는 배신행위를 남을 짓밟고 올라서는 출세의 한가지 수단으로 여기고 있는 것 같다.

배신을 하거나 거짓말이나 모함하는 사람들과 원만한 인간관계를 유지할 수 없다는 것은 너무나 당연한 일이라 할 것이다. 그러한 사람이 같은 직장의 동료나 상사인 경우에는 내가 직장을 그만 두든지 그러한 사람이 직장을 그만 두는 것이 최상의 해결방법이겠지만, 그러한 해결방법은 누구나 쉽게 선택할 수 있는 방법이라고 할 수 없을 것이다. 그러한 사람들과 매일 얼굴을 마주 대하고 함께 일을 하지 않으면 안 된다는 것은 참으로 견디기 어려운 일이라 아니 할 수 없을 것이다. 이러한 불가피한 사태에 직면하게 되는 경우에 어떻게 처신하는 방법이 최상의 방법이 될 수 있을 것인가? 그러한 사람들을 무시하고 지낼 수 있다면야 더 할 수 없이 바람직한 일이겠지만, 업무의 성질상 그들과 관련을 맺지 않고는 업무처리를 할 수 없는 경우에는 참으로 난감해질 수밖에 없을 것이다. 그들과 말을 하자니 내키지 않고, 그렇다고 해서 그들과 말을 하지 않게 되면 업무처리가 되지를 않으니 참 으로 고민이 될 수박에 없는 일이다. 그런데 나는 그들의 행위를 심각하게 받아들이고 있지만, 아마도 그들은 자신들이 내게 무슨 짓을 한 것인지 이미 잊어버렸다는 듯이 아무 일도 없었던 것처 럼 행동을 하고 있는 것 같다. 공연히 나 혼자서만 흥분해서 괴로 워하고 있는 것이나 아닌지 한번쯤 생각해 볼 필요가 있는 일이 아니겠는가?

바로 이러한 점에 있어서 인간관계의 묘미가 있는 것이 아닌가 한다. '맞은 놈은 발뻗고 잘 수 있는데, 때린 놈은 그러지를 못한 다'는 말이 있기는 하지만 이런 경우에는 오히려 반대의 현상이 나타나고 있다고 하겠다. 배신을 하거나 거짓말이나 음모를 하여 상대방을 곤경에 빠뜨린 자들은 오히려 당당하게 살고 있는데, 그들로 인하여 직 간접으로 피해를 입은 사람들의 경우에 오히려 고민을 하거나 그들 앞에서 어떻게 처신을 하는 것이 좋을 것인 지 망설이게 되니, 적반하장도 이 정도가 되면 참으로 어처구니 가 없는 일이라 할 수 있을 것이다.

따라서 이러한 일을 겪게 되는 경우에 처신해야 할 최선의 방 법은 그들처럼 아무 일도 없었던 것처럼 행동하는 것이다. 직장 생활이라는 것은 결국에는 지나가는 한 과정이기 때문에 그런 일 을 가슴에 묻어두고 고민하는 것은 나 자신의 정신건강에도 백해

무익한 것이라는 확신을 갖고 대처해 나가야 할 것이다. 영원한 직장이라는 것은 존재하지 않으며 누구나 일정한 나이가 되면 자신이 몸담고 있었던 직장에서 은퇴할 수밖에 없는 것이 아니겠는가? 그러므로 일시적으로 머물게 되는 직장에서 생긴 일을 갖고 마음에 깊이 간직하지 않고 쉽게 털어버리는 것이 최선의 방법이라 할 수 있을 것이며, 싫은 사람들과도 함께 살아갈 수 있는 것이야말로 지혜로운 인간관계라 할 수 있을 것이다.

우리는 혼자 살 수 없기 때문에 다양한 인간관계를 맺으면서 다른 사람들과 함께 살아가야 하는 것이다. 원만한 인간관계를 달성한 사람만이 인생에 있어서도 성공한 사람이라고 할 수 있을 것이다. 우리는 자기가 좋아하는 사람들 하고만 인간관계를 맺으면서 살아갈 수 있는 것은 아닌 것이다. 싫은 사람과도 함께 살아가야 하는데 인간관계의 묘미가 있는 것이라고 할 수 있을 것이다. 다양한 인간관계에 통달하고 있는 사람의 경우에는 그가 상대할 수 없는 사람은 존재하지 않는다고 해도 과언이 아닐 것이다. 왜냐하면, 그는 자신의 선 불호에 따라서 사람을 상대하는 것이 아니라, 필요한 경우에는 누구나 상대해야 하기 때문에 누구하고나 인간관계를 맺을 수 있게 되는 것이라고 할 수 있기 때문이다.

그러한 사람들의 경우는 아주 특이한 사례로서, 일반국민들의 경우에는 그들처럼 누구하고나 인간관계를 맺고 살 수는 없는 것이다. 그러다 보니 일반인의 인간관계는 자신의 선 불호에 따라서 맺어지게 되는 제한적인 관계일 수밖에 없는 것이라고 해야 할 것이다. 특별히 인간관계를 널리 맺지 않고도 살아가는데 아무 지장도 없는 사람들의 경우에는 구태여 복잡한 인간관계를 맺어서 쓸데없이 골치를 썩힐 필요가 없을 것이며, 그렇게 사는 방법만이 가장 편하게 살 수 있는 방법이 될 수 있을 것이다.

우리 인간은 태어나면서부터 여러 사람과의 인간관계를 맺으면서 자연스럽게 살아가게 되어 있는 운명에 놓여있는 것이다. 우리가 부모에게서 태어나게 되는 순간부터 부모와 자녀로서의 인간관계를 맺으면서 자라나게 되는 것이다. 부모에게 태어나기는 했지만 부모가 자녀를 키울 수 없다하여 낳자마자 고아원에 갖다버리는 경우에도 고아원 원장과 고아라는 인간관계를 맺으면서 일정한 기간을 고아원에서 자라나게 된다. 정상적인 가정에서 태어나서 자라나는 경우보다는 불행한 출발이기는 하지만, 고아원에서 자라는 경우에도 좋은 집안에 양자로 입양될 수 있는 기회가 전혀 없는 것도 아니니, 그의 운명이 바뀔 수도 있으며 그러한 경우에는 새로운 운명에 순응하여 살아가면 되는 것이다.

학령아동이 되어 학교에 가서 한반 학생들이나 선생과의 인간관계를 맺게 되며, 이러한 과정은 대학 또는 대학원에까지 연장될 수 있을 것이다. 결혼을 하게 되면 배우자와 자녀들과의 새로운 인간관계를 맺게 되며, 직장생활을 하게 되면 직장동료들과 인간관계를 맺게 되며, 교회에 다니게 되는 경우에는 교우들과의 인간관계가 형성될 것이다. 이러한 인간관계는 우리가 이 세상을 하직할 때까지 계속될 것이다. 우리는 태어나서 죽을 때까지 인간관계의 테두리 내에서 결코 벗어날 수 없다는 사실을 명심하고 인간관계를 현명하게 유지해 갈 수 있도록 노력할 필요가 있는 것이 아니겠는가?

12. 원로

어느 단체나 사회에도 소위 원로라고 칭해지는 사람들이 있기 마련인 것이다. 원로는 나이만 먹었다고 하여 되는 것은 아닐 것이다. 사람들이 그를 원로 대우를 해주는 경우에만 원로가 될 수 있다고 보아야 할 것이다. 그런데 우리나라의 경우는 그러한 원로들이 각 분야에서 많이 나와야 함에도 불구하고, 최근 추세를 보면 원로들이 원로의 대우를 정당하게 받지를 못하고 있는 것 같다. 왜 그런 것일까? 아마도 이러한 경향은 원로라고 칭해지는 사람들에게도 책임이 있는 문제일 뿐만 아니라, 원로를 원로로서 대접하려는 생각이 국민들의 마음속에서 사라져버렸기 때문이 아닐까 한다.

우리나라에는 자칭 원로회의라는 집단이 있어서, 중요한 정치적인 문제나 사회적인 문제가 생길 때마다 소위 원로회의라는 것을 소집해서 훈수를 두고 있다. 그런데 이번에 대통령이 만들어 낸 국가비상사태에 대하여, 한 마디도 하고 있지 않은 것이 이전의 그들의 행태와 비교할 때 너무나 이상한 일이라고 아니 할 수 없을 것이다. 그들의 모임은 좌경화되어 있는 감이 농후하며, 주로 그러한 인사들의 모임인 것 같으며, 그 모임에는 유명한 정치학자나 노련한 정치인들이 끼어있지 않기 때문에 건설적인 정치적인 제안을 할 만한 능력이 없는 것 같다. 그렇지 않다면 이번 사태에 직면하여 당연히 시국선언 같은 것을 발표해야만 했던 것이 아닐까?

원로는 원로로서의 구실을 하는 경우에만 원로가 될 수 있는 것이다. 원로는 최소한 한 분야에 있어서 타의 추종을 불허하는 최고의 권위를 갖고 있어야 할 것이다. 원로 정치인으로는 전직 대통령을 들 수 있어야 하는데, 그들이 대통령직에 있었을 때에는 물론이요 대통령직에서 퇴임한 후에도 원로 정치인으로 대우를 받지 못하고 있는 것 같다. 그들이 대통령직에 있을 때 국가와 국민을 위하여 특별한 업적을 세운 일도 없었을 뿐만 아니라, 일부의 대통령들은 대통령직에 있을 때에 수천억 원의 뇌물을 챙겨서 대통령직에서 퇴임한 후에 그것이 문제가 되어 재판을 받고 영오의 몸이 되었으며, 자신이 챙긴 뇌물을 전부 뱉어내는 수모까지 당했으니 어떻게 그들을 월로로 대우를 해줄 수 있을 것인가?

종교는 중립적이어야 하는 것이 바람직한 일임에도 불구하고, 가톨릭교회 내에는 정의사회구현사제단이라는 과격한 신부들의 조직체가 있다. 그들은 반정부 또는 반정치 단체라고 볼 수 있는데, 그들의 주장이 너무나 현실과 동떨어지기 때문에 신자들에게 거부감이 생기게 하는 것은 그들의 활동에 보탬을 주기보다는 그들을 신부라기보다는 정치꾼으로 오해하게 되는 소지를 제공해주는 계기가 되는 것 같아서, 신자의 한 사람으로서 씁쓸한 기분이 들게 된다. 사제단의 존재이유가 이번 같은 국가위기사태에 직면하여 국민을 각성시키고 난국해결의 방안 같은 것을 제시하는 것이 아닐까 한다. 그러함에도 불구학고 사제단도 원로회의와 마찬가지로 자신들의 입장을 내놓은 것이 없다. 상아탑에 있는 728명의 서울대학교 교수들까지도 시국선언을 발표하고 있는데도 말이다.

이전에는 한경직 목사나 김수환 추기경과 같은 종교적인 지도자가 원로의 역할을 다 하고 있었다. 그들은 종교지도자일 뿐만 아니라 국민의 정신적 지도자이기도 했다. 특히 김수환 추기경과 같은 분의 경우는 서슬 푸른 군사독재시절에 명동성당으로 도망쳐 온 반정부시위주동자들을 숨겨주었기 때문에, 성당이 일종의 피난처 같은 역할을 하여 군인들도 명동성당에 함부로 근접할 수 없도록 만들었다. 시위주동자들을 뒤따라서 명동성당으로 침입해 온 군인들에게 성당은 신성한 곳이다. 만일 성당에 들어와서 그들을 잡아가려면 우선 나부터 죽이고 나의 시체를 밟고 성당에 들어가서 그들을 잡아가라고 호통을 쳤더니, 군인들이 모두 기겁을 하여 성당에서 물러난 후에 명동성당에 들어올 생각을 하지 않았다는 일화가 있다. 적어도 원로라면 이 정도로 남을 압도하는 권위를 갖고 있어야 할 것이다. 우리는 현재 김수환 수기경과 같은 원로를 갈망하고 있는 것이다.

우리는 눈을 씻고 둘러보아도 그 분과 같은 원로를 더 이상 발견할 수가 없는 것이다. 우리가 현재 직면하고 있는 난국을 극복해 낼 수 있는 구체적인 방법을 시원하게 알려줄 만한 원로가 존재하지 않는 것이다. 국가라는 집단은 국민의 자유의사에 의한

계약으로 성립되어 있는 합의체와 같은 것이라고 할 수 있을 것이다. 따라서 국가의 위정자가 국민을 무시하고 자의적으로 행동을 하는 경우에는 국민이 언제든지 잘못하는 위정자를 갈아치울 수 있는 권리를 갖고 있다. 헌법에 의하여 그 임기가 보장되어 있는 대통령까지도 임기 내에 물러나게 할 수 있다는 말이다.

우리나라에 정치지도자가 없다는 사실이 지금처럼 아쉬울 때가 일찍이 없었다고 해야 할 것이다. 우리나라에는 정치꾼들은 많지만 참된 정치인은 한 사람도 없는 것 같다. 당리당략을 위하여 꼼수나 부리고 있는 자들은 많지만, 국가와 국민을 위하여 원대한 계획을 세우고 실천하려는 정치인은 유감스럽게도 단 한 사람도 없는 것 같다. 원로정치인이 없다는 말이다. 수준이 같은 사람들끼리 제아무리 좋은 해결방안을 강구해보았자 마치 도토리 키재기와 마찬가지라 할 수 있을 것이다. 한 차원 높은 수준에서 만사를 살펴볼 줄 아는 안목이 있어야만 우리의 앞날이 훤히 눈에 보일 수 있는 것이 아닐까? 우리는 그러한 정치인을 절실히 갈망하고 있는 것이다.

우리의 정치가 전혀 발전을 하지 못하고 현재와 같은 형편없는 수준에 머물 수밖에 없었던 근본 이유는, 아마도 우리 정치의 최대 폐해인 좋게 말해서는 계파 또는 나쁘게 말해서는 패거리들 때문에 그 지경이 될 수밖에 없었던 것이 아닐까 한다. 정치인들이 특정 정당에 속하며 그 정당안에서도 정치목표가 같은 사람들끼리 만나게 되는 것은 너무나 당연한 일이며, 하나도 이상할 것이 없는 일이라고 할 수 있을 것이다. 그러나 자신의 세를 과시하기 위하여 자기와 생각이 다른 정치인을 지나치게 배제하거나 적대시하기 위하여, 당내에서도 분당을 만드는 행위는 결코 바람직하지 않을 것이다. 우리의 정치현실에서 여당과 야당의 대결뿐만 아니라, 같은 정당 내에서 친노와 비노, 친박과 비박의 대립은 그 극에 달하여 서로 양보를 하거나 협조를 한다는 것이 거의 불가능한 상태에 이르게 된 것은 너무나 안타까운 일이라고 아니할 수 없다. 이러한 현상은 이씨조선 500년간에 서로 목숨을 내걸고 싸우다가 결국에는 일제에게 나라까지 빼앗기게 되었던 당파싸움과 비교할 때 하나도 나아진 것이 없다고 해야 할 것이다. 정치인들이 분당을 하는 것은 자연스러운 일이기는 하지만, 특별히 대립할 만한 상당한 이유가 없는 한 그들이 별 것도 아닌 일들을 갖고 서로 싸우고 있는 모습은 하나도 아름답지가 않으니 하는 말이다.

김상우는 지금까지 많은 작품을 써온 원로작가의 한 사람이다. 그는 비교적 다작을 하는 작가인데 그의 작품은 대부분 우리 사회의 각종 부조리에 대하여 파헤쳐서 문제의 소지가 어디에 있는지를 그의 소설에서 상세하게 묘사하고 있기 때문에, 그의 작품은 사람들의 가슴을 후련하게 해줄 수 있어서 그의 인기는 대단히 높은 것 같다. 그의 작품은 재미도 있을 뿐만 아니라 우리들이 한번쯤은 깊이 생각을 해볼 필요가 있는 문제들을 제시하고 있어서 독자들에게 대단히 인기가 있는 것 같다. 누구나 그의 소설책 한 권쯤은 서재에 간직하고 있을 정도로 그는 유명작가가 되어 있었다.

그런데 최근에 이상한 소문들이 사람들의 입을 통하여 퍼지기 시작했다. 김작가의 작품은 대부분 자신이 직접 쓴 것이 아니라는 소문이 사람들의 입에 오르내리기 시작했다. 너무나 해괴한 소문이 아닐 수 없다. 작가 자신이 직접 작품을 쓰지 않았다면 도대체 누가 그의 작품을 대신 써주었다는 말인가? 마치 박사학위 과정 대학원생들을 많이 거느리고 있는 미국의 유명대학교수처럼 그의 한 학기 강의 중에 학생들에게 부과한 과제들에 대하여 학생들이 써온 결과를 취합하여 강의가 끝난 후에 새로운 책이 한 권씩 그의 명의로 출판되는 경우처럼, 김작가의 작품들도 소설가를 지망하는 젊은 문학도들이 써놓은 작품들을 마치 자신이 써놓은 소설처럼 편집하여 펴낸 소설이라는 소문이 파다하게 퍼지기 시작했다. 김작가에게 많은 기대를 걸었던 독자들의 실망은 그러한 소문의 진위와는 관계없이 상대적으로 클 수밖에 없었다.

미국의 유명교수의 경우에는 학생들의 논문을 자신의 이름으로 내기는 하지만, 어느 부분을 대학원생 누구가 썼다는 사실을 책의 서문에서 분명히 밝혀주기 때문에 우리나라의 경우처럼 학생의 논문을 표절했다는 구설수에 오를 필요도 없을 뿐만 아니라, 교수의 그러한 행위는 오히려 무명 대학원생들의 이름을 학계에 알려주는 역할을 하기 때문에 학생들에게는 오히려 많은 도움이 되고 있다고 해야 할 것이다. 그런데 김작가의 작품에는 젊은 소설가 지망생들이 어떤 부분을 직접 썼다는 언급이 전혀 없기 때문에, 그 소설을 작가 자신이 쓴 것인지 소설가 지망생이 쓴 것이냐에 대한 것을 전혀 알 길이 없는 것이다. 이러한 문제가 제기된 후에도 김작가의 작품판매량이 줄어들기는커녕 오히려 이전보다 훨씬 더 많이 팔리고 있는 기현상을 보이고 있는데, 왜 그러는 것일까?

소설이라는 것은 작가의 피눈물 나는 노력에 의해서만 얻어질 수 있는 결과물인 것이다. 이러한 작가의 노력이 들어간 작품만이 그 예술성을 인정받고 있다고 해도 과언이 아닐 것이다. 어떤 유명작가의 경우에는 오늘날의 대부분의 작가들처럼 컴퓨터로 소설을 쓰는 것이 아니라, 재래식 방법대로 그의 특기인 장편소설을 원고지의 칸을 메꾸면서 쓰기 때문에 손톱이 다 빠지고 새로 나게 될 정도의 고통을 감수하고 자신의 작품을 써냈다고 한다. 로마에 있는 성 베드로 대성당 내에 있는 씨스티나 소성당의 천정에 그려진 미켈안제로의 천지창조화는 그가 오랜 기간을 고개를 구부리고 그리다보니 그림을 다 그리고 난 후에 고개가 한쪽으로 굽어버렸다는 유명한 일화가 있을 정도이다. 그러한 작가의 노력이 들어갔기 때문에 그의 작품은 지금까지 명작으로 인정을 받고 있는 것이 아니겠는가?

김작가의 작품들이 워낙에 독자들에게 인기가 좋았기 때문에 그의 작품들이 자신이 쓰지 않았다는 소문들이 널리 퍼지기는 했지만, 독자들은 그러한 소문들을 쉽게 믿으려 하지 않았다. 그만큼 독자들의 김작가에 대한 신뢰는 절대적인 것이었다. 김작가에 대한 독자들의 신뢰가 절대적이었던 한편, 다른 편에서는 그 괴소문의 진위를 밝혀내자는 움직임이 나날이 거세어지기 시작했다. 소문이라는 것이 처음에는 아무런 근거가 없는 뜬소문처럼 들릴지 모르지만, 시간이 지나감에 따라 좀 더 구체적인 모습을 띠게 되는 것이 통상적인 경우라고 할 수 있을 것이다. 전혀 근거가 없는 소문이었다면 단순한 해프닝으로 끝나버릴 수 있는 일이 아니겠는가? 김작가의 경우 있지도 않은 일을 갖고 그를 음해하려는 음모론의 희생자가 되고 있는 것은 아닐까?

이러한 문제가 불거지자 문학계에서는 김작가에 대한 의혹제기의 진상조사를 하기 위한 진상조사위원회를 구성하여 몇 가지 질문을 해보기로 했다.

"김작가님께서 진상조사위원회까지 나오시라고 해서 송구스럽습니다. 김작가님에 대한 괴소문이 명예훼손의 여지도 있는 문제이기 때문에 김작님의 입장부터 우선 알아볼 필요가 있어서 김작가님께서 오시라고 한 것입니다. 저희들의 입장에서는 어떻게 해서든지 김작가님을 도와드리고 싶습니다. 김작가님의 입장을 말씀해 주십시오."

"그 괴소문이 사실이라면 내가 남의 소설을 표절했다는 말이 되는 것인데, 이것은 나의 작가로서의 생명이 끝나는 것과 같은 중대한 문제라 아니 할 수 없습니다. 내가 남의 소설을 표절했다는 무슨 증거라도 있습니까?"

"그런 것은 아직 발견되지 않았습니다. 다만 소문만이 무성할 따름입니다."

"그러시다면 내가 표절을 했다는 아무런 증거도 없이 진상조사위원회를 구성한 것입니까?"

"김작가님께는 죄송하게 되었지만 워낙에 문제가 심각해졌기 때문에 어쩔 수 없었습니다. 김자가님의 표절에 대한 입장을 밝혀주실 수 있습니까?"

"나의 입장은 표절을 해도 괜찮다는 말이 아니라, 소설의 작품 성향이 앞으로 바뀌어야 할 필요가 있다는 말씀을 드리고 싶습니다. 모든 것들이 한 차원 높은 단계로 바뀌고 있는 우리 사회의 현실에서 볼 때 소설이라고 해서 그 성향이 바뀌지 말라는 법이 어디에 있겠습니까?"

"구체적으로 무슨 말씀을 하시는 것인지 좀 더 자세히 설명해주실 수 있겠습니까?"

"사람들이 왜 소설을 읽는다고 생각하십니까? 자신이 현실에서는 할 수 없는 일을 소설 속에서는 얼마든지 할 수 있기 때문에 일종의 대리만족을 위하여 소설을 읽는 것이 아니겠습니까? 그러한 의미에서 볼 때 소설이라는 것은 반드시 한 사람의 작가에 의하여 처음부터 끝까지 쓰여져야 한다는 종래의 사고방식에는 문제가 있다고 생각됩니다."

"그러시다면 작가님께서는 소설이라는 것이 한 사람이 처음부터 끝까지 쓰지 않아도 괜찮다는 말씀을 하시는 것입니까?"

"독자들이 소설을 읽는 중요한 목적 중에 하나가 대리만족을 하려는데 있다고 한다면, 소설을 반드시 한 사람이 쓰는 것이 바람직하다는 주장은 잘못된 것이라고 할 수 있을 것입니다. 여러 사람이 나누어서 소설을 쓰더라도 그 소설들을 취합하여 하나의 소설을 완성할 수도 있다는 말입니다. 소설도 다른 일반도서와 마찬가지로 편집을 할 수 있다는 말입니다."

"김작가님의 말씀은 참으로 혁명적인 발상의 전환이라고 할 수 있을 것 같습니다. 만일 여러 사람들이 쓴 소설이 완성되는 경우에는 저작권의 문제와도 관련하여 과연 누구의 명의로 소설책을 출판해야 하는 것입니까?"

"우리가 작가 개인의 명의에 대해서 신경을 쓰려는 경향이 있는데, 작가로서는 너무나 당연한 일이겠지요. 작가의 명의를 중요시하는 사람이라면 종전처럼 혼자서 소설을 처음부터 끝까지 쓰면 될 것입니다. 그런 방법보다는 공동 집필을 해도 무방하다고 생각하는 작가들의 경우에는 그가 속한 단체나 회사의 이름으로 소설을 펴내도 무방할 것입니다. 작가의 명의를 밝히려는 이유는 자신을 독자에게 알리려는데 그 목적이 있지만, 그런 문제에 별로 개의치 않는 작가라면 어떠한 방법으로 책을 내든 간에 별 문제가 없으리라고 생각됩니다."

"그러면 구체적으로 어떻게 하는 것이 바람직하다고 생각하십니까?"

"나의 생각으로는 소설책을 출판하기 위한 주식회사 같은 조직을 작가들이 구성하여 공동저작의 문제를 해결하면 된다고 생각합니다. 각자의 명의를 밝히는 잡지형식의 소설집을 낼 수도 있고, 회사의 명의로 된 소설책을 내도 무방하리라고 생각합니다."

"그렇게 되면 소설책에 대한 표절시비도 없어지게 될 것 같군요. 한 번 시범을 보여주시기 바랍니다."

그런데 진상조사위원회와 김작가가 나눈 질의응답에도 불구하고 김작가에 대한 괴소문의 진위는 아무 것도 밝혀진 게 없었다. 김작가는 공동저작의 경우에는 표절이 아니라는 점을 밝히고 있기는 하지만, 자신의 소설을 그러한 방법으로 펴내고 있다는 말을 한 적은 없었기 때문에 그에 관한 괴소문의 진상조사는 아무 것도 이루어진 것이 없었다. 오히려 김작가에 대한 의혹만이 한층 더 깊어졌다고 하는 편이 옳을 것 같다. 작품을 작가 자신이 직접 쓰지를 않고 다른 사람이 대신 써준다는 것이 사실이라면, 작가로서 특히 유명세를 타고 있는 원로작가의 경우에는 치명적인 일이라 아니 할 수 없을 것이다. 김작가의 작품을 누군가 대신 쓴 것이 사실로 들어나게 된다면, 김작가는 과연 무엇이라고 변명을 할 것인가? 자신은 모르는 일이었다고 발뺌을 할 것인가?

유명교수들의 경우 제자들의 논문을 표절했다는 구설수에 올라서 망신을 당하는 경우를 가끔 볼 수 있는데, 그들의 구차한 변명은 시간이 없어서 라는 것이 주된 변명이지만 말이 되는 일인가? 내가 아는 한 교수의 경우 자신이 심사를 해준 석사학위 논문들을 취합하여 자신의 회갑기념논문집에 실었는데, 이러한 행위야말로 제자들의 논문을 표절한 대표적인 사례에 속한다고 할 수 있을 것이다. 논문집에 실을만한 논문들이 없으면 논문집을 내지 않으면 되는 것이다. 구차하게 그러한 방법으로 논문집을 낼 필요가 어디에 있다는 말인가?

김작가의 경우 다른 사람이 소설을 써주었다는 소문이 구설수에 올랐다는 사실 하나만으로도 그의 명예는 상당히 훼손이 된 셈이다. 그러한 소문을 낸 사람이 누구인지도 알 수 없으며 뚜렷한 증거도 없는 처지에서, 누구를 상대로 하여 명예훼손으로 고소를 할 수 있을 것인가? 참으로 답답한 노릇이라 할 수 있을 것이다. 누구인지는 알 수 없어도 잘 나가는 김작가를 모함하기 위하여 벌린 일은 아니었을까? 참으로 궁금해지는 일이라 아니할 수 없을 것이다. 이 문제는 진상조사위원회에서 해결할 문제가 아니라 김작가 자신이 어떠한 방법으로라도 해결을 하지 않으면 아니될 문제인 것이다.

인생을 살아가면서 김작가의 경우처럼 엉뚱한 일을 당하게 되는 경우가 있는데, 그러한 일을 당하게 되면 참으로 한심한 느낌이 들게 될 수 있을 것이다. 다른 사람들이 자신의 소설을 대필했다고 시인을 하자니 지금까지 그가 쌓아올린 노력이 하루아침에 물거품처럼 사라지고 말 것이며, 그렇지 않다고 말을 하자니 독자들이 믿어주지 않고 있으니 참으로 난감한 일이라 할 수 있을 것이다. 그야말로 진퇴양란이라 할 수 있는 처지에 놓여 있는 셈이다. 작가에게 있어서 자신의 글을 다른 사람이 대필해 주었다는 말을 듣는 것처럼 비참한 느낌이 들게 되는 일도 없을 것이며, 이러한 말처럼 작가에게 치명적인 사실은 다시 없을 것이다. 작가가 자신의 작품을 쓰지 않았다는 것은 작가임을 인정할 수 없다는 말이며, 작가에게는 이처럼 모욕적이며 치명적인 일은 없을 것이다.

작가는 자신이 쓴 글로써 자신의 입장을 대신하는 사람들이기 때문에, 김작가의 경우에도 자신의 글로써 현재 닥치고 있는 위기를 극복해 나가는 것이 문제해결에 관한 관건이라 할 수 있을 것이다. 김작가는 지금까지 해왔던 방법대로 다작을 하는 대신에, 소설 한 권을 쓰더라도 독자들의 인기영합에만 급급할 것이 아니라 뚜렷한 메시지를 던져주는 작품을 쓰도록 해야 할 것이다. 다시 말하면 김작가의 개성이 넘치는 작품을 씀으로써 이미지 쇄신을 할 필요가 그 어느 때보다도 필요하다는 것이다. 김작가의 소설을 대필해주었다는 말까지 나오게 된 배경에는 아마도 그의 소설 자체가 사회비평소설이라는 특성이 있기는 했지만, 소설의 내용 자체가 참신한 내용을 갖지 못하고 통속소설처럼 진부한 내용으로 가득 차 있었기 때문에 독자들의 거부감을 자초하게 된 것이 아닐까 한다. 인기드라마라는 것이 대부분 막장드라마의 성격을 농후하게 갖고 있는 것처럼, 김작가의 대부분의 작품도 심도 있는 인간심리의 분석이라기보다는 심각한 사회 부조리를 피상적으로 훑어본데 불과한 가벼운 느낌을 주는 소설들이었기 때문에 그런 것이 아니었을까? 그가 작가로서 재조명을 받기 위해서는 지금까지 집필해왔던 소설의 형식을 과감히 탈피하고 뼈를 깎는 노력을 해서 다시 태어나는 변신을 시도하지 않으면 아니 될 것이라는 점을 김작가가 심각하게 자성하기 시작했다. 소설을 집필하여 돈을 많이 버는 것도 바람직한 일이기는 하지만 비록 소설을 가지고 돈을 잘 벌지는 못할지라도 독자들의 마음속에 오래 남을 수 있는 인상적인 작품을 쓰는 것이 김작가의 경우에도 필요할 것이며, 만일 앞으로 그러한 작품을 쓸 수 있게 된다면 현재 겪고 있는 구설수 같은 일에는 말려들지 않을 수 있다고 보아야 할 것이다.

김작가는 분명히 성공한 작가임에는 틀림이 없는 사실이다. 작가 중에서 자신의 작품을 가장 많이 판매한 작가 중에 한 사람에 속하고 있어서 그의 명성이 독자들에게 잘 알려져 있는 셈이다. 그러면 그가 어떻게 해서 이상한 구설수에 말려들어서 지금까지 그가 작가로서 쌓아온 명성에 먹칠을 하게 되었는지 그 이유를 알 수가 없는 것이다. 그가 유명작가가 아니었다면 그런 엉뚱한 구설수에 말려들지 않아도 되었을 것이 아니겠는가? 무명의 소설가들의 경우에는 소설을 팔아서 생계를 유지한다는 것은 도저히 상상도 할 수 없는 일이다. 먹고 살기 위해서라도 소설가 이외의 직업을 별도로 갖고 있지 않고서는 살아가기에 벅찬 작가들도 얼마든지 있는 것이다. 자신이 써놓은 소설집을 출판하려 해도 몇

백만 원의 출판비가 없어서 소설집을 펴내지 못하는 작가들도 얼마든지 있는 것이다. 유명작가가 아니기 때문에 출판사에서 소설집을 회사의 비용으로 출판해주지를 않기 때문에, 소설집을 내려면 자기 돈으로 할 수밖에 없는 것인데 그렇게 할 만한 여유 돈이 없다는 것이다.

우리나라 국민처럼 책을 읽지 않는 국민도 드문 일이라고 한다. 우리나라 국민의 대다수가 1년에 책 한권도 읽지 않는다는 남부끄러운 통계가 나오고 있을 정도라고 한다. 책을 읽는다는 것도 인내와 끈기가 없이는 감당하기 어려운 일이라고 할 수 있을 것이다. 책읽기를 버겁게 느끼고 있는 사람들이 많기 때문에 책을 대신 읽어주는 CD까지 나왔을 정도라니, 우리나라 국민의 문화수준을 가히 짐작할 있을 것이다. 책을 읽지 않는 국민을 어떻게 문화국민이라고 말을 할 수 있겠는가? 요즘에는 책을 서점에서 파는 대신에 인터넷 서점에서 책이 팔리고 있다고 한다. 그런데 인터넷 서점에서 많이 팔리고 있는 것처럼 보이는 책들도 실제로 팔리고 있는 책의 수량과는 관련이 없다는 것이다. 책을 자비로 출판할만한 여력을 갖고 있는 작가들의 경우에는 책을 팔기 위해서 쓰는 것보다는 무엇인가 쓰지 않고는 견딜 수 없는 절박한 심정에서 쓴 글들을 엮어서 책으로 펴낸 후에는 그 책이 잘 팔리느냐 여부에 관한 것은 관심을 두지 않는 것이 정신건강에도 좋은 일이라고 할 수 있다는 것이다.

작가가 자신이 쓴 소설집이 잘 팔리느냐 여부에 관하여 관심이 없는 사람들이 어디에 있겠느냐마는 소설집을 펴내는 것이 돈벌이를 위한 수단이라는 생각을 일찍이 포기하는 것이 우리 자신을 위하여 바람직한 시대에 우리가 살고 있는 것이라고 해도 과언이 아닐 것이다. 소설을 쓰는 이유는 자신의 작품을 이 세상에 남기기 위한 목적 때문이라고 할 수 있기 때문에, 돈벌이와는 처음부터 관련이 없는 문제라고 할 수 있을 것이다. 자신이 쓴 작품집이 의외로 독자들의 반응이 좋아서 잘 팔린다면 돈도 벌 수 있는 것이니 그 아니 좋은 일이겠는가? 새로운 작품집이 나와서 작가의 서가에 한 권씩 추가로 진열될 때마다 작가로서 살아갈 수 있다는 행복감을 느끼게 될 것이다. 작가들은 이러한 행복감을 느끼기 위하여 작품집을 펴내는 것이 아닐까 한다. 아는 사람들에게 명함 한 장을 건네는 것보다는 작품집을 한 권 선물하는 것이 얼마나 멋진 일이며, 작가 자신을 다른 사람들에게 알리는 최선의 방법이 될 수 있는 것이 아니겠는가?

한 노작가는 나이 80에 등단을 하여 계속해서 소설을 쓰고 있으며, 완성된 소설들은 모아서 소설집으로 펴내고 있다. 그가 소설을 쓰는 이유는 돈벌이를 하려는데 있는 것이 아니라, 그가 우리 사회의 다양한 모습을 보면서 자신의 생각을 소설이라는 형식을 빌어서 무엇인가 건설적인 내용을 쓰고 싶은 열망을 갖고 있기 때문이라고 할 수 있을 것이다. 그는 소설가로서는 비교적 신인에 속하지만, 지금까지 살아온 경력으로 볼 때에는 사회의 원로급에 속한다고 말할 수 있을 것이다. 그는 자신이 체험으로 얻은 판단과 책을 통하여 얻은 지식들을 활용하여 사회비평소설을 쓰고 있는데, 상당한 수준에 이르고 있다고 할 수 있다. 아무도 그를 원로라고 부르지는 않지만, 그 자신이 원로다운 마음가짐을 갖고 소설쓰기를 계속하고 있는 중이다.

원로라는 말은 각자가 소속된 분야에 있어서 최고의 권위를 가진 사람들을 지칭하는 말이라고 할 수 있을 것이다. 그렇게 본다면 원로가 없는 분야는 하나도 존재할 수 없다고 할 것이다. 원로들은 자신이 속한 분야에 있어서 크게 기여한 사람들이어야 할 것이다. 우리가 원로들을 떠받들어야 하는 이유는 원로들이 있었기 때문에 특정분야의 발전이 오늘날처럼 이루어질 수 있었던 것이니, 그들의 업적을 높이 평가해 주어야 할 것이다. 각 분야에 원로들이 있기 때문에 우리 사회의 위계질서가 잡혀가는 것이라고 할 수 있을 것이다. 경로사상이 희박해진 우리 사회에 있어서 원로의 대우를 해주지 않으려는 경향이 점점 더 노골화되어 가고 있기는 하지만, 각 분야에 있어서의 원로의 존재는 우리의 젊은이들이 그들의 존재를 인정해 주느냐 여부와 관계없이 원로라는 분들이 존재하고 있으며, 우리는 그들의 존재가치를 인정해 주어야 할 것이다.

　우리나라의 사회원로들은 현실문제에 관여하기를 꺼리는 것 같다. 동양사상의 겸양의 미덕 때문에 그러는 것인지는 알 수 없지만, 내놓고 우리 사회를 비평하려 하지 않는 것 같다. 그렇게도 많은 사회적인 문제들이 산적해 있으며 원로들의 그러한 문제들에 대한 고견을 듣고 싶어하고 있음에도 불구하고, 원로들은 여간해서는 자신들의 의견을 밝히려 하지 않는 것 같다. 왜 우리나라의 원로들은 그러는 것일까? 그들의 침묵이 원로들의 행동으로는 바람직한 것이라고 말 할 수 없을 것이다. 원로들이 어떤 문제에 대하여 침묵을 지키는 이유는 주책없이 나섰다가 젊은이들의 비난을 견디어내기 어렵기 때문에 그러는 것이 아닐까? 우리나라 국민들은 원로이든 누구이든 간에 잘 알려지지 않은 사람이 남들 앞에 나서서 이러니저러니 훈수를 놓는 것을 견디기 어려워하는 성향이 있는 것 같다.

원로들의 사회적 역할에 관하여 한 유명한 정치사회학자의 견해를 들어보자.

"교수님 안녕하십니까? 우리 사회의 각계각층에 있는 원로들의 역할에 관하여 교수님의 견해를 듣고 싶습니다. 현재와 같은 정치적인 위기에 직면하여 원로들이 자신의 의견을 내놓을 필요가 있다고 생각하십니까?"

"물론이지요. 원로들이란 자기 분야에 있어서 최고권위자일 뿐만 아니라 우리 사회의 어른들이기 때문에, 정치적인 위기는 물론 다른 중대한 사회적인 문제에 대하여 어른으로서 그러한 사태에 직면하여 자신의 견해를 언제나 피력할 권리와 의무가 있다고 해야 할 것입니다"

"원로들의 어떠한 조언이 필요하다고 생각하십니까? 단순한 조언뿐만 아니라 구체적인 행동도 취할 수 있다고 생각하십니까?"

"두 가지 역할을 다 할 수 있다고 생각합니다. 원로들이 그러한 문제들에 대하여 말만 하다가 그칠 것이 아니라, 필요한 경우에는 구체적인 방법으로 나오는 게 바람직한 일이라고 하겠습니다."

"우리나라의 원로집단이라고 자처하는 소위 원로회의라는 것이나 정의사회구현사제단과 같은 집단은 행동보다는 말을 앞세우려는 경향이 농후한 것 같습니다. 말을 그럴듯하게 잘 한다고 해서 우리 사회의 어려운 문제들이 제대로 해결될 수 있다면 얼마나 좋겠느냐마는 그렇지가 못하니 문제인 것이 아니겠습니까?"

"그렇다면 어느 정도의 행동이 필요하다고 생각하십니까? 시위 같은 행위도 필요하겠습니까?"

"필요하다면 시위도 해야 할 것입니다. 그런데 일시적으로 사람들의 관심을 끌 수 있는데 불과한 시위보다는 장기적인 효과를 기대할 수 있는 국민의식개조운동과 같은 것이 필요하지 않을까 합니다. 우리에게 필요한 것은 이미 발생한 문제에 대한 해결을 목적으로 하는 대증요법과 같은 방법을 적용하는 것도 중요한 일이겠지만, 그것보다는 문제가 발생하기 전에 그러한 문제의 발생을 사전에 예방하는 방법을 강구하는 것이 훨씬 더 효과적일 수 있지 않겠습니까?"

"국민의식개조운동이라는 말씀을 하셨는데 좀 막연한 것 같은 느낌이 듭니다. 잘못하다가는 그러한 운동이 다른 유사한 운동들과 마찬가지로 용두사미로 끝나버리는 것이 아니겠습니까?"

"학교교육과 마찬가지로 장기적인 목표를 갖는 성인교육프로그램과 마찬가지 방법으로 국민의식개조운동을 추진해 나아가야 할 것입니다. 왜냐하면 우리 사회의 크고 작은 문제들은 의식구조가 잘못되어 있는 사람들이 일으키는 것이라고 볼 때, 그러한 사람들이 우리 사회에서 차지하고 있는 비율을 가급적 줄임으로써 그러한 문제의 발생가능성을 사전에 예방하려는데 목표를 두어야 할 것입니다."

"그렇다면 원로들의 역할은 이 문제와 관련시켜 볼 때 무엇이라고 생각하십니까?"

"그러한 계획을 구체적으로 입안하고 실천하는데 원로들의 도움이 절대적으로 필요하다고 생각합니다. 원로들이 일생을 통하여 자신의 체험으로 얻게 된 살아 있는 지식을 우리 사회를 위하여 구체적으로 적용해 볼 필요가 있다는 것입니다."

"그러한 목표를 달성하기 위해서는 현존하는 자칭 원로회의나 정의사회구현사제단과 같은 집단과는 전혀 다른 의미의 원로들의 모임을 창립할 필요성이 있다고 생각하시지 않습니까?"

"시의 적절한 지적을 해주셨습니다. 각 분야에서 선출한 원로들로 구성되는 국회와 같은 수준의 원로원을 발족할 필요가 있다고 생각합니다. 통상적인 의미의 원로원이 정치적인 목적을 위한 집단이라면, 새로 발족하는 원로원은 정치적인 목적뿐만 아니라 다른 사회적인 문제에 관한 사항에 대해서도 광범위하게 관여할 수 있는 우리나라의 최고 권위기관이어야 할 것입니다."

"원로원의 구성원 자격요건을 무엇이라고 생각하십니까?"

"원로원의 구성원은 누가 보아도 한 분야의 최고권위를 인정받을 수 있는 원로들이어야 할 것입니다. 그들이 선출되는 원로라 하여 원로의 자격이 극히 의심되는 젊은이가 원로원의 구성원으로 선출되는 가능성은 원로원의 규정에 의하여 철저하게 배제해야 할 것입니다."

"그러한 명시적인 규정이 있음에도 불구하고 자격미달자가 원로원의 구성원으로 선출되는 경우에는 어떻게 해야 한다고 생각하십니까?"

"만일에 그러한 사람들이 원로원에 다수 진출하게 되는 경우에는 원로원이 국회와 같은 정치인들의 집단으로 탈바꿈을 하게 되어, 국회와 마찬가지로 정치꾼들의 투쟁장소로 변할 가능성이 농후해져서 원로원으로서의 역할을 못하게 될 위험에 직면하게 될 것입니다."

"교수님의 말씀을 들어보니 국회와 같은 권위를 갖는 원로원을 창설하는 것이야말로 우리 사회의 발전을 위하여 원로들의 지혜를 최대한도로 활용할 수 있는 가장 바람직한 방안이라고 생각됩니다. 교수님께서도 원로원의 구성원이 되어 우리 사회의 발전을 위하여 일해 보실 생각은 없으십니까?"

"아직은 내 나이가 젊으니 그러한 욕심을 내는 것은 과욕이라고 할 수 있을 것입니다. 앞으로 원로로서의 체험을 더 쌓게 된다면 나도 한 번쯤 욕심을 내보고 싶습니다."

"교수님의 고견을 잘 들었습니다. 원로들의 문제에 대하여 더 많은 연구를 계속하시고 언제나 건강하십시오."

"나도 원로에 대한 나의 견해를 밝힐 수 있는 기회를 갖게 되어 즐거웠습니다. 감사합니다."

이 정치사회학자와의 의견교환을 통하여 각계각층의 원로들의 역할에 관하여 상세하게 알아볼 수 있는 기회를 가질 수 있었다. 우리 사회에는 여러 가지 사회적인 현안문제들이 산적되어 있음에도 불구하고 원로들의 지혜를 제대로 활용하고 있다는 말을 아직 들어보지 못했다. 우리 사회에서 채택하고 있는 정년제라는 것이 아직도 한창 일할 나이에 있는 능력자들을 현직에서 물러나게 함으로써, 얼마나 많은 사회적인 손실을 가져오고 있는지에 대하여 아무도 심각하게 생각해 보려고 하지를 않는 것 같다. 그들이 일단 현직을 떠나게 되면 그들의 능력을 다시 활용해 볼 수 있는 기회는 영원히 사라져버리게 되는 것이라고 할 수 있다. 우리 사회를 위하여 너무나 아까운 일이 아니겠는가?

우리가 은퇴자들이 자신의 능력을 충분히 활용할 수 있도록 하는 방법을 강구해주는 것이야말로 국가와 사회발전을 위하여 많은 도움이 될 수 있을 것이다. 은퇴자들에게 일자리를 마련해주는 경우에도 현재까지는 경비직이나 육체노동과 같은 단순한 일에만 종사하게 할 뿐 그들의 탁월한 능력을 백퍼센트 발휘할 수 있도록 해주는 일자리가 만들어졌다는 사실을 들어본 일이 없었다. 특히 100세까지 살아남을 수 있는 초고령사회에 진입을 하게 된 우리 사회가 은퇴자들에게 더 이상의 일자리를 마련해주지 않았기 때문에, 그들이 30~40년이라는 기나긴 세월동안 하는 일 없이 무위도식하게 방치할 수밖에 없는 일이야말로 국가적인 입장에서뿐만 아니라 사회적으로도 막대한 손실이 된다는 것을 충분히 깨닫고, 그들에게 걸맞는 일자리를 마련해주는 일에 국가와 사회단체가 앞장설 필요가 그 어느 때보다도 절실히 요구되고 있다고 하겠다.

은퇴제도라는 것은 후진들에게 일자리를 양보해주기 위하여 일정한 연령에 도달한 사람들이 용퇴하는 제도라는 주장이 가장 그럴듯한 이유처럼 보이기는 하지만, 이러한 논리는 은퇴자들에게 책임을 전가하려는 일종의 책임회피의 변명에 불과한 것이다. 일부의 선진국가에서는 은퇴연령이라는 것이 없어서 자신의 건강이 허락하는 한 일을 할 수 있을 때까지 은퇴를 하지 않는 국가들도 있다고 한다. 아무리 은퇴자들에게 일을 할 수 있을 때까지 은퇴를 하지 말라고 해서 80~90세의 나이가 될 때까지 현직에 머물 수 있는 사람의 숫자는 극히 제한적일 수밖에 없을 것이다. 그러다보니 은퇴연령을 연장해보았자 현재의 우리 국민의 건강상태로 볼 때 기껏해야 70세까지라고 하는 것이 설득력이 있을 것 같다. 머리를 쓰는 일을 하는 사람들의 경우 80~90세의 고령이라 할지라도 예를 들면 작가들은 그 나이에도 작품 활동을 활발히 할 수 있는 것을 보면, 직업의 성질에 따라 은퇴연령이 달라질 수밖에 없을 것이다.

사회원로들의 경우에는 다른 일반은퇴자들의 경우와는 다른 사회적인 역할을 담당해야 하기 때문에 사실상 그들에게는 은퇴연령이라는 것이 없다고 해야 할 것이다. 그러기 때문에 그들은 죽기 전까지 계속해서 사회적인 제반문제에 관하여 관심을 가져야 할 것이며, 필요한 경우에는 사회원로로서 자신의 견해를 피력할 권리와 의무를 갖고 있다고 해야 할 것이다. 원로들의 역할은 경우에 따라서는 사회문제의 해결에 있어서 별 영향력을 미치지 못할 수도 있겠지만, 특정한 사회문제에 대한 그들의 견해를 결코 무시해서는 아니 될 것이다. 사회원로들의 역할은 우리 사회를 위하여 결코 무시할 수 없는 성질을 갖고 있다는 사실을 인정한다면, 우리는 그들의 지혜를 그대로 사장하지 말고 필요한 경우에는 언제든지 그들의 지혜를 적절히 활용하는 것이 우리에게 절실하게 요구되는 사항이라 할 수 있을 것이다.

사회원로들을 적절히 활용할 수 없는 국가는 문화국가라고 할 수 없을 것이다. 원로들은 우리 사회의 최고의 지성이기 때문에 그들의 존재를 무시하는 사회는 침체된 사회이며 더 이상의 발전을 기할 수 없는 사회라고 할 수 있을 것이다. 지혜로운 사람들의 말은 수 십 번을 되풀이해서 들어도 우리에게는 유익한 말들이라 할 수 있을 것이니, 가급적이면 원로들의 지혜로운 말들을 많이 들어야 할 것이다. 텔레비전을 통해서 원로들의 대담하는 모습을 자주 대할 수 있는 기회를 자주 보여주었으면 한다. 일반적인 텔레비전의 대담처럼 자신의 말 자랑이나 하려는 대담이 아니라, 진실로 국가와 사회의 발전을 위하여 무엇인가 도움이 되는 그들의 지혜를 대할 수 있는 기회가 되었으면 하는 것이 우리가 원로들에게 기대하고 바라는 일이라고 할 수 있을 것이다.

우리에게 사회원로들이 있다는 것이 얼마나 다행한 일인가? 사회원로들은 우리들이 직면하고 있는 여러 가지 사회적인 문제에 대하여 마지막으로 기댈 수 있는 최후의 보루가 될 수 있다고 할 것이다. 우리가 기댈 수 있는 원로들이 있다는 것이 얼마나 마음 든든한 일이겠는가? 우리들은 원로들의 경험과 지혜로운 발언들을 존중할 필요가 그 어느 때보다도 필요한 시기에 살고 있다고 할 수 있을 것이다. 우리는 원로들을 믿고 우리의 여러 가지 사회 문제들을 해결하는데 있어서 좀 더 과감해질 필요가 있는 것이 아닐까?

13. 자기합리화

　우리는 필요한 경우에는 억지주장이라는 사실을 잘 알면서도 자기합리화를 하려는 경향이 있는 것 같다. 누구나 자기가 하는 일이 옳다고 믿는 것은 너무나 당연한 일이라고 할 수 있을 것이다. 살인을 밥 먹듯이 저지른 흉악한 살인범까지도 살인을 하게 된 동기를 말도 되지 않는 이유를 들어서 자기합리화하려는 경향이 있다는 것이다. 심지어 사회정의의 실현을 위하여 살인을 할 수밖에 없었다는 변명까지 늘어놓는다는 것이다. 살인은 분명히 범죄행위임에도 불구하고 자신의 행위를 합리화하려는 것은 그야말로 적반하장이라고 해야 할 것이다.

　그렇다면 왜 사람들은 자신이 범한 잘못을 정직하게 시인하는 대신에 말도 되지 않는 엉뚱한 이유를 들어서 자신의 행위를 합리화하려는 것일까? 아마도 그 이유는 자신의 마음속에 무의식적으로 잠재되어 있는 자기합리화의 성향 때문에 그런 것이 아닐까 한다. 우리는 인간이기 때문에 자신이 한 행위가 잘못되었다는 생각을 갖고는 단 하루라도 마음 편하게 살아갈 수 없는 것이다.

사람들은 자신이 큰 잘못을 저질렀다는 사실이 분명하게 밝혀지기 전까지는 그러한 사실을 스스로 인정하려 하지 않는 것이다. 그러한 사람들의 경우에는 자신이 저지른 잘못에 대해서도 사과를 하는데 인색할 수밖에 없는 것이다. 모든 사람들이 자신의 잘잘못에 관계없이 자기합리화만 주장하게 된다면, 그러한 사람들 간에는 원만한 인간관계를 더 이상 기대할 수 없게 되는 것이다.

이러한 의미에서 볼 때 자기합리화를 해야 할 경우도 있겠지만, 상황판단을 제대로 하지 못하고 시도 때도 없이 사사건건 자기합리화만 하다보면 사람들과 소통하는 문제 자체가 벽에 부딪칠 수밖에 없게 될 것이다.

그러나 자기합리화를 시의적절 하게 활용할 줄 아는 사람은 처세의 달인이라고 말할 수 있을 것이다. 왜냐하면 그야말로 자신에게 닥친 위기를 자기합리화의 방법을 교묘하게 활용하여 빠져나갈 줄 아는 능력의 소유자라고 할 수 있기 때문이다. 그런데 그러한 능력은 누구에게나 있는 것이 아닐 것이다. 정치인들의 경우에 그러한 사람들이 많이 있을 것이다. 우리가 정치인을 믿을 수 없는 이유가 그들이 말하는 것이 진실인지, 아니면 구차한 자기합리화에 불과한 것인지 하는 것이 분명하지 않은 경우가 많기 때문에 그런 것이 아닐까 한다.

진실성이 결여된 자기합리화는 상대방을 설득하는데 실패할 뿐만 아니라, 경우에 따라서는 예상할 수 없는 재난을 가져올 수도 있는 것이다. 현직 대통령의 퇴진을 촉구하는 서울시민은 물론 지방에서 대거 상경한 100만여 명이 참가한 대규모의 국민집회가 서울시청 앞 광장과 청계광장에서 동시에 개최되었다. 이

집회에는 국회의원, 대학교수, 변호사를 비롯하여 일반시민들은 물론 대학생들과 중고등학생까지 교복을 입고 참가한 사상 유래가 없었던 규모의 집회였다고 한다. 대통령에게 실망하고 있었던 국민들에게 진실성이 결여된 대통령의 자기합리화는 국민들의 실망을 해소해 주기는커녕, 오히려 국민들을 자극하여 국민들의 분노를 증폭시켜서 사태를 이 지경으로 악화시키게 되었던 것이다. 이 집회는 우리가 흔히 볼 수 있는 특정한 이익집단의 구성원들만 모인 시위와 같은 집회와는 근본적으로 성격이 다른 집회라고 할 수 있을 것이다.

사태가 이 지경으로 되어버린 데에는 전적으로 대통령에게 책임이 있다고 할 수 있을 것이다. 자신을 대통령으로 뽑아준 국민을 우습게보고, 측근들의 장막에 가려서 독선적인 국정을 운영해왔다는 데도 문제가 있기는 했다.

그런데 나중에 밝혀진 바에 의하면 측근들과 의논을 해서 국정을 운영해온 것도 아니라는 것이었다. 국정에 대한 책임을 진 것이 대통령이 아니라, 한 천박한 여인이 하라는 대로 마치 꼭두각시처럼 국정을 운영해왔다는 사실이 알려지자 국민은 분노할 수밖에 없었던 것이다. 대통령이 국민들에게 사과를 하겠다면서 두 번씩이나 읽어내려 간 발언은 사과라기보다는 자기합리화로 일관되어 있었으며, 자신이 책임을 져야할 문제를 그 천박한 여인에게 책임을 전부 전가하는 대통령의 초라한 모습이 오히려 국민을 극도로 분노하게 만들었던 것이다.

처음에는 별 것 아닌 입소문으로만 번지기 시작하던 그 여인의 국정농단사건이 대통령의 시인으로 사실이었다는 것이 드러나게 되자, 국민의 실망과 놀라움은 이만저만 큰 것이 아니었다. 국민들의 일반적인 반응은 대통령에게 무시당했다는 것이었다. 국민을 얼마나 우습게보았으면 일개 천박한 아녀자의 농간에 놀아날수 있었다는 말인가? 그러한 사실을 뻔히 알고 있었을 대통령의 최측근들 중에 누구 하나 이러한 사실을 밝히지 않았다는 사실은 그들이 얼마나 대통령이 잘못된 길로 가는 것을 그대로 방치해두었는지를 잘 말해주는 사례라고 할 수 있을 것이다. 소문이 사실로 밝혀진 후에 그 불똥이 자신들에게도 닥칠지 모르겠다는 두려움 때문에 그러는 것인지는 알 수 없지만, 그녀를 아느냐는 질문을 받은 장관이나 측근들 중에 그 천박한 여인을 알고 있었다고 대답을 한 사람은 한 명도 없었다는 사실은 그들이 얼마나 처세에 민감한지를 잘 말해주는 것이라 하겠다. 그들이 분명히 알고 있었음에도 불구하고 자기합리화를 위한 거짓말을 하고 있는 것이라고 볼 수 있다.

인간의 자기합리화와 관련하여 한 심리분석학자의 설명을 들어보자.

"교수님께서는 왜 인간들이 자기합리화를 시도하고 있다고 생각하십니까?"

"자기합리화를 하려는 인간의 심리는 너무나 자연스럽고 당연한 일이라고 말할 수 있을 것입니다. 인간이기 때문에 필요한 경우에 자기합리화를 하게 되는 것입니다."

"자기합리화가 필요한 경우에 자기합리화를 하지 않고 침묵을 지키게 되면 어떠한 결과를 가져오게 된다고 생각하십니까?"

"'침묵은 금이다'라는 말이 있기는 하지만, 그러한 경우에 침묵으로 일관하는 것은 좋은 대응방법이 아니라고 생각합니다. 자기합리화를 하지 않으면 상대방이 제멋대로 생각을 하게 될 위험성이 다분히 있게 될 것입니다."

"그렇다고 없는 일을 있었던 일처럼 거짓말로 자기합리화를 할 수는 없는 것이 아니겠습니까?"

"좋은 점을 지적해주셨습니다. 진실성이 결여된 자기합리화는 상대방이 나의 처지를 납득하는 대신에 오히려 상대방의 반감을 자초하게 될 가능성이 있습니다. 현직 대통령에 대한 대규모 국민집회에 의한 퇴진촉구와 같은 것이 그 대표적인 실례가 될 수 있을 것입니다."

"대통령의 퇴진촉구 국민집회와 같은 것이 대통령의 잘못된 자기합리화 때문에 그렇게 된 것이라고 교수님은 생각하십니까?"

"유감스럽게도 그렇다고 시인할 수밖에 없을 것 같습니다. '호미로 막을 수 있는 것을 가래로 막을 수밖에 없는 사태'로까지 발전하게 된 것이라고 말할 수 있을 것입니다. 두 번씩이나 발표했던 대통령의 사과문이 진실로 자신의 잘못을 인정하는 사과문이라기보다는, 진실함이 결여된 자기합리화 때문에 그렇게 된 것이 아닐까 합니다. 현재의 국가위기를 초래한 책임이 전적으로 대통령에게 있음에도 불구하고 대통령의 국정수행을 뒤에서 조정한 한 천박한 여인에게 국정농간에 대한 책임을 전적으로 그녀에게만 전가하려는 대통령의 자기합리화의 초라한 모습이, 대통령으로 인하여 실망했던 국민들을 극도로 분노하게 만든 것이 대통령의 퇴진이라는 국민들의 극한투쟁까지 자초하게 된 것이라고 볼 수 있습니다."

"대통령은 아직까지도 사태의 중요성을 제대로 파악하지 못하고 있다는 의견이 있는데 교수님께서는 이 문제에 대하여 어떻게 생각하십니까?"

"아마도 그러한 의견이 옳다고 생각합니다. 왜냐하면 이번 사태는 수습을 해야 하는 일과성인 문제라기보다는, 우리나라의 대통령제가 보여준 단점이라고 할 수 있는 대통령의 막강한 권한에 대한 일대수술을 하지 않으면 아니 되는 중대한 문제라고 할 수 있을 것입니다. 그러함에도 불구하고 대통령은 안이한 생각으로 우리가 직면하고 있는 국가위기를 적당한 선에서 수습해보려고 하고 있으니, 대통령의 문제인식에 실로 문제가 있다고 말하지 않을 수 없을 것입니다."

"그렇다면 대통령이 사과를 하겠다면서, 자기합리화나 책임전가를 하는 이유가 무엇이라고 생각하십니까?"

"대통령이 현사태에 대한 정확한 인식이 결여되어 있을 뿐만 아니라, 사과와 자기합리화 또는 책임전가를 혼동하고 있는 것이 아닌가 하는 의심이 들 정도입니다. 좀 더 심하게 말하자면 현직 대통령이 과연 대통령으로서의 자격이 있는 사람인가 하는 문제까지 거론할 필요가 있는 일이 아닐까 합니다."

"교수님처럼 생각하는 사람들이 상당수 있다는 말을 들었습니다. 대통령의 퇴진을 촉구하는 이유도 남은 15개 월 동안의 대통령의 임기를 제대로 수행할 수 있느냐 하는 확신을 가질 수 없기 때문이라는 것입니다. 다시 말하자면 대통령을 무자격자로 잘못 뽑았다는 실망감 때문에 그러는 것이라고 합니다."

"국가의 장래를 위하여 참으로 우려되는 사태라고 아니할 수 없을 것입니다. 그러함에도 불구하고 우리 국민이 해야 할 일은 문제의 소재를 정확히 파악하여, 너무 늦기 전에 문제를 제대로 해결하려는 일에 총력을 집중해야 할 것입니다."

"교수님께서는 이 세상에 자기합리화를 하지 않는 사람도 있다고 생각하십니까?"

"정직하게 사는 사람들의 경우에는 자기합리화를 할 필요가 없다고 생각합니다. 마찬가지로 성실하게 사는 사람들의 경우에도 자기합리화와 같은 구차한 방법을 동원할 기회가 없다고 해야 할 것입니다."

"그렇다면 자기합리화라는 것은 정직하지 못하거나 성실하지 못한 사람들만이 활용하고 있는 전매특허와 같은 것이라고 말해도 무방하다고 생각하십니까?"

"참으로 재미있는 표현을 해주셨습니다. 자기합리화를 하지 않고 살 수 있는 인생처럼 행복한 인생은 따로 없을 것이라고 해야 할 것입니다. 부디 자기합리화가 필요 없는 인생을 사시기 바랍니다."

"교수님 여러 가지로 좋은 말씀을 해주셔서 감사합니다."

우리가 살펴본 바와 같이 진실성이 결여된 대통령의 자기합리화는 국민을 설득하기는커녕 오히려 재난적인 사태를 자초하게 되었다는 사실을 보고 우리도 선불리 아무 생각 없이 자기합리화를 해서는 안 된다는 점을 명심할 필요가 있을 것이다. 우리가 살아가는 동안에 가급적이면 자기합리화를 할 필요가 없이 살아갈 수 있다면 더 이상 바랄 것이 없다고 생각한다. 자기합리화를 해야 할 기회가 자주 주어진다는 것은 그만큼 우리가 꼬인 삶을 살고 있다는 증거가 되는 일이라고 할 수 있을 것이다. 만일에 어쩔 수 없이 자기합리화를 하지 않으면 아니 되는 경우에는 진실하게 자기합리화를 시도해보도록 노력해야 할 것이다.

국제적인 측면에서의 자기합리화의 사례도 얼마든지 발견할 수 있을 것이다. 6·25 전쟁을 일으킨 북한이 적반하장도 유분수이지 남한이 북한에 대하여 38선을 넘어서 선제공격을 했다는 자기합리화를 그럴듯하게 국제적으로 선전을 하고 있지만, 이것이 사실이 아니라는 점이 이미 명백히 밝혀진 바 있다.

북한은 왜 그러한 엉뚱한 자기합리화를 주장하고 있느냐 하는데는 여러 가지 이유가 있을 수 있다. 그 중에서도 가장 중요한 이유로서는 6·25 전쟁이 일어나자마자 북한군이 38선을 넘어서 파죽지세로 남한의 영토로 침략해 들어오는 비상사태에 직면하여 긴급 소집된 유엔안전보장이사회에서, 북한을 침략국으로 규정하고 유엔헌장 제51조에 의한 집단자위권에 의거하여 구성된 유엔군이 북한을 응징하기 위하여 한반도에 급파되었던 것이다. 이에 당황한 북한은 가만히 있다가는 국제적으로 영원히 침략국가로 낙인이 찍혀서 고립무원의 상태에 처할지도 모르겠다는 위기에 직면하여, 그 위기에서 벗어날 수 있는 유일한 방법이 남한을 침략국가로 만들어버려야 하겠다는 판단을 했던 것이 아닐까 한다.

그런데 이러한 북한의 자기합리화에 힘을 실어준 것은 한국의 일부 위정자들의 무책임한 발언 때문이었다는 것을 무시해서는 안 될 것이다. 한국인들은 능력도 없으면서 큰 소리를 치는데 익숙해 있는 것 같다. 만일 남북한 간에 전쟁이 일어나는 경우에 북한을 이길 수 있는 병력을 갖추고 있지도 못한 상태에서 전쟁이 일어나는 경우에, 점심은 평양에서 먹고 저녁은 신의주에 가서 먹겠다는 큰 소리를 친 자가 있었다. 막상 전쟁이 일어나고 보니 3일만에 서울이 북한군의 수중에 떨어지고 큰 소리를 쳤던 그 자와 대통령을 비롯한 고위관료들은 무책임하게 꽁무니가 빠지게 남쪽으로 줄행랑을 치고야 말았던 것이다.

이러한 기회를 그대로 좌시하고 있을 북한이 아니었다. 전쟁이 일어나면 북한을 침공해 들어가겠다는 무책임한 망언을 서슴없이 한 그 자는 과연 무엇을 믿고 그런 엉뚱한 큰 소리를 친 것일까? 그의 무책임한 망언이 북한에 의한 남한의 북침주장에 구실을 준 것만은 틀림없는 일이라 할 수 있을 것이다. 그러한 빌미가 없었더라도 엉뚱한 구실을 들어 자기합리화를 시도했을 북한이었는데 그러한 망언까지 있었으니 얼마나 잘 된 일이겠는가? 남한을 공격할만한 그럴듯한 구실을 찾아 나서던 차에 지원군을 만난 듯한 안도감을 느꼈을 것이다.

6·25 전쟁 때 트루만 미 행정부의 경고에도 불구하고 승전의 기회에 도취된 맥아더 장군의 지휘 하에 있는 유엔군이 38선을 넘어서 북진을 감행하면서, 맥아더 장군은 만주폭격과 한만국경선의 코발트벨트의 설치를 공식으로 주장하게 되었다. 그의 실현성이 없는 이러한 주장으로 마침내 위험을 느끼게 된 중공은 100만 명의 의용군을 한국전에 파견하여 인해전술로 유엔군의 진격을 저지하여, 북한을 와해의 위기에서 벗어날 수 있도록 도와주었던 것이다. 맥아더 장군이 자기합리화의 방법으로 주장한 만주폭격과 한만국경선의 코발트벨트설치와 같은 것은 실현성이 전

혀 없는 주장이었다고 할 수 있을 것이다.

만주폭격으로 만주를 미국의 지배하에 둘 수 있다는 주장은 망상에 가까운 실현성이 전혀 없는 주장이었다고 할 수 있을 것이다. 중공군과 국부군의 대립은 항일전쟁 때부터 계속되었던 것이 1949년에 중공이 북경에 공산정권을 수립함으로써 양자 간의 내전은 중공의 승리로 끝나버렸으며, 장개석의 국부군은 대만으로 쫓겨간 후의 일이었다. 이러한 사태발전의 직후인 1950년에 시작된 6·25 전쟁은 맥아더 장군의 주장대로 만주폭격과 같은 모험을 감행할 정도의 여력이 있는 것이 아니었다. 6·25 전쟁을 승리로 이끄는데도 힘에 벅찬 유엔군이 어느 겨를에 만주폭격까지 감행하여 만주를 장악할 수 있다는 말인가?

맥아더 장군의 주장은 만주폭격과 동시에 국부군을 중국본토에 투입하여 중국을 장악하겠다는 것이었는데, 이미 중국대륙의 내전에서 국부군이 중공군에게 패하여 대만으로 쫓겨간 후이며 대부분의 국부군이 중공군에 투항하여 대만으로 쫓겨간 국부군의 숫자는 별 볼일없는 것이었다고 한다.

중공이 6·25 전쟁 때 한국에 파견했던 100만 명의 의용군은 사실상 중공에 투항한 국부군이었다고 하며 충성심이 의심스러운 그들을 제거하기 위한 한 방법으로서 그들을 총받이로 앞장서게 했다는 것이다. 이것이 사실이라면 맥아더 장군이 만주를 폭격한 후에 중국본토에 투입하기로 계획하고 있었던 국부군이라는 것은 더 이상 존재하지 않는 허구에 불과한 것이었다고 해야 할 것이다. 만주폭격이라는 엉뚱한 주장을 제아무리 자기합리화하려 해도 결코 먹혀들 수 없는 일이라고 할 수 있었기 때문에, 트루만 대통령에 의한 맥아더 장군 해임의 중대한 사유 중에 하나가 되었던 것이다.

그가 주장했던 또 하나의 엉뚱한 자기합리화로는 한만국경선에 코발트벨트를 설치하자는 것이었다. 코발트는 1950년대에도 그랬지만 2010년대의 현재에 이르기까지 일정한 지역에 고정시킬 수 없는 위험물질로 알려져 있다. 그러한 물질을 어떻게 한만국경선에 고정시킬 수 있다는 말인가? 그 물질이 한만국경선에 고정되어 있지를 않고 바람 부는 대로 이동을 하기 시작하면 한만국경지역은 말할 필요도 없이 한반도의 전체와 만주의 일부지역까지 코발트로 방사선오염이 심각한 지경에 이르게 될 것이 너무나 명약관화한 일이 아니겠는가? 이러한 위험하기 짝이 없는 주장을 감히 한 맥아더 장군은 무엇을 근거로 하여 그러한 엉뚱한 주장을 한 것이었을까? 6·25 전쟁을 승리로 이끌겠다는 조급한 영웅심리 때문에 그러한 불가능한 자기합리화를 한 것은 아니었을까?

국제관계에서 가장 염치없는 자기합리화를 하고 있는 국가는 아마도 일본이라 할 수 있을 것이다. 한국을 강탈하여 36년간을 식민지로 지배했던 일본은 한국에 대하여 일종의 우월감같은 것을 갖고 있다고 하겠다. 한국을 그대로 한국인의 통치하에 맡겨 두었다고 하더라도 일본이 우려했듯이 전혀 발전을 하지 못했을 것이라고 주장하고 있는 일본의 입장에는 무리가 있는 주장이라고 할 수 있을 것이다.

일본은 한국을 한국인들에게 방치했더라면 통치능력이 없는 한국인들이 일본이 한국인들을 위하여 대신 통치를 해준 경우처럼 통치를 할 수 있었겠는가 하는 것이 일본의 단골메뉴라고 할 수 있을 것이다. 과연 그런 것일까? 일본의 주장은 지나친 억측이며 구차한 자기합리화에 불과한 것이라고 할 수 있을 것이다.

일본은 한국에 대한 식민통치를 미화했을 뿐만 아니라 종군위안부의 문제와 관련하여 그 존재 자체를 부인하고 있는 것이야말로 실로 후안무치한 자기합리화의 대표적인 사례라 할 수 있을 것이다. 종군위안부의 문제는 한국여성들에게만 국한되지 않고 중국여성과 동남아여성에 이르기까지 광범위한 지역에 걸쳐서 행하여진 만행이었기 때문에, 손바닥으로 하늘을 가리는 것도 아니고 어떻게 그러한 역사적인 사실을 부인할 수 있다는 말인가? 일본은 섬나라 근성이 있어서 그런 것인지는 알 수 없지만, 말도 되지 않는 자기합리화로 위안부문제로 야기된 위기를 모면하려고 하고 있지만 근시안적인 자기합리화에 불과하다고 할 수밖에 없을 것이다.

나치독일의 히틀러는 600만 명에 달하는 유대인들을 학살하면서 내세운 자기합리화는 열등종족인 유대인들은 인류의 발전을 위하여 제거되어야 하는데, 독일이 그 책임을 지고 있다는 엉뚱한 자기합리화를 내세웠지만 동의할 수 없는 일이었다. 독일인들이 유대인을 대량학살한 이유에 대해서는 여러 가지가 있다고 할 수 있다. 그 중에서도 대표적인 것은 돈을 많이 갖고 있는 유대인의 재산을 빼앗기 위하여 유대인을 제거하기로 했다는 주장이 가장 설득력이 있는 것 같다. 역사적으로 볼 때 인종말살을 위하여 행하여진 학살의 경우가 더러 있기는 했지만, 독일인에 의한 600만 명의 유대인을 학살한 경우처럼 대규모의 사례는 일찍이 없었던 일이었다고 할 수 있을 것이다. 왜 인종간의 갈등이 생기는 것일까? 유대인들은 기독교를 믿고 있는 독일인들과는 달리 유대교를 믿고 있다. 기독교가 유일신을 믿는 유대교에서 유래한 것이기는 하지만, 유대인이었던 예수 이후의 기독교는 유대교와는 전혀 다른 종교라고 할 수 있을 것이다.

예수는 유대인에 의하여 십자가형을 당하여 십자가에 못 박혀 죽었다가 사흘 만에 부활한 신의 아들로서, 기독교라는 유대교와는 다른 새로운 종교의 창시자이기도 하다. 유대인들은 예수를 십자가형에 처한 이후에 로마에 의하여 멸망했으며, 그때부터 유대인들은 세계각지에 흩어져서 차별을 받으면서 서럽게 살다가 제2차 세계대전 후에 영미의 지원을 받아서 팔레스타인 지역에 이스라엘 국가를 수립하여 오늘에 이르고 있다. 유대인들이 그러한 시련을 겪게 된 것은 예수를 십자가에 못 박아 죽였기 때문에 벌을 받아서 그렇게 되었다는 설도 있지만 확실한 것은 알 수 없다. 국가를 가진 유대인들은 독일인에 의한 유대인에 대한 대량학살과 같은 수모를 더 이상 받지 않아도 될 수 있게 되었다. 우리민족도 일제의 압제 하에서 나라가 없는 설움이 무엇인지를 뼈저리게 느꼈던 적이 있었지만, 단지 유대인이라는 이유로 학살을 당할 수밖에 없었던 유대인들의 경우와는 전혀 비교조차 할 수 없는 일이라고 할 수 있을 것이다.

우리나라의 헌정사상 자기합리화에 의하여 장기집권을 시도했던 두 명의 대통령이 있었다. 초대 이승만 대통령과 군사 구테타로 장기집권을 한 박정희 대통령이었다. 초대 이승만 대통령의 경우에는 노령에 망령까지 나서 국정수행능력이 전혀 없어서 실정만 거듭하고 있던 그가 단지 초대 대통령이었다는 이유 하나만으로 장기집권을 시도했다는 것은 실로 역사의 아이러니었다고 아니 할 수 없을 것이다. 그의 염치없는 장기집권이라는 자기합리화의 시도는 결국 학생들의 4·19 항쟁에 의하여 권좌에서 쫓겨나서 강제로 하야를 해서 하와이로 망명을 하게 되는 비운을 맞이하게 되었던 것이다.

박정희 대통령의 경우에는 군사 구테타로 정권을 잡은 후에 대통령의 임기가 있었음에도 불구하고 장기집권을 시도하다가 부하의 총탄에 암살을 당하여 그의 장기집권시도는 결국에 무산되어버리고 말았던 것이다. 그가 대통령의 업적으로 내세운 것은 경제발전이었다. 경제발전 이전에는 가난하게 살고 있었던 우리 국민이 경제발전의 혜택으로 모두가 잘 살게 되었다는 것을 내세웠다.

그러나 경제발전의 주역이었다는 이유 하나만으로 대통령의 장기집권을 정당화시킬 수는 없는 것이다. 대통령 자신에 대한 평가는 본인이 하는 것이 아니라 다른 사람이 해주는 것이며, 경제발전과 같은 대통령의 실적에 대한 것은 후일에 역사가들에 의하여 평가되어야 할 문제라고 할 수 있을 것이다. 그런데 그러한 이유로 경제발전에 관한 자신의 공적을 과대 포장하여 장기집권을 시도했던 박대통령의 경우야말로 자기합리화의 결정판이라고 할 만한 사례가 될 것이다.

정직한 사람들은 자기합리화를 하지 않는다. 성실한 사람들도 자신이 하고 있는 일만으로도 시간이 없기 때문에 남을 음해하거나 자기합리화를 할 만한 시간적인 여유가 사실상 없다고 해야 할 것이다. 자기합리화를 자주 하는 사람들은 자신들이 하고 있는 일이 떳떳하지 못한 사람들의 경우가 대부분이라고 해도 크게 틀리지지 않을 것이다. 그러한 사람들은 남들이 자신의 행동을 이상하게 생각할지도 모르겠다는 생각에서 자기합리화를 하게 되는 것이다. 아무도 그에게 뭐라고 하지도 않는데 '도둑이 제발 저려하듯이' 자기합리화라는 자신도 모르는 엉뚱한 반응을 보이게 되는 것이다. 따라서 우리의 대인관계에 있어서 주의해야 할 점은 상대방이 자기합리화를 하고 있는지 여부를 특히 유의할 필요가 있다는 것이다.

상대방이 어떤 문제에 관하여 정직하게 또는 성실하게 말을 하고 있는 것인지, 아니면 불필요한 자기합리화로 일관하고 있는지 여부를 가려낼 줄 알아야 한다는 말이다. 진실이 결여된 자기합리화는 제아무리 말을 많이 한다고 하더라도 결국에는 상대방의 심금을 울리는데 실패할 수밖에 없다는 것이다. 그러한 사람과의 원만한 인간관계가 이루어질 수 없다는 것은 너무나 명백한 일이 아니겠는가? 자기합리화를 해야 하는 사람의 경우에도 마음이 편할 수는 없는 것이다.

이번에는 어떻게 자기합리화를 그럴듯하게 해서 상대방이 자신을 믿게 할 수 있게 만들 수 있느냐 하는 문제로 언제나 고심해야 한다는 것도 보통 힘든 일이 아닐 것이다. 더 이상 자기합리화를 하지 않고는 살 수 없기 때문에 그러는 것일까? 남들은 자기합리화를 하지 않고도 잘만 살고 있는데, 왜 나만 유독 자기합리화를 하기 위하여 나의 모든 시간을 바치고 있어야 하는지를 알 수 없기 때문에 하는 말이다.

억지주장과 자기합리화는 어떠한 관련이 있는 것일까? 억지주장이 논리적으로는 물론 실제에 있어서도 성립할 수 없는 사실을 마치 진실인 것처럼 주장하는 것을 말하는 것인데, 자기합리화도 남들은 그렇게 생각하지 않는 것을 마치 사실인 것처럼 믿게끔 만들려는 의도를 갖고 하는 행위라고 본다면 양자가 일맥상통하는 행위라고 볼 수 있을 것이다. 같은 행위가 어떻게 보면 억지주장일 수도 있고 다른 면에서 보면 자기합리화가 될 수도 있는 것이다.

그러한 의미에서 우리는 상대방의 주장이 억지주장인지 자기합리화인지를 분별할 필요가 있는 것이다. 그럴듯하게 자기합리화를 하고 있는 사람의 경우에도 그가 주장하고 있는 자기합리화의 내용을 자세히 들여다본다면, 아무런 근거도 없는 억지주장에 불과할 수도 있다는 것이다. 그런데 어떤 경우에는 너무나 교묘하게 자기합리화로 위장이 되어있기 때문에 사실에 있어서는 단순한 억지주장에 불과하다는 사실을 밝혀내는 일이 대단히 어려울 수도 있다.

그렇다면 사람들은 억지주장을 마치 그럴듯한 자기합리화인 것처럼 위장을 하는 것일까? 그 이유는 아마도 억지주장만 하는 사람으로 일단 낙인이 찍혀진다면 사람들이 더 이상 상대를 해주려고 하지 않기 때문에 인간관계에 있어서 고립되어버릴 위험성이 있기 때문에 그런 것이 아닐까 한다. 억지주장만 하는 사람은 집단따돌림의 대상이 될 수 있는 것이다. 그는 언제나 시비를 거는 사람으로 인정이 되어 사람들이 그와 관계를 맺는 것을 기피하게 되는 것이다. 기왕이면 말썽을 일으키지 않는 사람과 사귀고 싶은 것은 인지상정이라 할 수 있는 것이 아니겠는가? 보통사람들의 경우 특별히 말썽을 일으켜서 사람들의 주목을 받는 대상이 되고 싶지 않은 것이다. 아무 일도 없이 무난한 인생을 살고 싶은 것이다.

억지주장을 하는 사람들은 자신의 주장이 사람들에게 먹혀들지 않기 때문에 별일도 아닌 것을 갖고 자신의 의견만을 남에게 강요하다보니 결국에는 억지주장이 되어버리는 것이다. 다른 사람들이 자신에게 무관심하면 할수록 더욱 기승을 부리고 억지주장을 하게 되는 것이다. 이러한 사람들과 비교할 때 자기합리화를 하는 사람들은 한 차원 높은 수준에 있는 사람들이라고 할 수 있을 것이다. 자기합리화를 하는 사람들 중에도 교묘하게 자기합리화를 해서 사람들이 자기합리화를 하고 있다는 사실을 눈치 채지 못하게 하고 있는 사람들의 경우에는 수준급의 인물로 인정해 주어야 할 것이다. 그만큼 자기합리화는 억지주장과는 달리 처세의 한 방법이 될 수 있다는 것이다.

전상진은 그야말로 자기합리화의 달인이라 할 만한 인물이었다. 생명보험을 개인적으로 다른 누구보다도 많이 판매한 입지전적인 인물이라 할 수 있다. 사람들이 기피하는 생명보험을 그렇게 많이 팔 수 있었다는 데는 그의 언변이 남달리 뛰어난 점에도 있었지만 사실은 그의 비상한 자기합리화가 사람들에게 먹혀들어갔기 때문이라고 하는 편이 오히려 설득력이 있을 것 같다.

그의 처세술의 장점은 사람들이 그가 자기합리화를 하고 있다는 것을 눈치 채지 못하게 하고 있다는데 있다고 할 것이다. 생명보험은 밑천이 들지 않는 장사라고 할 수 있을 것이다. 그런데 생명보험에 가입하려면 보험가입자가 거액의 보험료를 지불해야 하기 때문에 보험가입예정자를 설득시켜서 보험에 가입하도록 유도하는 일은 아무나 달성할 수 있는 쉬운 일이 아닌 것이다. 그러한 의미에서 볼 때 그렇게 많은 보험가입자를 확보하고 있는 전상진은 생명보험업계의 기린아와 같은 존재인 것이다.

생명보험의 가입자의 경우에는 사실상 보험혜택을 아무 것도 받는 것이 없다고 해야 할 것이다. 보험의 혜택은 수혜자로 지정된 사람에게만 돌아가게 되는 것이다. 그리고 그 혜택이라는 것도 보험가입자가 사망하는 경우에 발생하는 것이기 때문에 보험가입자는 자신의 목숨을 바쳐서 수혜자에게 보험의 혜택이 돌아가게 하는 보험이라고 할 수 있을 것이다. 이러한 점에서 볼 때 다른 보험처럼 보험가입자가 생전에 보험의 혜택을 받는 것과는 상이하기 때문에 생명보험에 가입하는 것조차 사람들이 기피하게 되는 것이다. 자동차보험은 자동차 운전자에게 혜택이 돌아가며, 상해보험도 보험가입자가 상해를 당했을 때 보험혜택을 받게 되는 것과는 달리 생명보험이 얼마나 다른 성질의 보험이냐 하는 것을 알 수 있을 것이다. 본인에게는 보험혜택이 전혀 돌아가지 않는 생명보험의 예상가입자들을 설득시켜서 그들을 생명보험에 가입시킨 전상진이야말로 비상한 능력의 소유자임에 틀림이 없는 것이다.

생명보험의 이러한 특성 때문에 생명보험을 범죄에 이용하게 되는 경우가 발생할 수 있는 것이다. 돈에 욕심이 난 내연녀가 내연남을 본인도 모르게 자신을 수혜자로 하는 생명보험에 내연남을 가입시킨 다음, 내연남도 모르게 내연녀가 거액의 보험료를 한두 번 납부한 다음 정부와 함께 내연남을 살해하게 되면, 보험회사에서는 보험가입자인 내연남이 사망했기 때문에 거액의 보험료를 수혜자인 내연녀에게 지불하게 되는 것이다. 보험가입자가 살인에 의하여 사망했다는 확실한 증거가 없는 한, 자연사를 한 것으로 보고 약정된 보험금을 지불하지 않으면 아니 되는 것이다.

보험회사에서는 제보가 없는 한, 살인을 한 것인지도 모른다는 추정을 하여 경찰에 수사를 의뢰할 수는 없는 것이다. 그렇게 할 수 없는 이유는 보험회사가 추정했던 대로 살인이 아닐 수도 있으며, 살인을 한 것이 아님에도 살인을 했다는 추정 하에 당연히 수혜자에게 지불해야 하는 약정금을 지불하지 않는 경우가 발생하게 되면, 보험업계에 좋지 않은 소문이 퍼져서 보험가입자를 확보하는 데 많은 지장을 초래할 수도 있는 것이다. 그런데 문제는 살인을 한 것이라는 사실이 밝혀지는 경우에는 어떠한 문제가 발생할 수 있을 것인가?

우선 생각해 볼 수 있는 문제는 살인을 했다는 사실을 몰랐을 경우이다. 이러한 경우에는 약정금의 지불이 계약이행임으로 문제가 생길 수 없을 것이다. 보험가입자를 살인까지 해서 보험금을 타먹으려고 한 수혜자가 나쁜 것이지, 그런 사실을 몰랐던 선의의 관리자인 보험판매자나 보험회사에게는 아무런 책임도 없다고 해야 할 것이다.

그런데 문제가 되는 것은 수혜자가 살인을 했다는 사실을 사전에 알았거나 사후에 알게 된 경우이다. 이러한 경우에도 사전에 알았던 경우와 사후에 안 경우에는 큰 차이가 있다고 할 수 있을 것이다. 사전에 살인을 한 사실을 알았으면서도 이를 경찰에 알리지 않았다면, 살인방조죄가 성립할 수 있으며, 수혜자가 살인의 사실을 묵인해달라고 그에게 뇌물이라도 주게 되는 경우에는 뇌물죄가 적용되는 것은 물론 살인의 공범자가 될 수 있는 것이다.

전상진이 많은 보험가입자들을 확보하다보니 이러한 황당한 경우를 자주 당하게 될 수밖에 없었다. 그러나 처세의 달인이라 할 수 있는 그가 그러한 사건에 말려들 수야 있었겠는가? 그러한 사건이 일어나게 되는 경우에는 기민하게 움직여서 자신의 입장을 신속하게 정리하는데 탁월한 능력을 갖고 있는 것 같았다.

그가 수혜자가 보험가입자를 살해했다는 사실을 사전에 알았다면, 당연히 수혜자에 대한 약정금의 지불을 거부하고 수혜자를 경찰에 살인피의자로 수사의뢰를 해서 수혜자의 살인사실을 밝히고 있다.

그가 수혜자의 살인사실을 사후에 알게 된 경우에는, 수혜자에게 기지불한 약정금을 회수하고 수혜자를 살인피의자로 경찰에 수사의뢰를 해서 경찰이 진위를 가려줄 것을 촉구했다. 이렇게 문제가 발생할 때마다 미적거리다가 시기를 놓지는 것과 같은 실수를 범하지 않은 채, 신속하게 문제해결에 착수하여 살인범인 수혜자가 약정금을 불법으로 가져갈 수 없도록 제동을 걸었을 뿐 아니라, 수혜자를 살인범으로 처벌할 수 있도록 도움을 주었다는 데 그의 진가를 인정할 수 있을 것이다. 그는 말이 아니라 행동으로 자기합리화를 충분히 해낸 셈이다.

자기합리화의 문제는 적절히 활용한다면 의사소통에 있어서 참신한 자극제가 될 수도 있을 것이다. 자기합리화를 불순한 동기를 위하여 사용하지만 않는다면 필요한 경우에 자기합리화에 의존하려는 사람들의 심리를 문제 삼을 것까지는 없다고 해야 할 것이다. 자기합리화는 문제가 있는 사람들만이 사용하는 전용물처럼 비하할 것이 아니라, 그것도 우리 인생살이에 있어서 하나의 필요악이라는 사실을 인정한다면, 자기합리화를 시도하는 사람들을 백안시하거나 무시할 필요까지는 없으리라고 본다. 그런데 가장 좋은 방법은 가급적이면 자기합리화를 하지 않고도 살 수 있는 떳떳한 인생을 사는 것이라고 할 수 있을 것이다.

그러한 인생을 살기 위해서는 어떻게 해야 할 것인가? 윤동주 시인의 고백처럼 '하늘을 우러러 한줌 부끄러움도 없는 인생'을 살도록 우리 모두가 노력하는 방법밖에 없다고 해야 할 것이다. 누구나 인생을 정직하게 살려고 노력하고 있다고 할 수 있다. 그런데 이러한 인생을 살려고 노력하고 있는 사람들에게도 뜻하지 않았던 불행이 닥치게 되어 소신대로 살 수 없는 경우가 있을 수 있는 것이다. 그러나 그러한 경우에도 자신에게 닥치게 된 불행을 극복하지 못하고 정직하게 살아가겠다는 소신을 접고 적당히 사회적인 불의와 타협하는 생활을 하게 된다면, 필요한 경우에는 다른 정직하지 못한 사람들처럼 부적절한 자기합리화에 호소하는 생활에 익숙해질 수 있을 것이다.

일생을 교과서처럼 살아온 한 노학자의 경우에는 불의와 한 번도 타협하지 않고 80평생을 수도자처럼 살아왔다. 그가 그렇게 살 수 있었던 것은 자신의 분수에 넘는 욕심을 부리지 않았기 때문이다. 그는 평생 빚을 한 번도 진 일이 없었다. 수입이 별로 없었던 시절에도 빚을 지지 않고 있으면 있는 대로, 또한 없으면 없는 대로 살아온 희귀한 존재였던 것이다. 그는 언제나 책을 가까이 하고 있었으며 책을 통하여 많은 지식을 자신의 머릿속에 축적할 수 있었으며, 그가 나중에 작가로 변신한 후에는 머릿속에 축적해 놓은 지식을 활용하여 작품 활동을 활발히 하고 있다.

학생시절부터 그는 모범생이었으며 학교성적은 상위권에 속하고 있었다. 그는 남달리 공부를 많이 한 셈이다. 대학원을 네 곳이나 다녔으며 외국유학까지 갔다 왔으며, 박사학위를 받고 대학교수생활을 하다가 정년퇴임을 했다. 퇴임 후에는 소설가가 되겠다는 목표 하에 다년간 소설을 쓴 결과 나이 80에 드디어 한 문학지에 소설가로 등단을 했다. 그는 등단한 후에 계속 소설집을 펴내기 시작했다. 교과서 같은 인생을 살아온 그의 작품경향은 우리 사회의 여러 가지 문제점을 예리하게 파헤치고 있는 사회비평소설의 성격이 농후해질 수밖에 없는 것이다. 교과서 같은 인생을 살아온 노학자의 당연한 귀결이 아니겠는가? 그의 경우에는 지금까지 80평생을 살아오면서 자기합리화를 할 필요도 없었으며 자기합리화를 해야할 기회도 사실상 없었다고 해야 할 것이다.

우리가 어떠한 인생을 살아야 할 것이냐 하는데 대하여 다른 사람의 생각을 물어볼 필요는 없을 것이다. 똑같은 인생을 살 수 있는 사람은 아무도 없을 것이다. 부부가 함께 50여 년을 해로한다고 해서, 부부가 똑같은 삶을 살았다고 말하기는 어려운 것 같다. 왜냐하면 남편하고 아내가 한 집에서 함께 살고 있을 지라도 남편과 아내가 반드시 똑같은 삶을 살아왔던 것은 아니기 때문이다. 일란성 쌍둥이의 경우에도 쌍둥이들이 똑같은 삶을 살고 있다고 장담할 수 없다는 것이다. 왜냐하면 똑같은 삶을 살고 있는 사람은 이 세상에 한 사람도 없기 때문이다.

결국 나의 인생은 나의 방식대로 살아가면 되는 것이다. 누구의 인생을 흉내 낼 필요도 없으며, 그의 인생사는 방법을 부러워해야 할 이유도 없는 것이다. 우리는 생긴 대로 인생을 살아가면 되는 것이다. 나의 능력껏 나의 인생을 살아가면 되는 것이다. 그러니까 무리하게 자기합리화를 하여, 자신이 책임을 져야할 인생을 구차하게 변명할 필요는 없을 것이다. 순리대로 인생을 살아가면 되는 것이다. 우리가 감당할 수 없을 정도로 무리한 욕심을 부리는 것은 정신건강에도 좋지 않을 것이다.

우리는 살아있는 동안에 하고 싶은 일도 많을 것이며 갖고 싶은 것도 많다고 해야 할 것이다. 그러나 자신이 하고 싶은 일을 다 하면서 살 수 있거나 갖고 싶은 물건을 모두 갖고 살 수 있는 사람이 이 세상에 얼마나 될 것인가? 어린이가 장난감을 갖고 놀 나이가 되었을 때는 자신에게 장난감을 사줄 수 있는 사람이 제일 고맙게 여겨질 것이다.

대부분의 엄마나 아빠는 어린이가 원하는 장난감을 잘 사주려 하지 않는데, 그에게 부자 할아버지가 있어서 자신이 원하는 장난감은 무엇이든지 사준다면 할아버지가 제일 가깝게 느껴질 것이다. 어린이의 경우에도 그러한데 어른의 경우에 자신이 원하는 물건을 누구인가 사주는 사람이 있다면 얼마나 좋은 일이겠는가? 그러나 우리의 인생에는 어린이가 원하는 장난감은 무엇이나 사줄 수 있는 부자 할아버지를 가질 수 있는 행운 같은 것을 언제나 맞이할 수 있는 것은 아니다.

　우리가 하고 싶은 일을 다 하면서 살 수 있는 사람도 많지 않을 것이다. 하고 싶은 일을 모두 하면서 사는 것보다는 단 한 가지 일이라도 자신이 하고 싶은 일을 하면서 살 수 있다면, 그것만으로도 행복한 삶을 살고 있는 것이라고 만족해하면서 살아가야 할 것이다. 우리가 후회 없는 삶을 살아가기 위해서는 지나친 욕심을 부리는 일부터 그만두어야 할 것이다. 욕심에는 한이 없기 때문에 '말 타면 경마 잡힌다'는 말이 있듯이 우리의 욕심은 욕심에 욕심이 꼬리를 물고 늘어난다는 것을 명심할 필요가 있는 것이다. 인생이란 욕심이 적을수록 행복한 것이 아니겠는가?

성년후견 신현덕 제6소설집

초판인쇄 2017년 01월 05일 **초판발행** 2017년 01월 10일

지은이 **신현덕**
펴낸이 **이혜숙**   펴낸곳 **신세림출판사**
등록일 1991년 12월 24일 제2-1298호

04559 서울특별시 중구 창경궁로 6, 702호(충무로5가, 부성빌딩)
전화 02-2264-1972 팩스 02-2264-1973
E-mail : shinselim72@hanmail.net

정가 15,000원

ISBN 978-89-5800-178-2, 03810